총통각하

총통각하

배명훈 소설 | 이강훈 그림

북하우스

★ 나의 뮤즈, 총통각하 ★

차례

바이센테니얼 챈슬러

Bicentennial Chancellor

*바이센테니얼 챈슬러 Bicentennial Chancellor, '2백년을 산 총통'을 뜻한다.

남편은 나보다 세 살이나 많았다. 다들 세 살이면 적당한 터울이라고 했다. 남자가 군대를 갔다 오면 결국 사회적 나이는 같아지게 되니까 그만하면 딱 좋은 나이 차이라고. 하지만 남편과 처음 교제하기 시작했을 때 나는 겨우 고등학교 2학년의 천재소녀였다. 둘이 같이 손을 잡고 영화라도 보러 갈 때면 "어른 하나에 학생 하나요" 하면서 표를 사야 되는 것은 물론, 돌아다니는 내내 다른 사람들의 곱지 않은 시선에 얼굴이 화끈거릴 때가 한두 번이 아니었다. 그래도 우리는 손을 꼭 잡고 다녔다.

　그렇게 다녀도 다른 사람들 보기에 별로 민망하지 않은 나이가 되자 남편은 그만 군대를 가버렸다. 남편이 군대에 간 사이 나는 두 명의 남자를 몰래 만났다. 나중에 알고 보니 남편도 몰래 어떤 여자를 만났다가 헤어졌다고 했다. 그때는 부부 사이도 뭐도 아니었으니까 서로 그 일을 크게 문제 삼지는 않았다. 천재소녀의 길을 착실하게 밟아 나간 결과, 남편이 군대에서 돌아올 때쯤 나는 이미 국가수면연구소에 들어가 있었고 남편이 취직을 하고 자리를 잡아갈 때쯤에는 더 좋은 조건에 우주이주센터로 자리를 옮기기까지 했다. 천재소녀의 앞길을 막을 수 있는 것은 아무것도 없었다. 결혼만 아니면.

결혼은, 성급한 선택이었다. 물론 모두가 그 결혼을 축복해 주었다. 외형상 결격사유는 하나도 없었다. 우리는 서로 사랑한다고 생각하고 있었고, 둘 다 안정된 직장에 밝은 미래를 약속받은 상태였다. 결혼을 하지 않는 쪽이 오히려 수상하게 여겨질 지경이었다.

하지만 그 결혼은 재미가 없었다. 결혼식 내내 나는, 내가 지금 이게 뭐하는 짓인가, 하는 생각을 머릿속으로 수십 번도 넘게 되뇌었다. 신혼여행을 가서도 그랬고, 신혼여행에서 돌아와서도 그랬고, 한 달이 가고 반년이 가고 1년이 지난 뒤에도 마찬가지였다.

그래서 나는 취미생활을 시작했다. 나에게 할당된 연구과제는 아니었지만, 나는 장거리 우주여행을 위한 동면연구를 시작했다. 그 연구는 순전히 취미에 불과했다. 하지만 2년이 지나자 내가 개인적으로 진행시킨 연구 성과가 동면연구실에서 진행한 연구 성과를 앞서기 시작했다. 그건 내가 천재소녀였기 때문이 아니라 순전히 내가 그 일을 즐기고 있었기 때문이었다.

물론 나는 그 일을 비밀리에 진행시켜야 했다. 쓸 만한 성과가 나오더라도 동면연구실보다 먼저 연구 결과를 발표해서 그들에게 가야 할 명예와 영광을 나 혼자 홀랑 가로챌 생각 같은 건 전혀 하지 않았기 때문이다. 스스로 생각해도 참 기특한 일이기는 한데, 아무튼 나는 그렇게 악독한 사람이 아니었다.

하지만 일이 어느 정도 마무리되고 나자 그 최종 결과물을 살아 있는 인간에게 실제로 적용해 보고 싶은 마음이 간절해지는 것은 어쩔 수가 없었다. 물론 지원자를 찾는 일은 결코 쉬운 일이 아니었다. 그로부터 6개월 동안 나는 내 취미생활의 결과물을 순전히 이론적인 측면에서만 보다 더 정교하게 다듬어 나가야 했다. 실제 데이터를 사용할 수 없었다는 말이다. 그리고 그 기간 동안, 남편이 있는 것을 뻔히 알고도 나에게 찝쩍거리는 남자가 셋이나 있었다. 하지만 나는 그들에게는 전혀 관심이 없었다. 그 무렵에 나는 남자가 아니라, 동면으로 인해 파괴된 세포들을 복원시켜 주는 나노 로봇들에 흠뻑 빠져 있었다.

남편은 다니던 직장을 그만두고 선배들과 동업해서 작은 회사 하나를 차렸다가 그만 사기를 당하고 말았다. 그러고는 눈 깜짝할 사이에 거리로 나앉았다. 아니, 집구석에 들어앉았다. 남편에게 집구석은 갑갑한 무대인 모양이었다. 남편은 처음에는 그저 이런저런 스포츠에 심취해 있는 것 같더니, 갈수록 예측할 수 없는 방향으로 관심이 뻗어 나가는 듯했다.

경기는 불황을 향해 하강곡선을 그리고 있었고, 남편의 재취업은 날이 갈수록 어려워 보였다. 결국 남편은 집구석에 들어앉아서 온통 총통 선거에만 관심을 쏟았다. 선거일이 지나고, 자기가 지지했던 후보가 압도적인 차이로 낙선하자 남편은 나를 불러 앉혀 놓고는 진지한 표정으로 이렇게 묻는 것이었다.

"나, 죽을까?"

나는 웃어야 할지 깜짝 놀라야 할지 갈피를 잡을 수가 없었다. 일단 못 들은 척한 다음 이틀쯤 시간을 두고 생각해보니, 아무래도 남편은 진지하게 자살을 생각하고 있는 것 같았다. 속 편하게 놀고먹는 줄만 알았더니 그게 아닌 것 같았다. 나도 모르는 사이에 남편의 정신세계는 이루 말할 수 없을 만큼 황폐해져 있었던 것이다.

다행히 남편은 다시 이런저런 취미생활에 관심을 갖기 시작하는 것 같았지만, 새 총통이 취임한 이후 경기는 완전히 하락세로 바뀌었고 새 정부에서 내놓은 각종 '개혁 법안'들은 남편의 재취업을 점점 더 어렵게 만들었다. 그 생활로부터 탈출할 구멍이 점점 좁아져 가고 있다는 뜻이었다. 남편도 물론 그 사실을 잘 알고 있었다. 내색은 안 했지만 몸으로 느끼고 있는 것 같았다. 급기야 어느 날은 서점에서 너무 예쁘게 생긴 책을 발견했다며 학생들 보는 문제집을 세 권이나 사 들고 와서는 방구석에 틀어박혀서 문제를 풀기 시작하는 것이었다.

"채점해 줄까?"

나는 하도 어이가 없어서 그렇게 물었다. 그러자 남편은 고개를 푹 숙이고는 다시 한 번 그 말을 되풀이했다.

"나 죽을까?"

"왜? 새 총통이 그렇게 싫어?"

"그래. 다 그 인간 때문이야."

설마. 비록 결혼생활이 재미는 없었지만, 나는 아직은 남편의 마음을 읽을 수 있었다. 새 총통이 문제가 아니었다. 남편은 설 곳을 잃은 것이었다. 이제는 친구도 없고, 취미도 바닥났고, 자신감도 없고, 돈도 없었다. 어쩌면 내가 생각하는 것보다 훨씬 이른 시기에 그 모든 것들을 다 잃어버렸을지도 모른다. 그런데 나는 그런 눈치를 전혀 못 채고 있었다. 나는 아직 그런 것들을 잃어버리지 않고 있었으니까.

남편에게 이렇게 물었다.

"한 5년만 잘래?"

남편은 고개를 들고 내 눈을 빤히 들여다보았다. 그러고는 이렇게 반문했다.

"5년만?"

"응. 5년만."

다음날 아침에 나는 내 개인 실험실에 남편을 데리고 갔다. 그리고 내가 만든 물건에 대해 열심히 설명했다. 동결시키는 순간, 온몸의 세포벽이 일단은 좍좍 찢어질 거라는 이야기를 하자 남편은 겁을 집어먹고 말았다. 하지만 나는, 어차피 죽으려던 거 유서 쓰고 한 5년만 누워 있다 오는 것도 나쁘지는 않을 거라며 남편을 진심으로 격려해 주었다. 남편은 열흘을 더 망설이다가 결국 내 제안에 응하고 말았다.

"당신, 인류 역사에 큰 발자국을 내딛고 있는 거야. 그것도 가만히 누워서 편안하게."

나는 그렇게 말하고는 남편을 재웠다.

남편이 없는 5년 동안 두 명의 남자와 연애를 했다. 재미는 있었지만, 그 남자들에게서는 진심이라는 걸 찾아볼 수가 없었다.

재미는 없었지만 언제나 나를 진심으로 대하던 남편은, 실종 상태로 처리되어 있었다. 몇 차례 조사를 받았지만, 내가 남편을 살해한 흔적 따위는 발견되지 않았다. 나중에 동면연구실 사람들이 동면장비 시제품을 만들어 실험에 들어갔다가 실패하는 사태가 벌어졌을 때는 솔직히 나도 덜컥 겁이 났었다. 하지만 내가 만든 건 그보다 좀 나으려니, 하고 몇 년을 더 기다리는 수밖에 없었다. 어차피 죽은 사람을 살릴 재주는 나도 없었으니까.

5년째 되는 날에, 드디어 남편을 깨웠다. 나노 로봇들이 버벅거리는 바람에 진땀을 뺐지만, 나는 결국 세포들을 기워서 그 얼어붙은 고깃덩어리를 원래의 남편으로 되돌리는 데 성공했다. 연구자 윤리 차원에서나 인간적인 차원에서나 정말이지 여러모로 다행스러운 일이었다.

"성공했구나."

남편이 말했다. 나는 환하게 웃으며 남편을 반겨 주었다.

"보고 싶었어."

남편이 말했다. 물론 농담이었겠지만, 나는 그만 두 눈에 눈물이 가득 고이고 말았다.

남편은 내 생각보다 예의가 바른 사람인 것 같았다. 언제부터 윗사람을 대하는 태도가 그렇게 깍듯했는지, 몸이 완전히 회복되고 나자 남편은 나를 누나라고 불렀다.

"웃겨."

"그래도 저보다 인생 선배이신데 어떻게 막 대해요?"

그렇게 말하는 남편의 태도가 너무나 진지해서 농담인지 진담인지 구분이 안 됐다. 한 이틀 곰곰이 생각해 보니 아무래도 농담이 아닌 것 같았다.

생활에 적응이 되면 차차 나아지기야 하겠지만, 아직도 남편의 마음 한구석에는 어두운 구석이 남아 있는 모양이었다. 늘 그렇게 엉뚱한 표정을 하고 행복한 듯 웃고 있지만 속으로는 한없이 피폐해져 버린 폐허 같은 영혼.

뉴스를 틀어 놓고 저녁을 먹다가 남편이 문득 이렇게 물었다.

"저기, 누나."

"웃겨."

"저기, 5년 지난 거 맞아요?"

"맞잖아. 달력 봐."

"근데 총통이 왜 아직도 저⋯⋯."

나는 5년 전을 떠올렸다. '그래, 남편이 딱 5년만 잠들기로 결심했던 이유가 공식적으로는 바로 저 총통 때문이었지.' 나는 숟가락을 내려놓고 차분한 목소리로 남편에게 말했다.

"그게, 개헌을 했는데 말이야, 4년 중임제로 바꿨어. 그러니까 지금 이 2기 정부야."

그러자 남편은 크게 당황하는 눈치였다.

"왜요? 개헌은 그렇다 치고, 사람들이 왜 또 저 사람을 뽑았어요?"

"그러게. 왜 또 뽑혔을까."

"경제성장률이 10프로가 넘기라도 했어요?"

"10프로는, 개뿔."

긴 잠에서 깨어나서 그런지 남편은 밤에 영 잠을 이루지 못했다. 몸은 다시 깨어났지만 사회적으로는 이미 죽은 거나 마찬가지였다. 물론 공식적으로는 실종 상태였으니까 반년쯤 여기저기 인사를 하고 다니면 다시 산 사람처럼 사는 게 불가능한 일은 아닐 것이다. 하지만 남편은 아직 마음의 준비가 되어 있지 않았다.

"다른 사람들은 다 잊었을 거야. 실종된 것도 모를걸. 벌써 5년이나 지났으니까."

5년 전 남편이 사라진 직후에만 해도 영원히 그렇게 계속될 것만 같았던 그 떠들썩한 소문들도 이제 모두 잠잠해져 있었다. 역시 시간이 약이었다. 그러니까 이제 컴백해도 될 시점이었다. 문제는, 유독 남편에게만은 그만큼의 시간이 흘러주지 않았다는 점이었다. 그러니까 남편은 아직도 싱싱했다. 육체적으로도 정신적으로도 아직 젊었다. 남편은 고뇌하고 있었다. 아직은 고뇌할 줄을 알았다. 부끄러워하고 괴로워할 줄 아는 나이. 그 나이를 남편은 쉽게 견뎌내지 못했다.

"좀 더 자야겠어."

"그럴래?"

"응."

"얼마나? 3년만?"

물론 총통의 2기 잔여 임기 따위는 전혀 중요하지 않았다. 중요한 것은 남편이 적응할 시간을 버는 것이었다. 하지만 우리는 결국 총통의 마지막 임기를 기준으로 남편의 2기 수면 기간을 정하기로 결심했다.

"3년 뒤에는 달라져 있겠지?"

남편이 물었다.

"그런데 왜 또 갑자기 반말이야."

나는 그렇게 말하고는 5년 전보다 훨씬 좋은 장비를 사용해서 남편을 재웠다. 물론 남편은 계속해서 실종 상태였다. 남편이 잠깐 깨어났었다는 사실을 아무에게도 알리지 않았기 때문이다.

몇 달이 지나서 나는 동면연구실 실장직을 맡았다. 임기 동안 내가 해야 할 일은 분명했다. 인간 동면에 성공하면 되는 것이다. 그러니까 나에게는 별로 할 일이 없었다. 나는 2년 동안 연구실과 관련된 일은 거의 아무것도 하지 않았다. 물론 사람들의 불만은 하늘을 찔렀다. 위쪽에서도 그리고 아래쪽에서도. 도대체 뭘 믿고 그러느냐는 말들이 심심찮게 나왔다. 하지만 그런 건 아무래도 상관없었다.

때가 되자 나는 일단 연구실 관계자들을 모두 불러 모아 놓고, 남들이 열심히 수행하고 있던 공동 프로젝트에 새치기해 들어가서 그들보다 먼저 특허를 얻어내는 일이 조직 생활을 해 나가는 데 얼마나 해가 되는 일인지를 장황하게 설명했다. 아예 170매 분량의 슬라이드를 준비해서 이런저런 사례를 들어가며 강연을 했다. 그리고 사람들에게 남편이 잠들어 있는 곳의 위치를 알려주고는, 정해진 날에 무조건 그곳으로 찾아오라고 일러 주었다. 물론 그때까지 나는 휴가를 떠났다.

그날이 다가오자 나는 미리 남편이 있는 곳으로 가서 보름 정도를 그곳에 머물렀다. 남편이 깨어나면 어떤 식으로 사회적응을 도와야 할지 밤낮으로 공부하고 또 고민했다. 내가 너무 나이 들어 보이지는 않을지 걱정스럽기도 했다. 자기는 그대로인데 나만 너무 늙어 버린 걸 보고 나면 남편은 또다시 삶을 비관하게 되지 않을까. 그러면 나는 또 어떻게 대처해야 할까.

사실 나도 한 4년쯤 자다 일어날 용의가 있었다. 꼭 남편과 나이를 맞추기 위해서가 아니라 나도 좀 쉬고 싶어서였다. 나와 사람들 사이, 시간이 선택적으로 흘러가 준다면 세상 사람들도 결국 이 '천재 소녀'에 관한 이야기를 모두 잊게 되지 않을까. 그날이 오면, 마침내 그런 시절이 오면, 세상이 나를 좀 피해 가지 않을까.

일주일 정도를 더 고민하다가 결국 나는 그렇게 하고 말았다. 내가 나 스스로를 실험 재료로 삼을 생각을 한 것은 지난 8년간 이 기계의 성능이 놀라울 정도로 개선되었기 때문이었다. 정확하게 말하면, 굉장히 정교하고 안전해졌기 때문이다. 연구를 위해 한목숨 바치겠다는 식의 유치한 열정 같은 건 아예 처음부터 개입될 여지조차 없었다.

잠들기 전에 나는 남편에게 편지를 써 두었다. 내가 그를 얼마나 그리워하고 있었는지, 그리고 지난 8년 동안의 기다림이 나에게 얼마나 외롭고 고달픈 일이었는지를 손으로 직접 써서 곱게 접어 두었다. 그것도 아주 길게. 스무 장이나 되는 편지였다.

– 로미오와 줄리엣 이야기 같은 건 그냥 웃기고 말도 안 되는 이야기라고 생각했는데, 지금은 그게 무슨 뜻인지 알 것 같아. 다시 깨어났을 때, 잠들어 있는 나를 지켜줘. –

물론 농담이었다. 하지만 그렇게 해 두면 남편은 내가 없어도 스스로 목숨을 끊지 않을 것이다. 아무도 지켜줄 사람이 없다는 사실을 깨닫고 나면 오히려 독한 마음을 먹고 세상을 마주할 용기를 갖게 될지도 모른다. 그렇게 한두 해를 살다 보면 나이가 들고 철이 들겠지. 원래 똑똑한 사람이었으니까.

먹고 사는 데 지장은 없을 것이다. 나는 천재소녀 출신의 세계적인 수면과학자고, 이 동면 기술은 무조건 특허를 얻게 될 것이며, 인류는 곧 이 특허 기술을 유료로 활용해서 우주 저편으로 이주민들을 실어 나를 것이다. 수요가 있으니 돈은 충분히 들어오겠지. 뭘 하고 살든 불편하지 않을 만큼.

그렇게 생각하면서 나는 잠이 들었다. 그리고 한참 후에 잠에서 깨어났다. 남편이 웃는 얼굴로 나를 내려다보고 있었다. 부티 나는 얼굴이었다. 표정도 한결 온화해 보였다. 낯익은 연구자들이 몇 명 더 있었다. 적어도 그들에게만은, 나는 충분히 잊혀지고 지워진 인물이 아닌 게 분명했다. 딱 한 가지 예상치 못한 문제가 있었는데, 민망하게도 벌거벗은 모습을 그 사람들에게 보여줘야 했다는 사실이었다.

'혼자 하지, 다 자동인데. 저 사람들은 도대체 왜 데려온 거야.'

내가 없는 사이 무슨 동면회복실 같은 게 새로 개발된 모양이었다. 꼭 필요한 장치는 아닌 것 같았지만 있으면 편리하기는 할 것 같은 기계였다. 그동안 연구소 식구들은 아마도 저런 걸 만들어서 먹고 살았겠지. 아무튼 회복 과정은 확실히 빨라진 게 분명했다. 회복실에서 나와 혼자 힘으로 자리에서 일어서자 남편이 다가와서 나를 끌어안았다. 그리고 나는 아직도 나체였다. 낯익은 얼굴 몇 명이 박수를 치고 있었다. 제발 사진만은 찍지 말아 주기를. 제발 내 장난편지가 세기의 로맨스로 둔갑해 있지는 않기를.

그렇게 민망한 환영행사가 끝나고 나서 남편과 함께 집으로 돌아왔다. 남편은, 집이 한 채 더 있지만 내가 어떻게 생각할지 몰라서 예전 집도 그대로 보존해 두었다고 말했다. 역시 반말이었다. 나는 남편을 자세히 뜯어보았다. 아무리 절망적이어도 내색하지 않는 사람이었다. 겉으로는 언제나 웃고 있는 사람이었다. 진짜로 행복한 건지 아니면 내 앞에서만 잠깐 그런 척하는 건지 표정만 봐서는 알수가 없었다.

저녁에 식사를 마치고 차를 마시다가, 갑자기 생각난 듯 남편이 말했다.

"총통 비서라는 사람이 연락했었어."

"개인적으로?"

"응, 총통이 개인적으로 부른 거겠지."

"왜?"

"당신 나노 기술."

"그게 필요하대? 왜?"

"글쎄."

"4년이나 자다 일어났는데 아직도 내가 필요하다고? 그래서 어쨌는데?"

"나는 모른다고 했지. 당신 거니까. 나중에 일어나면 전해주겠다고만 했어."

나는 연구소 사람에게 전화를 걸어 무슨 일이 있었는지 슬쩍 물어보았다.

"아, 그거요? 나노 기술을 무슨 불로초로 생각하나 봐요. 오래 살아보겠다고. 무시하세요."

나는 그러마고 대답하고는 전화를 끊었다. 현직 총통이 누군지는 모르겠지만 꽤나 병약한 영감인 모양이라는 생각이 들었다.

다음날 점심은 유람선에서 먹었다. 남편이 어딘지 우울해하는 것 같아서, 나는 조심스럽게 이야기를 꺼냈다.

"그런데 한강에 이렇게 큰 배가 다녔던가?"

"응, 한 2년쯤 됐어."

"아."

남편은 4년이나 살고도 아직도 완전히 회복되지 않은 것 같았다. 살맛이 나서 살아 있는 게 아니라 내 편지를 보고는 그냥 살아 주기로 마음을 먹은 게 분명했다. 나는 별 생각 없이 강물을 바라보다가 남편을 바라보며 문득 이런 질문을 던졌다.

"근데 이 크루즈, 인천에서 온 거야, 부산에서 온 거야?"

그러자 남편이 고개를 절레절레 흔들었다. 나는 사람을 불러서 신문을 갖다 달라고 했다. 신문에는 깜짝 놀랄 이야기가 적혀 있었다. 나도 모르게 큰 소리로 남편에게 물었다.

"왜 이 사람이 아직도 총통이야?"

"그러게."

"유신이야?"

"그러게."

다음날 저녁에 총통 비서실에서 전화가 걸려 왔다. 나노 기술로 세포들을 젊게 하는 게 가능한지를 묻는 내용이었다. 나는 그런 건 내 전문 분야가 아니니 의사들한테 물어보는 게 낫겠다고 대답하고는 차분히 통화를 마무리했다. 하지만 그다음 날 아침에 총통 비서 실장이 또다시 같은 내용의 전화를 걸어왔다.

"저는 의사가 아닌데요."

다음날은 연구소장이 자기 비서를 시키지도 않고 직접 나에게 전화를 걸었다. 전에 알던 소장이 아닌 것 같았다. 같은 대답을 해 주고는 전화를 끊었더니, 이틀 뒤에는 무슨 정보기관에서 전화가 걸려왔다. 이름조차 들어본 적 없는 기관이었다.

나는 남편에게 물었다.

"4년 동안 나라가 뭐가 어떻게 된 거야?"

"글쎄."

남편은 여전히 그런 식이었다.

한 달쯤을 더 쉬다가 연구소에 나갔는데, 전부터 알고 지내던 박사 하나가 나를 따로 부르더니 이런 이야기를 했다.

"사정이 많이 달라졌어요. 깨어난 지 좀 됐으니까 이제 분위기를 알 때도 되지 않나. 요즘 정부가 어떤 식인지. 저쪽에서 연구소 예산 줄을 조이기 시작해서 소장이 입장이 난처해졌어요. 안 계신 동안 그런 사정이 있었다는 걸 좀 양해해 주기 바라요."

압력이 서서히 거세지고 있었다. 아니, 원래부터 있던 압력인 것 같았다. 그러니까 내가 없는 지난 4년 동안은, 나 대신 남편 혼자서 이 무게를 전부 견뎌내야 했던 모양이었다. 그다지 튼튼해 보이지도 않는 연약한 어깨로. 부러졌어도 벌써 한참 전에 부러졌어야 할 그 어깨가 아직도 성한 것이 대견하게만 느껴졌다.

그래서였을까. 남편은 밤에도 깊이 잠들지 못했다. 내 목에 얼굴을 파묻고 고른 숨을 내쉬며 얕게 잠들어 있는 남편. 나는 그 남편을 살짝 흔들어 깨웠다. 그러고는 "미안해" 하고 말해 주었다.

"뭐가?"

"글쎄."

"너 있잖아, 안 본 사이에 싱거워졌어."

"그러게."

남편은 다시 잠이 들었다. 나는 다시 한 번 남편을 흔들어 깨웠다.

"근데 그 총통 말이야. 임기가 얼마야? 세 번까지 할 수 있는 거야? 더 할 수도 있는 거야? 선거는 해?"

"잠이나 자."

"응."

하지만 잠이 오지 않았다. 왜 이렇게 됐지? 그래도 나름대로 살기 좋은 세상이었는데. 저런 사람한테 저 자리를 맡겨 놓다니. 지금은 전보다 더 살기 좋은 세상이 된 건가? 그게 전부 저 사람의 업적이기라도 한 건가?

아침에 잠이 들어서 오후에 눈을 떴더니 집에 손님이 찾아와 있었다. 처음 들어보는 이상한 정부기관 사람이었다. 그가 협박 비슷한 것을 하고 돌아간 뒤에, 우리는 표적이 될 아이가 없는 게 천만다행이라는 생각을 했다.

그리고 남편이 말했다.

"저기, 있잖아."

"응?"

"저기, 유럽 쪽에 동면 코스가 하나 있어. 무슨 은행 컨소시엄에서 하는 건데, 난치병센터하고 합작해서 하는 거래. 은행 입장에서는 일종의 초장기 저축이지. 그러니까 부자들 중에 난치병인 사람들 있잖아. 그 사람들 동면시켜 놓고 그동안 은행이 자산 관리를 하는 거야. 어차피 그 사람들도 깨어났을 때 재산이 필요하잖아."

"그런 게 있어?"

"어. 50년짜리가 있어. 50년 동안 중도해지 못하는 옵션이 있대. 한 번 잠들면 아무도 못 깨우는 거야. 수익률이 무지하게 높아."

"진짜?"

"어."

"거기로 갈까?"

그러자 남편이 거실 바닥에 서류들을 우르르 쏟아냈다. 이미 알아볼 건 다 알아본 모양이었다. 저것도 중독일까. 한두 번 동면하다 보니 자꾸만 동면이 하고 싶어지는 게 아닐까.

수익률 같은 것은 아무래도 상관없었다. 그저 50년이 지나면 좀 더 행복해져 있기를. 우리는 그런 식으로 총통을 암살하기로 한 셈이다. 생명 연장의 꿈을 거들지 않기로 한 것이다. 물론 그래봐야, 남들처럼 살 만큼만 살고 자연사하게 내버려 두는 것뿐이었지만.

남편과 나는 머리를 맞대고 50년짜리 초장기 저축에 딸려 있는 옵션들을 검토했다. '해당 분야의 나노 기술이 충분한 안정성을 보장할 수 있는 수준의 신뢰성을 가지고 실용화될 경우, 전신의 세포를 젊게 개조하는 옵션'이라는 것이 있었다. 굉장히 비싼 데다 실현될 가능성도 낮게 평가되어 있는 옵션이었지만 우리는 그 옵션에 체크 표시를 하고 서명을 했다. 남편은 내 가슴 성형에 관한 옵션을 강력하게 주장했으나, 나는 반세기 뒤의 유행이 어떻게 변해 있을지 모른다는 이유로 그 주장을 거부했다. 대신 남편의 성기능을 향상시키고 골밀도를 높이는 옵션이 선택되었다. 별로 유행을 타지 않을 것 같은 옵션이었기 때문이다.

"근데 있잖아. 은행이 50년 동안 살아남을까?"

남편이 말했다. 우리는 낄낄거리면서 온갖 보험 옵션에 다 서명을 했다. 심지어 핵전쟁이 발생할 경우 우선적으로 피난 조치를 받도록 하는 옵션까지.

그리고 얼마 뒤에 우리는 일본으로 여행을 떠났다. 일주일쯤 관광을 하다가, 계획한 대로 모습을 감췄다. 그리고 가짜 여권을 이용해서 홍콩으로 달아났다. 물론 정보기관 사람들이 도처에 깔려 있었다. 하지만 그들은 우리의 최종 목적지가 어디인지 몰랐다. 그래서 어느 경로에 사람을 심어 두어야 하는지도 몰랐다.

우리는 중국 내륙 어딘가로 위치를 옮겨 남편이 세탁해 둔 현금으로 한 달을 머물다가 천천히 티베트 쪽으로 이동한 다음 중앙아시아를 가로질러 자동차로 터키까지 갔다. 그것은 정말이지 행복한 여행이었다. 말이 안 통하는 곳을 지날 때면 손짓 발짓으로 의사소통을 했는데, 그 일은 주로 남편이 담당했다. 남편은 표정으로 하는 의사소통에 남다른 소질이 있는 것 같았다. 또한 자꾸 그 일을 하다 보니 표정이 점점 더 풍부해지는 것 같기도 했다.

우리는 무기를 소지하고 있었지만 다행히도 무기를 꺼낼 일은 거의 없었다. 인적이 드문 곳으로만 다녔고, 종종 야영을 하기도 했다. 가족이나 친구들에게도 따로 연락하지 않았다. 우리는 그런 실수를 범할 만큼 감정적이지 않았다.

초원이, 그리고 사막과 하늘이, 남편의 마음을 누그러뜨리는 것 같았다. 그 모습을 가만히 지켜보고 있자니 그동안 남편의 마음에 드리운 어두운 그림자의 정체를 알 것 같았다. 그것은 절망보다는 분노에 가까웠다. 세상에 대한 뜨거운 분노.

화가 나고 또 가끔은 폭발시켜버리고 싶었겠지만, 남편은 늘 착한 사람이었으니까, 자기 내면에 어떤 끔찍한 게 꿈틀거리고 있건 그걸 남들 있는 곳에서 함부로 폭발시키는 건 절대 예의바른 행동이 될 수 없다고 굳게 믿고 자라 온 사람이었으니까, 그 분노를 어떻게 하지는 못한 채 그저 마음속에 그대로 차곡차곡 쌓아 두기만 했을 것이다.

"뭐가 그렇게 화가 났어?"

"글쎄, 그게 뭐였을까?"

별이 반짝이는 밤에 남편과 꼭 끌어안고 누워서 연상연하 부부놀이를 하고는 했다. 나는 아직도 남편보다 한 살이 많았다. 그래서 남편은 고분고분 내 말을 잘 들었다.

남편은 우리가 알고 지낸 그 어느 때보다도 여유롭고 또 활기차 보였다. 나는 남편의 검게 그을린 피부가 아주 마음에 들었고, 남편은 아무렇게나 풀어헤친 내 머리카락을 좋아했다. 우리는 이미 몇 년은 더 젊어져 있는 것 같았다. 인적 없는 곳에서 야영을 하는 밤이면 고요하다 못해 아예 성스러워 보이기까지 하는 그 광활한 대지를 새벽까지 야한 소리로 가득 채웠다. 그러고는 아침에 해가 뜨면 그만 무안해지고 마는 것이었다. 남편은 그런 나를 장난스럽게 놀려대곤 했다.

"짐승!"

"뭣이?"

"그럼 어제 그 소리가 사람 소리 같아?"

폴란드를 지나는데 기차역 부근에 정부 요원들이 잔뜩 깔려 있는 게 보였다. 갑자기 계획을 수정해야만 했다. 우리는 육로를 포기하고 곧장 발트 해 쪽으로 올라가서 작은 배를 빌려 타고 독일 쪽으로 이동했다. 날씨가 추웠지만 그 길이 훨씬 안전해 보였다. 그리고 날씨가 추웠기 때문에 가는 내내 둘이서 꼭 붙어 있어야 했다. 어차피 다른 사람은 없었다. 가끔 물건을 사려고 다른 사람을 상대해야 할 때가 있었지만 그런 경우에도 낯선 사람들과 긴 시간 동안 이야기를 나누거나 하지는 않았다. 어차피 말도 잘 안 통했지만, 긴 말이 필요한 경우도 거의 없었다.

그로부터 5일 뒤에 우리는 마침내 목적지에 도착할 수 있었다. 그리고 목적지에 발을 디디자마자 대기하고 있던 요원들에게 붙잡히고 말았다. 나만. 남편은 풀어주고 오직 나만.

남편은 동면되었다. 계획대로 은행 컨소시엄 프로젝트에 의해 동면되었다. 법적으로나 외형상으로는 아무것도 문제될 게 없는 일이었다. 남편이 쓴 계약서와 동의서가 한 뭉치였으니까. 게다가 남편은 상습 동면자가 아닌가. 하지만 그건 남편의 의지에 따라 한 일이 아니라 정부에서 반 강제로 집행한 일이었다.

남편은 인질이나 다름없었다. 게다가 이미 반쯤은 죽여 놓은 인질이었다. 형식은 은행 컨소시엄에 의해 동면된 것이었지만 실제로는 정부에서 통제하는 일이었다. 그 몸의 생사 여부는 이제 정부의 판단에 달려 있다는 것이었다. 정부에서 나온 사람이 그렇게 말했고,

나는 그 말을 믿지 않을 수 없었다.

동면된 남편의 몸을 두고 정부는 이런저런 협박을 해 왔다. 내가 동면중일 때 남편도 딱 그런 압력을 받았겠구나 싶었다. 나는 인질이 된 남편을 살리기 위해 불로초를 만들었다. 아니, 불로초를 만드는 데 실패하고 말았다. 일부러 그랬는지 아니면 기술적으로 원래 불가능한 일이었는지는 아무도 몰랐다. 사실 스스로도 정확히 판단을 내릴 수가 없는 일이었다. 아무튼 그 덕에 나는 결국 풀려날 수 있었다. 아니면 그냥 버려진 것인지도 모른다.

남편보다 거의 10년이나 늦게, 나는 처음 계획보다 조금 짧아진 40년짜리 동면에 들어갔다. 그리고 남편과 같은 날, 잠에서 깨어났다. 나는 이제 남편보다 열한 살이 더 많았고, 또한 어마어마한 부자가 되어 있었다. 세계의 헤게모니가 다시 유럽으로 넘어가 있었고, 유럽 전체를 파괴시킬 만한 전쟁은 아직 일어나지 않았으며, 은행 컨소시엄도 깨지지 않았기 때문이다.

우리는 일어나자마자 총통에 대해 물었다. 아직 그대로였다. 127세. 불로초가 완성된 모양이었다. 옵션에 따라 '충분히 안전성이 검증된 나노 기술'을 적용한 덕에 남편과 나 역시 스무 살 정도로 어려 보였다. 물론 내가 좀 더 나이 들어 보였다. 그냥 기분 탓인지도 모를 일이었지만.

남편은 내가 잠들기 전 10년 동안 있었던 일을 전해 듣고는 크게 분노했다. 몸이 좀 더 건강해지자 남편은 갑자기 혈기가 왕성해졌는지 분을 참지 못하고 방 안을 빙빙 돌아다녔다. 나는 남편이 벗은 몸으로 방 안을 돌아다니는 모습이 재미있어서 혼자서 씩, 하고 웃고 말았다.

'그렇다고 이제 와서 무슨 저항운동 같은 걸 할 것도 아니면서.'

아마도 남편은 다시 돌아온 젊음을 그런 식으로 즐기고 있는 모양이었다. 남편은 처음 만났던 그때와 비슷한 모습을 하고 있었다. 그때 그 나이에 내가 이 남자만 보면 왜 그렇게 설레었는지 기억이 날 것도 같았다.

남편이 말했다.

"혼자 잠들면서 내가 얼마나 무서웠는지 알아? 진짜, 처음 동면할 때보다 훨씬 더 무서웠어. 일어났는데 나 혼자면 어쩌나, 하고 말이야."

나는 이불로 그의 몸을 덮어 주었다.

"그래서 돌아왔잖아. 어린애같이 왜 그래?"

그렇다. 나는 남편보다 11년을 더 살았다. 남편은 그 사실을 깨닫고는 흠칫 놀라더니 자리로 돌아가서 잠자코 앉아 있었다.

우리는 대화를 나누었다. 그리고 그 전에 알고 지내던 사람들의 소식을 수소문했다. 아직 살아 있는 사람들도 있었지만 세상을 떠난 사람들도 많았다. 우리를 기억하는 사람들이 아직은 많을 때였지만, 그래도 우리가 다시 돌아갈 자리 같은 것은 없었다. 당연히 그랬을 것이다.

결국 우리는 50년을 더 자기로 마음먹었다. 물론 은행 쪽에서는 대환영이었다. 총통은 아예 우리를 잊은 모양이었다. 우리는 사흘간 방 안에 틀어박혀서 둘만의 시간을 보낸 다음 다시 기나긴 잠 속으로 빠져들었다.

잠에서 깨어났을 때 총통의 나라는 화성 정착지에서 한창 전쟁을 치르고 있었다. 총통이 화성에 시찰을 갔다가 어이없게 전사하고 말았다는 소문이 있었으나, 이내 사실이 아닌 것으로 밝혀졌다. 그때 총통의 나이가 177세.

나는 다시 남편과 대화를 나누었다. 이제 세상에 우리를 기억하는 사람은 거의 남아 있지 않았다. 이제는 진짜로 돌아갈 곳이 없었다. 앞으로 50년 뒤에 깨어나나 지금부터 세상에 나가나, 적응하기가 어렵기는 마찬가지였다. 그래서 우리는 50년을 더 잤다.

동면에서 해제되는 과정이 거의 낮잠에서 깨어나는 것만큼 간단해져버린 시절에, 우리는 다시 잠에서 깨어났다. 우리를 지켜보고 있는 사람들을 자세히 들여다보니 사람이 아니고 로봇이었다. 나는 그 로봇들이 우리에게 해를 끼치지 않을 것이며, 우리를 감시하거나 감금하기 위해 배치된 것이 아니라는 사실을 확인하고 난 뒤에야 완전히 마음을 놓을 수 있었다. 그리고 이런 식으로 세상이 변해버린다면 더 오래 잠드는 것은 위험할지도 모른다는 생각이 들었다.

사실 그 로봇들은 우리 두 사람의 소유물이었다. 그렇게 겁낼 필요는 없었던 셈이었다.

나는 로봇들에게 총통에 대해 물었다. 그러자 로봇 하나가 이렇게 대답했다.

"물론 그분은 살아계십니다."

227세. 남편이 내 쪽을 돌아보며 고개를 절레절레 흔들었다. 나도 역시 마찬가지였다. 우리는 우리 인생에서 가장 아름다웠던 시절만큼 젊어지고 또 아름다워져 있었다. 하지만 총통도 아름다울까. 세상도 아름다울까. 어쩌면 50년을 더 자야 할지도 모른다는 생각이 들었다. 하지만 더 자는 것은 너무 위험해 보였다. 나는 말없이 남편을 돌아보았다. 남편도 입을 다문 채 나를 바라보았다.

그때 로봇이 이런 말을 덧붙였다.

"그분은 11년 전에 낙원으로 가셨습니다."

"낙원?"

남편이 물었다. 로봇이 곧바로 대답했다.

"다들 떠났습니다. 지구의 인구는 이제 그렇게 많지 않습니다. 2천만 명 정도. 그런데 지금이 훨씬 더 살기가 좋을 겁니다."

"그래? 지구는, 오염되지 않았어? 지난번에 깨어났을 때 오염 이야기를 들은 것 같은데."

내가 물었다. 그러자 로봇이 대답했다.

"그렇습니다만, 사람이 살기 힘들 만큼 오염되지는 않았습니다. 사실, 인구가 줄어들고 절대적으로 부족한 노동력은 기계로 대체되면서 전체적으로는 살기가 더 괜찮아졌거든요."

"그래? 그런데 왜 다들 떠났지?"

"낙원은, 멀리 떨어져 있습니다. 새로 개척한 행성입니다."

"새로 개척한 데가 그렇게 살기 좋아?"

"물론입니다. 기계화된 선발대가 이주용 우주선보다 조금 더 빠른 속도로 갔거든요. 한 1,000년쯤 일찍 도착해서 개척을 시작할 예정이니까, 사람들이 도착할 때쯤에는 아주 살 만한 곳이 되어 있을 겁니다. 화성을 지금처럼 개조하는 데 70년밖에 안 걸렸으니까요."

그 말을 들으면서 나는 이런 생각이 들었다. '사람들이 다 떠나버렸으니까, 권력을 유지하려면 총통도 그 사람들을 따라가야 했겠구나.' 나는 내가 연구하던 것이 우주여행을 위한 동면 기술이었다는 사실을 새삼스럽게 떠올렸다. 사람들이 진짜로 그런 쓸모없는 짓을 실행에 옮기는 일은 절대로 일어나지 않을 거라고 굳게 믿고 있었는데. 그런데 모두가 떠나버렸다니.

기뻤다.

바보들. 진짜로 떠나버리다니. 이렇게 고마울 데가!

"그러니까 그 말은 총통이 앞으로도 수만 년은 더 살아 있을 거라는 거군."

남편이 말했다. 나는 얼굴 가득 참을 수 없는 환희를 떠올리면서 대답했다.

"응. 총통각하는 영원히 살아계시는 거야. 우리 마음속에 언제까지나."

그렇다. 총통이 우주의 신이 되어서 다시 돌아온다고 해도, 그 속도가 빛의 속도에 무한히 근접할 만큼 빠른 속도라고 해도, 최소한 5만 년은 더 걸릴 것이다. 우리는 그 전에만 죽으면 되는 것이다.

그러니까 그날은 지난 150년 동안 겪어 본 것 중에서 가장 행복한 날이 틀림없었다. 우리가 드디어 해낸 것이다! 살기 좋은 세상이 돌아올 때까지 용케도 참고 견뎌낸 것이다!

만세! 만세!

우리는 슬슬 사람들을 만나러 밖으로 나갈 채비를 했다. 지구에는 어떤 사람들이 남아 있을까. 그동안 벌어 놓은 돈은 어떤 식으로 써야 할까. 죽기 전에 다 쓸 수나 있을까. 가슴 설레는 외출이었다.

"백년 만이다."

남편이 말했다.

"진짜다."

나도 맞장구를 쳐 주었다. 글자 그대로 백년 만의 외출이었다. 우리는 그 옛날에 그랬던 것처럼 손을 꼭 잡고 걸었다. 고등학교 2학년 천재소녀와 그보다 세 살이 더 많은 남자. 그때 그 모습 그대로였다. 하지만 우리는 이제 남들의 시선이 전혀 부끄럽지 않았다.

우리는 그렇게 살아남았다.

다시 한 번 기체가 심하게 요동쳤다. 잔뜩 긴장된 공기가 수송기 안을 가득 메웠다. 고래 뱃속에 든 것만 같았다. 그 공간만이 우주의 전부인 것 같았다. 바깥은 없고 오로지 그곳만이 유일하게 존재를 담아낼 수 있는 유의미한 공간으로 남아 있는 듯한 착각. 그것은 사실이기도 하고 그렇지 않기도 했다. 바깥은 삶의 영역이 아니었기 때문이다.

수송기 안은 일종의 대기실 같았다. 삶의 영역으로부터 전쟁의 영역으로 직접 이어지는 통로. 그래서 그곳은 안락하지 않았다. 프로펠러 소리가 요란하게 들려오고, 그 프로펠러 소리를 뛰어넘기 위해 끊임없이 누군가가 소리를 질러대는 곳이었다. 그렇게 그들은 전장으로 실려 가고 있었다.

누군가를 떨어뜨리기 위해 태어난 비행기. 삶의 공간과 죽음의 공간을 나누는 그다지 두껍지 않은 벽. 그 너머에서부터 들려오는 악마의 울음을 닮은 폭풍우 소리. 단 한 발짝만 바깥으로 내디뎌도 곧바로 아래로 추락하고 말 연약한 존재들. 신의 영역에 속하지 않은,

어디까지나 영원히 땅에 속한 영혼들.

하지만 그들에게는 날개가 달려 있었다. 어깨나 등에 달린 게 아니라 군복에 새겨진 날개 모양의 공수부대 마크. 그 조그만 날개는 그들이 언제든 비행기 밖으로 내던져질 준비가 되어 있다는 것을 의미했다. 낙하산 하나에 의지해 추락의 두려움을 극복해 가며, 세상에서 가장 위험한 상태로 적진 한가운데에 투입될 만반의 준비가 갖춰진 사람들. 그러나 그들을 바라보는 교관의 눈에는 어딘지 의심스러운 눈빛이 깃들어 있었다.

'정말로 만반의 준비가 다 된 게 맞을까.'

그는 검은색이 유난히 짙은 선글라스를 매만지며 잠깐 생각에 잠겼다.

'나이들이 너무 많아. 그것도 어정쩡하게 많지. 그렇다고 실전 경험이 풍부해 보이는 것도 아니고. 이렇게 흘러가도 좋은 걸까. 이번 임무야 별로 어렵지 않게 처리해 낼 수 있겠지만, 인적자원이 이렇게 부족해서야 어디 장기전 상황을 버텨낼 수 있겠어. 전시경제가 아무리 오래 지탱해준다 해도 그걸 유지하고 운영할 사람이 남아나지 않을 텐데. 결국 이대로 나가떨어지는 게 아닐까.'

물론 그는 노련한 교관답게 그런 불안한 기색을 겉으로 내보이지 않았다. 오히려 그의 말만 잘 들으면 그 안에 있는 누구라도 갓 스무 살을 넘긴 청년 병사처럼 용맹하게 전장에 우뚝 설 수 있을 것만 같은 단호함이 느껴지는 목소리로 쉴 새 없이 무언가 소리를 질러대고 있었다.

정신교육. 그것은 그에게 부여된 수많은 임무 중 하나였다. 일지 같은 건 남기지 않아도 좋았다. 결과점검 같은 걸 해 줄 사람도 없었다. 일단 저 아래로 밀어 떨어뜨리고 나면 죽어버리든 살아남든 알바 아니었다. 그의 소관이 아니라는 말이었다. 그래도 그는 단 한 번도 정신교육을 소홀히 한 적이 없었다.

낙하산에 매달려 전장을 향해 내려가다 보면, 붙잡을 것이라고는 아무것도 없다는 사실을 새삼 깨닫게 된다. 그것은 꽤나 충격적인 경험이었다. 아무리 훈련이 잘돼 있어도 마찬가지였다. 훈련 상황에서야 잘못될 경우를 대비한 최소한의 조치계획이라도 마련되어 있는 법이지만 실전에서는 절대로 그런 걸 기대할 수 없다. 죽음을 생산해 내기 위해 사람을 투하하는 것이지 누군가를 살려내기 위해 투하하는 게 아니기 때문이다.

아무리 발버둥 쳐도 닿지 않는 지면. 안전하게 육체를 매달고 있는 것 같지만 실은 그 어디에도 고정되어 있지 않은 채 바람이 불면 바람이 부는 대로, 하늘이 뒤집어지면 하늘이 뒤집어지는 대로 한없이 불안하게 흔들리기만 하는 낙하산줄. 육체가 추락하는 속도보다 조금도 느리지 않은 속도로 똑같이 추락하는 하얀 낙하산들. 능동적이지 않다는 면에서는 해파리보다도 별로 나을 게 없는 그 낙하산을 아래에서 위로 가만히 올려다보고 있으면 온갖 불안한 생각이 머릿속을 채우기 마련이었다. 뭐라도 꽉 붙들고 싶은 본능 때문이었다.

그의 임무는 곧 그 상황에 놓이게 될 가련한 영혼들에게 꽉 붙들 지푸라기 하나씩을 쥐어주는 일이었다. 그게 바로 그 정신교육의 정체였다. 딴생각 하지 말고 오로지 한곳만 바라보고 얌전히 내려가라는 메시지. 이왕이면 사기를 북돋아주면 좋고, 가능하다면 그들이 지금 왜 그런 이상한 곳에 와 있어야 하는지를 알아듣게 설명해주면 더 좋을 훈시내용.

그것은 바로 충성이었다.

"위대한 총통각하의 충성스러운 군대로서 이 자리에 서게 된 것을 영광으로……."

물론 스스로 생각해도 어딘지 좀 이상한 소리였다. 무엇보다 별로 내용이 없는 말이었다. 그러나 그런 건 아무래도 좋았다. 어차피 프로펠러 소리에 묻혀서 잘 들리지도 않을 말이었으니까.

중요한 건 단 한 마디뿐이었다. '각하'라는 말. 그 말만 제대로 알아들으면 나머지는 누구든 비슷한 문장들을 떠올릴 수 있을 것이다. 굳이 누가 다시 한 번 말해줄 필요도 없이 귀에 못이 박히도록 반복해서 들어왔을 상투적인 구호들.

그는 다시 소리를 질러댔다. 무언가 알 수 없는 말들을 끊임없이 외쳐댔다. 말이 되는지 어떤지는 알 수 없어도 아무튼 무슨 말인가가 끝없이 튀어나오는 걸 보면, 적어도 그는 훌륭한 교관임에는 틀림 없어 보였다.

다시 거대한 폭풍이 기체를 뒤흔들었다. 그들을 태운 수송기는 마치 거대한 파도 위를 떠가는 화물선처럼 위태로운 바람을 온몸으로 맞이하고 있었다. 그리고 그 압도적인 진동은 비행기 외벽, 삶의 영역과 죽음의 영역을 나누는 그 얇은 경계면을 우습게 통과해 그 안에 탄 사람들에게 곧바로 전달되었다. 고래를 뒤흔든 파도가 결국 그 고래의 뱃속을 뒤집어 놓듯이, 거대한 멀미의 파도가 아주 긴 시간에 걸쳐 비행기 안쪽을 샅샅이 훑고 지나갔다.

폭풍 예보와 작전명령이 시차 없이 거의 동시에 떨어진 밤. 그래서 어쩌면 적은 평소보다 훨씬 더 방심하고 있을지도 모르는 밤.

수송기는 힘겹게 폭풍을 뚫고 목표지점을 향해 날아가고 있었다. 수십 대의 수송기로 이루어진 편대가 그 주위에 나란히 늘어서 있었다. 그리고 잠시 후 어디선가 또 다른 수송기 편대가 나타나 그들의 대열에 자연스럽게 합류했다. 모두 백여 대. 그것만 봐도 결코 작지 않은 규모의 작전이었다. 게다가 그게 전부가 아닐 게 분명했다. 지휘부가 그런 최악의 기상조건을 거의 작전개시 신호와 같은 의미로 받아들인 것도 결국은 그래서인 것 같았다. 반드시 의도를 감추어야만 하는 중요한 작전이었기 때문에.

아마도 그들의 목표는 도시 전체일 게 분명했다.

거대한 난기류가 한차례 편대 전체를 휩쓸고 지나가자, 그는 다시 자리에서 일어나 큰 소리로 조금 전까지 하던 말들을 다시 한 번 반복했다. 괴로운 마음이야 충분히 이해하지만 위로 같은 걸 해 줄 사람은 아무도 없으니 생각할 힘이 남아 있다면 조금이라도 빨리 스스로 정신을 다잡고 다시 전장에 뛰어들 준비나 하는 편이 나을 거라는 메시지였다.

곧이어 그는 수송기 안을 돌아다니며 대원들 각자에게 할당된 임무 구역을 다시 한 번 숙지시켰다. 그러면서 언젠가 한 번 본 적이 있는 총통의 얼굴을 잠깐 떠올렸다. 그러자 총통의 그 날카로운 목소리가 거의 반사적으로 함께 떠오르는 것이었다.

총통의 말은 한 번 시작하면 끝이 없었다. 회의실을 가득 메운 70여

명의 사람들이 말대꾸 하나도 못할 만큼 압도적인 발언량이었다. 끼어들 틈 같은 건 어디에도 없었고, 있었다 해도 절대 끼어들어서는 안 되는 틈이었다.

하지만 묻는 말에 곧바로 대답하지 않으면 여지없이 날카로운 지적이 이어지곤 했다. 정신을 바짝 차리고 있지 않으면 생각지도 못한 순간에 곤경에 처하게 될 수도 있다는 뜻이었다.

"그래도 그런 긴장된 분위기가 낫지. 느슨하게 하나 마나 한 회의나 하고 있는 것보다는."

부대로 돌아가는 길에, 참관인 자격으로 회의에 참석했던 외국인 동료에게 그렇게 말했다. 그러자 그 동료가 이렇게 반문했다.

"그럼 방금 건 하나 마나 한 소리가 아니었다는 거야?"

"당연하지."

"그래?"

"그럼. 뭐가 불만이야?"

"불만은 무슨. 당신네 말을 잘못 알아들어서 하는 소리지. 진짜로 질문한 거야. 정말로 의미 있는 회의였냐고. 그러기도 힘든데. 대단하긴 한가보다."

사실 그 역시 의구심이 들지 않는 것은 아니었다. 그러나 겉으로 드러내지는 않았다. 선글라스 뒤쪽에서 조용히 눈을 굴리며 혹시 그 대화를 엿듣는 사람이 없는지 재빨리 확인했을 뿐이었다.

의구심이 드는 이유는 간단했다. 아니, 어쩌면 대단히 복잡한 일일지도 몰랐다. 그는 회의 시간에 총통이 한 말을 가만히 되새겨보았다. 회의중에도 든 생각이고 그때도 여전히 변함이 없었지만, 총통의 말에는 요지가 없었다. 아니, 어쩌면 요지가 너무 분명했다고 말해야 할지도 모르는 일이었다.

무슨 수를 써서든 전쟁에서 이겨야 한다!

그뿐이었다. 거의 두 시간에 달하는 그 긴 연설 어디에서도 부연 설명이 될 만한 건 전혀 찾아볼 수 없었다. 도대체 어떻게 이기라는 건지, 그리고 어떤 전략목표를 어느 정도로 달성해야 이기는 게 되는 건지, 구체적인 내용은 아무것도 없이 그저 전쟁이 시작됐으니 무조건 이기고 봐야 한다는 말뿐이었다. 물론 그 말만 하고 끝난 건 절대 아니었지만, 필요한 말만 요약하면 그렇다는 뜻이었다.

그런데 그 말은 그냥 그러려니 하고 넘어가도 되는 말이 아니었다. 어쨌거나 그건 총통령이었고 일종의 법률이었다. 또한 정부의 정책기조를 표현한 말인 동시에 군통수권자의 입에서 직접 나온 구두명령이기도 했다. 다시 말해서, 그 회의에 참석한 사람이라면 누구나 반드시 따라야만 하는 매우 구체적인 형태의 지시사항이라는 의미였다. 그런데 도대체 뭘 따라야 하는 건지 알 수가 없었다.

'아니, 저 말에 도대체 무슨 형태가 있다고 그걸 정책으로 구체화시키라는 건가. 그랬다가 결과가 안 좋으면 나중에 또 무슨 험한 소리를 들으라고.'

고민이 생겨났다. 혼자서는 도저히 해결할 수 없는 고민이었다. 그래서 그는 얼른 주위를 둘러보았다. 다른 사람들의 얼굴을 살피기 위해서였다.

행복해 보였다. 행복해 보이다니! 그에게는 그 사실이 충격이 아닐 수 없었다.

'아니, 도대체 뭐가 행복한 거지? 회의 전과 후를 비교해서 더 나아질 게 뭐가 있냐고.'

해답을 찾는 데는 30초도 걸리지 않았다. 그날 처음 회의에 참석했던 누군가가 다른 누군가에게 이런 인사를 건네는 모습을 보고 말았던 것이다.

"첫 참석이었는데, 앞으로는 쭉 참석 대상이 되겠죠?"

그들이 행복해했던 이유는 단 하나였다. 회의에 참석하게 됐다는 사실 그 자체. 회의 참석자 명단에 들어감으로써 권력과 지위를 어느 정도 보장받게 되었다는 안도감 같은 것들.

그는, 느긋한 표정으로 차에 오르는 사람들의 얼굴을 하나하나 살펴보았다. 그리고 그들의 어깨에 놓여 있는 계급장을 확인했다. 당연히 그 자신보다 훨씬 계급이 높은 사람들이었다. 그보다 훨씬 책임이 막중하고, 국가의 장래에 대해 훨씬 더 많은 걱정을 해야 할 사람들. 그들이 아무 걱정 없이 환하게 웃고 있었다. 그 순간 그는 그런 생각이 들었다.

'이건 내가 할 고민이 아닌데.'

그리고 얼굴에 미소를 떠올리려고 애썼다. 그 모습을 보고, 옆에 있던 외국인 동료가 이렇게 말했다.

"뭐야, 그 얼굴은? 대낮부터 무섭게 뭐하는 짓이야."

얼굴 가득 환하게 웃음을 머금었다. 그리고 잊었다.

'그래, 이건 내가 걱정한다고 해결될 일이 아니야. 웃어야지. 하하. 단순해지자고.'

그 뒤로는 한 번도 그 일을 떠올린 적이 없었다. 다만 사소한 명령

하나라도 그에게 주어진 일이라면 누가 봐도 모자람이 없도록 언제나 충실하게 수행해 냈을 따름이었다.

'그런데 왜 갑자기 그 일이 떠오르는 걸까. 지금 내 목소리나 말투가 총통을 닮아서 그런 걸까.'

그 순간, 그는 문득 신기한 사실 한 가지를 깨닫고 말았다. 그렇게 한참이나 딴생각에 빠져 있는 동안에도 그의 입이 쉴 새 없이 무슨 말인가를 떠들어대고 있었다는 사실이었다. 그런데 그보다 더 신기한 것은, 그가 그렇게 오랫동안 딴생각에 잠겨 있었다는 사실을 눈치 챈 사람이 그 비행기 안에 단 한 명도 없는 것 같다는 점이었다.

위화감이 들었다. 위화감이 들었다는 사실을 깨닫자마자 그는 곧바로 억지웃음을 지어 보였다. 그러자 그 모든 기억이 기체 외벽을 뚫고 폭풍 저편으로 날아가 버렸다.

그는 더 이상 아무것도 떠올리지 않은 채 다시 무슨 말인가를 외쳐대기 시작했다.

그렇게 수송기들이 폭풍을 뚫고 목표지점을 향해 날아가고 있었다. 공격목표가 슬슬 모습을 드러낼 때가 됐는데도, 폭풍우는 좀처럼 잠잠해질 줄을 몰랐다. 기체가 다시 심하게 흔들렸다. 규칙도 예고도 없이 좌우로, 그리고 아래위로. 끊임없이 요동치는 바닥을 보면서 모두가 침울한 생각에 잠겼다.

"우산은 안 챙겨가도 되겠지. 등에 메고 있으니까."

누군가가 그렇게 말하자 여기저기에서 피식피식 웃음이 터져 나왔다.

"방수는 되나, 이거?"

"되겠지. 구멍만 안 뚫리면 비 들이칠 일은 없을 거야."

그 말에 분위기가 다시 무겁게 내려앉았다. 총알구멍이 늘어선 모양이 떠올랐기 때문이었다.

그 뒤로는 쭉 물먹은 스펀지처럼 무거운 공기만이 발밑 어딘가에 음울하게 깔려 있었다. 물론 난기류를 만난 수송기가 아래쪽으로 심하게 흔들리는 순간이면 그 무거운 공기도 살짝 위로 들려 올라가기는 했다. 그렇다고 그 위쪽 공기가 상쾌하게 느껴지는 것은 전혀 아니었다. 상쾌한 기분이 드는 곳은 어디에도 없었다. 그곳은 전장으로 향하는 대기실이었고, 누군가에게는 폭풍에 휩싸인 좁은 연옥으로 느껴지기까지 할 공간이었다.

그리고 곧 대기신호가 떨어졌다. 교관이 소리치는 소리가 한층 더 크게 들려왔다. 소대장쯤 되는 누군가의 고함소리가 더해져서 그 무겁게 내려앉은 공기를 억지로 위로 끌어올리고 있었다.

그러자 모두가 장비를 착용한 채 자리에서 일어났다. 꺼리는 기색은 전혀 느껴지지 않았다. 오히려 모두들 자발적으로 일어나는 분위기였다. 훈련 때문이라기보다는 아마도 심하게 요동치는 바닥 때문인 것 같았다. 거기에서 그렇게 시달리고 있느니 차라리 뛰어내리고 말겠다는 각오 같은 게 느껴졌다.

그 비행기는 처음부터 공수용으로 제작된 비행기가 아니었다. 민간 수송기를 징발해 군용으로 개조하다 보니 적절한 시설들이 규정대로 다 갖춰져 있지는 않았다. 그래도 그들이 몸을 던질 지옥문 앞에는 삶과 죽음의 경계처럼 노란색 대기선이 어김없이 그어져 있었다. 그곳을 지나면 다시는 돌아올 수가 없었다. 도로 기어 올라올 수 없는 까마득한 낭떠러지.

그 앞에 줄지어 서 있는 어정쩡한 나이의 나이든 병사들을 바라보며 교관은 아주 짧은 시간 동안 이런 생각에 잠겼다.

'이래도 되는 걸까? 이런 것들을 데리고 도시 하나를 점령한다고?'

하지만 이제는 별 수 없었다. 되든 안 되든 내려 보내는 수밖에 없었다. 나머지는 높은 분들이 다 알아서 하겠지.

전투기 엔진 소리가 기체 외벽을 뚫고 비행기 안으로 넘어 들어왔다. 경고등이 켜지거나 가까이에서 폭발음이 들리지 않는 걸 보니 아군 호위기가 지나가면서 내는 소리인 것 같았다. 전투기가 합류했으니 이제 목표지점에 거의 도착했다는 뜻이었다.

조종석에서는 그다지 믿음이 가지 않는 신호들이 쏟아져 들어오고 있었다. 대공미사일이 겨냥하고 있다는 경보음이었다. 숫자를 셀 수 없을 정도로 빽빽한 신호들. 정말로 표적이 된 거라면 피할 수 있는 가능성은 별로 높지 않았다. 하지만 그 많은 신호들 중에 진짜 대공미사일 유도장치에서 나온 신호는 많아야 다섯 개 내외일 게 분명했다. 아니, 어쩌면 전혀 없을지도 모른다. 나머지는 휴대전화 신호였다. 비슷한 대역의 주파수를 사용하는 전파신호들이 의도치 않게 미사일 탐지신호를 교란하고 있는 것이었다.

조종사는 경보음을 아예 꺼버린 채로 목표지점을 향해 말없이 비행기를 몰아갔다. 주위의 다른 모든 비행기들이 그랬던 것과 마찬가지로.

폭풍을 뚫고 전투기 엔진 소리가 요란하게 들려왔다. 보지 않고도 어디에서부터 날아와서 어느 방향으로 날아가는지 알아맞힐 수 있을 만큼 강렬한 진동이 느껴졌다. 뭔가 일이 다급하게 진행되는 모양이었다. 상대편 전투기들이 날아오는 수송기들을 요격하기 위해 수적 열세에도 불구하고 과감하게 공격을 감행하는 중인지도 몰랐다.

그리고 어디선가 익숙하지 않은 폭발음이 들려왔다. 꽤 가까운 곳에서 일어난 일 같았다. 그 일이 정확히 어떤 일인지는 알 수 없지만, 뭐가 됐든 그다지 좋은 일이 일어날 상황은 아니었다. 아무튼 바깥은 죽음의 영역이었기 때문이다.

언제까지나 뒤로 미룰 수도 없는, 때가 되면 그냥 망설임 없이 받아들여야만 할 운명.

마침내 신호가 떨어졌다. 낙하하라는 신호였다. 교관은 손잡이를 당겨 출입문을 열었다. 차가운 기운이 비행기 안으로 세차게 들이쳤다. 그리고 지옥문을 통해 간접적으로만 들려오던 소리들이 아무것도 거스르는 것 없이 귓속으로 직접 파고들기 시작했다.

대충 어떤 상황인지 알 것 같았다. 하나하나 자세히 묘사할 수는 없지만, 아무튼 대단히 안 좋은 상황임에는 틀림 없었다.

그러나 그는 조금도 지체하지 않고 눈앞에 늘어서 있는 가련한 영혼들에게 낙하명령을 내렸다. 단호하고도 망설임 없는 태도였다. 그러자 늘어서 있던 줄이 빠른 속도로 줄어들었다. 노란 선을 지나 지옥문 안으로. 삶과 죽음의 경계를 지나쳐가는 그들의 발걸음이, 배식대 앞을 지나쳐가는 배고픈 예비군들의 행렬처럼 아무렇지도 않게 느껴졌다. 전쟁이라는 게 참 아무 일도 아닌 것 같았다. 그렇게 특별할 것도, 그다지 끔찍할 것도 없는, 늘 그 자리에 그렇게 있어온 것만 같은, 전혀 충격적이지 않은 일상의 어느 국면.

뛰어내렸다. 하나둘씩 비행기를 빠져나가는 사람들. 줄지어 떨어지는 사람들의 행렬이, 조금 멀리서 보기에 마치 폭탄처럼 보였다.

'차라리 폭탄을 떨어뜨리는 게 더 효과적이었을까.'

그렇지는 않을 것 같았다. 전략목표가 전혀 달랐기 때문이다. 총통은 그 도시를 파괴할 생각이 아니라 점령할 생각이었다. 그래서 폭탄이 아닌, 사람을 투하했다. 안전하게 손에 넣을 수 있도록. 그대로 다른 누군가가 사용할 수 있도록. 그리고 그 다른 누군가는 아마도 본인 스스로일 것이다. 명분상으로는 그 모든 게 다 '인민'을 위한 조치였겠지만.

고개를 내밀어 바깥을 내다보았다. 저 멀리서 전투기 몇 대가 큰 곡선을 그리며 추격전을 벌이고, 그런 것 따위는 안중에도 없다는 듯 폭풍이 비바람을 뿜어대고 있었다. 번개가 내리쳐 카메라 플래시처럼 공간 전체를 비추고, 그 안에 들어 있는 살아 있거나 혹은 생명이 없는 모든 존재들이 그 허공 위의 무대 안에 나름의 궤적을 남기며 어지럽게 흩어져 갔다.

가까이에서 날아온 천둥소리가 그 모든 움직임들을 강렬한 하나의 이미지로 엮어내고 있었다. 그리고 그 순간, 마치 누군가가 일부러 연출해 내기라도 한 듯 첫 번째 낙하산이 허공에 펼쳐졌다. 꽃이 피듯. 폭발이 일어나듯. 그리고 연이어 펼쳐지는 낙하산들. 하나, 둘, 셋. 그 작고 하얀 꽃들이, 아무것도 없어 보이던 캄캄한 허공 위에 난데없는 입체감을 부여했다.

수십 대의 비행기에서 떨어져 나온 수백 수천 개의 낙하산들이 새 하얀 꽃들을 무더기로 피워대자 하늘은 꽃밭으로 변해갔다. 특히 위에서 내려다본 꽃밭의 풍경은, 아래에서 올려다보는 것보다 훨씬 더 아름다웠다. 하늘하늘, 전혀 다급함이 느껴지지 않는 고요하고 느긋한 흑백사진 같은 풍경. 바람에 실려 정처 없이, 운명이 데려다 놓는 곳이라면 어디든 날아갈 듯 낭만적인 모습으로 떠다니는 꽃무리.

하지만 낙하산들은 아무 방향으로나 날아가고 있는 게 아니었다. 그들에게는 저마다 주어진 임무가 있었고, 내려야 할 목표지점이 정확히 명시되어 있었다. 거센 바람이 불어와 그들을 의도하지 않은 곳으로 날려 버리려고 했지만, 조금이라도 바람이 잦아들 때면 낙하산들은 어김없이 각자에게 할당된 방향으로 몸을 기울였다. 마치 바람의 방향이 바뀐 듯한 착각마저 불러일으키는 광경이었다.

그리고 그 한가한 풍경 사이로 또 다른 꽃들이 파고들기 시작했다. 흑백사진 같은 풍경과는 어울리지 않는, 훨씬 더 화려한 색채를 가진 꽃들. 갑자기 피었다가 검은색 연기만을 남기며 흔적도 없이 순식간에 시들어버리는 대공화기들.

낙하산 근처에서 연쇄폭발 하는 매서운 포탄의 탄막을 뚫고 대공 미사일 몇 개가 빠르게 솟구쳐 올랐다. 미처 병력을 다 떨어뜨리지 못한 수송기 두 대가 미사일에 맞아 추락하는 모습이 보였다. 그러나 대부분의 비행기들은 무사히 임무를 수행한 다음, 빠른 속도로 전장을 벗어나고 있었다.

낙하산들도 마찬가지였다. 물론 어떤 낙하산에서는 전혀 생기가 느껴지지 않았다. 이미 삶이 아닌 죽음이 매달려 있기 때문이었다. 하지만 나머지 낙하산은 대부분 무사했고, 맨 먼저 비행기에서 뛰어

내린 사람들은 빠른 속도로 눈앞에 다가오는 도시를 아무 방해물 없이 내려다볼 수 있었다.

그래도 그곳은 여전히 죽음의 영역. 아직은 어둡기만 한 무대 저 위쪽에서 가끔 수명 다 된 형광등처럼 번갯불이 번쩍거렸다. 그러면 모든 게 조금 더 선명하게 눈에 들어왔다. 폭풍도, 수송기도, 전투기도, 사람도, 그 뒤를 어김없이 파고드는 대공포도. 다른 동료들이 대신 맞아주기를 바라는 것 말고는, 대공포를 피할 방법은 어디에도 없었다. 아무리 버둥거려봐야 영 다른 방향으로는 날아갈 수가 없었기 때문이다. 그저 해파리 떼처럼 아래를 향해서만 움직일 수 있는 공간. 그렇게 정해져버린 공간의 규칙.

고도가 충분히 낮아지자 이번에는 번갯불보다는 훨씬 더 무대 조명에 가까운 빛이 아래쪽에서부터 강렬하게 치고 올라오는 모습이 보였다. 두리번거리듯 재빠르게 고개를 좌우로 흔드는 불빛. 탐조등이 뿜어내는 강렬한 빛의 기둥이 낙하산들이 모여 있는 곳을 재빨리 더듬었다. 그리고 불빛이 한자리에 머무른 직후에는 대공포보다 좀 더 가늘고 날카로운 점들이 바늘처럼 쑥쑥 치고 올라오곤 했다.

조준사격이 되지 않는 곳. 그러나 조준사격이 필요 없을 만큼 무수히 많은 총알들이 빗방울처럼 낙하산 아래쪽을 적셔 왔다. 진짜 빗방울들과는 완전히 반대 방향이었다. 그러면 낙하산에 매달린 불쌍한 영혼들은 뒤집힌 우산을 들고 거꾸로 서 있는 사람들처럼 아무 저항도 하지 못한 채 발부터 서서히 젖어가곤 했다. 물론 그들의 발을 적시는 건 붉은색 피였다.

적어도 그 순간, 신은 낙하산에 매달린 위태로운 영혼들의 곁에 매달려 있지 않았다. 하지만 시간만은 분명히 그들의 편이었다. 희생자가 얼마가 됐든, 시간이 흐를수록 그들이 지면에 점점 더 가까이 다가가게 된다는 사실에는 변함이 없었다. 그리고 땅은 그들에게 유리한 전장이 되어줄 게 틀림없었다. 저 아래에는 그들을 막을 만한 병력이 충분히 준비되어 있지 않았으니까. 그렇게 아래로 아래로 추락해야만 하는 운명.

전투기 몇 대가 낙하산 옆을 스쳐 지나갔다. 적군 전투기 한 대가 교전 상황을 아슬아슬하게 벗어나 낙하산들이 모여 있는 곳으로 잠시 돌출되어 나온 모양이었다. 그러자 아군 전투기 두 대가 곧 그 뒤를 따랐다. 작은 바람이 낙하산 사이를 갈랐다. 그 한 번의 공격에 또 몇 개의 낙하산이 생기를 잃고 말았지만, 대세는 이미 기울어 있는 것 같았다. 지면이 가까이 다가와 있었기 때문이다.

그쯤 되자 무사히 지면 근처까지 내려온 사람들은 비 내리는 도시의 야경을 맨눈으로 감상할 수 있었다. 도시는 조용해 보였다. 아무 일도 일어나지 않는 것만 같았다. 아마 실제로도 그랬을 것이다.

움직이는 건 도시가 아니라 사람들이다. 도시라는 건 그렇게 빨리 움직이지 못한다. 움직이기는 하지만 시간이 오래 걸린다. 나무만큼 긴 시간을 두고 서서히 자라고, 산만큼 긴 시간을 두고 천천히 쌓여 간다.

한 줄로 쭉 늘어선 가로등 불빛이 눈에 들어왔다. 주황색이었다. 시가지가 보이고, 자동차 꽁무니에서 나오는 빨간 불빛이 눈에 들어왔다. 폭이 꽤 넓은 강물, 그 위에 걸쳐져 있는 몇 개의 다리, 또 그 위에 가로등.

강 건너 북쪽으로 눈을 돌리면 옛 왕궁 쪽으로 이어지는 대로를 쉽게 찾을 수 있었다. 그 길 양쪽으로 높게 솟아 있는 고층건물의 실루엣, 그리고 그 사이에 숨어 있는 옛 왕궁의 흔적. 고층건물이 밀집되어 있는 구역과 옛 왕궁의 정문 가운데쯤은 왕조시대부터 죽 국가의 주요 행정관서들이 모여 있던 곳이었다. 그리고 그것은 지금도 마찬가지였다.

낙하산 수십 개가 그곳의 위치를 확인하고는 바람을 뚫고 조금씩 그쪽으로 몸을 기울였다. 기관총 소리가 계속해서 들려왔다. 그러나 이제는 위험한 구역은 벗어난 것 같았다. 점점 멀게만 들리는 기관총 소리를 귀로 확인하면서, 낙하산들은 서서히 착지를 준비했다.

허공에 떠 있을 때는 한없이 작게만 보였지만, 시가지에 가까워질수록 꽤 커 보이는 낙하산들이었다. 조금 전만 해도 바람에 날리는 하얀 꽃송이처럼 연약하게만 보이던 낙하산들이 이제는 하나하나가 수십 년쯤 한자리에 뿌리를 박고 서 있는 나무처럼 크고 단단하게만 느껴지는 시점이었다.

그렇게 조금씩 아래로 내려갔다. 고도가 낮아지면 낮아질수록 시가지의 모습이 선명하게 눈에 들어왔다. 주황색 가로등, 그 앞을 스쳐 지나가는 것만 같은 빗줄기들, 물기를 잔뜩 머금은 도로, 그 위를 달리는 차들이 내는 작은 파도소리.

날이 밝아오고 있었다. 폭풍에 휩싸인 대도시의 윤곽이, 희미하지만 가로등불보다는 훨씬 선명한 어떤 거대한 조명 아래 조금씩 생기를 찾아가고 있었다. 점점 지상에 가까워질수록 이차원으로 보이던 지형지물들이 입체로 보이기 시작한 것도 물론이었다. 그렇게 구석구석 도시가 되살아났다. 지도상으로만 존재할 것 같던 활자 같은 도시가 손에 잡히고 냄새도 맡을 수 있는 살아 있는 괴물로 되돌아와 있었다. 봉인을 풀어헤치고 세상 밖으로 튀어나온 괴물들.

그리고 그것은 낙하산들도 마찬가지였다. 하나의 점으로밖에 보이지 않던 가련한 생명체들이 더는 가련해하지 않아도 좋을 구체적인 사람의 모습으로 되돌아가 있었다. 땅이 가까워질수록, 건물들의 윤곽이 알아볼 수 있을 만큼 선명해질수록, 그들의 표정도 생생해져만 갔다.

이제 낙하산은 더 이상 하얀 꽃이나 해파리나 우산으로 비유할 수 없는 물건이 되어 갔다. 낙하산은 낙하산 그 자체였다. 공기 저항을 크게 해 추락하는 속도를 떨어뜨리고, 발이 지면에 닿은 뒤에는 형체를 잃고 맥없이 주저앉아버릴 커다란 천 조각.

낙하산들은 정확히 각자의 목표를 찾아서 날아갔다. 그들의 목표는 보통 공수부대가 착지 지점으로 삼곤 하는 넓은 공터나 공원 같은 것들이 아니었다. 빽빽한 건물 숲, 유리창이 가득 달린 어느 각진 건물 안, 그중에서도 전망이 제일 좋은 널따란 사무실.

그들을 태운 낙하산들이 건물 유리창을 스치듯 지나쳐 정확히 각자가 목표지점으로 삼은 사무실 안 안락해 보이는 의자 위에 사뿐히 내려앉는 모습을 보고, 그곳 사람들은 당황한 기색을 감출 수 없었다. 입을 떡 벌리고 멍하니 그 자리에 멈춰 서 있는 사람들, 그리고 뒤늦게 그 소식을 전해 듣고는 직접 본 사람들보다 더 깜짝 놀라는,

셀 수 없이 많은 얼굴 얼굴들.

그런데 그게 끝이 아니었다. 그 자리에 앉자마자 그들은 등에 맨 낙하산을 벗어 창밖으로 내던진 다음, 헬멧을 벗고 군복을 풀어헤쳤다. 뚱뚱하게 생긴 두툼한 군복 안에는 전쟁을 위한 장비 대신 양복과 넥타이가 들어 있었다. 또한 그들이 양복 주머니에서 금테 안경을 꺼내 거의 척 소리가 날 것 같은 동작으로 얼굴에 착용하는 순간, 그 앞에 놓인 커다란 책상 위에는 그들 하나하나의 이름이 새겨진 명패가 찬란한 광채를 발하기까지 했다.

○○○○ 위원장 ○○○
△△△ 공사 사장 △△△
□□□□ 장관 □□□

자리에 앉자마자 그들은 인터폰을 눌러 비서를 호출했다.
"간부회의 소집되어 있습니까?"
"네, 소회의실에서 대기하고 있습니다."
비서실장의 대답이 수화기 너머에서 들려왔다.
"좋아요. 지금 바로 갈 거니까 준비하라고 알려주세요."
새벽이 밝아오자, 낙하산에서 내려온 사람들이 각자의 자리에서 일제히 첫 회의를 주재하고 있었다. 그 회의를 통해 그들은 총통이 자신들에게 내린 첫 번째 명령을 수행했다.
"자, 일단 인적 쇄신부터 좀 했으면 좋겠는데⋯⋯."
회의는 대체로 짧은 편이었다. 어차피 다른 의견을 제시하는 사람이 아무도 없었으므로 길어지고 말고 할 게 없는 회의였다.

회의 중간중간에 그들은 흘끔흘끔 창밖을 내다보곤 했다. 아직 지상에 닿지 않은 낙하산들이 남아 있는 모양이었다. 하지만 시간이 그렇게 많이 필요할 것 같지는 않았다. 그날이 다 저물 때쯤이면, 도시는 완전히 총통의 손에 장악될 거니까.

'그런데 그래도 되는 걸까.'

아주 잠깐 사이, 이상한 생각이 뇌리를 스치고 지나갔다. 그래서 그들은 억지로 씨익, 웃음을 지어보였다. 어색한 웃음이었지만 하다 보니 원래 그런 얼굴을 하고 있었던 것처럼 자연스러워졌다. 그 순간, 조금 전에 머리를 스쳐 지나갔던 생각이 거짓말처럼 말끔히 증발되어버렸다. 그리고 그들은 신기한 일 하나를 새삼스레 깨달았다. 분명히 그렇게 딴생각에 잠겨 있던 순간에도 그들의 입이 마치 분리된 신경계의 지배를 받고 있기라도 하듯, 계속해서 무슨 말인가를 중얼거리고 있었다는 사실이었다.

의미를 알 수 없는 이상한 말들. 그래도 모두가 다 알아듣는 신비한 언어들.

'도대체 무슨 일이 일어나고 있는 걸까. 어떻게 모두가 이 말을 알아듣는 걸까. 나도 내가 하는 말이 무슨 말인지 모르겠는데.'

시간은 그런 식으로 순조롭게 흘러갔다. 그날 일어나기로 예정되어 있던 일들이 순서대로 착착 일어났다는 뜻이었다.

그리고 일정에 따라, 오후에는 폭풍이 찾아들었다.

구름이 걷히고 다시 해가 나자 세상이 온통 평화로워졌다.

1.

　　　　　　　　사상이라고 부를 만한 건 별로 없었어, 그
여자는. 무슨 위대한 철학 같은 걸 갖고 있는 사람은 아니었으니까.
그냥 공무원이었지. 게다가 좀 이상한 나라 공무원이었어. 뭐 다 조
사해온 게 있으니까 끄집어내는 이야기일 거 아니야. 그 나라 어떤
나라였는지 몰라? 순전히 문서상으로만 그렇게 돼 있기는 했지만,
아무튼 그 나라는 헌법상 분명히 용이 지배하는 나라였다고. 그러니
내가 뭘 배우고 말고 할 게 없었지. 적어도 사람들끼리 하는 정치에
관해서는 말이야. 그 여자 본인도 뭘 가르친다는 생각을 해 본 적은
없었어. 그냥 어쩌다보니 영향을 받게 되긴 했겠지. 안 그럴 수 있나.
그래도 그렇게 대단한 건 아니었을 거야. 그다지 오래 간 사이도 아
니었고.

　그러니까 너무 큰 기대는 하지 말고 들어. 이건 그냥 고양이에 관
한 이야기야. 갑자기 무슨 고양이 이야기냐고? 무슨 고양이냐면, 비

맞은 고양이야. 어제 내가 요 앞 골목길에서 비에 흠뻑 젖은 고양이 한 마리를 봤거든. 뭔가를 찾아서 두리번거리고 있다가 내 발소리가 나니까 갑자기 어디론가 휙 사라져버리더라고. 그렇게 도망치는 모습을 보니까 그 생각이 났어.

한 20년쯤 됐나. 고양이들이 대접받는 나라에 간 적이 있었거든. 아, 물론 그때는 혼자였지. 거기는 말이야, 아마 지금도 그럴 거야. 2천 년 넘게 쭉 고양이가 대접받는 나라였을 거라고. 바스텟이라고, 사람 몸에 고양이 머리를 한 이집트 여신이 있어요. 그 많은 신들 중에서도 꽤 사랑받던 신이었거든. 그 시절 그 동네에서는 고양이가 수호신이었어. 뱀이나 쥐 같은 것들로부터 창고를 지켜주곤 했으니까. 물론 사자같이 폼 나는 맹수도 있었지만, 사람들이랑 같이 어울려 살면서 진짜로 사람들의 삶을 지켜주는 건 사자가 아니었거든. 고양이였지.

야생의 풍모를 간직한 고양이들. 그런 거 본 적 있어? 사람이 나타나도 길을 비키지 않고 당당하게 가던 길을 걸어가는 고양이들. 차가 와도 마찬가지야. 물론 도로에서는 그러지 않지. 하지만 적어도 골목길 같은 데서는 절대 길을 비켜주거나 머뭇거리는 법이 없어. 놀라서 후다닥 모습을 감추는 일 같은 건 상상도 못하지. 그냥 '이 길이 내 길이다' 하는 식이야. 아마 진짜로 그렇게 생각하고 있었겠지. 이 길이 내 길이다. 이 도시가 내 도시다. 그러고는 아무 집에나 들어가서 냥냥거리는 거야. 이 집이 내 집이니 밥을 내놓거라. 원하는 걸 얻지 못하는 경우는 별로 없는 것 같았어. 쫓겨나는 일도 없고 말이야.

그런 고양이들 중의 한 마리가 길 한가운데에 잠들어 있는 광경을 본 적이 있었어. 그 동네에서 볼 수 있는 다른 모든 고양이들처럼 우아하고 품위 있고 고상한 자태였지. 물론 지저분하다는 생각 같은 건 전혀 들지 않았어. 누군가 부지런히 씻겨주는 게 아닐까 싶었는데, 아마 동네 사람들 전부가 시간 날 때마다 보살펴주는 거겠지. 일부러 시간을 내서 보살펴주는 건지도 몰라. 공존하고 있다는 느낌을 넘어서 숭배받고 있다는 느낌마저 들었으니까. 사람들이 그렇게 배려해 주지 않으면 인간들이 만든 수천년 된 도시 한가운데에서 고양이가 야생의 품위를 그대로 간직한다는 게 가능했을 리가 없지. 안 그렇겠어? 고양이를 해충으로 취급하는 나라에서는 지저분하게 비에 젖은 고양이가 사람을 피해 어디론가 후다닥 달려가다가 그만 어딘가에서 발을 헛디디는 바람에 허둥지둥 벽 긁는 소리를 듣게 되기가 일쑤거든. 품위라는 걸 기대할 수 없다는 뜻이지.

그런데 그 동네 고양이는 달랐어. 고양이뿐만 아니라 고양이가 꾸는 꿈마저도 애지중지 보호받는다는 느낌이었지. 한 무리의 사람들이 고양이를 피해서 길옆으로 돌아가는 광경이란! 그런 거 본 적 있어? 혹시나 고양이가 잠에서 깨기라도 할까봐 발소리마저도 조심조심 신경 쓰는 모습을 말이야. 어른들만 그러는 것도 아니었어. 천방지축으로 온 동네를 뛰어다니던 꼬맹이들도 그 앞에만 가면 발소리를 죽였다니까. 왜냐고? 고양이를 소중하게 생각하는 나라였으니까.

그래, 그건 정말 마법 같은 순간이었어. 시간이 지금까지와는 전혀 다르게 흐르기 시작하는 지점이었지.

이상하다고? 직접 못 겪어 봐서 그래. 그리고 그게 그렇게 이상한 건 아니야. 생각보다는 보편적인 현상이지. 뭐 그런 데도 있어. 좀 더 유명한 동네가 있지. 소를 숭배하는 나라 말이야.

2.

그 여자 말로는, 그 나라 소들은 운이 좋은 거라고 하더라고. 시바 신이 타고 다닌다는 난디라는 소가 있거든. 그 난디 때문에 다른 소들이 다 영물로 대접을 받는 거야. 어디 그 소들이 다 영물이기야 했겠어. 그냥 소였겠지. 그런데도 그냥 난디에 묻어가는 거야. 사실 난디 자체도 시바 신한테 묻어가는 거긴 했지. 게다가 그 시바 신이라는 신이 힌두교에서도 좀 오래된 주신이었거든. 주신 자리 내준 지가 수천 년은 됐을걸. 지금도 중요한 신이긴 한데 주신은 어디까지나 브라흐마니까.

소를 숭배한다는 건 사람들이 생각하는 것처럼 요란한 일은 아니야. 소들이 길거리를 자유롭게 돌아다니기는 하는데, 그렇다고 사람이 소보다 못한 취급을 받는다거나 그런 건 아니거든. 그런 광경을 본 적 있어. 식료품 가게 주인이 잠깐 한눈 파는 사이에 소 한 마리가 가게 안으로 고개를 쓱 집어넣어서 양파를 덥석 집어 가니까 주인이 손에 들고 있던 신문을 말아서 소 주둥이를 냅다 후려치는 거 있지. 그러니까 소가 깜짝 놀라서 그 큰 눈을 꿈뻑거리며 뒤로 슬슬 물러나는데, 무안해하는 표정이 한눈에 보기에도 너무 인상적인 거야. 신성모독이 아니라 그냥 민망한 거였지.

바닷가였어. 그 소를 본 동네가. 거기 소들은 그냥 큰 개 같았어.

집에서 키우는 개들이랑 똑같았거든. 아침에 주인이 문을 열어 주면 이집 저집 소들이 줄지어서 바닷가로 나가요. 거기서 하루 종일 이것저것 주워 먹다가 날이 어둑어둑해지면 또 줄을 지어서 각자 자기 집을 찾아가는 거야.

응? 개가? 개는 당연히 그러지. 그런데 소도 똑같이 그렇게 한다고. 바닷가에 가면 그늘에 누워서 낮잠을 자고 있는 개들을 많이 볼 수 있는데, 소도 그래. 똑같이 그러고 있어. 그러니까 크기에 상관없이 집에서 키우는 가축 취급을 받는 거지. 물론 우리가 생각하는 가축들보다는 훨씬 더 대접을 받는 게 분명하지만 말이야. 특히 공존이나 존중이라는 차원에서.

뭘 존중하냐고? 뭐긴, 잠이지 잠. 동물을 소중하게 생각하는 나라에서는 공통적으로 볼 수 있는 일들이야. 절대로 잠자는 동물을 깨우지 않는다는 것!

그런 식이었어. 어느 날은 번잡한 도로 한가운데에 커다란 소가 잠들어 있었지. 품종이 뭔지 모르겠는데 진짜로 커다랗게 생긴 소였어. 특히 머리가 아주 이만한 게, 머리 때문에 영물 취급을 받나 싶을 정도였다니까. 그런데 그 소가 잠들어 있는 데가 진짜 차들이 우글거리는 도로 한가운데였거든. 릭샤도 있고 오토바이도 있고 자전거도 있고 버스도 있고. 그런데 그 많은 차들이 전부 길 한쪽으로 돌아서 가는 거야. 소 한 마리 때문에. 경적도 거의 울리지 않더라고.

알까 모르겠네. 그 나라 도로 본 적 있어? 엄청 시끄럽잖아. 그 여자 설명으로는, 차선도 없고 신호등도 없는 데가 더 많고, 도로체계가 딱 갖춰진 게 아니니까 운전자들이 각자 체계를 내면화해야 돼

서 그런 거라나. 규칙이 잘 세워져 있는 나라에서는 그 규칙에 따라서 조용히 운전하다가 그걸 어긴 사람이 발견되면 그때만 빵빵거리는 거거든. 모두가 따르고 있는 규칙 안으로 들어오라고. 그래서 경적소리가 짜증으로 들리는 거고.

그런데 아직 규칙 자체가 안 세워져 있는 나라에서는 그렇지가 않다는 거야. 하루 종일 빵빵거리고 있는 택시 기사들 얼굴을 보라는 거지. 그냥 무덤덤하거든. 경적이 짜증이 아니라는 거야. 그냥 '너 너무 가까이 왔어' 하는 일상적인 신호인 거지.

아무튼 그 나라 도로는 어딜 가나 그 모양이었거든. 시끄럽고 혼잡스럽고 위험해 보이고. 그런데 잠자는 소 앞에서는 안 그랬다니까. 그 광경을 빤히 쳐다보고 있다가 그 여자를 만났어. 길 건너편에서 한참이나 그 모습을 보고 있었거든. 그러다 카메라에 서로의 모습이 담기는 순간, 자연스럽게 인사를 건네게 된 거야. 우리 둘 다 그렇게까지 적극적인 성격은 아니었는데, 그 광경이 워낙 신기해서 그랬어. 뭔가 벽 하나를 허물어버릴 만큼 신기한 광경이었거든. 잠자는 소와 잠을 깨우지 않으려고 조심하는 사람들.

그건 단순히 숭배 같은 게 아니었어. 어쩌면 숭배보다 더한 무언가였을지도 모르지. 그렇지 않겠어? 늘 가던 길이라는 거, 사람한테 그건 꽤 중요한 거잖아. 특히 도로 위에서는 더. 예정에 없던 무슨 일인가가 발생해서 늘 가던 길이 막히고 새로운 길을 찾아 돌아갈 수밖에 없는 상황이라는 건, 그런 수십만 명이 쓰는 길 위에서는 정말로 짜증나는 일이 아닐 수 없거든. 그런데 그걸 아무렇지도 않게 받아들이는 거야. 아무 충격도 발생하지 않는 거지. 덤덤하게 새로 생긴 우회로를 찾아갈 뿐이라는 말이야.

그게 숭배 아니냐고? 숭배는 그렇지 않지. 숭배는 충격의 연속이잖아. 갑자기 뭔가가 발생하면 그 현상을 대단히 충격적으로 받아들이는 게 숭배의 방식이라고. 그렇잖아. 별것 아닌 변화도 되도록 크게 떠벌이는 게 종교니까. 변화를 받아들인다는 점에서는 똑같은데 그 받아들이는 과정이 굉장히 충격적인 방식이라는 점에서, 이 나라 사람들이 잠자는 소를 대하는 방식과는 전혀 다르다는 거야. 그러니까 이건 숭배라기보다는 공존에 가깝지 않겠어? 사람들이 공존을 허락하는 이유를 찾다 보면 또 숭배 이야기가 나올 수밖에 없겠지만, 그 숭배하고 이 숭배하고는 좀 다른 숭배니까.

몰라서 그렇지, 그런 큰 것들이 인간들의 문명과 아무렇지도 않게 공존하는 나라들이 좀 있어요. 코끼리들이 도로를 걸어 다니는 나라들도 꽤 있다니까. 서너 마리씩 줄지어서 길을 가고 있다가 저 뒤에서 버스나 트럭 같은 게 빵빵거리는 소리가 들리면 주인이나 조련사가 시키지 않아도 길옆으로 슬슬 피해서 걸어가고 막 그래. 고개 한 번 옆으로 돌리지 않고 말이야. 그러니까, 공존하는 존재의 물리적 크기가 인간들의 문명에 충격을 주지 않는다는 거지.

바꿔 말하면 인간의 문명이란 그런 희한한 불순물들이 슥 들어와도 생각만큼 큰 충격을 받지 않고 자연스럽게 받아낼 수 있을 만큼 노련하고 성숙한 무언가라는 소리야. 볶음밥에 당근 몇 개 섞여 들어갔다고 밥상을 엎어버리는 애송이가 아니라는 거지.

얼마나 거대한 것까지 받아낼 수 있냐고? 글쎄, 아마 그 여자가 살던 나라만큼이 아닐까? 아까도 말했지, 왜, 용이 지배하는 나라라고.

3.

휴가를 내고 그 여자를 만나러 날아갔었어. 내가 한 건 공존이 아
니라 숭배였거든. 충격 없이 조용히 받아들인 게 아니라, 사소한 것
하나까지도 괜히 호들갑을 떨면서 충격으로 받아들였다는 거야. 그
사람을 만나고 연락을 하고 한 마디 한 마디 소식을 주고받고, 그 모
든 것들이 나한테는 내 삶 전체를 송두리째 흔들어버릴 만큼 충격적
인 사건이었으니까.

뭐가 그렇게 좋았냐고? 몰라. 지금 생각하면 나도 내가 왜 그랬는
지 잘 모르겠는데, 그때는 정말 말 그대로 사건의 연속이었지, 매일
매일. 사람이 사람 좋아하는 데 별다른 이유가 있겠나 싶긴 한데, 아
마 잠들어 있는 소를 가운데에 두고 길 양편에 둘 다 거의 똑같은 폼
으로 멍하니 서서 그 소가 꾸고 있을 꿈을 상상하고 있었던 장면이
도움이 되지 않았을까 싶어. 뭐라고 말로 표현할 수는 없지만 나한
테는 꽤 경이로운 순간이었거든. 시바 신의 마음에 닿은 것도 같았
고 말이지.

뭐 사실 따지고 보면 별일도 없었지. 그냥 이메일이 오가고, 가끔
사진을 주고받기도 하고. 그렇게 별것 아닌 일에도 나 혼자 어마어
마한 의미를 부여해 가면서 거의 반년을 바보처럼 기다렸어. 다음
휴가를 받을 때까지. 그리고 결국 그 여자를 찾아갔지.

그 나라는, 아무튼 재미있는 나라였어. 인구가 50만 명쯤 되는 작
은 도시국가였는데, 자연물이라고는 그렇게 높지 않은 산이 다섯
개, 강이 하나, 조그만 호수가 두 개밖에 없는 소박하고 한적한 나라

였어. 뭐 팔아서 그렇게 잘 사는지 모르겠는데 소득수준도 꽤 높고 말이야. 왜 그렇게 잘 사는 걸까, 그런 작은 나라들은? 뭐, 힘없는 도시국가들은 벌써 다른 데 다 흡수돼버려서 잘 사는 데들만 살아남다 보니 그래 보이는 걸 수도 있겠지만.

무엇보다 도심 구조가 좀 희한했는데, 그런 작은 나라들은 원래 주권을 인정받은 지방 영주의 영지에서 시작된 경우가 많거든. 그런데 여기는 뭔가가 좀 이상했어. 도심 구조가 중세 타운 형태가 아니라 무슨 제국 중심부처럼 생겼지. 일단 구시가라는 게 딱히 없었어. 빽빽한 골목길로 이어진 구시가지가 아니라 아주 널찍한 광장이 옛 도시 구역 한가운데에 떡하니 들어서 있었거든. 그런 넓은 광장은 왕권을 상징해. 큰 도로들이 방사상으로 쭉쭉 뻗어 있고, 그 중심에 아주 넓은 광장이 들어서는 식으로 말이야. 보는 사람을 질리게 만들 만큼 압도적인 무언가를 연출하고 싶을 때 하는 짓인데, 이유야 어쨌든 쪼끄만 도시국가 치고는 옛 도시가 차지하는 영역이 엄청나게 컸어. 마치 무슨 제국의 수도라도 되는 것처럼.

"이 지도, 이거 맞게 그린 거예요? 저게 다 구도심이라고 돼 있는데."

그 여자에게 물었어. 퇴근하고 집에 가는 길에 잠깐 나를 만나려고 시간을 내준 그 여자한테 말이야. 그게 맞대. 그래서 다시 물었지.

"그럼 사람 사는 데는 어디였어요? 옛날 주거지라고는 광장 주변에 조금 붙어 있는 게 단데."

"다 거기 살았어요. 활주로 생각하시면 돼요. 가운데는 다 비워놓고 주변에 건물 몇 개 갖다 놓고 좁은 데 모여서 살잖아요, 사람들은."

그래, 그런 식이었어. 광장이 아니라 활주로였던 거야. 용이 혼자 사용하는 거대한 활주로로. 그 나라는 말 그대로 용이 지배하는 나라였으니까.

물론 정말로 그 나라 사람들이 용의 지배를 받는 건 아니었어. 사실 용은 보이지도 않았지. 나라를 다스리는 건 사람들이었어. 어느 나라 정치인이든 다 그렇듯 적당히 탐욕스럽고 적당히 뻔뻔스러운 정치인들이었지. 다만 이 나라 정치인들은 정당성을 얻는 방법이 좀 희한했어. 지배자인 용으로부터 위임받은 권력이었거든. 형식상.

그게 뭐 그렇게 이상한 건 아니야. 캐나다 같은 나라는 분명히 민주주의 국가지만 형식상으로는 아직도 영국 여왕의 지배를 받는 나라거든. 국가원수는 아직도 영국 총독으로 돼 있고 말이야. 그런데 그런 건 전혀 중요하지 않잖아. 아무도 신경을 안 쓰니까.

마찬가지였어. 그 여자의 나라도 실제로는 그냥 민주주의를 하는 나라였는데, 형식적으로는 용의 대리인들이 지배하는 나라였지. 절대주권을 가진 용의 권한을 위임받은 일종의 신관들이 법률을 제정하고 세금을 걷고 전쟁을 선포하고 공무원들 월급을 챙겨줬다는 말이야. 형식상. 물론 국민들은 그런 거 별로 신경을 안 썼겠지. 그 여자도 그러더군.

"그냥 관광상품인가보다 생각하고 있을 걸요, 정부 구조 같은 건."

응? 그래서 그 여자하고는 어떻게 됐냐고?

아니, 자네 지금까지 뭘 들었어. 이건 그 여자 이야기가 아니라 고양이 이야기라니까. 고양이와 소와 용에 관한 이야기라고. 뭐 그 여행도 그랬어. 그 여자하고는 마지막 날까지 거의 진전이 없었는데, 용에 관해서는 확실히 운이 좀 좋았거든. 좀 좋은 게 아니라 엄청 좋았지. 무슨 일이 있었냐고? 그 주 금요일에 용이 내려왔거든. 그 광장에.

7년 만이라고 그러던가. 5년 전엔가 한번 북쪽 하늘에 모습을 드러냈다가 금방 다시 사라져버린 이후로는 처음 나타난 거라고 하더라고. 호텔 투숙객들이 아침부터 내내 떠들썩했는데, 그도 그럴 것이 그 호텔 자리가 좀 명당자리였거든. 광장 바로 남쪽에 42층 높이로 솟아 있는 엄청나게 전망 좋은 건물이었으니까. 물론 호텔 사람들은 시큰둥한 반응이었어. 왜냐? 말했잖아, 공존. 공존하는 생명체의 크기가 아무리 커도 충격을 받지 않고 받아들일 수 있는 한계가 딱 그 나라였을 거라고.

일찌감치 아침 식사를 끝내고 광장으로 내려갔어. 용을 좀 더 가까이에서 보기 위해서였지. 사람들이 바글바글할 줄 알았는데 그 전날하고 별로 다를 게 없는 거야. 평일 아침답게 한산한 거리였지.

용은 생각보다 온순했어. 한 40미터는 돼 보였는데, 어쩌면 50미터나 60미터였을지도 몰라. 눈으로만 봐서는 정확히 몇 미터쯤 되는지 알 방법이 없었으니까. 게다가 광장에 내려와 있는 내내 몸을 둥글게 말고 잠만 자고 있었으니, 허리를 곧게 폈을 때의 모습을 상상하기가 힘들었어. 나는 그곳 사람이 아니어서, 날아가는 용을 본 적이 한 번도 없었으니까.

눈을 감고 있었는데, 얼굴 표정이나 인상에서 위압감 같은 게 느껴지지는 않더라고. 세상의 지배자 치고는 꽤 인심 좋아 보이는 얼굴이었거든. 용이 보통 얼마나 사는지 모르겠는데, 최소한 중년은 넘었을 거라는 느낌이 들었어. 몸매는 꽤 날렵해 보였지만, 그렇게 위엄 있고 근엄한 자태로 잠들 수 있는 생명체라면 이미 꽤 많은 일들을 겪은 게 틀림없을 거라는 생각이 들었지. 용의 일상을 짐작할 수는 없지만, 생명체라면 누구나 겪게 되는 운명에 관한 일들이 있지 않겠어? 연륜이란 건 그런 운명과 관련된 사건들이 쌓이고 쌓였을 때만 가질 수 있는 거니까, 그런 면에서는 용이나 우리나 비슷하지 않을까. 서로가 서로를 알아볼 수 있다는 거지. 뭐 딱히 내가 그렇다는 게 아니라. 하하.

아무튼 어딘지 완만한 곡선 같은 게 잔뜩 엿보이는 그 붉은 용을 가만히 들여다보면서 나는 이런저런 생각에 잠겼어. 야생의 품위란 무엇일까, 그것과 반대되는 인간의 문명이란 도대체 또 어떤 걸까, 하는 생각들 말이야.

긴 목을 지나, 거대한 날개가 달려 있는 등을 타고, 저 멀리까지 늘어져 있는 꼬리 끝까지 시선을 뻗곤 했지. 그러고는 역순으로 다시 머리까지 돌아오기도 하고. 용의 붉은색 피부에서 기품이 느껴졌는데, 색깔 자체는 그렇게 화려한 색상은 아니었어. 뭐라고 부르는지 모르겠는데 아무튼 엄청 고급스러운 색이었거든. 그런 게 불을 뿜으면서 하늘을 누비면 그 위압감이 정말 굉장했을 거야. 그 아래 서 있는 사람들은 말 그대로 그냥 움츠러들었겠지. 사자나 곰도 마찬가지였을걸. 고래 정도나 정면에서 눈을 마주볼 수 있지 않았을까.

하지만 잠들어 있는 용의 옆모습에서는 그 모든 강인함과 사나운 기세 혹은 위압감 같은 것들은 전혀 찾아볼 수가 없었어. 대신 다만 완만한 곡선으로 잘 마감된 우아하고 고풍스러운 가구 장식처럼 관절 하나하나 주름 하나하나에서 세련된 기품이 철철 넘쳐흘렀지. 그 모습을 보면서 이런 생각이 들었어.

'아, 저런 게 바로 연륜이구나. 멋지게 늙어간다는 건 바로 저렇게 늙는 걸 말하는 거구나!'

광장 맞은편에는 오래된 건물들이 늘어서 있었어. 용의 대리인들이 수백년간 사용해 온 집무실이었지. 실제로는 그냥 관청이었어, 관청. 그 여자는 공군 소속이었는데, 공군본부 건물도 거기 있었지. 모서리를 그 용이랑 비슷한 붉은색 벽돌로 장식한 건물이었는데, 언뜻 보면 무슨 옛날 중국 공산당 건물 같기도 하고 그랬어. 색깔을 맞췄다는 건 물론 용이 직접 지휘한다는 의미였을 거고. 재밌는 건 말이야, 공군은 있는데 육군은 없었다는 거야.

아니, 아니, 실제로는 공군이 없고 육군만 있는 나라였는데, 그 군대 이름이 공군육상대였다고. 비행기는 한 대도 없고 전차만 몇 대 있는 이상한 공군이었지. 그 여자가 바로 그 공군육상대 기록관인가 그랬거든. 군인은 아니었고 그냥 행정직 공무원.

찍어 줄 사람이 없어서 사진으로 담아 두지를 못했는데, 그 한 장면이 아마 내가 기억하는 그 여행의 전부 같은 거였을 거야. 말 그대로 진짜 그림 같은 장면이었지.

그리고 그때 그 여자가 문자메시지를 보내 왔어.

용이 내려왔다던데요. 봤어요?

나는 곧바로, 보고 있다고 대답해 줬어. 어쩌면 벽 너머로 당신과 마주보고 있을지도 모르겠다고. 그랬더니 대답이 돌아오더라고.

저 오전에 거기 없어요. 출장이에요. 저녁에 만나요.

용은 계속 잠만 자고 있었어. 호텔 직원들 말로는 그러다 깨어나서 날아가버리곤 하는데 언제 깨어날지는 아무도 모른다고 그러더군. 언제 돌아올지도 아무도 모르니까. 뭐 사실 별로 관심도 없는 것 같았지만.

그렇게 출근시간 무렵이 다 됐어. 우리 기준으로는 약간 늦은 아침이었는데, 거기는 아직도 한창 출근시간이더라고. 그러니까 차들이 도로를 채우는 시간이었다는 말이야. 그런데 한 가지 문제가 있었어요. 그 광장 말이야. 방사상으로 뻗어 있는 도로가 모이는 곳. 그 위치가 문제였거든. 왜냐고? 아까도 말했지만 이 용이라는 게, 언제 나타났다가 언제 사라지는지 전혀 알 수 없는 생명체였거든. 그래서 광장을 일부러 비워놓지를 않았다고. 사람들이 썼지. 광장에서 이어지는 도로도 마찬가지였고.

시내 중심가에 그렇게 잘 닦인 도로가 무려 여덟 방향으로 뻗어 있었으니 그 도로가 어떻게 됐겠어. 인구 50만이나 되는 도시의 구석구석을 연결하는 전체 도로체계의 중심이 되지 않았겠어. 어떻게 보면 당연한 거야. 애초에 도시 자체가 그 근처에서부터 시작했을 거니까. 나중에 외곽지역이라는 게 생기기는 했어도 한동안은 그 외곽에 사는 사람들도 모두 시내 중심을 바라보고 있었을 거라고.

74

광장 전체가 그런 건 아니었지만 분명 광장 한구석에는 도시 전체에서 교통량이 가장 많은 도로가 지나고 있었고, 또 그 도로로 연결되는 연결지점들이 광장 동서남북 사방에 놓여 있었거든. 그중 한군데에 용이 잠들어 있었던 거야. 하필 왜 그런 자리냐고? 하필 그 자리에 가서 누운 게 아니라 그게 당연한 거였겠지. 사람들이 차지하기 훨씬 전부터 용이 드러눕곤 하던 자리였을 테니까. 그렇지 않겠어?

광장에는 말이야, 차들이 몰려들기 훨씬 전부터 경찰이 나와서 부지런을 떨고 있었어. 우회로를 만들고 차량을 통제하기 위해서였지. 도로 한가운데로 용의 머리가 삐져나와 있었고, 조금은 추웠는지 날개를 들어 그 위를 살짝 덮고 있었는데, 차들이 조용히 우회로를 따라 용의 머리 주위를 빙 돌아서 지나쳐 가고 있었어. 5미터도 안 되는 가까운 거리에서 말이야. 잠들어 있는 고양이나 소를 피해 가는 것과 별로 다르지도 않더라고. 깨우지 않고 조심조심, 경적 소리를 내는 사람도 아무도 없었고, 크게 떠드는 소리도 전혀 들려오지 않았어. 자동차 엔진 소리조차 고요하게 느껴지는 아침이었지.

현장에 나와 있는 교통경찰들도 조용히 수신호로만 차량을 통제하고 있었을 정도니까, 모르는 사람이 봤으면 괜히 난데없이 날아온 용 한 마리 때문에 출근길에 사람들만 고생했다고 그랬을지도 모르지. 하지만 그런 느낌은 아니었어. 공존이었다고, 공존. 숭배도 아니고, 발로 차서 쫓아내는 것도 아니고, 그냥 아무렇지도 않게 받아들이는 거. 어떤 사람은 받아들이고 또 어떤 사람은 못 받아들이고 하는 그런 개인 차원의 문제가 아니라 사회 전체가 그걸 받아들였다는 게 중요해. 그게 훨씬 더 어려운 거거든.

"깨자마자 곧장 날아가네요. 인사도 안 하고. 늘 저런 식이긴 했지
만."

갑자기 그 여자가 말했어. 마침내 용이 잠에서 깨어나, 광장을 활
주로처럼 내달려 북쪽 하늘로 힘차게 날아오르던 그 순간에, 나는
운 좋게도 그 42층짜리 호텔 맨 꼭대기층 전망대에 앉아서 날이 저
물어가는 광장을 내려다보고 있었거든. 물론 그 여자와 함께.

힘차게 광장을 박차고 날아오르는 용의 우아한 자태. 마치 하늘
자체를 움켜쥐기라도 할 듯 힘차게 퍼덕이는 첫 날갯짓. 장대높이뛰
기 선수처럼 튀어 오르듯 솟구쳐 오르는 유연한 움직임. 순식간에
발아래 쫙 펼쳐지는 그 웅장한 광장의 기개 넘치는 방사형 가로망!

그걸 보고 맨 처음 든 생각은 그런 거였어.

'와, 이걸 누구한테 가서 어떻게 자랑해야 제대로 자랑을 한 게 되
는 거지?'

그만큼 대단한 광경이었다고. 그럼, 그런 걸 또 어디에서 보겠어.

그런데 정말로 신기했던 건 그 날아가는 용을 대하는 사람들의 태
도였어. 정말 아무렇지도 않은 것 같았거든. 어떻게 그럴 수 있었던
걸까. 왜 그랬던 걸까. 어떻게 저 날개를 보고도 아무 동요를 안 할
수가 있지. 어떻게 저 고귀한 자태를 보고도 감탄하거나 숙연해지지
않을 수가 있을까.

자네 같으면 안 그렇겠어? 지금 내 말만 듣고도 막 들썩들썩하지
않아? 실제로 보면 진짜 말을 잃어요. 그 압도적인 거대한 생명체가

공중으로 떠오르는 모습을 보는 것 자체가 벌써 너무나 비현실적인 느낌이거든.

옆에 앉아 있던 그 여자에게 물었어.

"저렇게 몇 년에 한 번씩 왔다 가면 반갑거나, 아쉽거나 하지 않아요?"

"반갑죠, 물론. 용이 오는 날은 다들 신나서 말이 많아져요. 하루 종일 전부 그 이야기뿐인 걸요."

그 여자가 그렇게 대답했지. 그렇게 대답을 하기는 했는데, 딱히 믿을 만한 소리는 아니었던 것 같아. 왜냐하면 내 기억에, 그날 밤 내내 둘이서 그렇게 웃고 떠들고 즐겁게 이야기를 나누는 동안 그 여자가 용 이야기를 꺼낸 적은 단 한 번도 없었으니까.

4.

뭐, 정치적 신념? 아직도 그 소리야? 그런 건 잘 모른대도 그러네. 그 여자, 지금은 어디 가서 무슨 소리를 하고 다니는지 몰라도 그때는 그냥 행정직 공무원이었다니까. 진짜로 뭔가를 들었어도 한 귀로 듣고 한 귀로 흘렸을 거야.

그런 건 잘 모르겠고, 아무튼 여행 목적은 달성이 됐어. 아주 잘 됐지. 서로 안 보고는 못 사는 사이가 됐으니까, 공식적으로는. 역시 용 때문이었을까.

아, 물론 비공식적으로는, 저쪽이 좀 시큰둥했지. 나중에 안 거지만, 저쪽에서는 숭배까지는 안 한 모양이더라고. 내가 그런 식으로 나오니까 그런가 보다, 하고 받아준 모양인데, 아무튼 공식적으로는 뭐 나쁘지 않았어.

다음 휴가 때는 그 여자가 우리나라로 찾아왔는데, 나야 휴가라고 해 봐야 일주일 이상은 못 내니까 그 일주일만 붙어 지내고 나머지 두 주는 퇴근한 뒤에만 만날 수 있었어요. 낮에는 어쩔 수 없이 혼자 다니라고 할 수밖에. 그래서 이 여자가 서울 구석구석을 혼자 돌아다니기 시작하는데, 글쎄 어느 날은 이상한 걸 보고 왔다는 거야.

"이 나라 말이에요, 실제로는 어떤지 모르지만 문서상으로는 분명히 사람이 지배하는 나라라고 하지 않았어요?"

"그렇죠. 그런데 왜요?"

"이상해서요. 고양이를 소중하게 생각하는 나라에서는 길 한가운데에 고양이가 나와 있다고 해서 발로 차서 쫓아내거나 하지 않잖아요. 소를 숭배하는 나라에서는 소가 도로 한쪽을 차지하고 있어도 잠을 깨우거나 소리쳐서 몰아내는 법이 없고요. 우리나라에서도 그래요. 형식상으로나마 용이 지배하는 나라에서는 용이 출근길 교통을 엉망으로 만든다고 해서 그 용을 북쪽 하늘로 날려 보내지는 않거든요. 그 용이 바로 주인이라고 말하고 다녔으니까요."

"그런데요?"

"그런데 여기는 좀 이상한 것 같아요. 아까 저녁에 시청 앞에 있는 광장에 사람들이 모여 있는 걸 봤는데요, 데모 말이에요, 데모."

그 여자가 그렇게 말했어. '데모'라고 자기네 말로 똑똑히. 알지, 데모? 군중이라는 뜻. 그러더니 계속 말을 잇는 거야.

"데모크라시라면서요. 데모가 지배하는 나라. 실제로는 어떻건 간에."

"그렇죠."

"그럼 말이에요, 실제로는 어떻게 생각하든 최소한 그 데모가 길거리에 나와 있다고 해서 발로 차고 물을 뿌려서 쫓아내버리면 안 되는 거 아닌가요? 물론 정치하는 사람 누군가는 마음속으로야 그러고 싶은 생각이 간절할 수도 있겠지만 그걸 실제로 행동으로 옮기는 건 불가능해야 하는 거 아니에요? 왜냐하면, 사람이 지배하는 나라라고 자기 입으로도 열심히 떠들고 다녔을 거니까."

나는 대답이 궁해졌어. 할 말이 없어서가 아니라, 이 사람이 왜 이런 뻔한 소리를 하나 싶어서. 사실 그 데모가 그 데모는 아니잖아. 지금 생각하면 그 데모가 그 데모가 아닌 게 맞기는 한 건지 구별이 안 되지만, 그때는 확실히 아닌 것 같았거든. 그래서 이렇게 대답해줬어.

"아니, 그게, 음, 거기 나와 있는 그 사람들이 딱 주권자는 아니잖아요. 그 사람들이 실제로 나라를 다스리는 건 아니니까. 물론 사람들이 지배하는 나라는 맞지만, 그 '사람'이 딱 그 '사람들'을 지칭하는 건 아니니까."

그랬더니 그 여자가 갑자기 버럭, 하는 거야.

"그게 무슨 말이에요!"

"네?"

"그 사람들이 왜 그 사람들이 아니에요? 그럼 인도 길거리에서 길 막고 잠들어 있는 소는 시바 신이 타고 다니는 바로 그 난디라도 된

단 말이에요? 그 나라 사람들은 뭐 바보예요? 그 많은 소들이 다 난다리고 믿어서 귀하게 대하는 게 아니잖아요. 저는 뭐 그 용이 진짜로 우리나라를 지배하고 있다고 생각해서 용의 대리인 사무실에 출근을 하는 거냐고요. 안 그래요. 다른 나라 사람들도 다 안 그런다고요. 그래도 그 사회가 소중하게 여겨야 한다고 선언한 것들을 몽둥이로 패거나 물을 뿌려서 쫓아내지는 않아요. 왜냐하면 그건 그냥, 소중한 거니까요. 소중하다고 말해 놓고 눈에 보이면 곧바로 쫓아버리는 게, 그게 지구인의 상식으로 설명이 가능한 일이기는 해요?"

정말 멋지지 않아? 이런 사람이라니. 용의 대리인이 아니고서야 도대체 어느 나라 공무원이 저렇게 폼 나는 말을 할 수 있겠어.

응? 자네도 공무원이라고? 알았어, 알았어. 사과하지. 그냥 말이 그렇다는 거야. 그 순간 내 눈에는 그렇게 보였다는 말이야. 그렇잖아. 눈에 뵈는 게 있었겠어? 퇴근하고 회사 문을 나서면 그렇게나 아름다운 목소리를 지닌 사람이 남은 저녁 시간을 나와 함께하려고 길모퉁이에 서서 떡하니 기다리고 있었는데.

그렇게 둘이서 나란히 팔짱을 끼고 시내 여기저기를 걸어 다니곤 했어. 서로 발소리를 맞춰가면서 말이야. 어느 주말에는 그 사람과 함께 거리를 걷는데, 무슨 집회가 있었는지 경찰이 몰려드는 모습이 보였지. 내가 보기에 경찰은 아무래도 그 집회를 숭배하는 것 같더라고. 시위대보다 경찰이 더 많이 모여 있었고, 그 주위를 경찰버스가 완전히 에워싸는 바람에 시위가 시작되기도 전에 벌써 쿨하지 못한 광경이 만들어지고 있었거든. 그러니까 시선이 엄청나게 집중되어 있었다는 거야. 일부러 시선을 끌었다고나 할까. 버스에 길을 양보해 주는 코끼리의 쿨함 같은 건 볼 수 없었다는 거지.

그리고 새삼 눈에 띄는 게 한 가지가 더 있었어요. 시위대를 둘러싸고 쭉 늘어서 있는 경찰 병력이 바라보고 있는 방향 말이야. 광장에 모인 사람들을 향해 있더라고. 그래서 그 생각이 났지. 그 여자의 나라에서 용을 둘러싼 경찰이 어디를 바라보고 있었는지가. 어디였겠어? 당연히 용 반대쪽이었지. 그때 깨달은 거야. 지키려고 마음먹은 건 등 뒤에 두는 거구나. 시선이 향하는 쪽에는 위험해 보이는 걸 두는 거구나.

그거야, 그거. 그게 다야. 그러니까 이건 그냥 고양이랑 소 이야기라니까. 고양이와 소의 품위에 관한 이야기지. 고양이나 소나 용이 품위를 지킬 수 있다면 그 자리에 사람이 놓였을 때도 똑같아야 하지 않겠어?

발소리가 나지 않도록 모두가 조심해 주는 것까지는 바라지도 않아. 그래도 혹시 누군가 다가오는 발소리가 위협적으로 들려오는 순간에도 결코 품위를 잃지 않고 하던 대로 느긋하게 걷는 거, 그런 것도 정치적 신념이라고 부를 수 있나? 뭐 그럼 좋아. 오늘부터 내 정치적 신념은 그걸로 하지.

발자국

※ 이 이야기는 특정 국가의 국내 정치상황과 관련이 없으므로,
시리아, 리비아, 이집트를 비롯한 각국 정부당국자들께서는
불필요한 오해를 삼가시기 바랍니다.

사건

　　　　　나라는 이미 선진국 문턱에 진입해 있었
다. 총통 취임 후 거의 7년이 지나도록 경제전망이 나빴던 적은 단
한 번도 없었고 국민들이 느끼는 만족감은 늘 그보다 조금 더 나았
다. 여론조사에 따르면 전체 국민의 80퍼센트 이상이 자신의 삶이
행복하다고 느끼고 있었는데, 이는 국가가 해마다 사상최대 복지비
지출 기록을 갱신할 정도로 예산의 상당부분을 꾸준히 복지부문에
할애한 결과였다.

　경제면에서만 그런 것이 아니었다. 민주적 정치절차의 제도화가
순조롭게 진행되고 언론의 기능이 점차 안정화되면서, 국민들의 정
치적 요구가 대부분 제도권 안으로 자연스럽게 흡수되어 갔다. 제도
가 제 기능을 다했기 때문에 국민들이 번거롭게 국가에 직접 문제를
제기할 일이 드물어졌다는 뜻이다.

　그러니 시위는 더 이상 흔한 일이 아니었다. 더구나 2만 명 이상이

참가한 대규모 시위는.

  특수임무전담 장관실 특수요원 K는 퇴근길에 잠깐 광장에 들렀다. 그곳에서 20일째 계속되고 있는 시위를 구경하고 싶다는 외국인 친구 M의 부탁 때문이었다.

"왜 그런 걸 구경하러 가? 뭐가 있다고?"

"볼만하다던데. 우리나라 뉴스에도 나왔어."

"뭐가 볼만해?"

"글쎄. 자세히는 못 들었는데, 일단 가 보지 뭐."

  M은 친구라기보다는 고객에 가까웠다. M은 K를 출판사 편집장으로 알고 있었는데, 사실 그 직업은 특수요원 신분을 감추기 위한 위장신분에 불과했다. 하지만 중요한 임무를 띤 요원일수록 위장신분을 실제에 가깝게 연기해야 했으므로, 가끔은 진짜로 책을 만드는 경우도 있었다. 그것도 주로 요리책이나 도심 도보여행 안내서 같은, 그의 진짜 임무와는 전혀 상관없어 보이는 책들이었다. K는 그 일이 좋았다. M 같은 세계적인 극지여행 전문가와 친하게 지낼 수 있다는 것도 그 일의 가장 중요한 매력 중 하나였다.

  두 사람은 지하철을 타고 광장으로 향했다. 목적지 근처에 다다랐을 때, 안전문제 때문에 광장으로 통하는 지하철 역이 폐쇄됐다는 안내방송이 나왔다.

  한 역 먼저 내려서 광장 쪽으로 걸어갔다. 인파에 떠밀려 한 발 한 발 가다 보니 저 멀리 고층건물 사이로 광장이 눈에 들어왔다. M이 물었다.

"2만 명이라고? 이게?"

"1만 5천 명에서 2만 명 정도?"

"그것밖에 안 돼? 너 2만 명을 직접 본 적은 있어?"

"내가 하는 말이 아니라 경찰 쪽에서 하는 말이니까, 맞겠지 뭐. 어차피 정답은 아무도 모르는 거 아닌가. 일일이 세어볼 수도 없으니."

"극지방을 다니다 보면 가끔 모여 있는 펭귄 숫자를 셀 일이 있는데 말이야, 저게 겨우 2만 명이라는 건 좀."

광장은 거의 꽃밭이었다. 사람들의 손에 들린 하얀 꽃 때문이었다. 외국 뉴스에도 났다는 "볼만한 시위"란, 꽃밭이 되어버린 도심 광장을 가리키는 모양이었다. 우주 저편, 별빛조차 쉽게 닿지 못할 머나먼 밤하늘 어딘가에서 별이 되어 사라져버린 젊은 영혼들을 위한 꽃송이들.

그러니까 그 문제는, 엄밀히 말하면 나라에서 책임질 만한 문제가 아니었다. 실종된 궤도연합군 소속 우주함대 장병 수만 명의 행방이라는 건, 결코 어느 한 나라가 나서서 해결할 수 있는 일이 아니었다. 그러나 궤도연합군 사령부는 사람이든 시설물이든 거의 전부가 대기권 밖 궤도 위에 둥둥 떠 있었고, 시위에 참가한 사람들은 대부분 지표면에 붙어서 살고 있었으므로, 국민들의 입장에서는 가장 가까이 있는 국가의 공공기구들을 통해 간접적으로 의사를 표현하는 것 말고는 항의의 뜻을 전할 방법이 별로 없는 것도 사실이었다. 게다가 따지고 보면 궤도연합군도 결국 국가들의 연합체인 지표면연합의 통제를 받는 초국가적 기구였으니, 영 엉뚱한 데다 호소하는 것은 아니었다. 그러니 억울해도 참고 들어줄 수밖에.

물론 국가는 시위를 전혀 부담스러워하지 않았다. 당연히 보장된 시민의 권리였기 때문이다. 다만 신고된 것보다 시위대의 규모가 훨씬 컸기 때문에, 질서유지 차원에서 경찰 병력 일부를 전개할 필요는 있었다. 현장 주위에는 만일의 사태를 대비해 안전장비를 갖춘 예비 병력들이 집결해 있었지만, 그 집결지도 대개는 사람들의 눈에 띄지 않는 큰 건물 뒤쪽 같은 구석진 곳이었다. 애초부터 병력을 실전 배치할 생각이 없다는 뜻이었다.

"그럼 저건 군대야?"

M이 물었다.

"아니, 경찰이야. 방패 들고 서 있는 군대 본 적 있어?"

"하긴."

광장에 다다르자 코끝에 어렴풋이 꽃향기가 닿았다. 스스로 자유를 쟁취한 모든 존엄한 시민들의 시위에서 흔히 볼 수 있는 것처럼, 경찰 밀집방진대형 곳곳에는 시민들이 달아준 꽃으로 장식된 방패나 투구가 자주 눈에 띄었다. 긴장감이 전혀 느껴지지 않는 느긋한 대치선이었다.

경찰 저지선 뒤편에 서 있는 이족보행전차 역시 마찬가지였다. 갖다 놓기는 했지만 시동조차 걸어 두지 않은 상태였다. 바퀴 대신 두 발로 서 있는 기계. 발이 달린 중장비는 언제나 바퀴 달린 중장비보다 연료효율이 낮았다. 그 어마어마한 비효율에도 불구하고 경찰이 군이 인간형태의 이족보행 장비를 고집하는 것은, 일반 탱크가 배치되었을 때 군용 장비에 익숙하지 않은 일반 시민들이 느낄 수 있는 위협을 최소로 줄여 경찰과 시민 사이의 불필요한 충돌을 막아 보려는 세심한 배려였다.

잠든 듯 가만히 서 있는 이족보행전차를 한참이나 바라보고 있던 M이 다시 물었다.

"그런데 저 이족보행전차인지 로봇인지 하는 기계 오른팔에 달려 있는 개틀링포 말이야, 총구가 하필 눈높이로 들려 있는 게 위협적이지 않아?"

"아, 그거? 팔이 아래로 더 안 펴지는 모델이라 그래. 저거 봐. 총구마다 꽃이 꽂혀 있어서 이렇게 보니까 결혼식 부케처럼 보이지 않아? 너도 저거 나오게 사진 찍어줄까? 약혼자 보여주면 좋아하겠는데. 이쪽으로 서 봐. 꽃다발 가리지 말고."

쑥스러워하는 M을 부추겨서 재미난 포즈로 사진 몇 장을 찍었다. M은 못 이기는 척 K가 시키는 대로 포즈를 취해 주었다. 웃음이 났다. 한가한 저녁이었다. 그리고 그게 다였다. 다른 일은 일어나지 않았다. 그저 광장 중심에 사람이 너무 많이 밀집되어 있는 것 같아 밀도가 낮은 곳을 찾아 바깥쪽으로 자리를 옮긴 게 다였다. 다만 광장 바깥쪽이라고 사람들이 눈에 띄게 적은 것은 아니어서 M을 돌아보며 짤막한 대화를 나누었을 뿐이었다.

"역시 사람들 생각하는 게 다 거기서 거기야. 우리가 비좁다고 느끼면 다른 사람들도 비좁다고 느끼는 거지. 다들 지금 광장 바깥쪽으로 빠져나오고 있나 봐."

M은 말없이 고개를 끄덕였다. 다 해 봐야 2만 명밖에 안 되는 사람들이, 고르게 퍼져 있기만 하면 모두가 여유롭게 서 있을 수 있는

넓은 광장 안을, 눈덩이처럼 똘똘 뭉쳐서 비좁게 돌아다니고 있었다. 가는 곳마다 마치 사람들이 발 디딜 틈 없이 꽉 들어찬 것처럼 느껴지도록.

단지 그뿐이었다. 다른 기억은 없었다. 따로 기억할 만한 특별한 일 따위는 아무것도 일어나지 않았다. 신문에서도 뉴스에서도 특별히 주목할 만한 사건이 있었다는 보도는 단 한 건도 없었다.

문제는 그다음이었다. M을 지하철에 태워 보낸 다음 버스를 타고 곧장 집으로 돌아갔는데, 현관에 들어서자마자 아내가 이렇게 묻는 것이었다.

"꼴이 그게 뭐야. 아직도 회사에서 밟히고 다녀?"

"응?"

"그 사이코 국장이 한 짓이야?"

"뭐가?"

"또 무슨 사고 쳤는데? 아무리 사고를 쳤어도 그렇지, 애들도 아니고 다 큰 어른한테 이게 뭐냐, 이게?"

"뭐래?"

"시치미는! 이거 안 보여?"

K는 고개를 숙여 아내가 가리키는 곳을 내려다보았다. 흰색 셔츠 위에 커다란 남자 발자국 하나가 선명하게 찍혀 있었다.

"이게 뭐지?"

"뭐긴 뭐야, 발자국이지. 당신 그냥 그거 때려치우고 다른 일 알아보라니까. 돈을 엄청 많이 주는 것도 아닌데 왜 그러고 붙어 있어?"

속상해하는 목소리였다. 진심으로 걱정하는 마음이 가득 담긴 목소리.

아내는 그 발자국이 회사에서 생긴 게 틀림없다고 생각하는 모양이었다. 하지만 그럴 리가 없었다. 일단 그런 일을 당한 기억이 전혀 없는 데다, 발자국 모양도 좀 이상했다. 구두 발자국이라고 하기에는 앞쪽이 너무 둥글고 완만했다.

'꽤 큰 신발인데. 장화 같은 건가?'

아무리 생각해도 이상한 일이었다. 무슨 일이 일어났는지 짐작조차 할 수 없었다. 발자국이라니. 정말로 밟혔다고 해도 좋을 만큼 선명한 발자국이 셔츠 가슴께에 큼지막하게 찍혀 있었다. 그런데 도무지 기억이 안 났다. 어떻게 그런 일을 기억하지 못할 수가 있을까. 어떻게 그런 일이 가능할까.

그게 다가 아니었다. 저녁을 먹는데 갑자기 코피가 확 쏟아졌다. 식사를 마치고 이를 닦는 중에는 어금니 하나가 쑥 빠졌다. 어이가 없었다. 한참이나 멍하게 거울을 보고 서 있는데 아내가 다가와 잔소리를 해댔다.

"참 가지가지 한다. 내일 당장 그만둬! 안 그러면 내가 확 감금해 버린다."

흥분한 아내의 말에 K는 차분한 목소리로 대답했다.

"그런 거 아니야."

"아니기는 뭐가 아니야! 실컷 얻어터지고 왔구만."

"맞은 거 아니래도."

"그럼 뭔데?"

K는 가만히 천장을 올려다보았다. 아무 생각도 떠오르지 않았다. 아내가 말없이 그의 눈을 바라보았다. K는 한참 뒤에야 자신 없는 목소리로 이렇게 대답했다.

"나도 몰라. 내일 가서 조사해 봐야지."

특수임무전담 장관실 특수임무집행국 특수능력테러방위담당 특수요원 K는, 업무시간이 시작되자마자 연구실로 달려가 셔츠에 찍힌 발자국의 분석을 의뢰했다. 그러나 이틀이 지나도 일주일이 지나도 분석결과가 나왔다는 소식은 좀처럼 들려오지 않았다.

"어려운 걸 부탁한 것도 아닌데 너무 오래 걸리는 거 아닌가요."

"급한 거 아니면 좀 기다려주세요. 전파인격체 연쇄테러사건 증거 추적하느라 다른 거 할 여력이 하나도 없거든요. 그러고 보니 제가 지금 붙들고 있는 일도 그쪽 부서에서 의뢰한 거 아니었나요?"

그는 고개를 끄덕이며 수화기를 내려놓았다. 그리고 곧 남들처럼 전파인격체를 추적하는 일에 몰두했다.

아마도 외계에서 비롯된 자아로 추정되는 가상의 인격체, 어쩌면 궤도연합군 실종사건과 관련이 있을지도 모르는 대규모 전파공격. 하나인지 여럿인지 아니면 집단지성 형태인지 정체를 알 수 없는 인격체가 네트워크 곳곳에 나타나 실행중이던 화면을 모두 정지시키고 그 대신 만면에 흐뭇한 미소를 머금은 총통각하의 사진을 화면 가득 띄워놓은 채 자취를 감춘 사건.

잠시 후 전산망이 마비됐다. 주로 정부기관 전산망이 공격대상인 모양이었다. 곧이어 사람들의 항의가 빗발치듯 쏟아졌다. 그리고 채

10분도 지나지 않아 특수임무집행국 전체에 비상호출이 떨어졌다. 그 순간부터 내내, 조직의 모든 인력이 그 사건을 해결하는 데 총동원되어 있었다. 자연히 발자국에 관한 일은 잠시 접어둘 수밖에 없었다.

그런데 그로부터 약 열흘쯤 뒤에 특수임무집행국 민간전파상시탐지팀 요원으로부터 이상한 제보가 들어왔다. 시위가 있던 날, K가 겪은 것과 유사한 피해를 입었다는 글이 인터넷을 통해 유포되고 있다는 것이었다.

"발자국이 나타났대?"

"발자국 문제가 아닌 것 같은데요."

"그럼?"

"머리가 깨졌대요. 뭔가 뭉툭한 모서리에 맞아서 생긴 상처 같대요. 일단 한번 읽어보세요."

파일을 열었다. 머리에서 피가 흘러내리는 사진이 시선을 확 사로잡았다. 피해자 본인은 그 상태로 광장에서 집까지 가는 동안 도대체 무슨 일이 있었는지 전혀 눈치를 채지 못했다는 설명이 덧붙여져 있었다. 심지어 광장에서 피해를 입은 게 맞는지조차 알 수 없다는 것이었다.

그리고 그날 오후에 또 다른 피해 신고가 접수되었다. 잠깐 광장에 들렀다가 곧바로 집에 가서 옷을 갈아입었는데, 허벅지에 몽둥이로 맞은 듯한 멍 자국이 길게 나 있더라는 내용이었다.

내부 연락망을 통해 그 소식을 알리자 다른 부서 요원 중 누군가가 며칠 전에 접수했다는 외국인 피해 신고 내용을 전달해 주었다.

그날 광장에 다녀온 뒤로 멀쩡하던 왼쪽 귀가 잘 안 들린다는 내용이었다.

"뭐지? 용의자도 없고, 피해 상황을 기억하는 사람도 아무도 없고. 전파인격체가 이런 짓도 하던가?"

K의 말에 부하직원 P가 대답했다.

"그런 말은 처음 들어봤는데요. 전파인격체가 지나갔으면 화면에 잡음이라도 남겼겠죠. 가상세계도 아니고 실제세계를 지나간 거면, 최소한 어렴풋한 빛이라도 보였을 텐데."

"그럼 뭐지? 새 변종인가?"

P는 알 수 없다는 표정으로 고개를 저었다. K는 가만히 생각에 잠겼다.

그쯤 되면 더 이상 웃어넘길 일이 아니었다. 좀 더 깊이 파고들어야 할 것 같았다.

일단은 경찰 측에 영상자료를 요청했다. 섬광이 나타났는지 확인하기 위해서였다. 자료를 넘겨받는 데 사흘이 더 걸렸다. 간단한 행정절차를 거쳐야 하기 때문이었다.

K는 마침내 받아든 영상을 처음부터 쭉 돌려보았다. 〈채증〉이라는 이름의 파일이었다. 서른세 개 지점에서 찍은 화면들을, 시간을 정확히 맞춰서 동시에 재생할 수 있도록 가공 처리된 반입체영상자료였다.

그는 모니터 세 개에 서른세 개 화면을 한꺼번에 띄워 놓고 약 오후 4시 반 무렵부터 화면을 재생했다.

일단은 빠른 화면으로 전체를 훑었다. 섬광 같은 것은 눈에 띄지 않았다. 특이한 노이즈 같은 것도 보이지 않았다. 다시 정상속도로 시위 현장을 찬찬히 살폈다. 예상대로였다. 별다른 문제는 없어 보였다. 눈에 띄는 일은 아무것도 일어나지 않았다. 경찰은 대열을 이탈하지 않은 채 가만히 광장 쪽을 바라보고 있었다. 마치 마네킹을 세워놓은 듯, 그 부근에서는 아무런 움직임도 감지할 수 없었다. 간혹 파일 중간중간에 경찰 측이 책갈피를 해 놓은 대목에서, 시위대 일부가 경찰을 위협하는 장면을 확인할 수 있었을 뿐이었다.

"뭐, 아무 일도 없는데."

"그러게요. 더 추적할까요?"

"글쎄. 추적한다고 뭐가 더 나오기나 하려나. 일단 접고 바쁜 일 지나가면 다시 들여다보는 게 낫겠어."

다른 일들이 워낙 많이 밀려 있었기 때문에, K는 일단 급한 일이 마무리될 때까지 하루나 이틀쯤 그 사건을 잠시 미뤄 두는 게 낫겠다고 판단했다.

그러나 사건은 그대로 매듭지어지지 않았다. 다음날 또다시 피해자가 나타났기 때문이었다. 피해자는 사건 당일에 차를 몰고 광장 근처를 지나던 운전자였다. 그가 올려놓은 사진에는 K의 가슴에 찍혀 있던 것과는 비교도 안 될 만큼 큰 발자국이 선명하게 찍혀 있었다. 차체가 움푹 들어갈 만큼 육중한 무게를 가진 무언가에 눌린 자국이었다.

"이건 이족보행전차 발자국 같은데요."

후배 요원 L이 그렇게 말했다. K는 말없이 고개를 끄덕였다. 뭔가 이상한 일이 일어나고 있었다. 피해자는 속출하는데 가해자가 없었다. 가벼운 사안이 아니었다.

곧 특수능력테러 임시대책회의가 소집되었다. K의 간단한 브리핑을 듣고 나서 국장이 물었다.

"그래서, 신종이라는 건가?"

"식별할 수 있는 흔적을 찾아내지는 못했지만 현재로서는 특수능력 변종체일 가능성을 배제할 수는 없습니다."

"하필 바쁠 때…… 신종이면 곤란한데."

"출현 장소가 궤도연합군 실종사고와 관련이 있는 걸 보면 이쪽이 더 심각한 위협일 가능성도 있습니다."

"내 말이 그 말이야. 그, 아까 그 차 말이야, 발자국이 그렇게 찍혀 있다는 건 아무튼 이족보행전차 발밑으로 들어갔다는 거 아니야. 이족보행전차가 발을 들었다는 건데, 가동된 기록이 있어? 이족보행전차 블랙박스는 확보됐나?"

"경찰과 협조중입니다. 이족보행장비 관련사항은 작전비밀이라 해제하는 데 시간이 좀 걸린답니다."

"협조는 맨날 무슨 협조. 내가 알아볼 거니까 자네는 3팀 데리고 전담반 꾸릴 준비해. 아직 사건 확대시키지는 말고 증거부터 찾아봐. 식별할 수 있는 표지가 있어야 신종이든 아니든 추적을 하지."

K는 명령대로 소규모 전담조사팀을 꾸린 다음 특수임무집행국 전체에 그 사건에 대한 조사가 진행되고 있다는 사실을 알렸다. 다른 의도로 수집한 정보 중에서 혹시라도 그 사건과 관련된 정보가 확인된 경우 지체 없이 자신의 전담팀으로 이첩될 수 있게 하기 위해서였다.

"회사 전체에 공지할 때 사건 개요는 뭐라고 할까요? 이첩 대상 정보범위를 어디까지로……?"

부하직원 L의 질문에 K는 잠시 생각에 잠겼다. 그리 길지 않은 고민이었다. 그 사건의 본질을 뭐라고 해야 할까. 어느 범위로 설정해 두어야 쓸데없는 정보들을 효과적으로 걸러내는 동시에 사건의 직접적인 단서가 될 핵심정보들을 하나도 놓치지 않을 수 있을까. 투명인간에 의한 공격? 하지만 그렇게 규정짓기에는 공격의 주체가 누구인지에 대한 정보가 너무 부족했다. 사건의 본질을 그렇게 좁게 규정하다가는 핵심정보를 전부 놓치게 될지도 몰랐다.

'그 피해사례들이 전부 이 사건과 직접 관련된 건 아닐 텐데. 어디까지가 이 사건이고 어디서부터가 우연히 맞아떨어진 것에 불과한 사건들일까?'

까다롭기는 해도 역시 오래 고민할 만한 문제는 아니었다. 그는 오래 망설이지 않고 이렇게 대답했다.

"그날 광장에서 있었던 일 중에, 분명히 피해자는 있는데 가해자가 누구인지는 아무도 모르는 사건. 그 정도면 되겠지?"

"예. 그렇게 공지하겠습니다."

그 말을 해 놓고 보니 그런 생각이 들었다.

'용의자 없는 사건이라니, 그런 게 세상에서 제일 어려운 사건 아닌가?'

그리고 다음날 오전, K의 전담팀으로 '용의자에 대한 단서가 전혀 없는 사건' 하나가 추가로 전달되었다. 그때까지 보고된 피해사례와는 비교도 할 수 없을 만큼 심각한 내용이었다. 파일을 열자 보고서 맨 위에 붉은 색연필로 적혀 있는 "사망사건"이라는 메모가 눈에 확 들어왔다. 1팀 팀장인 J가 보내 온 파일이었다.

"이런 거 찾는 거 맞아? 며칠 전에 진정 들어온 건데 사망사고야."

K는 한참동안 파일을 들여다본 뒤에야 고개를 들고 J에게 질문을 던졌다.

"목격자도 없대?"

"있다는데, 경찰은 아닐 거래."

"뭐가 아닐 거라는 거야?"

"진술이 엇갈린대. 일관성도 없고."

"진술이? 그래서 다 빼버린 거야? 엇갈리는 진술이라도 써 놓지."

"낸들 아나."

"그건 그렇다 치고, 목격자는 없어도 사인은 있을 거 아냐? 관통상이라며."

"총상이지. 사실상."

"사실상은 뭐야?"

"경찰은 총 아니라는데."

"그럼 뭐에 관통됐다는 거야?"

"나야 모르지. 총알이 박혀 있는 것도 아니고, 경찰 측 전문가는 총상 아니라 그러고. 그래서 들고 온 건데. 아무튼 고마워. 골치 아픈 거 맡아 줘서."

골치가 아팠다. 생각했던 것보다 더 아파질 것 같았다.

다시 임시회의를 소집했다. 전날보다 훨씬 더 심각한 분위기였다.

국장이 인상을 쓰며 말했다.

"장관님도 알고는 계셔야겠는데. 벌써 이 정도로 침투했으면 뭔가 결단이 필요하겠어. 무슨 흔적 같은 거 없었어?"

"아직은, 보고 드린 내용대로입니다."

"뭔가 그림이 나와야 위에다 보고를 하든지 말든지 하지. 신종이 맞기는 한 거야, 뭐야? 아무튼 조사부터 시작해. 우선 지구 밖에서 유입된 게 맞는지 식별흔적부터 확보하고. 아, 4팀도 이 시간부로 전담팀에 합류시켜."

조직이 둘로 나뉘었다. 사건의 비중이 전파인격체테러사건에서 의문의 광장 테러를 추적하는 쪽으로 옮겨갔다는 뜻이었다. 나머지 반도 머지않아 광장 테러 쪽으로 기울 것이 확실했다.

K는 곧바로 현장조사반을 데리고 광장으로 갔다. 가는 길에 연구분석실에서 전화가 걸려 왔다. 그의 상의에 찍혀 있던 발자국이 군화자국으로 확인됐다는 내용이었다.

"어느 나라 군대에서 쓰는 거죠?"

그가 물었다.

"당연히 우리 군이죠. 육군, 해군, 그리고 공군 일부……."

"궤도연합군은요?"

"거긴 아니에요. 밑창 구조가 아예 다르게 생겼거든요. 아시겠지만 저 위에서는 바닥에 발 디딜 일이 별로 없으니까요."

"하긴. 그럼, 우리 경찰은 포함되나요?"

"경찰이요? 아마도. 예. 포함되네요. 그러니까 경찰 쪽으로 침투했다고 봐야겠죠."

"그거 참. 그쪽은 이미 증거화면을 확인했는데……."

"별 거 안 나오죠?"

"그렇더라고요. 침투를 했다면 최소한 경찰이 움직인 증거는 남아 있어야 할 텐데 말이죠."

"그러게요."

피해상황도 결코 가벼운 건 아니었지만, 어쩌면 피해상황 자체보다는 범인이 증거를 남기지 않는다는 사실이 오히려 더 치명적인 것일지도 몰랐다. 누군가 적극적으로 찾아 나서지 않는다면 공격받고 있다는 사실 자체를 인지하지 못한 채 지나칠 수도 있기 때문이었다. 어떻게 한 걸까. 왜 흔적을 찾을 수 없는 걸까. 아무래도 이번 신종 변종체는 최소한 두 가지 이상의 특수능력을 갖고 있는 게 분명했다. 눈에 보이지 않을 뿐만 아니라 사람들의 머릿속에 들어 있는 기억까지 지워버리는 복합특수능력체.

그렇게 된 이상 관건은 역시 이족보행전차에 들어 있는 블랙박스였다. 사람들의 기억은 지워버렸을지 모르지만 폐쇄된 기록장치에 자동으로 저장된 작동기록만큼은 어떻게 할 방법이 없었을 것이다. 그것만 손에 들어온다면, 그 작동기록만 재생해 볼 수 있다면 어떻게든 그 존재의 흔적을 찾아낼 수 있을 텐데. 이런 종류의 사건에서 가장 중요한 신종 변종체의 식별흔적을.

현장에 도착했다. 사망사고 발생지점 일대를 조사했더니, 광장에 접한 건물 한쪽 벽에서 급하게 때운 듯한 흔적 몇 개가 발견됐다. 보수된 부분을 떼어냈더니 총알이 박혔던 흔적이 드러났다. 물론 총알 자체는 이미 제거된 뒤였다.

　건물 관리인을 불러 보수작업에 관해 물었다. 예상대로, 전혀 아는 게 없다는 대답뿐이었다.

　"누군가 하기는 했을 거 아닙니까. 저런 게 덕지덕지 붙어 있는데."

　"글쎄요. 모르겠는데요. 저는 안 했어요."

　K는 곰곰이 생각에 잠겼다.

　'총알구멍이 무려 마흔네 개. 흩어져 있는 구멍의 위치를 거꾸로 추적해 들어가면 모두 한 개의 축으로부터 흩뿌려진 총알이라는 결과가 나오고⋯⋯. 그 말은 곧 기관총이라는 말인데. 역시 그놈의 이족보행전차가 문제야. 그 개틀링포. 하지만 그 정도 중화기라면 총알이 날아가는 걸 본 사람은 없었을지 몰라도, 최소한 누군가 총소리는 들었어야 정상 아닌가.'

　다음날은 아침 일찍부터 긴급회의가 있었다. 장관 브리핑이었다.

　특수임무전담장관 C는 아무 말도 하지 않고 묵묵히 사건개요를 듣고 있더니, 브리핑이 거의 끝날 무렵 가볍게 손을 들어 K의 말을 가로막고는 이런 질문을 던졌다.

　"그래서 그 외계존재로 의심되는 신종 변종체를 뭐라고 부르면 좋을까요? 결론까지 다 온 것 같은데 아직 거기에 대한 언급이 없네요. 비공식적으로라도 뭔가 이름이 있을 것 아닙니까. 설마 부를 때마다 그렇게 긴 이름으로 부르는 건 아닐 거고."

　그러자 K가 대답했다.

　"투명인간입니다."

　"투명인간?"

"네 글자로 요약될 수 있을 만큼 단순한 존재는 절대 아니지만 내부에서는 잠정적으로 그렇게 부르고 있습니다."

"음, 실무선에서 볼 때는 그런 인상이란 말이지? 투명인간 같은……."

"그렇습니다."

"그래서 관건은 블랙박스라는 거고……."

"결국 열람이 가능하기는 하겠지만 언제까지나 기다릴 수는 없고, 블랙박스 열람절차를 단축시키는 게 관건입니다."

"국장 선에서 해결이 안 되던가? 국장, 어때요? 경찰 쪽하고 협조가 잘 안 됐어요?"

"국가재난회의 의결사항이랍니다."

"그래? 관련법령 좀 정리해서 보고하지. 최대한 빨리."

"알겠습니다."

그날 오후에 장관 요청에 따라 국가재난회의가 약식으로 소집되었다. 그리고 국가재난회의 결의에 따라 이족보행전차 작동기록 개방명령이 떨어졌다. 비공개 열람을 전제로 한 조치였다.

블랙박스

곧 본부 작전통제실에 블랙박스 해독장치가 설치됐다. 기술실 직원들이 그 해독장치에 대형 스크린 하나와 소형 모니터 다섯 개를 연결하는 데는 반나절이나 시간이 더 필요했다. 온갖 보안장비를 설치하기 위해서였다. 그렇게 한참 만에 영상을 재생시키는데, 기술실 직원들이 다시 문제를 제기했다. 원본 동일성 확인신호가 감지되지 않는다는 이유에서였다. 기록 일부를 삭제하거나 편집할 수 없도록 하기 위해서 기록 시작 시점부터 조금씩 증가하게 되어 있는 암호화된 숫자, 회계장부 아래쪽에 미리 인쇄되어 있는 페이지 같은 역할을 하는 숫자들이 확인되지 않는다는 요지였다.

그 말에 경찰 측 참관자가 마지못해 고개를 끄덕였다. 열람절차가 중단되고, 원본 확인이 가능한 기록을 전해 받을 때까지 작전통제실 출입문이 완전히 폐쇄되었다.

다시 호출이 올 때까지 적지 않은 시간이 소요되었다. 그러고도 기술 문제가 원활히 해결되지 않았던지, 해가 지고도 한참 뒤에야 열람절차가 재개됐다. K는 다른 참석자들 사이에 앉아 숨을 죽이고 여섯 개의 화면을 번갈아 살펴보았다.

"어떻게 보는 건지 설명을 좀 해 주시죠. 전문가들이야 말 안 해도 다 알겠지만."

장관의 요청에 따라 경찰 측 참관인이 이족보행전차 메인 카메라와 나머지 다섯 개의 계기화면에 대해 간략하게 설명한 다음 다시 화면을 재생했다. 이족보행전차가 광장에 배치된 시점부터 블랙박스가 작동하기 시작했으므로 처음 한동안은 아무것도 화면에 나타나지 않았다. 아직 가동되지 않은 상태였기 때문이다.

예상치 못한 침묵이 10분 이상 지속된 뒤에야 누군가 기록장치를 좀 더 빨리 돌려도 좋겠다는 신호를 보냈다. 무슨 일이든 사건이라고 할 만한 일이 일어날 때까지.

그로부터 또 5분이 지났다. 여전히 스크린에는 아무것도 나타나지 않았다. K는 마침내 집중력을 잃고 천장을 멍하니 바라보고 있었다. 그때 부하요원 L이 그의 팔을 툭 건들었다. K는 L이 가리키는 화면 쪽으로 시선을 돌렸다. 드디어 무슨 일인가가 일어나고 있었다. L이 속삭였다.

"가동명령이 떨어진 것 같은데요."

K는 그쪽을 유심히 바라보았다. L이 말한 그대로였다. 이족보행전차 운영체제가 가동명령을 받아들이는 모습이 계기화면에 나타나고 있었다.

"조종사가 내린 명령이지?"

"예. 지금 건 전차 운영체제가 경찰본부 측에 가동승인 확인을 요청하는 거고요."

"저게 본부 측 승인인가."

"그러네요. 암호 입력됐고, 다시 작전코드 요청이고, 코드 입력, 그 다음은 전자서명이고요. 결재, 명령접수 확인. 조종석에 조종권 이양. 저건, 조종사 암호 같은데요."

"정상 절차를 다 거쳤잖아. 누군가 승인을 하긴 한 거군."

"그러네요."

메인 스크린에 불빛이 들어왔다. 닫혀 있던 창문이 활짝 열리듯 작전통제실이 갑자기 환하게 밝혀졌다. 조종석에서 보이는 화면과 비슷한 각도였다.

"가동됐습니다."

경찰 측 참관인이 덧붙였다. 그와 함께 화면 전체의 눈높이가 스르르 높아지는 게 보였다. 이족보행전차가 자리에서 일어나는 모양이었다. 화면 가득 광장이 보였다. 꽃밭을 닮은 광장이었다. 축제 같기도 하고 소풍 같기도 한 한가한 풍경. 그렇게 시간이 흘러갔다. 블랙박스에 달린 페이지 표시가 쉬지 않고 차르르 넘어가고 있었다.

사람들이 보였다. 하얀 꽃을 든 사람들. 모두가 이쪽을 바라보고 있었다. 아주 짧은 시간 동안 화면이 정지된 듯한 착각이 들었다. 페이지가 계속 넘어가는 것을 보니 정지화면은 아니었다. 그 자리에 우뚝 멈춰선 사람들. 화면에 비친 사람들의 표정을 읽을 수 있을 것 같았다.

'저게 왜 일어섰지? 왜 가동된 거야?'

그러니까 그 표정은, 한결같이 당황한 표정들이 분명했다.

바로 그다음 순간, 광장을 가득 메운 하얀 꽃밭이 이족보행전차로부터 서서히 물러나는 모습이 보였다. 사람들이 천천히 뒷걸음질 치고 있었다. 무언가 위협을 느낀 모양이었다.

'뭘 본 거지? 이 뒤에 뭐가 있었던 거야?'

K는 그런 생각을 하며 다른 화면으로 눈을 돌렸다. 이상한 표시가 눈에 들어왔다. 메인 화면 오른쪽에 놓인 작은 화면에 주황색 글씨가 나타났다.

"저기 점멸하는 건 무슨 표시죠?"

경찰 측 참관인에게 물었다. 하지만 굳이 대답을 듣지 않아도 알수 있을 것 같았다. 잠시 후에 계기화면 한가운데에 '중화기 잠금 해체'라는 글씨가 선명하게 떠올랐다.

장관이 말했다.

"안전장치가 풀려 있는데. 저거 본부에서 통제하게 돼 있는 거 아닌가?"

"그렇습니다. 본부 네트워크에도 침투한 것으로 파악하고 있습니다."

광장에 있던 사람들이 본 것이 무엇인지 짐작이 갔다. 개틀링포가 빠른 속도로 회전하는 모습, 혹은 녹색으로 표시되어 있던 안전장치 표시등이 붉은색으로 바뀌는 순간.

광장을 메운 사람들이 서서히 뒤로 물러나면서, 가까운 곳에서부터 차츰차츰 사람들의 밀도가 높아지는 모습이 눈에 들어왔다. 웅성거리는 소리가 들렸다. 아직 무슨 일이 일어났는지 파악하지 못하고 있던 사람들이 하나둘씩 이족보행전차 쪽을 향해 고개를 돌렸다.

대열 한쪽에서, 사람들을 밀치고 군중 속으로 달아나려는 사람들이 보였다. 그 주위에 있던 사람들이 큰 소리를 내며 소란을 피웠다. 군중들의 시선이 일제히 그쪽으로 옮겨갔다.

그때 누군가가 외치는 소리가 들렸다.

"뛰어요, 뛰어!"

하지만 뛰는 사람은 별로 없었다. 아주 잠깐 사이에, 이상한 표정이 광장에 모여선 사람들을 휩쓸고 지나갔다. '이게 뭐하는 거지' 하는 표정이었다.

다음 순간, 가까운 곳에서 남자 서너 명이 다급하게 외치는 소리가 들려왔다.

"뛰어요, 뛰어! 발포신호예요!"

갑자기 사람들이 움직이기 시작했다. 맨 앞줄에 선 사람들부터 차례로. 하지만 뒤쪽에 선 사람들이 꼼짝 않고 서 있었으므로 빠져나갈 공간이 마땅치가 않았다. 그러자 달아나려는 사람들과 서 있는 사람들의 경계지점에서 크고 작은 충돌이 파도처럼 일어났다. 갑자기 밀도가 높아진 지점에서 일어나는 일이었다. 그리고 그 파도는 서서히 대열 뒤쪽으로 전해졌다. 파도가 지나간 자리에 서 있던 사람들이 너나 할 것 없이 광장 반대편으로 무질서하게 몰려가는 모습이 보였다. 광장 가득 피어 있던 하얀 꽃들이 바람에 밀려 뒤로 물러나는 듯한 광경이었다.

그리고 누군가가 대열에서 밀려나와 사람들과 이족보행전차 사이, 탁 트인 광장 한가운데에 서 있었다. 누군지 알 것 같았다. 사진으로 본 적이 있었다. 그는, 그 사람은, 바로 관통상을 입고 죽은 피해자였다.

이족보행전차의 조종석 화면이 크게 흔들렸다. 보행을 하려는 모양이었다. 웅웅거리는 소리 사이로 육중한 물체가 광장 바닥을 울리는 소리가 들렸다. 홀로 서 있던 피해자가 화면 가까이 성큼 다가왔다. 전차가 그쪽으로 다가섰다는 뜻이었다.

쿵쿵쿵쿵쿵쿵.

K는 깜짝 놀라 눈을 번쩍 떴다. 작전통제실이 술렁거렸다. 보행속도 때문이었다. 전차가 피해자 쪽으로 다가서는 속도가, 실제로는 그들이 머릿속으로만 생각했던 이족보행전차의 이동속도보다 훨씬 빨랐기 때문이었다. 기계라기보다는 차라리 맹수 같은 움직임.

화면 가득 피해자의 얼굴이 보였다. 뭔가 끔찍한 일이 일어날 것 같았다.

그러나 이족보행전차가 갑자기 오른쪽으로 허리를 돌리자 피해자의 모습도 화면 밖으로 사라졌다. 다행이었다. 후방카메라에 피해자의 실루엣이 조그맣게 비쳤다. 달아나지도 못한 채 제자리에 그대로 멈춰선 모습이었다.

다시 정면을 보니 전차가 갑자기 고개를 돌린 이유를 알 것 같았다. 승용차 한 대가 위협적인 기세로 달려오고 있었던 것이다.

또 한 번 화면이 흔들렸다. 전차가 자세를 바로잡는 모양이었다. 몸통과 다리를 다가오는 차를 향해 똑바로 정렬한 자세. 충돌이 일어나기 직전이었다.

바로 그때, 갑자기 전차가 앞으로 달려 나가기 시작했다. 이번에도 역시 생각했던 것보다 훨씬 빠른 동작이었다. 빠른 속도로 화면 앞을 향해 질주해 오는 승용차에 놀라, 작전통제실에 있던 사람들 중 몇 명이 고개를 돌렸다.

그리고 그 순간, 화면이 슬쩍 위를 향했다가 다시 아래로 내려왔다. 곧이어 쿵, 하는 요란한 충돌음과 함께, 강한 진동이 화면을 가득 채웠다.

발로 막은 모양이다. 정면을 향해 질주해 오던 차를, 결코 느린 속도라고는 할 수 없는 그 무시무시한 공격을, 몸통도 아닌 발동작 하나로 막아낸 모양이었다. 쓰러지기는커녕 균형조차 잃지 않은 채.

'저게 저렇게 성능이 좋았나.'

곧 화면에서 조금 전 충격의 흔적이 사라져갔다. 진동의 여파가 사라지면서 파손된 차체가 눈에 들어왔다. 전차가 오른쪽 발을 들어 올리자 그 아래에서 커다란 발자국이 드러났다. 사진으로도 본 적 있는 바로 그 발자국이었다.

"세상에!"

작전통제실 여기저기에서 탄성이 터져 나왔다. 저런 게 가능하다니! 저건 발 달린 전차가 아니라 거의 로봇 아닌가? 저런 게 시내 한가운데에 통제되지 않은 상태로 방치되어 있다니. 만약 저게 사람들 쪽으로 달려들기라도 하면!

K는 그다음 순간에 일어날 일이 무엇인지 알고 있었다. 아니, 피해자의 사진을 유심히 들여다본 사람이라면 누구나 알 수 있는 일이었다. 모두가 우려하는 바로 그 일, 고삐 풀린 야수가 사람들 쪽으로 고개를 돌릴 차례였다.

"저런!"

탄성이 흘러나왔다. 그 순간, 이족보행전차가 다시 아수라장이 된 광장을 향해 허리를 틀었다. 그리고 화면 오른쪽 아래에서 빨간색 동그라미 두 개가 튀어나오더니 화면 한가운데에 자리를 잡았다. '총상 아닌 관통상'에 목숨을 잃었다는 피해자의 겁먹은 얼굴.

K는 두 개의 동그라미가 점점 거리를 좁혀가는 모습을 지켜보았다. 그 뒤쪽으로는 눈에 익은 배경이 포개져 있었다. 그가 현장조사를 했던 곳. 마흔네 개의 총알구멍이 발견된 바로 그 건물이었다.

기시감이 들었다. 한 번도 본 적이 없지만, 두 눈으로 똑똑히 본 것만큼 생생하게 떠올릴 수 있는 장면이었다. K는 그다음 장면에서 무슨 일이 일어날지 정확히 알 것 같았다. 두 개의 동그라미가 포개질 지점. 그곳에 사망사고 피해자가 서 있었다. 아직 살아 있는 사망자. 결말을 다 아는 영화 같은 장면이었다.

피해자가 달리기 시작했다. 하지만 빨간색 동그라미를 피해 달아날 수는 없었다. 이미 정해진 결말이었다. 동그라미 두 개가 완전히 겹쳐진 순간, 동그라미 색깔이 금색으로 변하며 깜빡였다. 조준이 완료됐다는 뜻이었다. 표적을 확실하게 포착했다는 뜻이기도 했다.

요란한 총성이 울렸다. 총알이 화면을 갈랐다.

하나하나 따로 셀 수 없을 만큼 짧은 간격이었지만, 굳이 세어 보지 않아도 알 수 있었다. 정확히 마흔네 번의 총성이었다.

긴급사태였다. 그날 밤 특수임무장관 C는 총통 명의로 긴급테러대책회의를 소집했다. 늦은 시간임을 고려해 장소는 총통관저로 정했다. 긴급테러대책회의 위원들 외에 경찰 주요 간부들이 추가로 참석한 가운데, 주무장관 C의 브리핑으로 회의가 시작됐다.

브리핑이 끝나자 총통이 물었다.

"아무튼 블랙박스에 기록이 남아 있다는 말 아닙니까? 이족보행전차 가동승인은 누가 한 겁니까?"

C가 대답했다.

"청장이 한 걸로 돼 있습니다."

총통이 경찰청장을 보며 물었다.

"청장. 승인했습니까?"

"기억이 없습니다."

"승인 기록이 있다는데. 뭘로 결재하게 돼 있지요? 사인하게 돼 있습니까?"

"패스워드와 지문인식을 병행하게 돼 있습니다."

"여기 지문 찍혀 있는데. 이거 청장 지문 아니에요? 위조한 겁니까?"

"제 게 맞는 걸로 확인됐습니다."

"청장이 찍은 거 아니고? 그럼 패스워드는, 청장 말고 아는 사람이 또 있어요? 자주 교체하기 귀찮으니까 누가 대신 만들어서 관리해주는 식 아닌가요?"

"제가 직접 관리하고 있습니다."

"그런데 청장이 직접 입력한 기억은 없고?"

"없습니다."

"해킹 당했나?"

다시 C가 대답했다.

"해킹 흔적은 없습니다. 해킹을 할 필요가 없었죠. 정상 절차대로 접속하고 들어갔으니까요."

"그런 식이면 승인 절차가 무슨 소용이지? 그럼 무기 안전장치 해제승인은? 현장지휘관이 하게 돼 있나?"

"지방청장이 하게 돼 있습니다. 마찬가지 절차고요."

"지청장은 기억납니까?"

"전혀 기억이 없습니다."

C가 끼어들었다.

"그날 이족보행전차 조종사가 누구였죠? 청장, 파악하셨습니까?"

"그게 파악이 잘 안 됩니다. 경찰 안에는 탑승한 조종사가 아무도 없고요, 탑승기록에도 당시 조종사가 누구인지 기록이 안 돼 있습니다."

총통이 말했다.

"아무도 안 탔어?"

"그렇습니다."

그 말에 총통의 언성이 한층 높아졌다.

"아무도 안 탔는데 가동이 됩니까?"

"그 부분은 아직 조사중입니다."

"아니, 내 말은!"

순간 회의장 분위기가 싸늘하게 얼어붙었다. 끼어드는 사람은 아무도 없었다.

회의장 뒤쪽 구석에 앉아 있던 K는 경찰 간부들의 얼굴을 흘끗 쳐다보았다. 잔뜩 긴장한 얼굴이었다. 당연한 일이었다. 시내 한복판에서, 그것도 사람들이 잔뜩 모여 있는 광장 한가운데에서 이족보행전차가 실탄을 수십 발이나 난사했으니, 아니, 사실은 조준사격을 했으니, 과정이야 어쨌든 누구 하나는 책임을 져야 할 게 분명했다.

다른 건 그렇다 치더라도 적어도 보안망에 구멍이 뚫려버린 데 대한 책임은 경찰 쪽에 있을 게 당연했다. 그러니 빠져나갈 방법은 없었다. 남은 문제는 그 책임을 어느 선에서 마무리 짓느냐 하는 것뿐이었다.

총통이 다시 언짢은 목소리로 말을 이었다.

"진짜로 아무도 안 탄 상태에서 무인조종된 겁니까, 아니면 누가 탔는데 모르는 겁니까?"

그러자 C장관이 대신 대답했다.

"무인조종은 아니었던 것 같고요, 아마 신종 변종체가 직접 탑승한 것 같습니다."

그 말에 총통이 천천히 고개를 끄덕였다. 긴장된 순간이었다. 총통이 다시 입을 열었다.

"그래, 그렇게 대답했어야지. 왜 쓸데없이 이것저것 둘러대고 있어? 아무도 안 탔단 말이지. 그런데 그 이족보행전차가 달려오는 차를 막아서는 동작을 보면 자동조종으로는 따라갈 수 없을 만큼 정교하다면서요."

K는 고개를 들었다. 뭔가가 이상했다. 다시 총통의 표정을 살폈다. 차분해진 것 같았다. 차분해지다니. 왜 이 대목에서 갑자기?

총통의 얼굴을 보고 경찰청장은 조용히 긴 숨을 내쉬었다. 안도의 한숨이었다.

'나, 아무 책임도 안 지고 넘어갈 수 있는 거야? 뭔지는 모르겠지만 저 장단에 맞춰주기만 하면?'

C가 총통의 말에 대답했다.

"그렇습니다. 전차 인공지능만으로는 그렇게 자연스러운 동작은 도저히 불가능하고, 역시 치밀하게 계획된 공격인 것 같습니다."

다시 총통이 물었다.

"적이 조종석까지 침투해서 직접 조종을 했다는 거지? 그래서 정확히 어떤 특수능력을 갖고 있다고? 투명하다고?"

그러자 C가 자신 있는 목소리로 대답했다. 말하는 속도마저 조금 빨라진 듯했다.

"지금까지의 상황을 종합적으로 판단해 볼 때, 두 가지로 보고 있습니다. 피해자는 분명히 있는데 사건 발생 후 한참이 지난 지금까지도 용의자나 목격자가 전혀 없는 것을 보면 아무래도 모습을 감추는 능력과 기억소거 능력이 있는 외계 신종 변종체의 소행으로 보입니다. 피해상황으로 판단해 볼 때 복수 개체일 가능성이 높고요."

"그렇지. 복수겠지. 궤도연합군에서는 뭐래요? 업무협조가 됐어요?"

"그쪽에서도 자체적으로 검토중이랍니다. 사망피해까지 난 건 이번이 처음이고, 그쪽에서도 사상초유의 공격이라 공습상황에 준해서 발 바쁘게 움직이는 모양입니다."

"아직 다른 지역에 유사한 피해사례는 없고?"

"보고된 바로는 이 사례가 유일하답니다. 우리가 최초 피해국인 것 같습니다."

회의는 그렇게 30분 정도 더 지속되었다. 그 시간 동안은 거의 총통이 혼자서 이것저것 지시를 내렸을 뿐, 의견을 제시하는 사람은 아무도 없었다.

"하여튼 이게 우발적인 사고가 아니고 아주 치밀하게 계획된 침투 같으니까, 그쪽에서 노리고 있는 최종 목표가 뭔지 각 부처를 떠나서 종합적으로 잘 논의를 해 보시고, 특히 국제공조에 각별히 신경 써서 방어체제를 잘 구축하도록……."

그리고 그때 C장관이 갑자기 총통의 말을 가로막더니 이렇게 말했다.

"그런데 각하, 방어도 좋지만 선제공격은 어떻겠습니까?"

그 말에 모두의 시선이 특수임무전담장관 C를 향했다.

"선제공격?"

총통이 의아한 표정으로 되물었다. C는 얼굴에 희미한 미소를 띠더니 이렇게 속삭였다.

"소탕작전을 계획해 보는 게······."

"소탕작전?"

K는 막 잠에서 깬 듯 의아한 눈으로 두 사람의 대화를 가만히 바라보았다.

농담

그렇게 투명인간이 탄생했다.

훤칠한 키에 잘생긴 외모. 그러나 실제로 그를 본 사람은 아무도 없었다. 봤다 해도 곧 기억을 잃어버렸을 것이다.

그 자신도 마찬가지였다. 그는 자기 얼굴을 본 적이 한 번도 없었다. 단지 얼굴만 모르는 게 아니라 자신이 누구인지 전혀 알 수가 없었다. 대면한 적이 한 번도 없었기 때문이다. 그뿐만이 아니었다. 눈으로 보지 않고도 언제든 마음만 먹으면 확인할 수 있는 부분들도 마찬가지였다. 즉, 그는 자아에 대한 기억이 전혀 없었다. 기억을 잃어버렸기 때문인지, 아니면 기억 이전에 세상에 존재한 적이 한 번도 없었기 때문인지, 그는 도저히 알 수가 없었다.

자신이 누구인지 알아내기 위해 가끔은 사람들 사이를 배회하기도 했다. 그리고 사람들이 자기 이야기를 하는 것을 엿듣게 되는 날도 있었다. 그 소문에 따르면 그는 사람들에게 공포의 대상인 듯했다. 잔혹하고 치밀하며 인정머리라고는 없는.

그래서 그는 이따금 사람들을 겁주기 위해 광장으로 나갔다. 한밤중일 때도 있었고 한낮일 때도 있었다. 그러나 그를 알아보는 사람은 아무도 없었다. 그는 생각에 잠겼다.

'이 사람들, 도대체 어떻게 나를 무서워하는 거지? 보이지도 않는 것 같은데. 분명히 내 이야기를 하고 있는 것 같긴 한데 말이야.'

또 다른 소문을 들은 적이 있었다. 그가 지구 태생이 아니라는 소문이었다. 지구를 공격하기 위해 궤도연합군 사령부 방어선을 뚫고 지상에까지 침투한 외계종족이라는 소문. 달조차 뜨지 않은 깜깜한 밤이면 그는 인간들이 만들어낸 화려한 조명이 거의 닿지 않는 오지로 달려가 몇 시간이고 밤하늘을 올려다보곤 했다. 하지만 기억나는 별은 하나도 없었다. 별들 또한 그의 모습을 알아보지 못했다.

'일단 임무를 완수하는 게 좋겠어. 그러다 보면 내가 누군지 알게 되겠지.'

그렇게 마음먹는 순간 신기한 일이 일어났다. 몸이 점점 커지는 듯한 느낌이 들었던 것이다. 자기 몸을 들여다볼 수가 없으니 얼마나 커졌는지도 가늠할 방법이 없었지만 아무튼 세상이 작아진 듯한 느낌만큼은 분명했다. 착각일 리 없었다. 착각이라고 하기에는 너무나 뚜렷한 차이가 느껴졌다.

'그래. 제대로 가고 있는 거야. 그런데 내 임무라는 건 대체 뭐였을까.'

한참을 고민한 끝에 그는 지구를 공격해 보기로 마음먹었다. 그런데 어디를 공격해야 할까. 사람들 말대로, 그가 만약 지구에 몰래 침투해 들어온 외계종족의 스파이라면 아무래도 궤도연합군부터 공격하는 게 순리인 것 같았다. 궤도연합군 사령부 지상본부를.

몸집이 좀 더 커졌다. 처음의 세 배쯤 되는 것 같았다. 제대로 짚은 모양이었다. 그는 곧 궤도연합군 지상본부로 달려갔다. 거리 따위는 전혀 문제가 되지 않았다. 신비한 에너지가 그를 감싸고 있었기 때문이다.

그리고 마침내 목적지에 도착했다. 한밤중이었다. 그의 눈앞에는 지구의 최전선, 궤도연합군 사령부 지상본부 건물로 통하는 계단이 놓여 있었다. 톡톡, 계단을 발로 건드렸다. 유리계단이었다. 보이지 않는 계단. 계단에 오르는 사람들 모두가 마치 하늘로 올라가는 사람처럼 보이도록 디자인된 투명한 계단이 바닥에서 건물 입구까지 쭉 뻗어 있었다.

그는 주먹을 불끈 쥐고는 힘차게 계단을 뛰어 올라갔다. 그리고 계단에 걸려 그 자리에 그만 털썩 넘어지고 말았다. 그는 자리에서 일어나 발끝을 내려다보았다. 물론 아무것도 보이지 않았다. 허리를 숙여, 발을 디뎌야 할 계단을 자세히 바라보았다. 역시 아무것도 보이지 않았다. 다시 계단을 올라갔다. 하지만 두 걸음도 못 가서 계단에 걸려 넘어졌다. 계단도 발도 아무것도 보이지 않으니 어디를 어떻게 짚고 걸어야 할지 전혀 가늠할 수가 없었다. 심지어 계단이 어느 정도 크기인지, 그리고 자신의 발이 얼마나 큰지도 알 수 없었다.

한 번, 두 번, 똑같은 일이 반복됐다. 털썩, 털썩. 넘어졌다 일어서고 일어섰다 또 넘어지고. 오기가 생겼다. 열일곱 번을 더 넘어지고, 열일곱 번 더 일어났다. 그러다 문득 이상한 깨달음이 생겨났다.

'하지만 이건 뭔가 이상해. 이게 아니야.'

그는 제자리에 멈춰 서서 생각에 잠겼다. 생각하다 지치면 다시 계단을 오르다 넘어지기를 반복했다. 반복 또 반복. 의미 없는 일들의 연속. 그러는 사이 깨달음이 차츰 모습을 갖추기 시작했다.

'지금 이게 뭐하는 짓이지? 이건 그냥 바보짓이야.'

갑자기 몸이 작아지는 게 느껴졌다. 아니, 세상이 점점 더 커지는 것 같았다. 밤하늘이, 안 그래도 거대한 우주가, 상상할 수 없을 만큼 점점 더 커지고 있었다.

'잘못 짚은 건가? 몸이 작아지고 있잖아.'

그는 고뇌에 빠졌다. 그리고 자신의 내면 깊은 곳을 가만히 들여다보았다.

투명한 나. 밟을 수 없는 계단. 만날 수 없는 자아. 그 어떤 기억으로도 매개할 수 없는 기억 이전의 시간. 계단을 오르는 나. 기억나지 않는 임무. 나. 나라고 불리는 나. 내가 있다는 소문. 나라는 존재에 관한, 잊혀진 임무와 떠들썩한 소문. 유리계단, 유리 발. 투명. 인간.

결론이 무엇인지 알 것 같았다. 절대로 입 밖으로 꺼내고 싶지 않은 말.

'나는 없어.'

최종 결론이었다. 너무나 분명한 사실이었다. 그는 없었다. 그가 서서히 사라져갔다. 원래부터 존재하지 않던 육체가, 보이지 않던 그의 몸이, 보이지 않아야 되는 몸으로 빠르게 변해갔다.

'나는 원래 없었어. 지금도 없고. 나는 그냥 사기야. 이 모든 게 다. 전부 누군가가 꾸며낸 헛소문일 뿐이야!'

별빛이 그가 있던 곳을 뚫고 지나갔다. 언제나 그랬듯이. 수십억 년 동안 늘 그래왔듯이.

'하지만 사람들이 그렇게 말하는 걸 똑똑히 들었는데……. 나는 분명히 존재한다고. 내가 틀렸나? 그 사람들이 다 잘못된 건가?'

그의 존재가 완전히 지워져버리기 직전에, 마지막 생각 하나가 머릿속에 떠올랐다.

'그러니까 그건, 사람들을 죽인 건, 내가 한 짓이 아니었어. 다 그 사람들 짓이야.'

용서를 받았다. 그러나 채 한순간도 지나지 않아, 용서받았다는 생각마저도, 용서를 빚지고 있었다는 뜻밖의 죄책감마저도, 그 모든 것이 세상 밖으로 완전히 사라지고 말았다.

별빛이 유리계단에 묘비명처럼 박혀 있었다. 단 한 번도 세상에 존재한 적이 없는 존재의 흔적이었다.

진담

그로부터 7개월이 지난 어느 날, K는 야전용 이족보행전차 세 대가 포함된 경찰 팔랑크스 중대 20여 개와 함께 수도 근교 소도시의 어느 작은 아파트를 포위하고 있었다. 그 달에만 벌써 세 번째 소탕작전이었다.

"이번에는 절대 놓치면 안 돼."

국장이 말했다. K는 고개를 끄덕였다. 하지만 그 역시 확신은 없었다. 잡고 싶다고 잡을 수 있는 상대였으면 이미 7개월 전 첫 번째 테러 사건 때 체포했을 것이다. 이족보행전차를 빼앗아 타고 사람들이 가득한 광장에서 개틀링포를 쏴대던 바로 그때에.

현장지휘소가 바쁘게 돌아가고 있었다. 작전개시 시간이 임박한 모양이었다. K는 지휘소 쪽을 바라보며 귀마개를 착용했다.

"남아 있는 주민 아무도 없지?"

"예. 전부 철수시켰습니다."

"포위망도 확인했고?"

"지하통로까지 완전히 봉쇄했습니다."

긴장감이 감돌았다. 갑자기 지휘소가 조용해졌다. 다른 병력들도 마찬가지였다. 움직이는 사람은 아무도 없었다.

"공격준비."

"공격준비!"

"사격개시."

명령이 떨어졌다. 야전용 이족보행전차가 등에 장착한 로켓을 발사하는 것을 시작으로, 아파트를 둘러싼 경찰 중화기가 일제히 불꽃을 뿜어댔다. K는 두 손으로 귀를 틀어막았다. 하지만 그 소리를 막을 수는 없었다.

소리는 좀처럼 멈출 줄을 몰랐다. 건물 일부가 무너져 내리는 모습이 보였다. 조금 전까지 주민들이 멀쩡하게 살고 있던 곳이었지만, 그렇게 하는 것 말고는 방법이 없었다. 상대가 투명인간이었기 때문이다. 아무리 철통같은 포위망을 구축해 놓아도 마치 비웃기라도 하듯 아무렇지도 않게 빠져나가는 존재. 그러고는 무슨 일이 있었냐는 듯 태연하게 다음 테러를 저지르곤 하는 위험한 표적.

건물 어디선가 폭발이 일어났다. 이쪽에서 폭발물을 발사한 것인지, 내부에 있던 무엇인가가 계속되는 공격에 폭발을 일으킨 것인지 알 수가 없었다. 사실 알 필요도 없었다. 그게 그거였으니까.

건물 외벽이 깨져나가는 모습이 보였다. 기둥을 무너뜨릴 만큼 강한 공격은 아니었지만, 한쪽 벽이 통째로 무너져 내려서 내부가 훤히 들여다보이는 집들도 눈에 띄었다. 그러면 그쪽으로 사격이 집중되곤 했다. 노출된 벽면을 통해 투명인간이 탈출할지도 모르는 일이었다.

가재도구가 부서지고 어지럽게 파편이 튀었다. 상대가 어떻게 생긴 존재이든, 어떤 특수능력을 갖고 있든, 빠져나갈 틈은 어디에도 없었다. 총알 자체를 통과시켜버리는 게 아닌 한 그 속에서 살아남을 수 있는 존재는 있을 수 없었다. 투명인간이 아니라 그림자라도 피해 가지 못할 무서운 공격이었다.

시간이 얼마나 지났을까. 갑자기 총소리가 그쳤다. 후폭풍처럼 적막이 몰려왔다. 귀가 멍했다. 압력차가 느껴질 만큼 갑작스러운 정적이었다. 여기저기 총알구멍이 뚫려버린 건물 안으로 경찰 팔랑크스 연대가 진입하는 모습이 보였다.

15분 뒤, K는 방탄복과 헬멧으로 온몸을 감싼 다음 아파트 정문으로 걸어 들어갔다. 주요 통로마다, 수색을 끝낸 투입조 조장들이 나와서 상황을 보고했다.

"없습니다."

"없습니다."

"없습니다."

"여기도 없습니다."

K는 계단을 오르내리며 두 번씩 꼼꼼하게 체크를 한 다음, 마침내 헬멧을 벗어 들고 허탈한 걸음으로 아파트 정문을 빠져나왔다. 허탕이었다. 그 달에만 벌써 세 번째였다.

어디로 빠져나간 걸까. 완벽한 포위망이었는데. 도대체 어디로 간 거지. 빠져나갈 구멍 같은 건 전혀 없었을 텐데.

그는 곰곰이 생각에 잠겼다.

'이 정도로도 부족하다니. 준비가 너무 느슨했던 건가. 이 정도로도 모자라다니, 포위망을 삼중으로 쳐야 되는 걸까. 일단 기본 병력부터 증강했으면 좋겠는데. 화력 지원도 더 필요하고. 아니, 그보다는 광역열감시위성. 그게 빨리 도입돼야 정확한 위치를 파악하지. 수도권 정도는 다 커버가 돼야 일이 좀 수월할 텐데. 그리고 현장지휘관 긴급명령권 관련법안도. 그게 어서 하원을 통과해야 현장 봉쇄가 좀 더 신속해질 텐데 말이야. 지금처럼 주민들 대피시키는 데만 한 시간 이상이 걸려서야⋯⋯.'

그때 어디선가 전화가 걸려 왔다. 장관이었다. 작전상황을 간략히 보고했더니 수고했다는 대답이 돌아왔다. 칭찬이었다.

뭔가가 이상했다. 분명히 실패였는데.

장관이 말했다. 꽤 장황한 연설이었다. 그리고 연설 끝에 이런 말을 덧붙였다.

"⋯⋯아무튼 위에서도 관심이 많다고. 그래서 말인데, 다음 작전은 어디쯤으로 계획하고 있지?"

그 말에 K는 잠시 대답을 망설였다. 그에게는 그 말이, 아직 나타나지도 않은 투명인간의 다음 출현장소를 미리 묻는 것처럼 들렸다. 이상한 일이었다. 몇 달 전부터 문득문득 반복해서 드는 생각이었다. 뭔가가 이상했다. 도대체 뭐가 잘못된 걸까? 지금 막 현장에서 빠져나간 적의 다음 공격목표를 어디쯤으로 계획하고 있냐는 질문이라니!

'지금 그걸 나보고 정하라는 건가.'

잠시 생각을 정리한 다음, 그가 되물었다.

"생각해 두신 데가 있으신지요?"

"생각? 글쎄."

제대로 짚은 모양이었다. 하지만 여전히 뭔가가 이상했다.

'뭐지? 위화감이 들게 하는 신종 변종체가 침투하기라도 한 건가?'

우주는 넓고 적은 많았다. 싸움은 이제 시작일 뿐이었다.

수화기 너머에서 이상한 웃음소리가 들려오는 것만 같았다.

혁명이 끝났다고?

그러고 있는데, 드디어 그 선배가 쓱, 하고 모습을 드러낸 거야. 응? 누구 얘기하는 거냐고? 뭐 듣는 거야? 아까부터 이야기하고 있잖아, 대학교 1학년 때부터 좋아했던 선배라고. 아니, 그 여자 말고. 그 여자는 일본 가서 만난 여자라니까. 이 선배는 또 다른 사람이고.

아무튼 그 선배가 쓱 나타나는데, 그게 거의 10년 만에 처음으로 선배를 만난 거였거든. 그래서 사실 처음에는 잘 알아보지도 못했어. 하필 선배가 그때 까만 치마에 하얀 블라우스를 입고 있어서 그래. 그런 데가 왜 보통 검은색 계통으로 인테리어를 해 놓곤 하잖아. 일식집 분위기. 거기도 딱 검은색하고 빨간색으로 어두침침하게 꾸며놓은 데였거든. 종업원들도 전부 까만색 바지에 흰색 상의였고. 선배 옷차림이 그 분위기에 너무 잘 어울리는 바람에, 슬쩍 한번 보고는 그만 거기 종업원으로 착각을 한 거지.

하지만 곧 정신을 차렸어. 익숙한 표정, 익숙한 동작들이 눈에 들어왔거든. 그 흔적들을 힌트 삼아 기억 한쪽에 아무렇게나 흩어져 있던 선배의 모습이 퍼즐처럼 스르르 맞춰지기 시작했어. 그게 다 맞춰지는 순간, 선배가 추억이 아닌 실물이 되어서 그 자리에 딱 서 있었던 거야.

사실 선배도 처음에는 나를 제대로 못 알아보는 것 같더라고. 내가 먼저 그쪽을 보고 손을 흔들었더니 그제야 웃으면서 내 쪽으로 걸어오는 거야. 다른 사람들이 보기에는 내가 뭘 주문하려고 종업원을 부른 것처럼 보였을지도 모르지. 아무튼 선배가 내 쪽으로 다가오더니 먼저 이렇게 손을 내밀더라고. 예상 못했던 일이었지만 나도 손을 내밀어서 악수를 했어. 손을 맞잡았다는 말이야. '아, 이런 분위기로 진행되는 거구나' 하고 생각하면서.

그래, 그렇게 시작하면 되는 거였어. 벌써 10년이나 지났으니까, 학생 때처럼 내가 먼저 고개를 꾸벅 숙이면서 "안녕하셨어요, 선배" 그럴 수는 없었겠지. 아무리 동아리 2년 선배라도 우리 둘 다 그동안 나이를 먹을 만큼 먹었고, 또 그만큼 어른이 됐으니까.

느낌이 묘했어. 그래도 그게 난생처음으로 손을 잡아 보는 거였는데, 그게 참, 아무것도 아니더라고. 10년 전이었으면 전혀 사정이 달랐겠지만.

선배가 물었어.

"어떻게 연락할 생각을 했어?"

어떻게 연락을 하기로 마음먹게 되었을까. 하지만 그보다 더 신기한 건 왜 그동안 한 번도 연락을 하지 않았을까, 하는 거였어. 왜 그랬는지 모르겠지만, 선배가 졸업하고 나서는 연락이 완전히 끊겼다고 생각하고 있었거든. 가끔 어디서 뭐하고 사는지 소식이 궁금하기는 했는데, 직접 연락할 생각은 한 번도 안 해 봤어. 그런데 막상 해 보니까 그게 그렇게 어려운 일도 아니더라고.

아마 결혼식 때문이었을 거야. 동아리 사람들 결혼식에 열심히 쫓아다니다 보니 어느 순간 어쩐지 허전한 느낌이 드는 거 있지. 누군가 꼭 있어야 할 사람이 안 와 있다는 느낌이랄까. 그 선배는 그런데는 한 번도 나타난 적이 없었어. 막상 그런 결혼식장에 가 보면 결혼하는 당사자들보다는 친구들 얼굴을 더 오래 보게 되잖아. 그때마다 제일 만나고 싶은 사람이 그 선배였고 제일 듣고 싶은 이야기가 그 선배 소식이었는데, 이상하게도 그 선배 이야기를 하는 사람은 아무도 없었거든. 그리고 궁금해 하는 사람도 별로 없는 것 같았어. 그러니 나도 어느 순간 자연스럽게 궁금해 하지 않게 된 거겠지.

그러던 어느 날이었어. 동아리 후배 결혼식이었는데, 결혼식을 구경하면서 좀 친한 여자선배 하나랑 이런저런 이야기를 하고 있었거든. 그런데 갑자기, 어쩌면 이 사람은 그 선배의 소식을 알지도 모르겠다는 생각이 번쩍 스쳐 지나가는 거야. 그래서 물어 봤지. 그랬더니 뭐라는 줄 알아?

"개? 너 개 전화번호 몰라? 개네 집 전화번호 아직 그대론데."

그래, 그런 거였어. 찾자고 마음만 먹으면 쉽게 찾을 수 있는 사람이었는데, 바로 그 마음이 문제였던 거야. 내 마음속에서 그 선배의 자리란 건 거의 쳐다볼 수도 없을 만큼 높은 곳에 걸려 있었거든. 다른 사람 마음도 아니고 내 마음속이었는데도 말이야. 그러니 손을 한번 뻗어볼 생각조차 못해본 거였겠지.

그렇게 연락처를 알아내기는 했는데, 생각보다는 그렇게 충격적이지 않았어. 일단 집으로 돌아가서 이것저것 집안일을 하다가, 한 여덟 시쯤 됐을까, 그때서야 전화기가 자꾸만 눈에 들어오는 거 있지. 결국 하던 일을 모두 내려놓고 전화기만 뚫어져라 쳐다보게 되더라고. 그리고 선배네 집 전화번호가 계속해서 머릿속을 맴돌았어. 아, 그 번호. 실제로 전화를 걸어 본 건 선배를 알고 지낸 날들을 통틀어 다섯 번도 채 안 됐겠지만 눌러 보기는 진짜 수백 번도 더 눌러 봤거든.

물론 최근에는 안 눌러 봤지. 마음속으로도 안 눌러 봤어. 내 전화에는 아예 저장도 안 돼 있는 번호였는데 그게 아직도 또렷하게 생각이 나는 거야. 10년이나 지났는데도 정확히.

그래서? 그래서는 무슨. 전화를 걸었지. 거니까 전화를 받더라고. 그냥 한 이틀 만에 다시 연락이 닿은 사람처럼 아무렇지도 않게. 예상외의 반응이었지만 그게 오히려 마음이 편했어. 나도 나이를 먹어서 그런가, 만나서 저녁이나 같이 먹자는 말이 아무렇지도 않게 튀어나오는 거야. 옛날 같았으면 상상도 못했을 텐데. 그러니까 선배는 또 길게 생각도 안 해 보고 그러자고 시원시원하게 대답을 하는 거 있지.

김빠지는 일이기는 했지. 모처럼 잔뜩 긴장하고 전화한 거였는데, 이 세상 사람인지 저 세상 사람인지 통 소식도 몰랐던 사람이 늘 보던 사람처럼 정말 아무렇지도 않게 생생한 목소리로 이런저런 이야기들을 들려주고 있었으니까. '아니, 이게 이렇게 쉬운 일이었나' 하는 생각이 들지 않는 게 더 이상했겠지.

"그냥 갑자기 생각이 나서요."

내가 대답했어. 응? 무슨 대답이냐고? 아까 말했잖아. 선배가 나더러 어떻게 연락할 생각을 다 했냐고 먼저 물었다고. 그래, 그 일식집에서 말이야. 그렇게 싱겁게 대답을 했더니 선배가 씩 웃으면서 내 옆자리에 이렇게 척 앉는데, 그 느낌이 또 참 비현실적인 거야.

뭐? 예뻤냐고? 예쁘긴, 그냥 여신이었지. 게다가 아주 시뻘건 맑시스트였고.

지금은 이래도 내가 학교 처음 입학했을 때만 해도 말이야, 그런 시뻘건 세상이 있다는 사실 자체를 몰랐거든. 나도 그때는 꽤 순박한 꼬맹이였으니까. 그런데 그 선배한테 처음으로 '학습'이라는 걸 받은 거야. 매주 목요일 저녁마다 동아리방에 죽 둘러앉아서 교환가치니 노동소외니 그런 걸 논하곤 했다고. 아주 시뻘건 책들을 펴 놓고 말이야.

응? 빨간책 몰라? 야한 책 말고 '빨갱이' 할 때 그 빨강. 그러고 보니 그 빨간책이나 이 빨간책이나 비슷하긴 하다. 부모님한테 들킬까 봐 달력으로 책 꺼풀까지 해서 서랍 깊숙한 곳에 숨겨놓고 몰래몰래 갖고 다녔으니까. 들키면 혼나고. 그래도 그때는 참 진지했는데. 물론 나중에 생각해 보니 우리 관심사는 아무래도 혁명이 아니고 선배였던 것 같았지만.

선배는 얼굴이 하얀 편이었거든. 뽀얀 피부라기보다는 사실 거의 창백했지. 한눈에 봐도 건강한 인상은 절대 아니었는데, 아마 정말로 병약했던 게 맞을 거야. 한번씩 동아리방에 들어가 보면 선배가 한쪽 구석에 의자를 쭉 붙여 놓고 드러누워 있는 모습을 종종 볼 수 있었거든. 그렇게 창백했어도 그 선배가 입술 하나만큼은 진짜 예쁜 빨간색이었는데…….

그렇지, 그렇지! 뭐 발라서 그런 거였겠지! 근데 우리는 뭘 발라서 그런 건지도 몰랐어. 원래 그런 줄만 알았지. 그때는 그랬다고.

그리고 그 선배, 입술만 빨간 게 아니었어. 머릿속은 아주 시뻘겠지. 그런데도 거부감 같은 게 전혀 안 들었거든. 우리보다 딱 2년 선배인 주제에 똑똑하기는 또 어찌나 똑똑한지. 내가 또 똑똑한 사람한테는 아낌없이 영혼을 팔아버리잖아. 딱 그런 사람이었던 거야, 그 선배는. 처음 봤을 때부터 그런 인상이었지. 신입생들 처음 학교 들어가면 하루에도 수십 번씩 자기소개 할 일이 있잖아. 왜 읊어대는지 알지도 못하면서 읊어대는 그 바보 같은 인적사항들 말이야. 그런 걸 주저리주저리 읊어대고 있는데 선배가 대뜸 이러는 거야.

"나는 사회주의자야."

캬, 멋있잖아! 그 이상 뭐가 더 필요해? 그게 내가 선배한테 들은 첫마디였다니까.

아니, 내 말은, 사회주의자니까 덮어놓고 똑똑하다는 게 아니라, 그냥 옆에서 지켜보면 알잖아. 진짜로 똑똑한 건지 그냥 별것 없는데 그런 척만 하는 건지.

근데 가끔 그걸 못 알아보고 도전하는 인간들이 있었거든. 신입생들이라는 게 원래 처음에는 아무것도 모르는 바보처럼 굴다가 2학년이 되는 순간 '아, 선배들 역시 아무것도 모르고 하는 소리였구나' 하는 깨달음 같은 걸 얻게 되곤 하잖아. 그래서 꼭 어디 수업 들어가서 들은 이야기를 마치 자기 이야기인 것처럼 가지고 와서는 선배들한테 대드는 녀석들이 생긴다고. 그런데 그 선배한테는 그런 게 하나도 안 먹혔어. 경제학이든 중세철학이든 중국사든, 심지어 현대물리학이나 수학을 갖고 와도 상대가 안 됐으니까. 5대 1로 붙어도 마찬가지였어. 대화조차 안 됐지. 진짜 그런 사람은 처음 봤다니까. 그전에도 그 뒤로도 쭉.

선배는 그런 어마어마한 이야기들을 정말 다 죽어가는 목소리로 조근조근 들려주곤 했어. 그런데 또 그 병약하다는 게 묘하게 끌리는 구석이 있어요. 특히 가을만 되면 이 선배, 아주 감기를 달고 다니기 시작하는데, 그게 또 묘하게 보호본능을 일으켜요.

우리가 막 이렇게 핏대를 세우면서, 지금 생각하면 진짜 구멍이 숭숭 뚫린 사회주의 예찬론을 확신에 찬 목소리로 줄줄줄 늘어놓는 동안, 선배는 저 한쪽 구석에 가만히 웅크리고 앉아서 휴지로 코를 이렇게 틀어막고는, 감기가 괴로운지 우리 이야기가 괴로운지 아무튼 보는 사람이 다 미안해질 것 같은 괴로운 얼굴로, 그 말도 안 되는 논쟁을 가만히 지켜보고만 있었다고. 그런데 그게 말이 논쟁이지 어디 결론이나 제대로 나는 이야기였겠어? 하는 우리도 슬슬 지겨워지고, 누가 무슨 소리를 하는지 아무도 모를 지경으로 이야기가 초점 없이 빙빙 돌기 시작하면 그때에야 선배가 스르르 고개를 들고는 기침 반 말 반 섞어가며 레닌의 제국주의론이니 세계체제론이니 하는 것들을 무슨 옛날 이야기하듯 줄줄 풀어내기 시작하는 거야. 그런데 그 이야기가 진짜 예술이었거든. 군더더기 하나 없이 핵심개념만 사용해서 어찌나 깔끔하게 정리를 해 냈던지, 아예 노트에 받아 적는 놈도 있었다니까.

그러니 불가항력이었지 뭐. 나름 스물한두 살씩이나 먹은 놈들이 약속이나 한 듯 동시에 때늦은 사춘기로 접어들고 말았으니, 지금 생각하면 이상하기도 하겠지만 그때는 그게 하나도 안 이상했거든. 그런데 사실 그건 사랑 같은 건 아니었어. 그냥 지적으로 압도된 것 뿐이었지. 다른 뉘앙스는 전혀 없었어. 전혀 로맨틱하지 않았다고. 그런데도 우리는 그게 사랑인 줄 알았거든. 선배였으니까. 순전히 그 선배였기 때문이었어.

선배가 소주 좋아하니까 우리도 소주만 마시고, 선배가 담배 피우니까 우리도 담배 배우고. 김주석이라고 전에 소개시켜 준 내 친구 있지. 그 수염 많은 놈. 걔가 한때는 독실한 크리스천이었다는 거 아니야. 그런 놈이 왜 지금처럼 됐냐면, 선배가 '신은 관념에 불과하다'고 말했기 때문이거든. 그렇게 단순명쾌했어. 선배가 단순명쾌했다는 게 아니라 우리 머릿속이 그랬다는 거야.

응? 그래서 어떻게 됐냐고? 아, 만난 장소? 너는 내 말을 듣는 거야, 마는 거야? 아까 말했잖아. 회전초밥집이라고. 전부터 계속 궁금했는데 들어가 보지는 못하고 맨날 밖에서 쳐다만 보고 있던 데.

선배가 물었어.

"다른 애들은? 요즘도 연락해?"

나는 순간 말문이 막혔어. 물론 다들 뭐하고 사는지는 대충 알고 있었는데, 선배 앞에서 그런 이야기를 해도 되는지 모르겠더라고. 다들 신자유주의의 성능 좋은 부속품으로 변신해서 아주 잘 먹고 잘 살고 있었거든. 누구는 자본의 앞잡이가 됐고 누구는 권력의 하수인이 된 거지. 그때 기준으로 보면 완전 의식 없는 화이트칼라로 전락한 건데, 사실 전락치고는 다들 성공적이었지 뭐.

아, 물론 그 친구들이 잘못했다는 건 아니야. 단지 그 분위기에서 선배한테 그 인간들 근황을 이야기해도 되는지 어떤지 알 수가 없었다는 거지. 선배 기분도 기분이지만, 그 녀석들 위신도 있고 했으니까. 사실 나만 해도 소위 자본가들의 폭력기구에서 3년이나 간부로 복무하다가 살이 피둥피둥 올라서 돌아왔으니 그 이야기를 자랑스럽게 떠들 입장은 아니었어. 그래서 그냥 짧게 대답했지.

"결혼식 같은 데서 가끔 봐요."

선배는 예전보다는 훨씬 건강해 보였어. 생각해 보면 학교 때 선배가 허약해 보였던 건 어쩌면 채식을 하느라 그랬던 건지도 몰라. 채식한다고 꼭 허약한 건 아니지만, 그 시절 학교 근처라는 데가 채식 하고 살기에 그리 좋은 환경은 아니었으니까. 아무튼 선배가 채식주의자라는 건 누구나 알고 있는 사실이었어. 그냥 아는 정도가 아니었지. 예전에 그 채식 때문에 실수한 거 생각하면 아주 진땀이 날 정도였거든.

아니, 한번은 우리끼리 피자 먹으러 갔다가 선배를 부른 적이 있었어. 마침 도서관에 있다 그래서 저녁이나 같이 먹자고. 일단 오기는 왔지. 그런데 물 말고는 아무것도 손을 안 대는 거야. 그렇잖아. 거대 자본의 상표를 달고 온갖 착취와 억압의 기름기가 계산서에까지 얼룩져 있는 패밀리 사이즈 피자에 콜라. 어디 권할 수 있는 게 있어야지.

"불편해하지 말고 먹어. 그냥 내 소신 때문에 이러는 거니까" 그러는데, 그게 어디 목구멍으로 넘어나 가겠냐. 그런데도 그때는 그게 심하다는 생각을 못 했다니까. 그 선배가 하는 말이었으니까.

그러니까 10년 만에 만난 선배를 그 회전초밥집에서 보기로 한 건 내 나름대로 세심한 배려였어. 그걸 눈치 챘는지 초밥 접시를 실은 컨베이어 벨트가 돌아가는 걸 보면서 선배가 이렇게 말하더라고.

"어떻게 내가 딱 좋아하는 걸 골랐네."

모를 수가 없지. 채식이라지만 계란이나 생선은 먹는다는 걸 알고 있었으니까. 그게 선배 취향이었거든. 그런 식성을 가진 사람이 세상에서 제일 좋아할 만한 게 뭐겠어?

사실 지난 10년 동안 회전초밥집만 보면 선배 생각을 떠올리곤 했던 것 같아. 저런 거라면 선배도 마음 편하게 먹을 수 있을 텐데. 그래서 선배가 그렇게 말하는 걸 들으니 내심 흐뭇한 생각이 들더라고. 왠지 분위기도 좀 좋아진 것 같고 말이야. 애만 없었으면 딱 좋았을 텐데.

웅? 무슨 애냐고? 이 자식은 또 무슨 소리야. 아까 맨 처음에 말했잖아. 10년 만에 만난 짝사랑했던 선배가 약속 장소에 아홉 살짜리 아들을 데리고 나타난 이야기라고.

뭐? 아니, 그게 아니고, 그러니까 검은 치마에 흰 블라우스를 입은 미모의 여성이 나타나는 장면 옆에 멍청해 보이는 애녀석 하나를 집어넣어서 상상을 하란 말이야.

하여튼 고놈 고거, 볼때기에 살이 탱글탱글한 게, 엄마 닮았으면 그 얼굴은 절대 안 나올 텐데, 누구 닮았는지 아주 밉상이더라고. 제 엄마한테 가려서 내 자리에서는 잘 보이지도 않았는데, 이름이 뭐냐고 물어도 대답도 안 하고, 영 똘똘해 보이지는 않았어. 아마 무지하게 멍청했을걸.

놀랐냐고? 당연히 놀랐지. 그것도 아주 소스라치게 놀랐지. 그 청순병약해 보이던 선배가 애 하나를 그렇게 떡 데리고 나타났으니! 그것도 그렇게 큰 놈으로다가! 누가 상상이나 했겠어? 영원히 결혼 같은 건 꿈도 안 꿀 것 같던 선배가, 결혼은커녕 평생 가부장적인 권력구조에 저항하면서 살 것 같았던 사람이, 눈치 없이 약속 장소에 그런 걸 데리고 나타났는데.

그래도 그 앞에서 놀란 티를 내지 않은 건 천만다행이었어. 생각해 보면 그렇잖아. 내가 무슨 소개팅 자리에 나간 것도 아니고 근사한 여자나 하나 건져 보자고 나간 것도 아니었으니까.

아니었다고. 이거 왜 이래. 내 형편 알잖아. 직장 때려치우고 나와서 그래도 한번 소신껏 살아 보겠다고 이러고 있는데 주변에서는 누구 하나 잘했다는 사람도 없고, 다들 미친 거 아니냐고만 하고 말이야. 그래서 그 선배가 더 간절하게 보고 싶었던 건지도 몰라. 남들은 다 그게 아니라고 말해도 선배만큼은 내가 하는 일이 옳은 일이라고 말해 줄 것 같았으니까.

나는 일단 놀란 기색을 감추고 차분하게 초밥 접시 쪽으로 눈을 돌렸어. 선배도 그 꼬마놈도, 눈앞에서 스르륵 지나가고 있는 초밥 접시들을 말없이 바라보고 있었지.

맨 먼저 내 눈에 들어온 건 필라델피아 롤이라는 놈이었는데, 그거 알지? 적당히 기름진 데다가 고소한 크림치즈가 들어 있어서 보기만 해도 그냥 침이 꼴딱 넘어가는 그놈. 그놈이 글쎄, 세 조각짜리

한 접시에 3,800원이나 하는 거야. 지금은 더 올랐겠지. 그게 벌써 몇 년 전이니까. 아무튼 선뜻 손을 뻗지는 못하고 먹을까 말까 잠깐 바라만 보고 있는 사이에 고놈이 컨베이어 벨트를 타고 슬슬슬 옆으로 지나가버리더라고. 그런데 이게 또 그 상황에서 고개를 돌려가면서까지 그걸 쳐다보고 있으면 어쩐지 추잡스러워 보이잖아. 그래서 재빨리 관심 없는 척 시선을 먼 데로 돌렸지. 생각만 해도 침이 꼴깍 넘어가네. 아무튼 그렇게 때 아닌 정적이 감돌고 있었어.

아, 물론 회사 다닐 때 같았으면 그 정도야 우스웠겠지. 내가 먹고 싶다는데 누가 뭐라 그래. 하지만 지금 내 형편이라는 게 그렇잖아. 지금 같아서야 어디 그때처럼 써댈 수 있나. 그날 내가 가져간 돈도 사실 좀 웃기는 게, 우리 어머니가 지난번에 올라오셨다가 다 큰 아들놈한테 용돈이랍시고 쥐어 준 돈이었거든.

쪽팔리지. 쪽팔리는데, 그게 참 묘한 게, 그 돈이 있으니까 좋더라고. 그거라도 없었으면 어디 10년 만에 만난 선배한테 밥 한번 사겠다는 소리가 선뜻 나오기나 했겠냐.

그런 묘한 적막이 흐르고 있는데, 선배가 먼저 컨베이어 벨트 쪽으로 손을 뻗더라고. 계란말이 초밥이었어. 앞에서 돌아다니고 있는 접시 중에서 제일 싼 접시였거든. 얼만 줄 알아? 1,300원. 그 순간 갑자기 눈물이 핑 도는 거야. 이유는 나도 잘 설명을 못하겠는데, 아무튼 진짜 여러 가지 생각이 들었어. 내 옷차림이나 하고 있는 꼴이 그런 배려를 받아야 할 정도로 불쌍해 보였나. 나는 그 정도밖에 안 돼 보이는 건가.

"이걸 먹어 봐야 주방장 실력을 알 수 있거든."

선배가 그렇게 말하면서 계란말이 초밥을 한입 물더니 알 듯 말 듯한 표정을 지었어. 마음 써 주는 게 고마운 것 같으면서도 한편으로 야속하다는 생각이 들었지. 아니, 마음껏 골라 먹으라고 해 놓고 너무 눈치만 보고 있었던 내가 다 한심해지는 거 있지. 나부터 시원시원하게 굴어야겠다는 생각이 들었어. 그때 마침 아까부터 눈여겨 보던 필라델피아 롤이 지나가더라고. 덥석 집어서 한 점을 입에 넣었지. 맛있더라. 얼마 만에 먹어보는 건지. 사실 예전에는 그게 그런 맛인지도 몰랐어. 맛도 모르고 그냥 주워 먹은 거지.

우리가 먹는 걸 보더니 그때서야 마음이 놓였는지 선배 옆자리에서 애 손 하나가 쑥 튀어 나오는 게 보였어. 그러더니 접시 하나를 채 가는 거야. 꽃새우 초밥이었지. 안심이 됐어. 애가 움직여야 긴장이 풀리는 법이니까. 그나저나 그 꽃새우, 은은하게 단맛이 도는 게 참 깔끔했는데. 그런 생각이 들었어. 애가 그 맛을 알기나 할까.

응. 그렇지, 그렇지. 내 말이 그 말이야. 애들이 그런 데 가서 뭐 먹을 게 있어야 말이지. 게다가 그놈의 자식, 접시 모양 따라 값이 다르다는 걸 알기나 하는 건지, 무슨 동네 김밥집에서 파는 한 줄 1,500원짜리 김밥 집어 먹듯 아무 감흥 없이 덥석덥석 입에다 주워 넣는데, 그래 봬도 그게 3,800원이나 한단 말이지. 한 줄이 아니고 두 조각 값이 그랬다고.

그런 게 좀 마음에 걸리기는 했지만 사실 그건 내 알 바 아니었고, 분위기는 대체로 좋았다고 볼 수 있었어. 그리고 그렇게 분위기가 한창 무르익어갈 때쯤 선배가 물었지.

"요즘은 뭐하고 지내?"

나는 눈앞을 슬슬슬 지나쳐 가는 접시들에 고정되어 있던 시선을 뿌리째 뽑아서 선배 쪽으로 과감하게 옮겼어. 물론 살짝 멈칫하기는 했지. 그리고 선배와 눈이 마주쳤어. 그 눈은, 글쎄, 무슨 의미였을까? 아마 걱정스러워하는 눈이었을 거야. 나는 순간 할 말을 잃어버렸어. 세상 사람들이 아무도 이해를 못해 준다 해도, 단 한 사람만은, 내 눈앞에 앉아 있는 바로 그 사람만은 언제든 진심으로 내 마음을 헤아려 줄 것 같았거든. 그러니까 이제 그동안 꾹꾹 참아왔던 말들을 시원하게 털어놓기만 하면 되는 거였어. 그런 거였는데, 그런데 막상 그 말을 털어놓을 수 있게 되니까 이상하게 말문이 턱 막히는 거야.

왜 그랬는지는 나도 잘 모르겠어. 사실 나도 좀 혼란스러웠거든. 내가 요즘 무슨 일을 하고 다니는 건지. 그 일이라는 거, 우리 어머니 말마따나 '노조 꽁무니나 쫓아다니고 이런저런 데모나 찾아다니는 일'이라는 거, 선배 앞에서 자신 있게 '아직 혁명은 안 끝났어요' 하고 말할 수 있을 만큼 확신을 갖고 하는 일은 아니었거든. 말을 못하겠더라. 그래서 그냥 얼버무렸어.

"그냥 저기……."

선배가 묘한 표정으로 내 얼굴을 바라봤어. 나는 바보같이 아무 말도 못하고 2,300원짜리 연어 초밥 접시를 집어 들었지. 그 부드럽고 고소한 놈을 집어서 입안에 넣었는데, 마음이 영 편하지가 않았어. 그래도 웃긴 게, 마음은 불편해도 입은 전혀 다른 생각을 하고 있는 거 있지. 오랜만에 호강이다 싶었는지 속으로 조용히 탄성을 내지르고 있었던 거야. "맛있어! 바로 이거야!" 하면서.

선배는 계속해서 나를 쳐다보고 있었어. 그래서 나는 멋쩍게 씩 웃으면서 연어알 초밥을 집어서 그 앞에다 내밀었어. 선배가 먼저 그쪽으로 손을 뻗으려고 하는 걸 봤거든.

"좋아. 뭐 어쨌건 오랜만에 만났으니까 맛있게 먹자."

그리고 그건 말이야, 3,500원짜리 접시였어. 3,500원.

어? 그 선배는 그동안 뭘 하고 살고 있었냐고? 잠깐 기다려 봐. 나중에 다 나와.

그것보다 나는 선배와 결혼한 사람이 도대체 어떤 사람이었는지가 더 궁금했어. 학교 다닐 때부터 그랬을 거야. 진짜로 그게 궁금했거든. 어떻게 하면 저런 근사한 여자의 마음을 얻을 수 있을까. 응? 그렇지. 딱 그 표현. 어떻게 하면 저런 머릿속까지 새빨간 여자 마음에 드는 남자가 될 수 있을까. 그런 게 궁금했지. 그래서 물어 봤어.

"선배, 남편은 어떤 사람이에요?"

선배는 무슨 의미인지 모르겠다는 표정으로 나를 빤히 쳐다보더니, 아이를 한번 돌아다보고는 웃으면서 말하는 거야.

"아, 애 아빠? 돈 많은 남자였지. 지금은, 죽었는지 살았는지 모르겠지만."

그렇게 말하는데, 내가 그냥 할 말이 없어지더라고. 그 위악적인 말투. 뭐랄까, 어두운 과거가 슬쩍 엿보였다고나 할까.

그렇지? 충격적이지? 나는 선배가 무슨 좌파 지식인이 되어 있거나, 혹시 결혼이라는 걸 한다 해도 혁명가의 아내 정도는 되어 있을 줄 알았지, 그냥 돈 많은 남자 만나서 남들처럼 결혼하고 애 낳고 이

혼까지 했을 거라고는 꿈에도 생각을 못 했거든.

그럼. 물론 그렇지. 혁명가도 돈이 많을 수 있고, 머릿속까지 시뻘건 여자도 물론 젊은 나이에 사랑에 빠질 수 있지. 당연히 그래. 그래서 확인을 해야 했어. 그래서 그 남자에 대해서 좀 더 자세히 물었지. 그랬더니 뭐래는지 아냐?

"너는 눈치 못 챘겠지만, 4학년 때부터 만났어. 나보다 일곱 살이 많았는데, 꽤 잘 나가는 애널리스트였지. 근사했는데. 사십대 딱 접어드니까 좀 별 볼 일 없어지긴 했지만, 아 그래도 돈 많은 늙은이라서 여자 문제는 내내 복잡했어."

"선배! 애도 듣는데."

"괜찮아. 벌써 귀에 못 박히게 들었을 거야. 지 애비같이 안 되려면 들어 둬야지. 그 인간, 나중에는 나보다 다섯 살이나 어린 애랑 살림이 났어. 그러더니 나한테 이혼하자고 그러더라고. 했지 뭐. 위자료는 많이 받았어. 아파트 나한테 넘겨버린 건 좀 후회했을걸. 그렇게 뜰 줄은 몰랐나봐. 그 바닥에서 수십 년을 살고도 그거 하나 예측을 못 했으니, 그 인간도 그 순간에 이미 한물갔다고 봐야겠지."

슬펐어. 선배가 그런 이야기를 정말 아무렇지도 않게 해대는 게. 그리고 어이가 없었어. 이 사람이 내가 그토록 그리워하던 그 사람이 맞나 싶어서. 그렇게 냉소적인 말투라니. 다른 것도 아니고 자기 삶에 대해서. 어쩌면 자기 이야기니까 그렇게 냉소적이었던 건지도 몰라.

그 이야기를 들으면서 나는 스무 살 그 꿈 많던 시절이 떠올랐어. 그렇게나 마음을 졸이면서도 말 한마디를 더 못 걸어서 밤이면 이불을 뒤집어쓰고 안타까움에 한숨만 푹푹 쉬던 그 시절이. 그렇게 멀게만 느껴지던 사람이었는데, 그렇게 완벽하게만 보이던 인간이었는데, 사실은 남들이랑 크게 다를 것도 없는 보통 사람이었구나 싶었어. 그러면서 선배가 광어 지느러미 초밥을 손으로 집어서 간장에 찍는데, 그 모습이 영 보기가 그렇더라고. 그래, 나도 알아. 손으로 집는다고 흉 되는 게 아닌 건. 하지만 내 눈에는 그 모습이 참 싫어 보이는 거야.

그런데 그 기분 알아? 그 순간 갑자기 그 돈이 아깝게 느껴지더라니까. 그때부터는 정말로 '선배, 그거 3,800원짜리예요' 하는 말이 목구멍까지 올라오더라. 지금 생각하면 그래. 아니, 그런 부자 사모님한테 그까짓 광어 지느러미가 몇 푼이나 돼 보였겠어. 그런데 나한테는 그렇지가 않았거든.

하지만 그건 나중에 생각한 거고, 그때는 그냥 당황스럽다고 느꼈던 것 같아. 전혀 생각지 못했던 일들이라 마음의 준비가 안 돼 있었거든. 그때 내 지갑에 든 돈이 아마 62,000원이었나 그랬어요. 둘이서 배부르게 먹어도 모자랄 것 같지는 않을 돈이기는 했어. 거기가 아무리 가격이 센 데라고 해도 말이야.

그런데 바로 그때였어. 그때부터 아마 본격적으로 돈 계산이 시작됐을 거야. 이 선배가 말이야, 말없이 접시를 비우더니 내 쪽을 흘깃 보면서 뜬금없이 배가 부르다고 그러는 거 있지. 그럴 리가 있나. 뭐 먹은 것도 없었는데. 그렇지. 완전히 가난뱅이 취급을 당한 거지. 어쩌면 내 형편이 어떤지 벌써 들어서 알고 있는 건지도 몰랐어. 그런데 그 소리를 들으니까 자존심이 확 상하는 거야. 가만 보니까 이 여자 말이지, 내가 얼마짜리 먹는지 봐 가면서 골라 먹고 있었던 것 같은 거 있지.

그래서 어쨌냐고? 내 성격 알잖아. 발끈했지. 그거, 그게 앞에 지나가더라고. 참치 대뱃살. 응. 7,000원짜리 그거. 일단 그걸 집어다가 테이블 위에 턱 내려놓고 말이야…… 응? 뭐? 내가 그랬어? 그 여자라고 불렀다고? 그래? 뭐, 아무튼 그걸 앞에다 갖다놓고는 잠시 마음을 가다듬었어. 물론 갖다놓자마자 후회했지. 하지만 다시 컨베이어 벨트에 올려놓을 수는 없는 노릇이잖아.

그걸 빤히 쳐다보면서 선배한테 물었어. 그래서 요즘은 뭐하고 지내냐고. 그때 독일로 유학 갔다는 소문은 사실이 아니었냐고. 그랬더니 세상에, 뭐래는 줄 아냐?

"나? 요즘 컨설팅 회사 다녀. 유학은 갔다 오긴 했는데 독일은 아니고."

그러는 거야. 혹시가 아니라 그거지 뭐. 독일이 아니라 미국에서 MBA를 마치고 온 거지. 내가 참 어이가 없어서. 우리는 다 선배가 독일 가서 사민당사 공부하고 오는 줄 알았거든. MBA가 뭐야, MBA가. 게다가 컨설팅 회사는 또 뭐람.

그 말을 듣고 나니까 딱 그런 생각이 드는 거야. '에라, 어차피 이렇게 된 거 그냥 밥이나 한 끼 맛있게 먹고 말자.' 다시 테이블 위를 내려다봤어. 방금 집어온 놈이 놓여 있었지. 참치 대뱃살. 그냥 보기만 해도 고소한 게, 어휴, 그런 위안이라도 있어야 그 자리가 편할 것 같더라고. 뭐? 그게 그 상황에서 목구멍으로 넘어가냐고? 넘어가더라고. 그냥 넘어가기만 하는 게 아니라 아주 죽여주던데.

그런데 문제는, 내가 그걸 먹는 걸 보더니 선배도 대충 어느 선에서 먹으면 되는지 감을 잡은 모양이었다는 거야. 그러니까, 감을 잘못 잡은 거지. 그제야 요리사한테 뭔가 주문을 넣는데, 아, 그게 또 참치 대뱃살 구이라나.

맛? 몰라. 나도 먹어본 적은 없어. 그거 따로 주문해야 내 놓는 거 아닌가? 보통 때는 컨베이어 벨트에 안 올라가 있잖아. 불고기 맛 같다던데, 냄새도 그런 것 같고. 나야 뭐 그냥, 육식을 안 하니까 대신 그런 걸 먹는 건가 했지.

아무튼 그 참치 대뱃살 구이라는 게, 한 접시에 딱 한 점이 올라가 있는데 세상에, 값이 7,000원이나 하는 거 있지. 응, 7,000원! 맞아. 심증이 맞아떨어진 거지. 나 먹는 수준 봐 가면서 먹고 있는 거였다니까.

나도 맛이 궁금하기는 했거든. 하지만 한 점밖에 안 나오는 거라 맛 좀 보게 하나만 달라고 할 수도 없고, 그렇다고 따로 한 접시를 주문하는 건 따라하는 것 같아서 좀 웃길 것 같고, 사실 돈도 좀 빠듯해 보이기도 했어. 그래서 이래저래 망설이고 있었는데, 중요한 건 바로 이 대목이야. 선배 옆에 조용히 앉아 있던 애놈이 제 엄마한테 이렇게 말하는 거야.

"엄마. 나도 그거 줘."

완전 청천벽력이었지. 그래서 어떻게 됐냐고? 하나 더 주문이 들어갔지 뭐. 그리고 말이야, 그때서야 비로소 눈치를 채고 만 거야. 그 애녀석 자리 옆에 무슨 레고 블록처럼 차곡차곡 쌓여 있는 거대한 접시 무더기를! 완전 접시탑이었다니까. 아, 그때의 충격이란!

그 순간에도 선배는 나한테 계속 뭐라고 뭐라고 말을 하고 있었어. 10년 전이었으면 정말 꿈만 같은 일이었겠지. 하지만 그런 건 하나도 귀에 안 들어왔어. 오로지 그 생각뿐이었지. '이 자식, 도대체 몇 개나 먹은 걸까.'

그렇다고 그쪽을 빤히 쳐다볼 수는 없고, 안 보는 척 슬쩍슬쩍 곁눈질로 접시 개수를 헤아려 봤는데, 금액이 저절로 암산이 다 되는 거 있지. 그런데 언뜻 봐도 이게 참, 곤란하겠더라고. 아니, 무슨 놈의 애새끼가 생선을 그렇게 잘 먹냐? 너도 어릴 때 그런 거 잘 먹었냐? 아니, 그건 그렇다 치고, 생선초밥이 아니라 뭘 집어먹었어도 마찬가지잖아. 그만하면 배가 터져도 두 번은 터졌을 텐데, 고놈, 보아하니 아직도 눈빛이 아주 쌩쌩하게 살아 있는 게, 휙휙 지나가는 접시 쳐다보는 눈빛이 거의 섬뜩하게 느껴질 지경이었다니까.

얼마나 먹었냐고? 3,500원짜리 접시 세 개에 2,000원짜리 하나, 3,800원짜리가 세 개. 어찌나 놀랐던지 그게 아직도 생생하게 기억이 난다니까. 그래. 내가 선배 눈치 보는 동안 혼자서 열심히 주워 먹은 거지. 무슨 놈의 애가 적당히 비싼 것만 골라서 먹는지 원.

아무튼 대충 계산해 보니까 잘하면 예산을 초과하게 생긴 거야. 그 순간 덜컥 위기감이 들더라고. 그래서 속으로 슥슥 계산을 하는데, 아까는 대충 계산한 거고 이번에는 좀 더 정확한 계산이었어. 그런데, 나 이거 참, 1,300원짜리하고 3,800원짜리는 왜 만들어 놓은 거야? 이게 암산으로는 계산이 안 되는 거야. 끝자리가 자꾸 헷갈리니까.

옆에서는 선배가 옛날 학교 동아리 이야기며 경제 돌아가는 이야기 같은 걸 쉬지도 않고 계속 해대지, 애는 한 접시 더 먹어야 할지 말아야 할지 고민하느라 눈을 번뜩이고 있지, 내 배는 아직 반의 반도 안 차서 아쉽기만 하지, 헷갈려서 어디 계산을 할 수가 있어야 말이지. 한참 만에 겨우 암산을 끝냈는데, 그 계산이 맞는지 틀리는지는 모르겠지만, 아무튼 합계가 53,800원인가 그랬어.

그런데 그때 마침 선배가, "이건 보기에는 단순해 보이지만 사실 손이 꽤 많이 가는 거라서, 주방장 솜씨를 보려면 꼭 먹어 봐야 돼. 나눠 먹을래?" 하면서 고등어 초밥을 집어 들었으니까, 조금 전에 계산한 거에 3,500원을 더해서 총합이 57,300원이 된 거야. 나는 고등어회는 비려서 별로 안 좋아하는데, 그래도 다른 접시를 하나 더 고를 형편은 안 됐으니까, 그저 주는 대로 먹을 수밖에. 아쉬운 대로 이제 진짜 여기까지다, 하고 생각하면서 말이야.

다행히 그 꼬마놈도 이제야 위장이 감각을 되찾았는지 화장실에 갔다 와야겠다면서 안 보이는 데로 휙 사라져버리더라고. 다행이었어. 정말 다행이었지.

그래. 처음으로 오붓하게 둘만 남겨진 시간이었어. 웃기다고? 뭐 말하자면 그랬다는 거야. 한차례 폭풍이 지나간 뒤였으니까.

그런 생각이 들었어. 살아온 이야기를 대충 다 듣고 나니까 이제는 별로 신비할 것도 없었지만, 그래도 어디 사람이 나빠서 그렇게 된 거였겠어? 사실 사람 사는 게 다 그렇지 뭐. 누구나 다 변하는 거잖아. 세상이 가만 내버려두지 않을 만큼 똑똑한 걸 어쩔 거야. 뭐가 어떻게 됐든 그 사람은 그냥 그 사람이었거든.

게다가 그 빨간 입술! 사람이 어떻게 변했든 그런 건 쉽게 안 변하는 모양이더라고. 아니, 예쁘니까 다 용서된다는 뜻은 아니고, 그때와는 생각이 좀 달라졌을지 몰라도 여전히 매력적인 사람이기는 했다는 뜻이야. 그냥 말투 하나만 놓고 봐도 거부할 수 없을 만큼 매력적인 사람이었으니까.

그리고 마침 선배가 그 이야기를 꺼냈어. 나 1학년 때, 메이데이 전야제 갔다가 다른 사람들은 다 멀쩡하게 도망쳤는데 나만 어벙하게 다른 대오 뒤에 서 있다가 경찰에 연행돼 가지고 유치장에서 하루 살다 나온 이야기.

"너 그래도 그때는 나름 민주화 투사였잖아."

선배가 장난처럼 그렇게 말했어. 그 말을 듣는데, 옛날 생각이 막 떠오르는 거야. 그때 선배가 다른 애들을 우르르 데리고 항의방문을 왔었거든. 결국 선배만 들어와서 나를 면회하고 갔었는데, 나한테는 그게, 살면서 그렇게 아련한 추억이 또 있을까 싶을 정도로 가슴 저린 기억이었어. 그 이야기를 다시 듣고 보니까 아, 우리한테도 그런 날이 있었구나, 싶더라고. 그때 선배가 유치장에서 보라고 갖다 줬던 만화책이 아직도 우리 집에 고이 모셔져 있다니까.

선배는 확실히 나를 다시 만난 게 반가운 눈치이기는 했어. 그 모습을 보니까 말 몇 마디에 성급하게 실망부터 하고 본 내가 오히려 미안하게 느껴지는 거 있지. 내가 속이 좁았지 뭐. 그래. 그렇게 생각해 보려고 했어.

응? 로맨스? 그 생각도 잠깐 안 해 본 건 아니야. 왜 안 해 봤겠어. 그런데 그렇게 오래 가지는 않았어. 생각해 보면 선배랑 나는 이미

사는 세계도 많이 다르고, 아마 두 시간만 같이 있었어도 서로 할 이야기가 다 바닥나 버렸을걸. 지나간 추억이나 한번 쭉 더듬어보고 나면 더 이상은 아무것도 할 이야기가 없었을지도 몰라.

하지만 무엇보다 중요한 건 말이지, 그때 내 상황이 도저히 정신을 집중해서 그 분위기를 즐길 만한 상태가 아니었다는 거야. 선배가 그 이야기를 하고 있는 바로 그 순간, 내 눈에는 그 꼬마놈이 접시 무더기 위에 쌓아놓지 않고 옆에 따로 빼 놓은 접시 하나가 포착되고 말았거든.

그건 정말 그냥 웃어넘길 일이 아니었어. 세상에, 조금 전에 계산할 때는 그 자식이 몸으로 가리고 있어서 안 보였는데, 일어나고 보니까 그 자리에 3,500원짜리 접시 하나가 더 있었던 거였으니까. 진짜 놀랍지 않냐? 무슨 그런 애가 다 있냐? 볼때기 살이 아주 탱탱한 게, 심술이 더럭더럭 붙어가지고⋯⋯. 처음부터 꼼꼼히 챙겨봤어야 되는 건데, 완전히 뒤통수를 맞은 기분이었어.

그러고 있는데 다시 선배 목소리가 들리는 거야. 전혀 몰입할 수 없는 감미로운 목소리가. 바로 옆에서 들리는 목소리가 내 귀에는 왜 그렇게 감이 멀게 들렸는지.

"그때는 어려서 그게 세상 전부인 줄 알았는데, 살아 보니까 안 그렇더라. 밖에도 나가 보고 하니까 진짜 다른 세계도 있더라."

그래, 맞아. 그것도 뒤통수였지. 어려서 잘못 안 거라고? 나한테 해준 그 첫마디가 실수였다고? 이제는 별로 화도 안 났어. 실망하고 말고 할 마음의 여유가 없었지. 왜냐하면 애가 돌아와서 자리에 앉았으니까.

그런데 이놈의 자식이 말이야, 들어오는 눈빛부터 심상치가 않은 거야. 앞도 안 보고 컨베이어 벨트 위를 돌고 있는 접시들만 뚫어져라 쳐다보는 거 있지. 화장실도 다녀왔겠다, 이제 좀 살 만하다는 거였겠지. 그 기세로 가다가는 두 접시를 더 먹을지 세 접시를 더 먹을지 알 수 없겠더라고. 그러니 나로서는 조바심이 날 수밖에.

나는, 선배가 하던 말만 대충 끝내면 주섬주섬 시계나 들여다보면서 바쁜 척 자리에서 일어날 생각이었거든. 품위고 체면이고 상관없었지. 화장실에 잠깐 들르고 싶기는 했는데 잠깐 자리 비운 사이에 무슨 일이 있어날지 알 수가 있어야지. 그래서 계속 참고 있었어.

선배는 뭐가 그렇게 좋은지, 아니면 선배도 나처럼 같이 앉아서 그런 이야기를 나눌 친구가 그리웠던 건지 한창 신나서 막 떠들어대기 시작하는데, 그 소리가 내 귀에는 점점 더 멀게만 들리는 거야. 선배 어깨너머로 그 꼬마놈이 자꾸만 젓가락을 들었다 놓았다 하는 게 보였거든. 진짜 신경이 바짝 곤두서는 거 있지.

선배는, "좋은 회사 다니다가 그만뒀다며? 뭐 창업이라도 하나 해보려고? 어디 누나가 들어봐 줄까?" 하고 말했어. 응. 분명히 '누나'라고 그랬어. 나도 그렇게 불러 본 적 없고, 선배가 자기를 그렇게 지칭했던 적도 없었는데, 그때가 처음이었어. 그랬는데, 사실 그러거나 말거나, 아무리 용한 컨설팅을 공짜로 받을 기회가 왔다 한들 내가 뭐 할 이야기나 있었겠어? 그 분위기에서 '누가 아직 혁명이 안 끝났다 그래서 막차나 타 볼까 하고 이러고 있어요' 하고 말할 수는 없었으니까. 창업은 무슨 얼어 죽을 놈의 창업. 그 순간 내 관심사라고는 그저 선배 아들놈 손밖에 없었어. 그 자식이 그 손을 한 번 더

뻗느냐 마느냐 하는 것뿐이었지.

그리고 바로 그때였어. 그놈이 움찔하는 게 내 눈에 포착된 거야. 나는 조마조마한 심정으로 놈의 시선을 따라갔어. 이 자식이 도대체 뭘 노리고 있는 걸까. 그 순간 나한테는 그것보다 중요한 건 아무것도 없었어. 그런데 이 못생긴 놈이 글쎄, 참치 옆구리 초밥을 노려보고 있는 게 아니겠어. 아니, 무슨 놈의 애자식이 그렇게 먹고도 또 그 기름진 걸 노려보고 있냐. 3,800원이라고, 무려 3,800원. 그거 먹었다가는 내 지갑 한도를 초과하는 거잖아.

아니, 돈이 남는 거면 백 원이 남든 만 원이 남든 티만 안 내고 어떻게 잘 수습하면 그만이지만, 모자라는 건 천 원짜리 한 장만 모자라도 사람이 참 이상해지는 거잖아. 깎아달라고 할 수도 없고. 내가 카드가 있냐 뭐가 있냐. 다 가위로 잘라버리고 몇 달째 지불수단이라고는 그저 현금밖에 없었거든.

입술이 바짝 말랐어. 무슨 일이 있어도 그것만은 안 된다 싶더라고. 팽팽한 긴장감이 느껴졌어. 놈이 언제 손을 뻗을지 알 수 없었으니까. 식은땀이 흘렀을지도 몰라. 불행인지 다행인지 선배는 아무것도 눈치 채지 못한 것 같았어. 여전히 얼굴에 웃음을 머금고 이런저런 이야기들을 하고 있었거든.

"다음에는 저기 가자. 나 아는 데 갈빗살 맛있는 데 있거든. 누나가 살게."

하, 나 참! 그 여자, 이제 채식도 안 하더라. 다른 이야기는 다 안 들리는데 그 이야기만 또렷이 들리는 거 있지.

배신감? 글쎄, 그럴 수도 있지 뭐. 고기를 먹어서 그런지 옛날처럼 병약해 보이지는 않았으니까 그럼 된 거지. 응? 그거 말고? 아, 사상적으로? 변절이라고까지 말하면 좀 심하지 않을까. 그렇게 됐다고 내가 화 낼 입장도 아니고. 사실 별로 화는 안 났어. 화는 무슨. 그럴 자격이나 있나. 그냥 내 이야기를 들어줄 것 같은 사람 하나가 세상에서 사라져버렸다는 게 허전할 뿐이지.

아무튼 그게 중요한 게 아니고, 중요한 건 이거였어. 선배가 그딴 소리를 하고 있는 바로 그 순간에 드디어 선배 아들놈이 젓가락을 내려놓는 모습이 눈에 딱 들어오는 거야. 아마 그 타이밍을 기다렸던 거겠지. 참치 옆구리살 초밥이 컨베이어 벨트를 두 바퀴째 도는 동안 바로 그 타이밍을 노리고 있었던 거라고. 그러다가 드디어 손을 뻗기로 한 거지. 아, 그때 심정은 진짜, 말로는 다 표현이 안 돼. 갑자기 이 한구석에서 분노가 막 치밀어 오르는 거 있지.

'너는 도대체 누구를 닮아서 그렇게 못생기고 탐욕스럽기까지 한 거냐! 니 엄마 얼굴을 봐라. 저 얼굴에서 그 얼굴이 나온다는 게 가당키나 하냐! 이 생기다 만 놈이 무슨 뷔페에 온 줄 아나!'

그 소리가 진짜 목구멍까지 차오르더라고.

맞아. 그건 분노였어. 도저히 참을 수 없는 분노였지. 내 평생 겪어본 것 중 가장 부당한 일에 대한 분노가, 그 순간 드디어 폭발하고만 거야.

그래서? 그래서 자리에서 벌떡 일어났지. 급하게 일어나느라 의자가 뒤로 꽈당 넘어가더라고. 다른 사람들이 전부 이쪽으로 고개를 돌리는데, 애는 그저 먹는 거에만 관심이 있는지 내 쪽은 쳐다보지도 않고 컨베이어 벨트 쪽으로 손을 뻗고 있었어. 절체절명의 순간이었지. 나는 결연한 표정으로, 그 짜리몽땅하고 오동통한 손이 접시에 닿기 직전에 버럭 소리를 질렀어.

"그만 먹어!"

진짜야. 진짜 그렇게 말했다니까. 유치하지?

시선이 느껴졌어. 아주 따가웠지. 다른 테이블에 있던 사람들은 아까 의자 쓰러질 때부터 벌써 쳐다보고 있었고, 주방장은 눈만 옆으로 살짝 돌려서 내 쪽을 훔쳐보고 있었어. 선배는 아주 깜짝 놀란 표정으로 나를 빤히 올려다보고 있었는데, 아, 안녕 내 첫사랑, 그 고운 입술도 이제 다시는 못 보겠구나, 싶더라.

"너 뭐라 그랬니?"

선배가 정색하며 물었어. 그래, 엎질러진 물이었어. 루비콘 강을 건넌 거지. 물론 아차, 하는 생각도 들었어. 아, 왜 그랬을까. 왜 아무것도 모르는 꼬맹이한테 그런 소리를 내뱉은 걸까. 선배가 나를 어떻게 생각할까. 그 한마디 때문에 그나마 좋았던 추억들도 이제는 싹 지워지고 말겠지. 기억되고 싶었는데. 그 사람 머릿속에 그렇게라도 남고 싶었는데.

하지만 이미 되돌릴 수 있는 상황이 아니었어. 그럴 바에는 차라리 계속 진군하는 게 낫겠다는 생각이 들었지. 그래서 다시 한 번 이렇게 말해 줬어. 선배에게 대답하는 대신 애를 내려다보면서 이렇게 소리쳤지.

다시 한 번 똑똑히!

누구나 알아들을 수 있도록 아주 큰 소리로!

"그만 처먹어, 이 돼지야!"

메아리가 치는 것 같았어. 가게 벽을 울리는 메아리인지 내 머릿속을 울리는 메아리인지는 알 수 없었어. 어쩌면 영혼을 울리는 소리였을지도 몰라. 나한테도 영혼이라는 게 있다면 바로 그런 순간에 울릴 것만 같았거든.

하하. 미쳤지? 그래, 미쳤어. 내가 생각해도 그래. 하지만 속은 시원하더라.

그게 끝이야. 그 뒤에는 뭐, 들으나 마나고. 뭐가 있겠어? 그냥 그대로 끝이지. 첫사랑은 개뿔. 추억은 무슨 얼어 죽을. 그렇게 다 끝났어. 영원히.

자, 여기까지야. 처음부터 다 털어놨으니까 약속대로 술값은…….

응? 아, 애는 어떻게 됐냐고?

어떻게 되긴, 당연히 울었지!

하하하하하 하하하하하.

가만히 있어도 아버지로부터 동네 세습 귀족 칭호 정도는 물려받을 수 있었다. 그러나 아무것도 하지 않아도 저절로 주어지는 것들의 가벼움을 도저히 견디기가 어려워 만금을 주고 관직을 샀다. 꽤 이름 높다는 지방 관리 하나가 관직 네 개를 살 사람을 물색하고 다녔는데, 소문이 퍼지기 전에 친구 두 명과 작당하여 네 개들이 한 질을 모두 구매했다. 사람은 셋인데 관직이 넷이라 그중 돈을 가장 많이 낸 친구가 겸직을 하기로 하고 나머지 둘에서 하나씩을 나눠 가졌다.

내 몫은 해군병참차감이었는데, 내자와 노모까지 머리를 맞대고 사흘을 반복해서 되뇌어 봤지만 아무리 읊조려 봐도 직함이 입에 착 달라붙는 맛이 없었다.

"여보, 아무래도 안 되겠어요. 어떻게 다시 한번 말을 좀 넣어 보시구랴. 해군병참차감 마님이라니 원 위엄이 안 서서. 아, 이왕 큰돈 들이는 거 염치 따지지 말고 좋은 물건으로 들입시다."

"그래. 아범아. 얘 말이 맞다. 해군병참차감댁 큰마님이라니, 벌써 부르기가 숨차지 않니. 수고스럽더라도 다시 말을 넣어 보렴."

"어머니 생각도 그러세요? 제 생각도 그래요. 늦지 않게 손을 써야 겠네요. 그런데 어떻게 바꾸면 좋을까요?"

밤새 식구들이 사전을 펴 들고 연구에 연구를 거듭한 결과 삼주해 군통제사三州海軍統制使가 가장 품위 있고 격식에 맞는 발음이라는 결론을 얻었다.

다음날 아침 일찍 나는 관직을 불하한 관리가 있는 곳으로 전차戰 車를 몰았다. 그는 내 의견에 흔쾌히 동의했지만, 절차상 한 가지 문 제가 있다는 점을 지적하는 일 또한 잊지 않았다.

"그런데 말이야, 해군병참차감은 제국헌법에 나와 있는 관직이라 서 말이지, 제국헌법을 건들지 않으면 삼주해군통제사라는 이름을 관직 명부에 올리는 것 자체가 불가능하거든. 그리고 솔직히 어디서 들어본 듯도 한 이름이고. 혹 이웃나라에 그 비슷한 관직이 있지 않 았던가. 아니, 아니, 이 사람아. 자네를 의심하는 건 아니네. 자네도 충분히 조사해 봤겠지. 워낙 입에 짝짝 달라붙는 이름이어서 말이 지. 지금 내 직함이 7대째 대대로 전해 내려오는 이름만 아니었다면 자네 새 직함을 빼앗아버리고 싶을 정도라네. 암, 그렇고말고."

"참 별 말씀을 다 하십니다. 관세총감이야말로 세상 부러울 게 없 는 직함 아닙니까. 전통 있는 직함은 품격마저도 남다른 법입니다. 그야말로 세상이 벌벌 떨 직함 아니겠습니까. 그나저나 그 제국헌법 말씀인데요. 방법이 있지 않겠습니까? 살짝, 그, 수정을 하려면?"

"그렇지. 내 말이 그 말이야."

"누구입니까, 그 일을 할 수 있는 분이? 총감님께서 소개하실 수 있는 분이신지?"

"허허, 이 사람. 허허."

소개료에 선물까지 합해서 원래 관직값의 절반이 더 들었다. 그러나 내자와 노모는 전혀 불평하지 않았다. 그만한 가치가 있었기 때문이다. 그렇다. 말 한마디에 제국헌법을 수정할 수 있는 자. 그런 사람은 세상에 단 한 명밖에 없었다.

"한 명밖에 없지. 한 명밖에……. ……명밖에……."

총감이 의미심장하게 말끝을 흐렸다.

"그렇다면 설마?"

"그렇다네. 바로 총통각하시지. 수정헌법 초안에 총통께서 서명하시고 내각이 배서를 해야 한다는 말이야."

그리하여 결국 직접 총통을 알현하게 되었다. 다시 선물값으로 적지 않은 돈이 들어갔다. 하지만 그 또한 아깝지가 않았다. 내가 총통에게 바칠 선물값이 곧 총통이 나에게 하사할 선물의 가격이었기 때문이다.

즉, 선물값이 두둑하면 두둑할수록 더 큰 하사품을 돌려받을 수 있었다. 물론 하사품이 크면 클수록 새 관직의 평가가치도 올라가기 마련이었다.

총통궁은 보기만 해도 주눅이 들 정도로 규모가 컸다. 자칫 어수룩해 보일 수도 있는 일이었지만 도저히 올려다보지 않을 수 없는 위용이었다. 구조상으로는 2층밖에 안 됐지만 실제로는 거의 8층 건물 높이였고, 지붕에는 전차 모양의 거대한 석상이 금방이라도 바닥으로 무너져 내릴 것 같은 자세로 아래를 빤히 내려다보고 있었다. 어서 비켜서지 않으면 곧 큰일이라도 벌어질 것처럼 위태로운 기세였다.

건물 안쪽도 웅장하기는 마찬가지였다. 실내는 모서리가 온통 금칠이었고, 거대한 홀에는 폭이 총통전용도로만큼 넓은 계단이 2층을 향해 뻗어 있었다. 난간은 도저히 손으로 짚을 수가 없을 만큼 높았는데, 거의 사람 키의 세 배는 되는 것 같았다. 그러고 보니 문도 보통 사람 키의 여섯 배는 돼 보였고 천장도 마찬가지로 높았다. 천장에는 벽화가 그려져 있었는데 촌스럽게 보이지 않으려면 위를 올려다보지 않는 편이 나았으므로 무슨 그림인지 자세히 들여다보지는 못했다. 하지만 이번에도 역시 금방이라도 뭔가가 쏟아져 내릴 듯한 기세라는 점만큼은 분명했다. 혹은 누군가가 매서운 눈초리로 아래쪽을 빤히 내려다보는 느낌이라고 해도 좋을 것 같았다.

나는 곧 궁의 비밀을 알 것 같았다. 총통이란 헌법상 공식 직함일 뿐, 태생적 직함은 당연히 황제였다. 황가의 혈통은 원래 고대의 위대한 거인 왕으로부터 이어져 내려온 것이라고들 했다. 글을 모르는 무식한 백성들을 제외하면 믿는 사람이 별로 없기는 했지만, 도성 동문 밖 멀지 않은 곳에는 누가 봐도 거인의 것이라고밖에는 할 수 없는 거대한 무덤 산맥이 놓여 있기까지 했다. 그러니까 궁은 거인이 사는 집을 재현한 것이었다. 사람 키보다 훨씬 높게 솟은 거울이며 창문, 의자 등받이를 보면 그런 의도가 분명히 드러나 보였다. 물론 문 손잡이는 사람 손이 닿기 좋은 낮은 위치에 달려 있고 의자도 앉는 높이만큼은 보통 의자와 크게 다르지 않으며 탁자나 계단 한

칸의 높이 같은 것도 역시 그다지 높지 않았지만, 언뜻 보면 집 안에 실제로 기골이 장대한 사람이 살고 있다는 착각이 들 만큼 교묘한 모양이라고 할 수 있었다.

나는 복도 양쪽 벽에 걸린 거대한 장검의 위압감에 몸이 저절로 움츠러들었다. 그리고 그 순간 그런 생각이 들었다. 이 웅장함이야 말로 내가 그토록 바라마지않던 바로 그 한 가지라는 사실이었다.

나는 그 웅장함이 정말로 좋았다. 내가 시골 동네 귀족질에 만족 하지 못하고 제국의 관리로서 헌신하기로 한 것도 실은 그런 웅장함 때문이었다. 삼주해군통제사. 그야말로 거인에게 어울리는 직함이 었다. 어떻게 해서든 그 이름을 관철시켜야 했다. 그리고 그 일은 이 미 다 된 일이나 다름없었다. 거인 왕의 후손과 나 사이에는 이미 모 종의 구두 계약이 성립되어 있었기 때문이었다.

시종들이 물러나고, 드디어 총통과 독대할 시간이었다. 나는 시종 들이 가르쳐준 대로 방 몇 개를 지나 총통 집무실을 향해 홀로 나아 갔다. 주눅 들지 않은 당당한 자세로 허리를 꼿꼿이 세우고 천천히 발걸음을 옮겼다. 그런데 방을 찾는 일이 쉽지가 않았다. 서재를 지 나서 오른쪽으로 돌라고 했던가, 오른쪽으로 돌면 나오는 서재를 왼 쪽으로 돌라고 했던가.

때마침 저 멀리서 볼품없는 행색의 늙은이 하나가 방문을 빠져나 가는 모습이 보였다. 나는 길을 물으려고 황급히 그를 불러 세웠다.

"이보게! 총통각하 집무실을 찾는데."

내 말에 늙은이가 깜짝 놀라 걸음을 멈췄다. 나도 깜짝 놀라 그 자 리에 멈춰 섰다.

설마! 그것이 내 첫 번째 실수였다. 그가 바로 총통이었던 것이다. 위대한 거인 왕의 혈통이 그렇게 초라한 행색으로 쪼그라들었을 줄 감히 누가 상상이나 했을까. 그래도 보통 사람보다는 덩치가 좀 좋거나 최소한 얼굴만이라도 시원시원하게 클 줄 알았는데, 내 예상과는 전혀 다른 실물이었던 것이다. 그때서야 자세히 들여다보니 그가 걸치고 있는 옷이 시종들이 입은 옷과는 비교가 안 되게 화려한 것을 알 것 같았다. 자세히 살펴보기 전에는 전혀 그렇게 보이지 않는다는 게 문제였지만.

조마조마한 순간이었다. 하지만 아무튼 이쪽에서 이미 들여놓은 공이 만만치 않았으므로 일은 예정대로 잘 마무리가 되었다. 다만 삼주해군통제사가 되기 위해서는 내가 통제할 세 개의 주를 골라야 했는데 총통이 양랑주, 주화주, 황이주를 골라 준 것이 사소한 걸림돌이라면 걸림돌이었다.

"각하. 양랑주에는 항구가 없지 않습니까?"

"그대가 만들라."

"하지만 각하, 양랑주에는 해안선이 없습니다."

"그것도 만들라."

"예?"

그러자 총통은 원대한 계획을 들려주었다. 주화주와 황이주를 잇는 거대한 물길을 만들고 그곳에 함대를 주둔시키는 계획이었다.

"그러면 해군이 내륙에 주둔할 수 있게 되니까 육군 병력을 감축할 수 있지. 어떤가. 효율적인 인력 배치가 가능하지 않겠는가."

설마.

아무튼 그리하여 마침내 나는 삼주해군통제사가 되어 득의양양한 얼굴로 정원으로 나왔다. 이제는 아무것도 거칠 것이 없었다. 삼주해군통제사라. 실로 근사한 이름이었다. 내 직함을 들은 궁문 호위 병이며 시종들이 그 자리에서 바짝 얼어버린 것만 봐도 가히 그 위용을 짐작할 수 있었다.

"썩 물러서지 못할까! 내가 바로 삼주해군통제사 이락이다."

신이 났다. 궁문을 나서기 전에 나는 짐짓 잊은 물건이 있는 체하며 다시 궁 안으로 들어가 정원을 한 바퀴 더 돌았다. 어디 만만한 시종이라도 하나 나타나 주기만 한다면 잔뜩 거드름을 피울 요량이었다. 그리고 마침 정원을 손질하던 못생긴 여자아이 하나와 좁은 길목에서 마주치게 되었다.

"이 미련한 돼지 같은 것. 어서 물러나지 못할까!"

내 불호령에 여자아이가 깜짝 놀라 나를 빤히 쳐다보았다. 나도 깜짝 놀랐다. 설마! 또?

이듬해 봄에 총통이 길현(기렌)과 전쟁을 일으키면서 나에게도 참전하라는 명령을 내렸다. 나는 지병으로 몸이 좋지 않은 데다 골밀도가 낮아 무거운 칼을 들 수도 없었는데, 하필 그런 때에 외적을 상대하라 하시니 속으로 야속하기가 그지없었다. 나는 총통에게 소疏를 올려 조심스레 사의를 표했다.

지금 신에게는 열두 척의 전선밖에 없나이다(今臣戰船 只有十二).

하지만 총통이 마흔네 살이나 어린 애첩에게서 낳은 막내 공주에게 미련한 돼지 같다는 욕을 퍼부은 죄는 어떠한 해명으로도 좀처럼 씻어내기가 어려웠다. 나는 하는 수 없이 길현으로 향했다.

울적해하는 나를 보고 통제영 부관 마교가 호쾌하게 웃으며 위로해 말하길, 황이주 주술사들의 재주가 신묘하니 이들을 휘하에 두어 천리天理를 조종할 수 있으면 그 어떤 적이라도 쉬이 물리칠 수 있을 것이라 하였다. 또한 이는 그 지역 귀족 고위무관들이 전통적으로 따라 오던 방식이므로 그렇게 하는 것만이 하늘의 뜻에 거스르지 않고 순리에 따라 일을 도모하는 방식이라는 것이었다. 그 말을 듣고 나는 주술사들을 특별 제대로 편성하여 함선 두 척에 나눠 실었다.

과연 마교의 말대로 황이주 주술사들이 바람을 일으키는 재주가 특출하였으므로, 내 휘하의 함선은 언제나 순풍을 받아 그 어떤 아군 함선보다 빠른 속도로 맨 먼저 적진에 도달할 수 있었다. 그렇게 적진을 가른 함선은 그 기세 그대로 적진 깊숙이 침투하여 개전 열흘 만에 적의 포로가 된 다음, 석 달 뒤 보팔 해전에서 총통군이 대승을 거두고 나서야 비로소 포로 신분에서 벗어날 수 있었다. 고생도 고생이었지만 망신도 그런 망신이 없었다.

고향에 돌아와 눈물로 식구들을 맞으니 내자가 근심걱정으로 지샌 그간의 나날들을 기나긴 한숨 소리에 섞어 길게 풀어 놓았다. 그 소리가 때로는 통곡으로 때로는 안도의 웃음으로 이어지니 기쁘기도 하고 한스럽기도 하였으나 차차 정신을 차리고 앞일을 헤아려 보니 살아갈 날들이 더욱 막막하게 여겨지는 것이었다.

"같이 관직에 나선 당신 친구분들이나 다른 관리들은 벌써 오래전에 공신록에 이름이 올랐을 터인데 당신만 홀로 고생한 보람도 없이 전역戰役 종사자 명단에나 겨우 들까 말까 하니 이를 어찌하면 좋겠습니까."

그렇게 끝 모를 시름에 빠져 있던 차에 마침 관찰사 조항이 사람을 보내 총통의 뜻을 나에게 전하며 이르기를,

"삼주해군통제사 이락은 칙령을 받들어 양랑주 물길을 속히 완성하라."

라고 하였다. 사실상 실수를 만회할 마지막 기회인 셈이었다. 부관 참모들과 이틀 밤낮으로 이 일을 의논하니 대체로 회의적인 의견들이 많았다. 나 역시 비록 매입한 관직이었으나 업무에 익숙해질수록 토박이 관리들과 비슷한 쪽으로 의견이 기울었다. 양랑주 자사 황립이 말하기를,

"예로부터 양랑주는 우수한 말과 빼어난 기수가 나는 곳으로 과거 거인 왕 시절부터 전차전으로 이름 높은 곳이었습니다. 병거(兵車, 전차)와 수레만 있으면 병력뿐 아니라 병참에 민간교역까지 옮기지 못할 것이 없을 만큼 도로가 사통팔달하였는데 새로이 물길을 뚫어 땅길을 막을 이유가 없으며, 결국 하나마나한 일일 것입니다."

하였는데 모두의 의견이 이와 같았다.

"허나 그대로 위에 고할 수는 없지 않은가."

내가 다시 의견을 묻자 통제영 부관 마교가 위원회를 설치할 것을 제안하므로, 위원회를 따로 모아 다시 사흘 밤낮으로 이 일을 숙의하니 마침내 물길 개통을 강행하자는 결론이 내려졌다. 나는 공사를 진행할 뜻을 위에 보고하고 문서 말미에 조그맣게 질문을 첨부했다.

"반드시 물길이어야 하는 이유가 있습니까?"

대답이 없었다. 설마 진짜로 물길에 함대를 주둔시키려는 계획은 아닌지 의아한 생각이 머릿속에 가득했다.

가을에 첫 삽을 뜨자마자 공사가 일사천리로 진행되었다. 주변 6주에서 차출한 병거가 일제히 공사자재를 현장으로 실어 날랐다. 세금이 면제된 물자가 일거에 양랑주로 모여들고, 주변 6주에 일제히 고용 해제 조치가 내려지니 인력 수급이 단숨에 원활해졌다. 윗전의 뜻이 그만큼 확고했다는 의미였다.

공식적인 하교下敎는 들을 수 없었지만 시간이 지나자 총통이 물길을 고집하는 이유가 소문으로 떠돌았다. 지난 전쟁에서 총통이 획득한 전리품과 관련이 있는 것 같다는 설이었다.

"그게 무슨 소린가?"

자사 황립이 대답했다.

"거인 왕 의의 병거 고사에 이르기를, 거인 왕 의가 길현(기렌)에서 최후의 일전을 벌이다 전사할 때 거대한 병거를 몰고 단신으로 길현군 삼천을 휘저어 일거에 압도했다 하온데, 그날 일전에서 의가 전사하면서 병거를 길현에 빼앗기고 말았습니다. 하여 황실의 보물 중의 보물인 그 거대한 병거를 지난 전역에서 되찾았다는 이야기들을 하는 것으로 아옵니다."

"그래? 그게 그렇게 중요한가?"

"중요하다 뿐이겠습니까. 고대의 병거가 다시 들판을 달리기만 한다면야 황실의 영光이 그보다 더 높이 설 수는 없겠지요. 병거를 볼 줄 모르는 무지한 백성이라도 그렇게 거대한 병거가 달리는 모습을 보고 나면 경외로운 생각이 들지 않을 수 없지 않겠습니까. 하지만……."

"하지만 그게 물길 파는 것과 무슨 연관인고?"

"그 말씀을 드리려던 참입니다. 소문인즉, 그걸 물길에 띄우려는 게 아닌가 하고……. 어차피 그만한 병거를 끌 수 있는 거대한 말은 이제 세상에 남아 있지 않으니까요."

"그래? 하지만 물에 띄워서 질질 끌고 간다고 황실의 영이 서나?"

"바로 그 말씀입니다. 그러니 뜬소문이라는 말씀이지요. 전혀 이치에 맞지 않으니."

"이치라."

돌이켜 보면 이치 같은 것은 어디에도 없어 보였다. 길현을 쳐서 얻은 것이 도대체 무엇이던가? 아무것도 없었다. 그때도 그랬다. 도대체 왜 병력을 일으키시나이까, 관리들이 물었다. 아무 대답도 내려오지 않았다. 제국이 무슨 목적으로 움직이는지 아는 사람이 아무도 없었다. 단언컨대 총통 역시 마찬가지일 게 분명했다.

그러니 궁금해할 필요도 없었다. 그저 열심히 땅만 파면 그만이었다. 양랑주 자소현 현감 오유는 누구보다 그 원칙에 충실해 보였다. 자소현은 사람이 살지 않는 야산에 위치한 읍현으로 지난 전쟁 때 주술사 제대를 편성하고 지휘권을 부여하기 위해 가상으로 설치한 행정구역이었다. 그러니까 오유는 주술사 연대 총감이었던 것이다.

오유의 부대는 그야말로 막다른 길에 몰려 있었다. 변명할 곳조차 없이 너무나 명백한 패전의 책임을 만회하기 위해 주술사 연대는 실로 기적 같은 공사 실적을 보였다.

"자네들, 혹시 철야하나?"

그는 부인했지만 주술사들의 얼굴이 날로 여위어가는 것이 내 눈에도 빤히 드러나 보였다.

"자네 구역은 삽이 날래기 그지없네그려. 죽지 않을 정도로만 하게. 쯧쯧. 변변치 못한 놈들. 주술사라는 것들이 기적을 삽으로 일구니."

처음에는 그렇게 비웃었지만 시간이 가자 오유가 일군 양랑 강의 기적은 웃어넘길 수 없는 수준이 되어갔다. 뒤늦게 현장에 파견된 황실 건축사 기략이 깜짝 놀라며,

"인간의 손으로 한 일이 맞습니까?"

하고 물을 지경이었다. 말인즉, 사람의 손으로 팔 수 없는 암석이 박혀 있는 지대라 자기가 미리 알았더라면 물길을 한참 옆으로 틀었을 것이라는 설명이었다.

"잘하면 4년 안에 물을 채우겠습니다그려."

오유의 입가에 1년 만에 처음으로 미소가 퍼져 나갔다. 나 또한 마찬가지였다.

2년 뒤 가을에 제국 원로원에서 물길에 반대하는 탄원이 들어갔으나, 총통이 직권으로 원로원을 해산하고 개헌을 단행하여 추밀원(왕실 업무를 맡아 보는 기관)에 법안 심의 검토권한과 법률 작성 의무가 일임되었다.

겨울에는 총통이 양랑주 공사현장을 찾았다. 마침 작업을 끝내고 그날 일을 마무리하려는데 총통이 갑자기 현장으로 내려가 삽을 들

고 세 삽인가 네 삽인가를 뜨는 바람에 작업이 다시 시작되어 그로부터 세 시간의 고된 야간작업이 이어졌다.

총통이 삽을 놓고 손을 들어 올리자 시종이 비단수건을 갖고 오더니 묻지도 않은 먼지를 깨끗하게 닦아냈다. 그 모습을 보며 총통이 말했다.

"자네한테 할 말이 있어. 봄에 한 번 부르지."

그 말대로 봄에 총통궁에서 전차가 나왔다. 나는 그 전차를 타고 궁으로 갔다. 집무실에 들어서자 총통이 말했다.

"무슨 일로 왔나?"

"하실 말씀이 있으시다고."

"내가? 무슨?"

나는 내가 거기를 왜 찾아가게 되었는지 나도 모르는 이유를 한참이나 설명해야 했다. 총통궁에서 전차를 보냈으니 누군가 그날 약속을 기억하는 것은 분명했지만, 시종들을 불러 시비를 가릴 처지는 못 됐다.

총통은 끝내 나를 부른 이유를 기억해 내지 못했다. 나중에는 화를 내면서 자기가 그런 말을 했을 리가 없다며 언성을 높였다. 무안한 기분이 들어 물러나려는데 총통이 나를 불러 세우더니 이렇게 말했다.

"그건 그렇다 치고, 온 김에 우리 집 정원 연못에 내가 뭘 잡아 놨나 한번 구경이나 하고 가지 그래."

처음부터 그것 때문에 보자고 한 것이었나 싶었다.

나는 총통을 따라 정원으로 나갔다. 원래 마당이 있던 자리에 전에 없던 연못이 생겨나 있었는데, 말이 연못이지 호수만큼 컸다. 그리고 어쩐 일인지 바다 냄새가 났다. 연못 위에는 다리가 놓여 있었는데, 총통은 다리 가운데까지 나를 이끌고 가더니 그 아래에 있는 것을 내려다보게 했다. 그곳에서는 거대한 범고래 두 마리가 유유히 발아래를 맴돌고 있었다. 물은 더할 나위 없이 맑고 투명했다. 자주자주 물을 갈아주는 모양이었다. 강물도 아니고 바닷물을 저만큼이나 채우려면 참 많이도 죽어나가겠다 싶었다. 바닷물을 어디서 끌어오기라도 하면 모를까.

그러고 보니 그런 생각이 들었다. 운하에 함대가 아니라 고래를 채울 생각인가? 그렇다면 지금처럼 물길을 길게 파지 말고 고래가 놀기 좋게 호수처럼 넓게 파는 게 나을 텐데. 왜지? 경주라도 시킬 생각이 아니라면 굳이 길게 물길을 낼 이유가 없는데.

그 순간 나는 무엇인가를 깨달았다. 경주. 전차 경주가 떠올랐다. 고래 두 마리가 물길을 따라 헤엄치게 한다면? 아니면 고래들이 전차를 메고 달린다면? 그런데 그렇게 커다란 전차가 있었던가?

있었다. 왕궁 지붕 위를 올려다보았다. 지붕 위를 달리던 돌전차가 금세 연못으로 뛰어들 것 같은 모습으로 굳어 있었다. 길현에서 포획해 온 전차가 딱 저 모양이겠지. 재빠른 구름이 태양을 가려 검은 그림자가 궁 창문에 어른거렸다. 크기가 대충 맞았다. 저 거대한 말이나 저 고래나. 총통이 먹이를 떨어뜨리자 범고래 한 마리가 물 위로 솟구쳐 올랐다. 물살이 거칠게 일었다. 시종들이 달려와 별로 젖지도 않은 총통의 몸에 비단수건을 부지런히 갖다 댔다.

'이거 미친 놈 아냐?'

집으로 돌아갔다. 그리고 하던 대로 공사를 감독했다.

'미친 놈. 그거 타고 다니면 저는 재미있겠지.'

공사는 거의 마무리 단계였다. 삽으로 일궈낸 기적이 구체적으로 모습을 드러내면서 작업 일정이 계획보다 훨씬 빨라졌다. 그대로 가다가는 나도 보팔 해전 일등공신과 비슷한 서열의 공신이 될 지경이었다.

아내와 모친은 대단히 만족스러워하는 눈치였지만 나는 솔직히 고민이 앞섰다. 차라리 아무 이유도 없이 파라는 것이었으면 좋았겠다는 생각이 들었다. 적어도 이유가 있기는 하다는 사실을 알았으니 그 편이 훨씬 나을 법도 한데, 막상 겪고 보니 그렇지가 않았다. 이유가 없다면 모를까, 일단 이유가 있다면 그 이유는 반드시 그럴듯한 것이어야 했다.

"아, 몰라 몰라! 그냥 파자."

두 계절이 바뀌자 운하라고 불러도 좋을 구조물이 모습을 드러냈다. 제방 표면 장식을 마무리하고 주변 조경을 끝낸 다음 마침내 그 안에 바닷물을 채웠다. 물을 채우는 행사에 총통에 참석해서 연설을 하고 백성들에게 먹을 것을 넉넉히 베풀었다. 이틀 뒤에는 총통의 공식 행렬이 계획되었다.

길현에서 수복한 거인 왕의 전차가 수상행렬에 맞게 개조된 형태로 운하에 정박했다. 고대 전차는 앞이 둥글고 뒤쪽은 날렵하게 쭉 뻗은 모양이었는데, 위에 기수와 총통이 설 자리를 만들고 아래를 배 모양으로 개조한 것이라 바퀴가 반쯤 수면 위로 드러났다. 앞쪽

뱃머리 부분은 완전히 수면 아래에 잠긴 채였다. 또한 말 매는 틀을 앞으로 길게 빼고 동시에 양옆으로도 충분히 넓게 벌려서 고래들이 물살을 뒤로 밀었을 때 전차 본체를 최대한 빗겨가게 했다. 물 위를 질주할 준비가 끝난 셈이다.

그러나 행사 하루 전날 범고래 한 마리가 다른 한 마리를 물어 죽이는 바람에 행렬이 무기한 연기되었다. 진노한 총통이 전 해군에 범고래 포획령을 내렸으므로 나는 함대를 이끌고 다시 바다로 나가야 했다. 하지만 고래를 사냥할 마음은 전혀 들지 않았다.

오후에는 양랑주 자사 황립이 보이지 않아 부관에게 물으니 전차용으로 차출할 군마를 선별하러 육군 사육장에 나갔다고 했다. 언젠가 총통이 말한 대로 삼주의 해군이 양랑주에 주둔하면서 양랑주 주둔 육군 인력이 해군으로 감축 흡수되었는데, 아마도 그 일 때문인 모양이었다. 부관 마교가 말했다.

"황자사 말이, 육군 전차를 인수할 때 이번에 수복한 고대 전차 모양으로 외관을 개량했으면 하더이다. 양랑주 주둔 해군 병거로는 제격인 듯합니다."

그 말을 듣고 좋은 생각인 듯하여 뭍으로 올라 황립에게 갔다. 황립을 치하하니 그가 말하기를,

"거인 왕 의의 위용을 회복하는 것이니 제국에 보탬이 될 것입니다."

하였다.

"모양은 닮게 만든다 하나 크기가 일반 전차와 같으니 어찌 똑같

은 위용이 서겠는가?"

"그렇지 않습니다. 크기뿐만이 아니옵고……."

황이 머뭇거렸다. 내가 다그치자 그가 말을 이었다.

"정사正史에 전하지 않는 야설이나 오랑캐 설화에, 거인 왕의 병거에 악귀가 씌어 한 번 피를 머금으면 끝을 모른다 하였습니다. 비록 낭설이나 저들이 굳게 믿고 있으니 저들에게는 효과가 있을 것입니다. 혹 황궁 서고에는 발간되지 않은 기록이 있을지도 모르오나……."

별안간 괴이한 생각이 들어 도성으로 향했다. 궁에 이르러 궁문 호위에게,

"해군통제영에서 육군 병력을 회수할 때 병거 외양을 거인 왕의 전차 모양으로 개량하고자 하는데 궁에 보관중인 옛 그림과 기록을 참고하고자 하네. 각하께 따로 알현은 청하지 않았으니 고하거나 말거나 알아서 할 일이네."

하고 일러두고는 궁문을 지나 지하 문서고로 내려갔다. 열람하니, 전차의 모양이 상세히 기술된 고왕조 비사秘史 의황제「전란기」에 '황제의 생부生父 망이 아우에게 위해를 받아 태자 자리를 잃고 병거에 매달려 벼랑 아래로 내달려 처참하게 살해되니 전란 중에 황제가 이 사실을 알고 또 자신마저 음모에 빠져 적진에 고립된 것을 깨닫고는 내 기필코 너희를 모두 짓밟아 죽이겠다 하며 울부짖었다'고 전했다. 또한 전하기를, '살아서 병거를 몰아 도읍(당시 양랑)으로 돌아가는 날, 내 육신과 혈을 바쳐 그대들의 도성에 저승을 열리라 하고 저주하였다' 하니 육혈이 난무하는 야만의 성정이 내가 받아들이

기에 너무나 섬뜩하여 모골이 송연하였다. 또한 왜 옛사람이 이 이야기를 황가의 비사로 삼아 숨기고 또 숨겼는지 납득이 되었다.

그렇게 홀로 으스스하던 차에, 누군가 먼 구석에서 나를 부르는 소리를 듣고는 깜짝 놀라 몸을 부르르 떨었다. 그도 또한 깜짝 놀라는 눈치인 듯하여 정신을 차리고 가까이 다가서니 총통이 보낸 사람인 듯했다.

"무얼 보고 계십니까?"

그가 의심스러운 눈초리로 나에게 물었다. 나는 손에 든 것을 그에게 내밀었다.

"궁문 호위에게 일러둔 것처럼 병거 개량에 참고할 것이 있어 왔소만."

그러자 그는 그럭저럭 납득할 만한 답변이 됐다는 듯 고개를 끄덕였다.

"각하께서 보자십니다."

"알았소."

그를 따라 총통 집무실로 갔다. 해사하던 궁이 어느덧 어두침침했다.

"날이 궂은가? 해가 저물 때는 아직 멀었는데."

아무 대답이 없었다. 궁 안에서 무거운 그림자가 느껴졌다. 그 침울한 무게로 천장이 반쯤 내려앉은 기분이었다.

총통은 지나치게 차분해 보이는 얼굴로 나를 맞았다.

"들르지 그랬나?"

"다망하시리라 여겨……."

"바쁘긴. 내가 일하나? 옥새玉璽가 일하지."

의자에 앉은 총통을 앞에서 직접 보기는 처음이었다. 처음 본 그날처럼 총통은 여전히 왜소한 늙은이였다. 의자 또한 그때처럼 폭이 넓고 등받이가 높이 솟아 있었다. 볼품없는 늙은이 하나가 채우기에는 턱없이 부족한 크기였다. 그런데 그 거대한 의자 위에서 어쩐지 묵직한 무게가 느껴졌다. 무언가가 자리를 꽉 채운 느낌이었다.

"고래는 금방 잡힐 것 같나?"

"해군이 모두 나섰으니 사흘을 넘기지 않을 것입니다."

"그래. 하지만 그게 문제가 아니지. 조련을 해야 한단 말일세."

"망극하옵니다."

"망극하긴."

정적이 흘렀다. 나는 생각에 잠겼다. 그리고 마침내 입을 열어 생각하던 것을 말하기로 결심했다.

"각하."

내가 말문을 열자 총통이 내 쪽을 돌아보지도 않고 말했다.

"경도 그 이야기를 할 생각이면 그만두게. 오늘 아침에도 동문 밖에 수급首級 셋을 걸었는데, 방금 내가 조금만 눈치가 없었으면 오후에는 그게 넷이 될 뻔했어. 입 밖에 내지 말게."

나는 침을 삼켰다. 그걸 꼭 타셔야겠습니까, 하고 묻지 못했다. 직언은 내 몫이 아니었다. 총통은 말없이 서류를 읽고 있었다. 마치 나에게 이렇게 말하는 듯한 태도였다. 자네 요즘 너무 생각이 많아. 그러려면 처음부터 시험 봐서 관직에 들어갔어야지, 비싼 돈 들여서 관직을 살 게 아니잖아. 우리끼리 왜 이래, 촌스럽게.

촌스러워 보일까봐 위를 올려다보지는 못했지만 여전히 천장 벽화가 나를 빤히 노려보기라도 하는 듯 정수리가 내내 뜨끔뜨끔했다. 거대한 거울 속에 비친 천장화를 흘긋 올려다보니 그 안에 든 인물들이 마치 딴청을 피우듯 태연하게 다른 곳을 쳐다보는 모습이 보였다. 하지만 내가 잠시 시선을 다른 데로 돌리면 다시금 내 머리 위에 꽂혀버릴 시선들이었다.

"각하."

내가 다시 입을 열자 총통은 눈을 들어 나를 바라보았다. 침착한 표정이었다. 그리고 이번에는 아무 경고도 뒤따르지 않았다. 지나치게 온화한 미소가 섬뜩하게 느껴졌다. 그는 그렇게까지 온화한 미소를 온전하게 담을 수 있는 인상이 아니었다.

"만수무강하십시오."

고개를 숙이고 밖으로 나왔다.

"자네도."

반년 간 만수무강했다. 또한 반년 간 고뇌를 해야 했다. 그동안 제국 전역에서 일흔여섯 명의 관리가 정의의 이름으로 직언을 했고, 목이 달아났다. 그중 아홉은 돈을 주고 관직을 산 자들이었다. 그 소식을 듣고 모두가 그들을 비웃었다.

드디어 총통의 행렬 날짜가 정해졌다. 물길을 따라 근위대가 삼엄한 호위망을 폈다. 단순히 보여주기 위한 행사가 아니라 총통이 직접 전차를 모는 군사작전이었으므로 참여한 관리는 모두 근위대고 호위였다.

물길을 뚫은 공을 인정받아 나도 호위의 일부가 되어 행사에 참여했다. 그것도 '오른쪽으로 크게 우회하여 적 좌익을 기습 포위하는' 전차대 우익 선봉 역할이었다. 정치적 목적이 강한 행렬이었지만 형식은 어디까지나 전쟁 상황을 가정하고 있었으므로 내 위치는 꽤나 의미 있는 자리였다. 아내가 알면 기절할 만큼 중요한 자리였지만 아쉽게도 그 모든 내용은 군사비밀이었다.

행사 당일에는, 검은 구름이 낮게 깔려 일부가 안개를 이루었다. 장중한 음악이 울리는 가운데 범고래 두 마리가 이끄는 거대한 고대 전차가 물 위에 유유히 떠 있었다. 실로 놀라운 위용이었다. 전차 앞에서 꿈틀거리는 난폭한 고래들 때문만은 아니었다. 차라리 양옆에 달린 거대한 바퀴 때문이라고 하는 편이 더 그럴듯해 보였다. 거인 왕의 전차가 달리는 모습을 직접 보게 되다니. 그 날렵한 곡선에서 어쩐지 숙연함이 느껴졌다.

시간이 되자 전차 위에 놓인 임시 교각을 지나, 화려한 황금갑옷으로 중무장한 총통이 전차에 올라탔다. 그런데 그 순간 내 눈에는 거인 왕의 전차가 수면 아래로 거의 한 뼘 가까이 쑥 내려앉는 모습이 보였다. 뭔가가 이상했다. 총통의 갑옷이 아무리 두터운 장갑이라 해도 의전용 갑옷이 사람 스무 명 무게나 나갈 리는 없었다. 게다가 다 늙어빠진 총통이 그런 무거운 진짜 갑옷을 걸치고 걸을 수 있을 리 만무했다. 모양만 같고 실제로는 훨씬 가벼운 갑옷일 텐데.

뭔가가 있었다. 그러나 아무도 관심 갖는 사람이 없었다.

총통이 투구 안면덮개를 내리자 북소리가 울리며 행렬이 시작되었다. 수상병력과 지상병력이 반반씩 섞인 행렬이었다. 나는 전차대대를 이끌고 행렬 본대를 멀찍이 따돌리며 수로 옆 제방 위를 달려 나갔다. 운하 위에 떠 있는 행렬 본대가 비교적 느린 속도로 우리 뒤를 따랐다. 공간이 충분하지 않았기 때문에 내 전차대대는 실제로 오른쪽으로 크게 우회하지는 못하고 물길 바로 근처를 내달려야 했다. 그리고 잠시 후 미리 정해진 지점에 정확히 멈춰 서서, 적 측면을 지향하듯 물길을 수직으로 바라보는 위치에 대대를 정렬했다. 마치 물길을 가로로 건너기 위해 행렬이 다 지나가기를 기다리는 듯한 위치였다.

전날 밤 꿈이 생생하게 떠올랐다. 꿈에 나는 예복을 갖춰 입고 혼자 궁문으로 걸어갔다. 궁문은 열려 있었고 지키는 사람이 없었다. 궁문을 지나고, 수급이 기분 나쁜 표정으로 내걸린 정원을 지나 궁으로 들어갔다. 문이 열려 있었고 호위가 아무도 없었다. 각하, 하고 총통을 불렀다. 아무 대답이 없었다. 문을 열고 계단을 따라 2층으로 올라갔다. 각하. 아무 대답도 들려오지 않았다. 서재를 지나, 거울방을 지나, 흡연실과 그릇방을 지나, 길을 잃고 한참을 헤매다 집무실 문 앞에 다다랐다.

각하.

대답이 들려왔다.

들어오게.

문을 열었다.

삐걱거리는 소리는 들리지 않았다.

각하.

고개를 들게.

나는 고개를 들었다. 그리고 깜짝 놀라 그 자리에 납작 엎드려 고개를 숙였다. 폐하. 커다란 의자를 가득 채운 검은 그림자. 거대한 거인 왕이 아무 표정도 없이 돌처럼 딱딱하게 의자에 앉아 있었다.

"이게 도대체 무슨 꿈인가?"

자소현감 주술사 오유에게 물으니 한참 뒤에 그가 대답했다.

"거인 꿈입니다."

"과연, 거인 꿈이었군! 그래, 그건 어떤 의미인고?"

"고대의 거인이 등장하는 꿈입니다."

"오호, 그래. 그리고?"

"아주 오래된 거인이 등장한다는 뜻이지요."

"음……. 자네는 사술에 영혼을 빼앗길 걱정은 없겠구만."

"예?"

"그냥 어디 가서 삽이나 들고 서 있게."

오유를 보내고 생각하니 모든 것이 착착 맞물려 돌아가는 느낌이 들었다. 총통이 왜 나에게 양랑주를 주고 물길을 파게 했는지. 왜 이득도 없는 싸움을 벌여 길현을 치고 의의 병거를 되찾으려 했는지. 모든 것이 맞아떨어졌다. 모두가 '살아서 병거를 몰아 양랑을 달리는 날 내 육신과 혈을 바쳐 그대들의 도성에 저승을 열리라'는 거인 왕의 저주 때문이었다.

'귀신이 씌었구나.'

궁에 사는 것은 총통이 아니다. 궁 구석구석에서 마치 실제로 거대한 사람이 사는 것 같은 느낌이 드는 것은 진짜로 그런 사람이 살기 때문이다. 의자를 가득 채운 육중한 무게, 병거를 수면 아래로 내리누르는 그림자의 중량.

'총통 뒤에 귀신이 업혀 있다.'

거인 왕 의의 원혼이 옛 도성으로 병거를 몰아 저승문을 열기 위해 양량을 달린다!

"그런 일이 가능하기나 한가?"

오유에게 물었다. 무슨 영문인지 몰랐으므로 오유는 아무 대답이 없었다. 나는 투구 덮개를 내렸다.

"네놈이 왜 그렇게 물길에 집착했는지 알겠다."

전차에서 내려 뒤에 서 있던 기사에게 다가가 기병창을 빼앗았다. 그리고 다시 전차에 올랐다. 내 전차 기수인 통제영 부관 마교가 무슨 일이냐며 다급하게 물었다.

"다음 작전 때문이지."

"다음이라니요? 우리는 이것으로 상황 종료가 아니옵니까?"

마교가 물었다.

"명령이네, 부관!"

"예?"

"내리게!"

"예?"

"내려!"

"예."

그가 내렸다. 나는 부관이 들고 있던 고삐를 넘겨받았다. 잘은 모르겠지만 아무래도 이게 맞는 것 같았다. 물길 저편에서 총통의 전차가 물보라를 일으키며 달려왔다.

"저게 보여?"

"전차 말입니까?"

"전차에 타고 있는 거."

"총통각하 말씀이십니까?"

안 보이는 모양이었다. 왜 그랬을까. 나는 시험을 봐서 관리가 된 사람도 아니었는데, 왜 하필 내 눈에만 보였던 걸까. 거대한 원혼이 전차 고삐를 틀어쥐고 저승문을 향해 달려가는 모습이.

총통의 전차는 대열을 훌쩍 따돌리고 원래 행렬 계획과는 완전히 다른 모양으로 질주해 왔다. 내가 대기하고 있던 그곳을 향해서였다. 고래들이 미쳐 날뛰는 것으로 생각하고 근위대가 총통이 탄 전차를 따라잡기 위해 달려들었지만 역부족이었다. 전차를 끄는 것은 고래 두 마리가 아니라 지금 세상에는 존재하지 않는 어떤 원통한 힘이었기 때문이다. 인간의 재주로는 도저히 손을 쓸 수가 없는 힘이었던 것이다.

나도 내 전차에 올라선 채로 고삐를 늦추고 말 등에 채찍을 먹였다. 그리고 마교에게 말했다. 또한 오유에게 말했다.

"총통 뒤에 타고 있는 저 놈이 안 보여?"

아무 대답이 없었다. 말들이 재빨리 속력을 내더니 곧바로 돌격 속도 근처에 다다랐다. 그리고 그 기세 그대로 운하를 향해 뛰어들었다. 착하기도 하지. 용감한 말들이구나!

그리고 그런 생각이 들었다. 내가 무슨 짓을 한 거지? 나는 이런 거 할 필요 없는데. 모험이라니. 처음 해 보는 짓이었다.

쳇. 이럴 거면 시험을 봐서 관리가 됐어야지.

둥글둥글하게 살고 싶어서 둥근 돈을 별처럼 많이 모아 관직을 샀다. 그런데 지금은 손에 뾰족한 창이 들려 있었다. 그 창을 사려고 돈을 낸 게 아닌데.

내 전차가 허공을 갈랐다. 나도 허공에 올라탔다. 허공에 떠버린 전차를 멈춰 세울 방법은 이제 어디에도 없는 것 같았다. 거인 왕의 전차도 마찬가지였다. 병거가 향하는 곳에 시뻘건 지옥문이 어른거렸지만 달리는 전차를 멈출 수 있는 사람은 아무도 없었다.

땅의 힘이 내 몸을 끌어당겼다. 내 몸이 서서히 아래로 기울었다. 고래들이 무서운 기세로 다가오고 있었다. 창을 뻗었다. 고래들을 지나 총통 뒤편을 향해 있는 힘껏 창끝을 내밀었다.

칭!

차갑고 단단한 것이 닿았다. 갑옷인가. 창끝이 그 차갑고 단단하던 것을 뚫어버린 것 같았다. 그러자 그보다 훨씬 더 차갑고 허무한 것이 창끝에 느껴졌다.

슥.

이러면 이걸 멈출 수 있을까.

그가 물었다.

왜 그랬지?

아무 대답도 하지 않았다. 사실 나도 잘 몰랐다.

갑옷 때문에, 물에 빠지면 그대로 가라앉을 것 같았다. 혼자서는 벗을 수도 없는 비싼 갑옷이었다. 어차피 이제는 살아날 길이 없었다. 총통을 찔렀나? 아니어도 결과는 마찬가지일 것이다. 아무튼 그쪽을 향해 창끝을 들이댔으니.

기병창이 다 그렇듯 창자루가 순식간에 부러져버렸다. 이미 어딘가에 창끝을 깊숙이 찔러 넣은 뒤였다.

고마워.

그가 말했다.

뭐가?

내가 물었다.

천이백 년 동안 잠 못 들던 나를 영원히 잠재워줘서.

그가 대답했다. 나는 아무 말도 하지 않았다. 잠시 후에 내가 물었다.

그런데 이제 나는 어쩌지? 네가 잠들면 시간이 되돌려지나?

그가 대답했다.

설마.

지옥문이 닫혔다. 닫히기 직전에 그가 그 안으로 빨려 들어갔다. 젠장. 이제 어쩌지, 어쩌지.

서른 살하고 여섯 달, 만금을 주고 관직을 샀다. 5년 뒤에는 총통에게 달려들어 창을 날렸다. 5년을 되돌리더라도 아마 똑같았을 것이다.

그런데 내가 대체 뭘 찌른 거지?

물이 차가웠다. 갑옷이 점점 무겁게 느껴졌다.

COOLING UNION
REPRESSION
OPERATION

냉방노조 진압작전

　　　　요쿰 왕 즉위 43년에 냉방노조가 결성되었다. 그리고 즉위 45년 늦봄에 총파업에 들어갔다. 늙은 왕은 대수롭지 않은 일이라며 강경진압을 허락하지 않으셨다. 그러나 여름이 되자 귀족들이 동요하기 시작했다. 무려 35년 만에 처음 겪는 더위에 귀족들은 너나 할 것 없이 한여름 개처럼 바닥에 축 늘어졌다. 체제를 뒤흔드는 사악한 무리를 신속히 응징해야 한다는 탄원이 빗발쳤으나 왕은 원정군 파견을 허락하지 않았다.

　"아니, 이 사람들아. 여름은 원래 더운 거야."

　분명 왕은, 세상에서 가장 절친한 친구이자 냉방노조 조합장인 세스누이 세스나치와의 우정을 떠올렸을 것이다. 왕은 곱게 늙은 노인네답게 폭력이 능사가 아니라는 사실을 잘 알고 있었고, 진정한 권력은 궁정을 떠도는 질시와 과장의 언어가 아니라 인내하고 지켜보는 데서 나온다는 점 또한 잊지 않았다. 귀족들에게 불리한 일이라면 왕에게는 유리한 일일 수도 있다는 점 또한 놓치지 않았다.

　"기다려. 저들도 뭔가 하고 싶은 말이 있겠지."

왕은 하루에도 다섯 번 이상 총 10여 일 동안 귀족들의 반발을 억누르고 있었다. 그동안 냉방노조는 조합원 4만 7천 명 전원을 이끌고 전략적 요충지인 힛사 쿠즈로 남하했다.

계절풍이 맹위를 떨치던 어느 날, 드디어 한여름의 열기가 밤을 이겼다. 그날 왕국 전체 귀족의 절반 이상이 밤잠을 설쳤다. 나머지 절반은 일년 사계절 내내 그렇게 해 온 것처럼 술에 잔뜩 취한 채 곯아떨어져 있었다. 가난한 백성들 대부분이 잠을 이루지 못했고, 스무 명에 한 명은 목숨을 잃었다.

"기다려. 말로 해. 사절이 갔으니 결과가 나오겠지."

왕은 어느 귀족도 보여주지 못한 놀라운 인내심을 발휘했다. 그러나 다음날 오후 왕은 문득 자신이 누구인지를 깨달았다.

'이런 젠장. 내가 지금 뭐하고 있지?'

더웠다. 죽도록 더웠다. 비가 내리면 비가 내려서 덥고, 햇빛이 비치면 햇빛이 비쳐서 더웠다. 세상에서 제일 값진 옷감으로 만든 세상에서 제일 좋은 옷을 입고 있었으나, 사실은 그것 때문에 더더욱 미칠 지경이었다.

'세상에서 제일 좋은 옷을 도대체 몇 개나 껴입어야 하는 거야?'

일곱 겹이었다. 벗을 수도 없었다. 세 벌은 동맹의 상징이고, 네 벌은 왕의 절대권위에 대한 최고 명문 귀족가문의 충성 서약이었으니까. 왕은 소리쳤다.

"이런 죽일 놈들! 감히 내 왕궁을 찜통으로 만들어 놓고 달아나! 시종장! 장군들을 모조리 소집하고 말을 징발해! 당장 세스누이 세스나치라는 놈의 목을 가져와!"

왕은 열네 명의 장군 모두를 소집했으나 달려온 것은 수도에 있던 일곱 명뿐이었다. 왕은 당장이라도 병력을 이끌고 힛사 쿠즈로 달려 갈 듯이 고래고래 소리를 질렀다.

"더워. 더워. 덥단 말이다!"

그러더니 갑자기 마음을 가라앉히고, 명줄 긴 늙은이답게 현명한 판단을 내렸다. 본인이 직접 무더위를 뚫고 힛사 쿠즈까지 원정할 필요는 없다는 사실을 깨달았던 것이다. 대신 왕은,

"왕국 최고의 기사가 토벌군을 이끄는 게 당연하지 않나? 그대가 수고하게."

하고 말했다. 근위기병대장 고마노고마노 장군은 넋을 놓고 멍하 니 앉아 있다가 모두의 시선이 자신을 향하는 것을 깨닫고는 흠칫 놀랐다.

'젠장. 왜 하필 나야? 더워 죽겠는데. 젊은 놈들도 많구만.'

그 순간 수도 요새경비대장 하치나이 하나이 장군이 휘하 병력 절 반을 뚝 떼어 고마노고마노 장군에게 인계할 것을 약속했다. 이례적 인 일이었다. 그러자 왕국 역사상 전무후무한 자발적 지휘권 이양 사태가 벌어졌다. 휘하에 병력을 거느리고 있는 모든 장군들이 너도 나도 자신의 병력 중 최정예 병력을 떼어 내어 고마노고마노에게 양 도해버린 것이다. 당장 출격이 가능한 거의 모든 병력이 고마노고마 노 단 한 사람에게 집중된 셈이었다.

'하치나이 놈. 기발한 생각이야.'

육군원수 고트바트고트 대공은 새로운 육군 편제 개편 계획을 즉 각 수락했다. 물론 최종 명령권자는 왕이었다. 왕은 이렇게 말했다.

"좋아. 어서 가. 오늘 밤에 당장 가도 좋아."

이리하며 다음날 새벽, 고마노고마노 장군은 반란을 일으켜도 승산이 있을 만큼 압도적인 병력을 이끌고 성문을 나섰다. 휘하 병력 22만. 지난 200년간 고마노 집안에서 지휘해 본 병력 숫자를 모두 합친 것만큼 많은 숫자였다.

지휘는 어렵지 않았다. 참모가 서른일곱 명이었으니 할 일도 별로 없었다. 다만 근위대 참모가 너무 으스대지 않도록 적당히 주의를 주면서, 요새경비대나 원정군 소속 참모들과 너무 큰 싸움을 벌이지 않도록만 하면 그만이었다. 그런데 그 일이 영 만만치가 않았다. 날씨가 워낙 덥다 보니 눈만 뜨면 여기저기서 싸움이었고, 말단 병사에서 예하부대 지휘관에 이르기까지 말썽을 일으키는 자들의 범위도 워낙 넓었다. 심지어 말들도 자기들끼리 뒷발질을 해대고, 연락용 전투 비둘기들도 서로 물어뜯고 싸움을 벌이는 판이었다.

"허허, 이러다가 왕국이 하루아침에 폭삭 무너지겠다. 40년 전에는 냉방족들 없이 어떻게 살았나 몰라."

고마노고마노는 혀를 끌끌 찼다.

어느 날 저녁에는 육군 원수 고트바트고트가 특별히 파견한 육군 수석참모가 진격 속도를 높일 것을 요청해 왔다. 그러자 사흘 내내 육군 측과 신경전을 벌이던 원정군 참모가, 속도를 더 높였다가는 낙오자가 속출할 것이라며 강력하게 반대했다. 고마노고마노는 인상을 찌푸리며 두 사람의 이야기를 한참동안 경청하다가, 곧 냉방노조 토벌군 진격 속도 개선위원회 개설을 인가하고 각 군 참모들을 집어넣어 토론하게 만들었다. 위원회 운영에 관한 지휘관의 지침이 필요하다는 말에 고마노고마노는 이렇게 말했다.

"신속하고, 철저하게."

"'엄정하게'도 넣을까요?"

"좋군. 아름다워."

그러자 평화가 돌아왔다.

고마노고마노의 토벌군은, 죽을 고생을 해 가며 겨우겨우 쿠즈 근처에 도착했다. 쿠즈 요새, 힛사 쿠즈는 대단히 아름다운 도시였다. 왕국 내에서 유일하게 이모작이 가능한 지역으로 소출이 풍부해서 많은 세금이 걷혔고, 그만큼 인구가 많았으며, 상인들의 왕래도 잦았다. 데레데레 강은 연중 유량이 크게 변하지 않아서 군사적, 상업적으로 쓸모가 많았다. 게다가 강을 따라 펼쳐진 웅장한 경치가 비할 데 없이 아름다웠다. 수도로 삼기에 적당한 도시였다. 하지만 쿠즈는 수도가 될 수 없었다. 왜 쿠즈를 수도로 삼지 않느냐고 이의를 제기하는 사람도 거의 없었다. 이유는 간단했다. 더위 때문이었다.

"아, 진짜 미칠 듯이 덥군."

고마노고마노는 병력을 즉각 공격 대형으로 전개하라는 명령을 내리고는 갑옷을 벗어던지고 데레데레 강으로 달려가 강물에 몸을 던졌다.

"이제부터 여기가 지휘본부다. 지대가 좀 낮지만 참모들을 저 언덕 위에 배치하면 되잖아. 그렇지? 어쩔 수 없잖아."

"데레데레에는 악어가 삽니다."

고마노고마노는 깜짝 놀라 옷도 걸치지 않은 채 물 밖으로 뛰어나왔다.

"자네! 병사 백 명을 줄 테니 이쪽으로 수로를 파. 먼저 바닥을 깨끗하게 고르고. 내일 오전까지 여기에다가 깨끗한 웅덩이를 만들어. 강물이 여기로 흘러 들어와서 저쪽으로 흘러 나가게 해야 돼. 자, 지붕도 올리고. 지금 당장 시작해."

고마노고마노는 후덥지근한 천막에서 또 하루를 보내야 했다. 다음날 아침에 척후 기병대대가 돌아와 적정敵情을 보고했다.

"아무래도 폭도들이 힛사 쿠즈를 떠난 것 같습니다."

"떠난 것 같다니? 떠났다는 거야, 아니라는 거야?"

"떠났습니다. 식량을 다 실어 갔습니다."

"이런 썩을! 어디로?"

"남쪽입니다."

물론 남쪽은 사막이었다. 고마노고마노는 어쩔 수 없이 갑옷을 챙겨 입고 말에 올랐다.

"추격하자. 근위기병대부터. 보병은 쿠즈를 약탈한 다음에 종대 대형으로 따라와."

힘없는 목소리였다.

약탈과 보급은 본질적으로 동일한 군사작전이었다. 쿠즈 백성들이 반란군보다 토벌군을 더 심하게 욕한 이유는 단 하나, 반란군보다 늦게 와서 훨씬 더 많은 물자를 보급해 갔기 때문이었다. 보병이 한창 보급과 부녀자 납치에 열을 올리는 사이, 기병대는 텁텁한 먼지바람을 일으키며 사막을 향해 달려갔다. 말도 장군도 땀을 뻘뻘 흘렸다.

사막에는 당연히 약탈할 마을이 없었다. 귀찮게도 보급로를 따로 만들어야 했다. 고마노고마노는 보병을 힛사 쿠즈 부근 농지로 분산시켜 식량과 말과 물자를 징발한 다음 보급로를 만들어 최선봉 부대가 있는 곳까지 수송해 오도록 명령을 내렸다. 참모가 서른일곱이나 있어서 별 문제는 없었다. 다만 식량을 운반하려면 말이 필요했는데, 말은 사람보다 훨씬 더 많이 먹기 마련이었다. 그러니까 말이 먹을 식량을 운반하기 위해 또 말이 필요하고, 그 말을 먹이기 위한 식량을 다시 계산해야 했다. 결국 어마어마한 양의 식량과 말이 필요했다. 고마노고마노 장군은 기병대의 전진 속도를 늦췄다.

"젠장. 젠장. 더워. 더워. 더워 죽겠다고! 이놈의 갑옷은 왜 이렇게 무거운 거야?"

세스누이 세스나치에게는 작전참모가 따로 없었다. 급한 대로 무기를 끌어 모아 1만 2천 명을 무장시켰지만 태생적으로 그들은 군대가 아니었다. 그는 요쿰 왕의 사절이 전해준 우정 어린 약속을 떠올렸다. 절대 무력으로 짓밟지 않겠다는 약속이었다. 그러나 한 달이 못 가 왕은 스스로 약속을 어겼다. 세스누이 세스나치는 계획대로 사막으로 달아났다. 그에게는 병력도 장군도 작전참모도 없었지만, 식량과 물과 유능한 냉방 전문가들이 있었다. 덕분에 그의 천막은 사방이 완전히 개방된 사막 지형 한가운데에 위치해 있음에도 불구하고, 하루 종일 알맞게 선선한 날씨를 유지할 수 있었다.

조합원들은 이동중에도 토론을 멈추지 않았다. 요쿰 왕은 왜 세스누이 세스나치를 배신했는가, 고마노고마노가 토벌군 사령관으로 적당한 인물인가, 냉방노조는 어디까지 남하할 것인가, 적절한 순간에 전투를 벌이는 것이 나은가 저쪽에서 항복할 때까지 계속 교전을 피하는 게 나은가, 계속해서 적을 따돌릴 수 있는가, 그리고 이왕 달아나는 길이라면 좀 더 낭만적인 곳으로 행군할 수는 없는가 등의 주제였다. 냉방인들은, 게르기르 왕국 사람들이 두르마도르미라고 부르는 두르마족 사람들은, 그렇게 지치지도 않고 끝없이 토론에 토론을 이어가고 있었다. 세스누이 세스나치는 절대로 그 토론을 제지하는 법이 없었는데, 그것은 물론 마법 때문이었다.

놀랍게도 인간 문명은 세상에 더 이상 마법이 존재하지 않는다는 사실을 정설로 받아들일 만큼 충분히 발달했다. 그러나 여기에는 단 하나의 예외가 있었다. 바로 두르마족이었다.

원래 두르마족 사람들은 남반구 끝에 모여 살았으며, 하나같이 처량하기 이를 데 없는 삶을 살아왔다. 물론 그들의 거주지가 세상에서 제일 춥고 식량을 얻기도 힘든 곳이기는 했으나, 그들은 아무리 노력해도 조금도 나아지지 않는 자신들의 처지가 이해가 안 갔다. 무려 3,000년의 역사를 자랑하는 두르마인들은 전통과 지혜를 지닌 민족답게 포기하지 않고 늘 새로운 도약을 시도했다. 그러나 삶은 점점 더 궁핍해져만 갔다.

그 기나긴 절망의 역사 속에서도 두르마인들은 자신들의 삶을 조금이라도 더 낭만적으로 만들 방법이 무엇인지 끊임없이 토론하고 또 토론했다. 낭만과 토론, 그 두 가지야말로 두르마 문명의 정수라고 할 수 있었다. 자기 이름보다 "낭만"이라는 말과 "근거는?"이라는 말을 더 빨리 깨우친다는 설이 있을 정도였다. 그들은 평생을 토론 속에서 살았다. 우리는 왜 이렇게 못 살까, 왜 두르마 문명은 이만한 열정과 노력에도 불구하고 단 한 발자국도 번영의 길을 향해 나아가지 못하는가.

나중에 밝혀진 일이지만 불행의 원인은 바로 토론에 있었다. 최후까지 살아남아 세상을 지배했던 얼음신 듀르의 마지막 마법이 듀르의 성스러운 사제 두르마인들에게 깃들어, 그들이 모여 이야기꽃을 피우는 모든 곳에 얼음신 듀르의 축복이 함께했던 것이다. 그리고 그 축복의 구체적인 실체란, 다름 아닌 주위를 차갑게 만드는 마법이었다.

그러나 찬란한 두르마 문명의 주인들은 3,000년이 다 가도록 그 사실을 까맣게 모르고 지냈다. 그들의 거주지가 원래부터 어마어마하게 추운 땅이었기 때문이다. 또한 남반구 끝은 대지 듀르 신의 신전으로 간주되는 곳이었고, 낭만적이고 성스러운 두르마 문명에게는 바로 이 땅만이 그들이 발붙이고 살 수 있는 유일한 성지로 여겨졌던 만큼, 다른 거주지로 이주한다는 것은 감히 상상조차 할 수 없는 일이었다. 그 땅을 벗어날 기회가 전혀 없었다는 뜻이다.

문명이고 뭐고 거의 폐허만 남은 두르마인들을 마침내 문명세계로 인도한 것은 게르기르인 상인들이었다. 사실 그들은 자기보다 강한 선단을 만나면 상인이었고 자기보다 약한 선단을 만나면 해적이었는데, 어느 날 지도를 잘못 읽는 바람에 우연히 듀르 신의 신전까지 표류하게 된 것으로 보인다. 배에서 내린 게르기르인 상인들은 약탈할 물건을 찾아 사방을 헤맸다. 그런데 그 지역에는 값나가는 물건이라는 게 아무것도 없었으므로 결국 여자나 아이들을 노예로 잡아가는 방법밖에 없었다.

다시 바다를 건너 집으로 돌아가는 길에 게르기르 해적들은 처음에는 여자들을, 나중에는 아이들을 모두 돌아가며 겁탈한 다음 화물칸에 아무렇게나 처박아 두곤 했다. 낭만이 깃들 곳은 어디에도 없었다. 불쌍한 두르마 여인들과 아이들은 자신들의 처량한 신세에 대해 토론하기 시작했다. 그것은 일종의 기도였고 삶의 위안이었다. 그리고 마침내 배가 적도를 통과해 북반구에 있는 게르기르 영토 내 항구에 도착했을 때, 게르기르 해적들은 놀라운 사실을 발견했다. 물건이 전혀 썩지 않았던 것이다.

이듬해에 두르마도르미 거래 허가가 떨어지자 게르기르 상선들이 모두 남반구로 뱃머리를 돌렸다. 근처 제국들 모두 게르기르가 대규모 기습을 감행하는 것으로 오인할 만큼 거대한 선단이었다. 두르마 인들은 영문도 모른 채 그 대규모 함대에 잡혀 들어갔다. 12만 인구가 2년 만에 2,355명으로 줄었을 정도였다.

그 일을 떠올리며 세스누이 세스나치는 주먹을 불끈 쥐었다. 혼자 잡혀 들어가는 바람에 토론을 할 수 없었던 두르마족 사람들은 불량품으로 분류되어 바다에 버려졌다. 살아남은 사람들은 먹을 것도 없이 배 바닥에 쇠사슬로 묶인 채 비참한 여행을 해야 했다. 그래도 그들은 토론을 멈추지 않았다. 도대체 이게 무슨 일인가, 앞으로 우리는 어떻게 될 것인가.

누군가가 세스누이 세스나치를 불렀다.

"조합장! 아무래도 결론이 안 나는군요. 언제까지나 도망칠 수 있겠습니까? 근위기병대를 따돌리는 게 가능하기나 합니까? 어쩌죠?"

그는 이렇게 대답했다.

"결론이 안 나도 괜찮습니다. 우리는 그냥 남쪽으로 갑니다. 토론을 멈추지 마세요."

그 말에 한숨소리가 여기저기로 퍼져나갔다. 큰 소리로 토를 다는 사람은 아무도 없었지만 순식간에 주변 온도가 확 떨어지는 게 느껴졌다.

"뒤에서 쑥덕거리지는 마세요, 동지들."

세스누이 세스나치가 단호하게 말했다.

고마노고마노는 수도에서 새로 파견된 손님들을 맞이하느라 짜증이 머리끝까지 치밀어 올랐다. 국왕직속 전략참모, 왕실 특별전략보좌관, 수도 전술참모부 특사, 원정군 장군단 고위대변인, 국왕 수석 전략전술참모, 왕실 특별전술대신, 육군 참모부 병참감, 특수근위병 돌격보병단 선임작전참모 등, 고마노고마노급의 귀족이 아니고는 이름조차 구분할 수 없는 수많은 사람들이 왕과 왕족들과 온갖 귀족들의 잔소리를 몸에 지닌 채 속속들이 전장에 합류하고 있었다. 사실 그들의 메시지는 전혀 복잡하지 않았다.

"더워 죽겠어! 빨리 처리해!"

보다 구체적으로는, 사관양성 수석교관이라는 자가 한 말과 비슷했다.

"수백년 간 유지해 온 교범에 나와 있는 바와 같이, 중무장한 기병의 돌격이야말로 가장 성공 가능성이 높은 전술입니다. 고민할 이유가 없을 텐데요. 폭도들 정황을 보아하니 새로운 변수가 나타날 것 같지는 않군요."

고마노고마노가 아무 대답도 하지 않자 손님들은 곧 관심을 돌려 자기들 중 누가 더 서열이 높은지 논쟁을 벌였다. 그들이 각자 자기가 속한 조직의 설립자로 든 역대 왕의 숫자만 13명이었다. 심지어 혼란 중에 적국 국왕의 이름을 대는 자도 있었다.

고마노고마노는 그 많은 손님들과 참모들이 지켜보는 가운데 이렇게 말했다.

"기병 돌격이 제일 손쉬운 줄을 누가 모르겠소. 하지만 날씨가 이래 가지고는 기병 돌격은커녕 갑옷을 입고 서 있지도 못할 판이야. 당신들 몸무게만큼 무거운 갑옷이거든. 게다가 22만 명이나 끌고 다니려니 영 속도가 안 나. 그래서 한 2만 명 정도만 데리고 가서 사태를 종결시키는 게 나나 당신들 상관들이나 속 편할 것 같은데."

그러자 손님들이 다시 잔소리를 늘어놓기 시작했다. 논쟁에 논쟁이 이어진 결과, 20만 대군이 왕이 직접 임명한 지휘관을 떠나 신뢰할 수 없는 임시 지휘관을 따라 다시 도성으로 향하는 행위 자체가 반란에 준한다는 법률적, 행정적 해석이 도출되었다. 그리고 그 해석은 폭넓은 지지를 받았다.

"반드시 전 병력으로 진군해야 하오."

"그러고 있다고. 그래서 이렇게 오래 걸리잖아."

고마노고마노는 토벌군을 이끌고 다시 느릿느릿 진군을 계속했다. 지쳐가는 기사들의 어깨를 두드리려다가 갑옷이 요리도구처럼 뜨겁게 달궈진 것을 깨닫고는 깜짝 놀라 손을 떼기도 했다. 장난삼아 투구에 달걀을 익히는 자도 있었다. 물론 달걀은 제대로 익었다. 그 와중에도 손님들은 논쟁을 계속했다. 그리고 틈만 나면 잔소리를 해댔다.

고마노고마노는 이래서는 안 되겠다고 생각하고는 말 안 듣는 참모 십여 명을 불러 지도와 주사위 같은 도구를 내주면서, 손님들과 함께 토벌군 긴급전술위원회를 열어 대규모 크릭스슈필(워 게임)을 실시하라고 명령했다.

"어떤 식으로든 결론을 내시오. 위원회는 단 하나의 작전만을 토벌군 사령관에게 제출하기 바라오."

그러고는 위원회 운영에 관한 지휘관 지침으로 '적극적으로'와 '능동적으로'를 하달했다. '신속하게'는 제외했다. 위원회가 진짜로 하나의 결론에 도달할 수 있으리라고는 생각하지 않았기 때문이다.

그 대신 고마노고마노 장군은 말 잘 듣는 참모 열일곱 명과, 근위 기병대를 포함한 기병 1만 9천을 이끌고 냉방노조가 있는 곳으로 진격했다. 지휘관 지침은 '갑옷은 벗고 있다가 적을 발견한 다음에 착용한다'였다. 그 말에 기병대의 사기가 하늘을 찔렀다. 그러나 말들은 여전히 뻘뻘 흘렸다. 말 등이 미끄러워 기분이 찝찝했다.

"젠장. 더워 죽겠네."

"아, 덥다."

요쿰 왕의 한마디에 시종들이 맹렬하게 부채질을 해댔다. 왕은 절친한 친구였던 세스누이 세스나치를 떠올렸다. 천한 냉방 노예의 자식이었으나 결국 국왕의 가장 가까운 말벗이자 적으로 성장한 외교가의 핵심인물. 왕이란 원래 귀족들보다 오갈 데 없는 자기 집 노예들과 더 가까운 법이지만, 세스누이 세스나치의 경우는 더 특별했다. 그는 왕국의 그 어떤 귀족보다도 교양 있고 고상한 인물이었다.

두르마도르미가 왕국 핵심부에 잠입하는 것은 사실 그다지 어려운 일이 아니었다. 두르마도르미는 값비싼 상품이었고, 언제나 수요에 비해 공급이 모자랐다. 그러니 자연히 귀족들 차지가 될 수밖에 없었다. 그들은 중요한 종교행사에, 국왕이 법령을 제정하고 공표하는 현장에, 대규모 연회에, 재판정에 참석했을 뿐만 아니라, 귀족가문의 저녁식사 같은 사적인 자리에도 늘 함께했다. 그리고 늘 그렇게 귀족들과 같이 생활하다 보니 귀족처럼 되지 않을 수가 없었다. 학교에도, 군대에도, 중요한 곳에는 어김없이 두르마도르미가 적어도 둘 이상씩은 가 있었기 때문이다.

둘 이상. 그들은 말없이 지켜만 보는 존재가 아니었다. 듀르의 마법을 실현하기 위해 그들은 토론을 벌여야 했다. 재판이 진행되는 현장에서 그들은 심도 있는 법정 공방을 자신들만의 토론으로 소화해 냈고, 왕가의 결혼식장에서는 신부의 친정가문이 과연 왕의 위신에 어울릴 만큼 명예로운 집안인가에 대해 침 튀기는 논쟁을 벌였다. 심지어 귀족들도 아무나 참석할 수 없는 비밀작전회의가 벌어지는 현장이나 국왕들 사이의 비밀외교 현장에서도 너무나도 당연하게 둘 이상의 두르마도르미를 발견할 수 있었다. 그런 식으로 궁정생활에 익숙해지다 보니 자연히 교양이 쌓일 수밖에 없었고, 차차 자신들의 정당한 권리라는 것을 고안해 내지 않을 수 없었다. 냉방노조가 결성된 데에는 그런 배경이 있었다.

두르마도르미들이 어찌나 유능했던지, 냉방노조 설립에 관해서는 어떤 법적 하자도 발견되지 않았다. 심지어 시민권조차 없는 자들의 조직이었지만 노조는 완전히 합법적인 조직이었다. 젊은 시절 요쿰 왕은 바로 그 점 때문에 두르마도르미들에게 감탄할 수밖에 없었다. 잘 나가다가 끝에 가서 낭만이니 사랑이니 하는 걸로 빠져버리는 지나치게 낙천적인 민족성만 아니었다면, 그들 중 몇몇은 당장에 관직을 수여해도 모자람이 없을 만큼 빼어난 인재임이 분명했다.

그리고 요쿰 왕에게는 다른 귀족들은 한 번도 겪어보지 못했을 남다른 경험이 한 가지 더 있었다. 바로 세스누이 세스나치의 부친에 관한 기억이었다.

세스누이 세스나치의 아버지 세스누이는 선왕의 냉방기술자였다. 친동생 세스나치가 그의 짝이었다. 요쿰은 부왕을 무서워했다. 반면 세스누이는 요쿰보다 두 살이나 어렸지만 전혀 두려움을 모르는 아이였다. 부왕이 외삼촌들을 죽이고 어머니를 쫓아내자 요쿰은 충격과 실의에 빠졌다. 또한 깊은 슬픔에 잠겼다. 왕이 왕비를 독살했을 지도 모른다는 소문이 떠돌았다. 그리고 그 소문은 사실일 가능성이 높았다.

어느 날 부왕은 요쿰 왕자 자신보다 어려 보이는 여자를 데리고 오더니 이렇게 말했다.

"어머니라고 불러라."

"어머니."

"됐다. 물러가라."

요쿰 왕자는 식음을 전폐하고 눈물로 밤낮을 지새웠다. 그 모습을 보고 세스누이는 이렇게 말했다.

"태자 전하. 슬퍼하지 마십시오. 제가 있지 않습니까?"

"네가 뭔데?"

세스누이는 국왕의 침실에 매일 밤 드나들 수 있는 사람이었다. 국왕과 왕비의 침실을. 그해 여름에 왕이 순행巡行을 떠나면서 사랑하는 새 왕비를 위해 왕궁에서 가장 뛰어난 두르마도르미인 세스누이, 세스나치 형제를 남겨 두었다. 그러자 세스누이는 요쿰의 새어머니인 젊은 왕비를 유혹했다. 어느 날 아침에 세스누이는 요쿰 왕자에게 이렇게 말했다.

"참으로 낭만적인 밤이었습니다. 전하의 새어머니는 죽어버릴 것 같다고 하시더군요. 영원히 곁에 머물러 달라고 저에게 애걸복걸하셨습니다."

"뭐?"

"제 품에 안기면 시원하거든요. 온 몸에 살얼음이 얼도록 순간적으로 차가운 냉기를 보낸 다음 품에 꼭 끌어안아 체온으로 녹여 주면 여자는 영혼까지 녹아버립니다."

"뭐? 무슨 소리야? 설마, 네가 그 여자를?"

"세스누이 형은 거시기가 이만하거든요."

동생인 세스나치가 말했다. 그 말에 요쿰은 실로 오랜만에 깔깔거리고 웃었다. 정말로 특이한 문제해결 방법이 아닐 수 없었다. 그런 문제를 그런 식으로 해결하려 하다니.

요쿰 왕자가 말했다.

"거짓말이지? 말이 안 되잖아. 너희들은 둘이 함께 있지 않으면 냉기를 낼 수가 없어. 그런데 어떻게 세스누이 혼자서 살얼음을 만들었다는 거야? 말도 안 돼."

그러자 세스누이가 점잖게 말했다.

"전하. 전하의 말씀이 옳습니다. 저와 세스나치는 혼자서는 냉기를 만들어 내지 못합니다."

그 말에 요쿰 왕자는 흠칫 놀라며 세스누이와 세스나치 형제를 바라보았다.

"예. 셋이었습니다. 낭만을 완성하는 숫자라고도 합니다."

일일이 보고를 받지는 못했지만, 선왕이 숨을 거둘 때까지 세스누이와 세스나치는 새어머니의 끝없는 욕망을 계속해서 만족시켜 주었던 것으로 보인다. 그런데 그보다 더 놀라운 사실은, 단 한 번도 그 일을 들킨 적이 없다는 사실이었다.

그러자 모두가 행복해졌다. 새어머니가 가장 행복했으나 세스누이와 세스나치도 충분히 재미있다고 느꼈다. 행복해하는 새 왕비를 보고 부왕은 영문도 모른 채 그저 흡족해했다. 요쿰은 그런 부왕이 우스웠다. 남자로서, 아버지로서, 국왕으로서, 부왕은 남루하고 우스운 껍데기에 지나지 않았다. 요쿰은 그때서야 비로소 왕의 자질을 갖추기 시작했다. 영원한 벗, 세스누이 덕분이었다.

요쿰 왕 즉위 12년에 세스누이가 세상을 떠났다. 세스나치도 그렇게 오래 살지는 못했다. 세스누이의 아들은 두 사람의 이름을 모두 이어받아 궁에서 일했는데, 요쿰 왕은 세스누이 세스나치를 아버지 세스누이를 대하듯 대했고, 두 사람은 세대를 뛰어넘어 세상에 둘도 없는 친구로 지냈다. 즉위 43년에 세스누이 세스나치가 냉방노조를 세우고 조합장이 되어 궁을 떠날 때에도 요쿰 왕은 분노 대신 이런 말만을 건넸을 뿐이었다.

"네 아버지가 나에게 목숨을 걸고 해 준 일들을 절대 잊지 않겠다. 그 일은 네가 직접 나에게 해 준 일이나 다름없다."

요쿰 왕은 아련한 기억을 떠올렸다. 좋은 시절들이었다. 신나고 유쾌했다. 그들의 표현대로, 낭만적이기까지 했다.

그러나 계절풍이 한차례 거센 비를 몰고 지나가자 왕궁 구석구석에 습기가 가득 찼다. 두르마도르미식 문제해결 방법이 끼어들 곳이라고는 단 한 군데도 없어 보이는, 한여름 왕궁의 갑갑하고 축축하며 무거운 더위였다.

왕은 짐짓 깊은 생각에 잠긴 듯한 표정을 지으며 하루 종일 이런 말을 중얼거리곤 했다.

"더워. 더워. 더워 죽겠어."

그러고는 시종장을 불러 토벌군에 내릴 새로운 지휘지침을 전했다. 사흘 후 토벌군 전군에 국왕의 새 지휘지침, '단호하게'가 전달되었다. 그 소식을 듣고 크릭스슈필을 진행중이던 토벌군 긴급전술위원회 위원들은, 역사상 유례가 없을 만큼 놀라운 속도로 합의사항한 가지를 도출해 내기에 이르렀다. 보병이 삼면 이상을 포위한 상태에서 중무장한 기병이 적 좌익을 향해 돌격해 들어가는 단호한 전술!

이미 단독행동에 나선 고마노고마노는 위원회의 기적 같은 합의 도출 소식을 전해 듣고는 깜짝 놀랐다. 100년 안에 합의가 이루어지리라고는 꿈에도 생각해 보지 못했다. 그는 그 전술이 왜 '단호한' 전술인지 이해할 수 없었으나 상황이 예전보다 복잡해진 것만은 분명했다. 자신이 임명한 합법적인 전술위원회에서 왕의 뜻에 따라 토벌군의 전술전략을 확정한 마당에 그는 이미 단독행동을 감행하는 중이었으니 문제가 복잡할 수밖에 없었다. 어쩌면 반란 논란이 일어날지도 모르는 상황이었다. 고마노고마노는 생각에 잠겼다. 고민은 그렇게 오래 가지 않았다.

"아, 몰라 몰라. 더워 죽겠는데 전술은 무슨 전술이야. 그냥 무조건 다 쳐들어 가!"

그는 땀을 뻘뻘 흘리며 앞으로 달려 나갔고, 충성스러운 기사들이 묵묵히 그를 뒤따랐다.

냉방노조는 사막을 가로질러갔다. 토론은 여전히 그칠 줄을 몰랐다. 기온은 알맞게 유지할 수 있었지만 사막의 황량함을 모두 다스릴 수는 없었다.

조합원들 모두가 건장한 성인 남자는 아니었다. 병에 걸린 사람과 부상자가 생겨나자 이동 속도는 점점 감소했고 토론거리는 점점 늘어만 갔다. 고마노고마노가 기병대를 분리해서 추격하기 시작했다는 첩보가 들어오자 노조는 한때 혼란에 빠졌다. 그러나 그들은 세스누이 세스나치의 지도로 곧 평정을 되찾고 토론을 이어갈 수 있었다.

고마노고마노의 기병이 지치는 게 먼저일까, 따라잡히는 게 먼저일까? 고마노고마노는 국왕으로부터 어떤 압력을 받고 있을까? 적이 갑옷을 벗고 나온다고 해서 노조원들보다 못 싸우는 건 절대 아닐 텐데, 교전이 벌어졌을 때 우리는 어떻게 대처해야 할 것인가? 부상자들을 계속 데리고 다닐 수밖에 없는가? 결국 시민권을 얻어낼 수는 있을까? 이런 식으로 파업을 감행하고도 안정된 삶으로 다시 돌아갈 수 있을까? 망명은 가능한가? 안정된 삶이 반드시 필요한가? 사막을 떠도는 민족으로 역사에 남는 것도 낭만적이지 않은가?

마침내 고마노고마노의 척후가 냉방노조 척후를 발견했다는 보고가 들어왔다. 세스누이 세스나치는 척후를 네 배로 늘려 보다 넓은 지역에 눈과 귀를 퍼뜨렸다. 적보다 먼저 적의 위치를 파악하기 위해서였다. 상대도 역시 똑같은 생각인지, 고마노고마노의 척후도 점점 더 자주 눈에 띄는 듯했다. 결국, 상대의 위치를 먼저 파악한 쪽은 냉방노조 쪽이었지만 얼마 지나지 않아 고마노고마노 역시 냉방노조 본대의 위치를 알아냈다.

"거기 있었군. 어서 가서 끝장내자."

고마노고마노는 추격 속도를 높이라고 명령했지만 모든 일이 뜻대로 이루어지지는 않았다. 조금만 더 빨리 가도 날씨 때문에 자연사하는 사람이 생길 지경이었기 때문이다. 참모장이 그렇게 보고하자 고마노고마노는 이렇게 말했다.

"그렇겠군. 쉬엄쉬엄 가지. 갑옷은 아직 입지 말고."

후방에서 자꾸만 전투 비둘기가 날아와서 현재 고마노고마노의 작전 행동이 명백한 위법임을 알렸다.

"씹어 먹을 놈들! 내가 누구 때문에 이 고생인데."

노조원들은 고마노고마노의 추격 속도가 생각보다 빠르지 않은 것을 두고 또다시 열띤 토론을 벌였다.

"내부에 문제가 생긴 게 아닐까요?"

"본대 전체가 온 것도 아니고 원래 자기 휘하에 있던 근위기병대만 따로 떼서 데려왔는데 내부 문제가 생길 건 또 뭐요?"

"열 때문이겠죠. 기병들 갑옷이 이 더위에 견뎌나겠어요? 그리고 저놈의 나라에 내부 문제가 없었던 적이 있었나요, 어디?"

"하긴. 그래도 계속 척후를 보내고 추격을 계속하는 걸 보면 포기한 건 아닌데."

"설득하려는 걸지도 모르죠. 대화를 해 보는 건 어떨까요? 협상을 할 수 있을지도 모르죠."

세스누이 세스나치는 그 의견에 반대했다.

"왕의 사절이 그렇게 돌아갔는데 토벌군 사령관이 자기 마음대로 협상을 할 리 없지. 공격하려 들 거요."

그러자 술렁임과 함께 격한 냉기가 사방으로 퍼져 나갔다.

"싸웁시다."

"그래요. 싸웁시다. 돌아갈 데도 없잖소. 싸우다 죽읍시다."

세스누이 세스나치는 노조원들을 돌아보며 이렇게 말했다.

"그렇게 될 거요. 하지만 그건 우리가 선택할 문제가 아니지. 싸우다 죽자고 그렇게 열심히 항변할 필요 없어요. 결국 그렇게 될 거니까. 얼마나 죽느냐가 문제고, 최대한 적게 죽게 하려고 이렇게 이동하고 있잖아요."

그러자 사람들이 모두 숙연해졌다. 잠깐이었지만 눈보라가 일었다. 여기저기에서, 그야말로 낭만적인 죽음이라고 쑥덕거리는 소리가 들렸다.

고마노고마노는 눈보라를 보고 결전의 순간이 가까웠음을 직감했다. 그는 기사들에게 갑옷을 착용하라고 명령했다. 갑옷은 갑갑했지만, 냉방노조 본대에 가까이 다가가자 기온이 떨어져서 견딜 만했다. 기나긴 추격 과정과 무더위 때문에 사람도 말도 녹초가 되어 있었지만 결정적인 전투를 미뤄야 할 정도는 아니었다. 사실 결전을 미룰 수도 없었다.

근위기병대 깃발이 시야에 들어오자 냉방노조는 일단 전진을 멈췄다. 우왕좌왕하는 것보다 전열을 가다듬고 충돌을 받아들이는 편이 낫다고 판단한 모양이었다. 나쁜 판단은 아니었다. 기병이 진영을 잡기 위해 서서히 전진하자 노조 주둔지 방향에서 찬바람이 불어왔다. 역풍을 받고 달려야 할지도 모르지만, 일단은 좋은 징조였다. 오랜만에 맞이하는 시원한 바람에 기병대는 사기가 한껏 올랐다.

진영이 다 갖추어질 때쯤 노조 측에서 전령이 걸어 나오는 모습이 보였다.

"됐다 그래. 여기까지 와서 협상은 무슨 협상이야?"

고마노고마노는 전령을 보내 무조건 항복 외에는 죽음뿐이라고 최후통첩을 보냈다. 전령이 돌아가자 냉방노조 진영이 술렁거렸다. 술렁거림이 길어지자 어느새 머리 위에 구름이 일더니 눈발이 조금씩 날리기 시작했다. 고마노고마노는 멍하니 하늘을 올려다보았다. 전투를 앞둔 폭도들이 한 짓이지만, 놀라운 광경임에는 틀림 없었다.

'시간을 끌겠다는 건가?'

노조는 다시 토론에 들어갔다. 항복할 것인가, 저항할 것인가.

후방에서 전투 비둘기가 날아와 황당한 소식을 전했다. 당장 회군하지 않으면 고마노고마노가 후방에 남겨둔 병력 20만을 반란군으로 간주해 체포하겠다는 위원회의 결정이었다. 근위기병대가 손에 닿지 않는 곳에 있으니 나머지 병력을 인질로 삼아 협박하겠다는 뜻이었다.

"참모장. 이게 말이 돼? 정예군사 20만 명을 어떻게 체포하겠다는 거지?"

"진짜로 체포하겠다는 게 아니고 장군님 지휘권에 영향을 미치려는 겁니다."

그 사이, 전장에는 서서히 눈이 쌓이기 시작했다. 냉방노조는 그만큼 치열한 토론을 벌였다. 항복할 것인가, 죽을 것인가. 죽으려면 어떻게 죽을 것인가. 고마노고마노는 수천 명의 냉방기술자들 사이에 서서 정열적인 몸짓으로 토론을 이끌고 있는 세스누이 세스나치를 보았다. 솔직히 지난 20년간 왕국에서 그가 차지한 위치는 거의 총리대신에 맞먹는 중요한 위치였다. 그는 최고의 행정가였고 달변가였으나, 단지 공식 직함이 없는 두르마도르미일 뿐이었다. 두르마도르미는 원래 경멸이 섞인 이름이었으나 세스누이 세스나치로 인해 귀족들은 더 이상 두르마도르미라는 말을 욕으로 사용하지 않게 되었다.

'그래도 어쨌거나, 폭도는 폭도지.'

냉방노조 측에서 전령이 걸어 나왔다. 눈발이 굵어졌다. 고마노고마노도 전령을 보냈다. 전령이 돌아와 이렇게 보고했다.

"항복하지 않겠답니다."

"재밌군."

고마노고마노는 창을 들고 대열의 선두에 섰다. 연설은 그 어느 때보다 짧고 간단했다.

"제군들, 이제 그만 끝장을 내자!"

함성이 높아졌다. 냉방노조 역시 전열을 가다듬었다. 고마노고마노는 돌격 명령을 내렸다. 말들이 눈 덮인 사막 위를 일제히 달려다 갔다. 그 순간 고마노고마노의 눈에 냉방노조 조합원들이 모두 창을 바닥에 내려놓는 모습이 보였다.

'뭐지? 저게 뭐하자는 거지? 항복은 못하겠다면서. 그냥 죽겠다는 건가.'

의아했다. 그러나 고마노고마노는 돌격 속도를 늦추지 않았다.

열띤 토론 끝에 평화를 선택하자는 의견이 힘을 얻었다. 새로운 전개는 아니었다. 이미 여러 차례 제기된 논의였다. 그러나 다음 전개는 흥미로웠다. 너무나 흥미로워서 어이가 없어질 지경이었다.

그것은 바로 사랑이었다.

'아, 저런 얼어 죽을 놈의 낭만!'

세스누이 세스나치는 이런 절박한 상황에서 그런 이야기가 사람들을 압도하리라고는 전혀 예상하지 못했다.

'왜 그 생각을 못했을까.'

그것은 일종의 방심이었다. 죽음의 위협이 눈앞에 닥쳤으니 그런 낙천적인 민족성 같은 건 당분간 고개를 내밀지 않을 거라고 믿었던 게 실수였다.

누군가가 말했다.

"저는 살아서 돌아가고 싶어요. 우리도 사실 게르기르에 사랑하는 사람들이 있잖아요."

물론 그렇다. 하지만 그런 건 토벌군을 눈앞에 두고 끄집어내기에는 너무나 진부한 논제가 틀림없었다.

또 다른 누군가가 말했다.

"우리가 언제 진짜로 사랑받아본 적이나 있었나?"

이번에는 그냥 푸념이었다. 그래도 보다 본질적인 부분을 건드는 논제이기는 했다.

우리가 언제 냉방기술 없이 그냥 평범한 인간으로 사랑받은 적이 있었나? 왕국의 일반 시민과 동일한 시민권을 얻어내기 위해 냉방기술을 무기로 파업하는 게 무슨 의미인가? 냉방기술 없이 왕국의 시민권을 얻어낼 수는 없나? 시민권을 얻으면 냉방기술을 버릴 것도 아닌데, 왜 우리를 평범한 인간으로 사랑해 달라고 말해야 하나? 하지만 그 말 역시 어딘지 공허한 데가 있었다. 어떻게 그들을 사랑할 수 있단 말인가. 어떻게 그들의 사랑을 기대할 수가 있단 말인가. 그들이 누구인가. 그들의 선조가 우리 조상들에게 한 일을 어떻게 잊을 수 있단 말인가. 그리고 저 군대는? 아주 오래전 우리 선조들에게 일어난 일이 아닌, 지금 당장 우리 자신에게 닥쳐온 폭력과 압제의 위협을 어떻게 그런 마음 하나로 무마해버릴 수가 있단 말인가.

논쟁 중에 누군가가 이렇게 물었다.

"당신은 당신 냉방을 사랑하기는 하는 거요?"

자신에게 던져진 질문은 아니었지만 세스누이 세스나치는 그 말을 듣고 잠시 멈칫했다. 당신 냉방이라는 말. 내 냉방이라는 표현. 이런 말들이 머릿속에 울려 퍼지는 것 같았다. 당신은 당신으로 인해 세상이 차가워지는 것에 보람을 느끼기는 하는 거요? 당신은 당신

과 세상 사이에 발생하는 온도 차이를 사랑하기는 하는 거요? 세상
과는 다른 곳, 그래서 자꾸만 열이 흘러들어가는 곳에 서 있는 당신
의 존재를, 당신은 진정으로 사랑합니까?

그러자 어디선가 대답이 들려왔다. 머릿속이 아닌, 사람들이 있는
곳에서부터 들려오는 소리였다.

"그렇소!"

"사랑해요."

"나도!"

"깊이 생각해 본 적 없지만, 그런 것 같아요."

잠시 침묵이 이어졌다. 그리고 이내 이런 자기고백들이 메아리처
럼 서서히 그들의 집결지 전체로 퍼져나갔다.

"사랑해요."

"나도 뭐, 그래요."

"나도."

"나도."

"사랑……까지는 잘 모르겠지만, 나쁠 건 없지."

"난 뭐, 아무튼 좋아하기는 한다오."

"에이, 그걸 어떻게 말로 해?"

"저도 비슷해요."

"저도요."

"뭐 저도."

사랑해요. 사랑합니다. 나도 그런 것 같아요.

모두가 담담한 얼굴로 그렇게 말하고 있었다. 나를 사랑하는 나를

사랑합니다. 당신을 사랑하는 당신을 사랑할 수 있을 것 같아요.

'저 얼어 죽을 놈의 낭만! 그러니 그 오지에서 3,000년 간이나 그 고생을 했지. 똑똑한 인간들은 죄다 토론하다가 얼어 죽고, 곧 죽어도 낭만밖에 모르는 인간들만 자손을 남겼으니!'

세스누이 세스나치는 열광하는 조합원들을 향해 이렇게 물었다.

"그것 때문에 우리가 모두 목숨을 잃어도?"

담담한 목소리였다. 그러자 두르마인들이 나지막한 목소리로 대답했다.

"네."

"그렇소."

"별 수 없지 뭐."

"나도 그래요."

세스누이 세스나치는 자신도 모르게 고개를 가로저었다. 그러나 그는 조합원들의 결정을 무시할 생각은 없었다. 그러니까 이미 그 결정은, 세스누이 세스나치가 받아들이든 받아들이지 않든, 두르마인들 스스로의 운명을 결정지을 최종적인 의사로 확정된 뒤였다.

세스누이 세스나치는 물론 그 사실을 누구보다도 잘 알고 있었다. 하지만 솔직히 손발이 오그라드는 건 그로서도 도저히 어쩔 방법이 없었다.

'사랑이라니. 이 상황에서 이게 대체 뭐하는 짓이야!'

두르마도르미들의 머리 위로 거대한 구름이 피어오르는 모습이 장관을 이루었다. 냉방노조 조합원들은 완전무장한 게르기르 기병대가 자신들을 향해 달려오는 모습이 오히려 더 장관이라고 생각했다. 눈보라가 한층 더 거세졌다. 사랑합니다. 사랑합니다. 조합원들이 그렇게 속삭이고 있었다.

조합장의 지시에 따라 무기를 바닥에 내려놓았다. 근위기병대가 무서운 기세로 달려오고 있었다.

그래도 사랑해? 사랑해. 왜? 그게 나니까.

저마다의 마음속에서 내면의 논쟁이 끊임없이 피어오르고 있었다. 그리고 모두가 똑같은 결론에 이르는 듯했다. 눈을 감은 사람도 있었고, 눈을 뜬 사람도 있었다. 내면의 논쟁이 차가운 구름이 되어 그들 머리 위로 피어오르는 모습을 본 사람도 있고 보지 못한 사람도 있었다.

세스누이 세스나치는 눈을 크게 뜨고 그들의 모습을 가만히 바라보았다.

'내가 이들을 제대로 이끌었나? 이들이 스스로 여기까지 오도록 잘 보살핀 게 맞나? 결과적으로 그게 잘한 일인가?'

눈보라가 세차게 휘몰아쳤다. 돌격 속도가 느려질 만큼 거센 바람이었다. 시야도 짧아졌다. 그러나 고마노고마노는 방향을 돌릴 수가 없었다. 구름이 심상치 않았다. 무슨 일인가 일어나고 있었다. 진짜로 뭔가가 일어나기 전에 적진에 도달해야 했다.

"싹 쓸어버려!"

하지만 냉방노조가 만들어내는 거대한 구름만은 정말이지 경이롭기가 그지없었다.

그때 검은 안개구름이, 돌격중인 게르기르 기병대를 향해 다가왔다. 한기가 순식간에 온몸을 꿰뚫었다.

'안 돼. 조금만 더. 조금만 더 빨리!'

그러나 이미 늦은 것 같았다. 구름이 기병대 정면을 덮치는 모습이 그의 눈에도 충분히 위협적으로 보였기 때문이다.

'이게 뭐야! 도대체 무슨 일이야!'

진격 속도가 서서히 늦춰졌다. 이내 말들이 제자리에 멈춰 섰다. 말들이 먼저 두려움에 떨며 슬금슬금 발길을 다른 곳으로 돌렸다.

안개가 걷히자 고마노고마노와 근위기병대의 눈앞에 거대한 얼음덩어리가 모습을 드러냈다. 그것은 그냥 단순한 얼음덩어리가 아니었다. 거대한 사람의 모습이 분명했다. 병사들이 동요했다. 고마노고마노는 곧 냉정을 되찾고 이렇게 외쳤다.

"왼쪽으로 우회해! 아무것도 아니야. 그냥 얼음덩어리일 뿐이잖아!"

묵직한 털신, 곰가죽으로 만든 두터운 외투, 바람에 날리는 긴 수염에 긴 머리카락, 그리고 굵직한 손에 들려 있는 거대한 망치. 어디서 많이 본 모습이었다. 어디서 봤는지 기억을 더듬을 필요도 없었다. 누구나 알고 있는 바로 그 형상이었다.

"그냥 얼음덩어리일 뿐이래도!"

고마노고마노는 그렇게 소리쳤다. 그러나 그것은 절대로 그냥 얼음덩어리가 아니었다. 그것은 바로 신의 형상이었다. 두르마도르미가 있는 곳이라면 어디든 그려져 있던 벽화. 그 벽화에서 본 신의 모습. 차갑고 강인한 야만족들의 얼음신,

듀르였다.

고마노고마노가 기병대를 이끌고 왼쪽으로 크게 우회해 들어가려는 순간, 냉방노조 조합원들은 눈앞에서 달려들던 적들을 가로막고 우뚝 서 있는 듀르 신의 넓은 등을 볼 수 있었다.

듀르! 신들이 마법을 거둬들이고 인간들의 세계를 완전히 떠나버린 뒤에도 마지막까지 남아 인간에 대한 무한한 애정을 표현했던 투박한 사나이! 세상을 떠나던 순간, 자신은 너무 무뚝뚝해서 인간들에게 하고 싶었던 말을 충분히 해 주지 못했다며 아쉬운 얼굴로 뒤돌아보던 신! 세상에서 가장 안 낭만적인, 배 나온 사랑의 신!

피식 웃음을 터뜨리는 사람도 있었다. 그리고 그 웃음에는 눈가를 핑 도는 감격의 눈물이 섞여 있었다. 그 어정쩡한 신의 모습에, 두르마인들의 그 철없는 사랑이 정점을 향해 치달아가는 듯했다. 듀르 신에 대한 사랑, 그리고 듀르 신이 사랑한 두르마족에 대한 사랑!

그 사랑에 거대한 얼음신이 화답했다. 듀르 신이 갑자기 망치를 높이 치켜들더니 그 망치로 자신의 오른발 앞쪽 눈 덮인 대지를 온 힘을 다해 강하게 내리친 것이었다. 그러자 그쪽으로 파고들던 고마노고마노의 기병대 선두가 거대한 망치에 심대한 타격을 입었다.

"정지! 피해!"

고마노고마노가 소리쳤다.

'움직였어! 얼음이 움직였어!'

그를 포함한 기병대 전부가 넋을 잃고 위를 올려다보았다. 듀르 신이 망치 자루를 쥐고 아래를 내려다보고 있었다.

그 순간 세스누이 세스나치가 조합원들에게 신호를 보냈다.

"지금입니다. 모두 침묵합시다!"

그러자 조합원들이 일제히 입을 다물었다. 논쟁이 멈췄다. 한순간에 모든 토론이 사라졌다. 말과 이성과 논리와 낭만이 순식간에 두르마도르미에게서 떠나는 순간.

그 순간 거대한 듀르 신의 얼음 형상이 허공에서 찬란하게 산산조각이 났다. 잘게 깨진 듀르 신의 얼음조각이 눈송이처럼 가볍게 공중에 흩날렸다.

아!

아!

아!

신이 서 있던 자리에 인간의 깨달음이 파고들었다. 고마노고마노는 자리에 털썩 주저앉고 말았다.

그의 머릿속으로, 그런 사막 한가운데에서 만나게 될 거라고는 전혀 예상치 못했던 어떤 깨달음이 묵직한 무게감으로 파고들고 있었다. 그것은 분명, 조금 전 그의 눈앞을 가로막고 서 있던 듀르 신의 뱃살만큼이나 거대한 깨달음이었다.

'아, 이럴 수가! 어떻게 이렇게 낭만적일 수가!'

요쿰 왕 즉위 45년 여름에, 냉방노조 토벌군 사령관 고마노고마노 장군은 근위기병대를 포함한 1만 9천여 명의 병력을 이끌고 힛사 쿠즈 남쪽 사막에서 반란을 일으켰다. 그보다 며칠 앞서 반란군으로 규정되는 바람에 오갈 데 없이 후방에서 대기하고 있던 20만 명의 병력이 반란군 수괴 고마노고마노를 반갑게 맞이했다.

그 기세를 몰아 반란군은 곧 힛사 쿠즈를 지나 도성으로 올라갔다. 지나가는 길에 있는 모든 도시가 약탈당하거나 혹은 참사를 겪기 전에 미리 항복했다. 도성에는 반란군을 막을 병력이 없었다. 당장 동원 가능한 병력이란 병력은 모두 토벌군의 깃발 아래 차출되어 있었기 때문이다. 반란군은 한달 만에 수도 요새를 함락시키고 고마노고마노를 왕으로 추대했다.

고마노고마노 왕의 첫 번째 칙령은 "수도를 힛사 쿠즈로 이전할 것," 두 번째 칙령은 "두르마도르미에게 시민권을 부여할 것"이었다. 세스누이 세스나치는 그 후로 두 번 다시 총파업을 일으키지 않았고, 왕을 도와 향후 오백년 간 왕국 전역에 낭만이 가득하도록, 진정한 발전의 기틀을 다졌다.

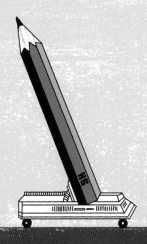

초록연필

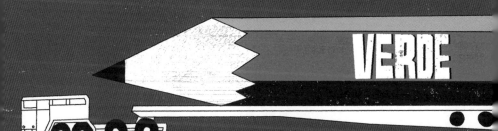

명품 연필

　　그 연필은 반년 전에 회사를 그만둔 박희정 씨가 1년 전쯤에 해외출장을 갔다가 돌아오면서 사다 준 기념품이었다.

"명품이에요."

희정 씨가 거듭 강조했지만, 신경 쓰는 사람은 아무도 없었다.

보통은 해외출장을 갔다 올 때면 면세 양주를 한 병씩 사 오는 게 관례였다. 다른 기념품을 바라는 사람은 아무도 없었다. 그렇게 사 온 양주는 사무실 한쪽 구석에 있는 캐비닛에 저장된다. 캐비닛 문 안쪽에는 '주류 관리대장'이라는 라벨이 붙은 서류철이 있고 각각의 양주병에는 일련번호가 붙어 있는데, 이 주류 관리대장은 정규직 직원 중에서 맨 나중에 들어온 사람이 도맡아 관리하는 게 사무실 관례였다.

그리고 이렇게 모인 술은 회식날에 한꺼번에 직원들의 뱃속으로 들어가게 되어 있었다. 그래서 술을 좋아하지 않는 사람들은 누군가 해외출장 기념품으로 술이 아닌 다른 것들을 챙겨서 돌아오면 속으로 쾌재를 부르곤 했다. 희정 씨가 사 온 초록연필 열두 자루를 보고 내심 반가워한 사람들이 있었다면 바로 그런 부류였을 것이다.

그러나 그런 사람들조차도 희정 씨의 선물에 감동을 받은 것은 아니었다. 그들이 바란 것은 초콜릿이나 그 나라에서만 파는 과자 같은 달달한 군것질거리였지, 먹지도 못할 그런 연필 따위가 아니었다. 정밀분석을 해 보지는 않았지만 이 기념품은 몇 달 뒤 박희정 씨의 결혼식 축의금 규모에도 상당한 영향을 미친 것으로 여겨졌다.

"요새 누가 연필 써?"

"그러게. 사 오려면 많이나 사 오지, 한 다스가 뭐야?"

"희정 씨 그렇게 안 봤는데 생각보다 짜네."

기념품으로 연필 한 다스를 사 온 희정 씨의 행동은 그 후로도 꽤 오랫동안 사람들의 입에 오르내리게 되었다. 때로는 면전에서 그 이야기를 꺼내는 사람들도 있었다. 하지만 누가 무슨 소리를 하든 희정 씨는 전혀 미안해하는 기색이 없었다. 오히려 그 연필들을 너무나 자랑스럽게 바라보면서 자기 몫으로 하나만 따로 챙겨가도 되겠냐고 묻기까지 했다. 사람들은 그런 희정 씨를 떠올릴 때마다 뻔뻔스럽다는 생각을 지울 수가 없었다.

그로부터 대략 반년 뒤에, 희정 씨는 있어 보이는 집 셋째 아들과 결혼을 하면서 회사를 완전히 그만두게 되었는데, 공교롭게도 사람들이 초록연필의 진가를 알아차리기 시작한 시점 역시 바로 그 무렵으로 추정되고 있었다.

초록연필은 연필심이 초록색인 색연필이 아니라, 겉이 초록색으로 칠해져 있고 뒤쪽에 지우개가 달린 평범한 필기용 연필이었다. 아니, 평범한 연필처럼 보였다. 그러나 사실 그 연필은 멕시코의 어느 유명한 연필 장인이 세상을 떠나기 불과 3개월 전에 제작한 1,000개 한정수량 특별생산품이었다. 죽음을 앞둔 장인은 갑자기 무슨 생각이 들었는지, 자신의 이름이 붙어 있기는 하지만 실제로 경영에서 손을 뗀 지가 거의 10년이 다 돼 가는 자기 소유의 연필공장을 찾아가 다짜고짜 모든 생산라인을 일시에 중지시켜버리고는 곧바로 이 연필을 만들기 시작했다. 그러고는 연필이 완성되고 얼마 되지도 않아서 원인 모를 병으로 갑자기 세상을 떠나고 말았다.

장인이 마지막으로 남긴 유언 같은 연필. 그리고 그의 죽음을 둘러싼 이런저런 수수께끼들. 가치가 오르지 않을 수 없었다.

물론 그런 뒷이야기만으로 초록연필의 가치를 모두 설명할 수는 없었다. 연필용으로는 세상에서 가장 뛰어난 품질을 자랑하는 멕시코 소노라 산 흑연, 그리고 연필용 목재로는 단연 최고라는 미국산 삼나무를 깎아 만든 몸체, 무엇 하나 빠질 것 없는 최고의 재료들. 하지만 무엇보다 빼어난 점은 장인이 직접 배합한 점토와 흑연의 비율이었다. 즉, 연필심의 강도와 색깔의 배분이 이루 말할 수 없을 만큼 적절했던 것이다. 단단하면서도 부드럽고 가녀린 듯하면서도 충분히 짙은 색상.

사실 사람들이 초록연필의 진가를 깨닫기까지 그렇게 오랜 시간이 필요했던 이유도 바로 이 부분에서 찾을 수 있었다. 필기감도 적절, 밸런스도 적절, 디자인도 적절, 적절, 적절, 그저 적절. 명품 연필을 규정하는 그 모든 특징들이 균형과 조화 속에 그야말로 적절하게 숨겨져 있었기 때문이었다.

연구소 사람들은 사무용품 캐비닛에 아무렇게나 방치되어 있는 초록연필 열두 자루의 시장가치를 전혀 몰랐다. 연필을 만드는 일에도 장인정신이 들어갈 수 있다는 사실 자체를 알지 못했기 때문이다. 그들이 그 연필의 가치를 깨닫기 위해서는, 스무 줄쯤 손으로 직접 글씨를 써 보고 두세 번쯤 연필깎이로 직접 연필을 깎아 본 다음, 손끝으로 전해 오는 그 세세한 감각들의 총합이 얼마나 섬세한 손맛을 만들어내는지를 몸소 깨닫는 수밖에 없었다.

그중에서도 압권은 역시 연필 뒤에 달린 지우개였다. 부러지지도 않는 것이 쉽게 닳지도 않는 것이 어쩌면 그렇게 잘 지워지는지! 서른 살의 비정규직 직원 양홍은 그런 지우개를 마지막으로 만져 본 게 도대체 언제였는지 가만히 기억을 더듬어 보았다. 아무리 생각해 봐도 연필 뒤에 달린 지우개가 사람을 그렇게까지 감동시켰던 적은 없었던 것 같았다.

'이렇게 필기감이 좋을 수가! 무릇 연필이라는 게 쓰다 보면 연필심 안의 꺼끌꺼끌한 부분이 삐져나와서 종이를 날카롭게 직직 그어 대기 마련이거늘. 연필이 종이를 긁는 느낌이 이렇게 일관성 있게 부드럽고 단단하다니!'

그는 연필 앞부분을 아예 코앞에 갖다 대고는 한참이나 그 향을 음미하고 또 음미했다. 그러고는 감탄을 금할 수가 없었다.

'아! 이 냄새. 의식하지 않으면 전혀 느낄 수 없지만 어느샌가 은은하게 손에 배는 것 같은 나무 냄새. 아니, 흑연 냄새.'

어느 날 그가 그 이야기를 꺼내자, 정규직 직원인 은경 씨 역시 놀라움과 흥분을 감추지 못하고 이렇게 떠들어댔다.

"뭐야, 흥! 너도 그래? 나는 흑연 냄샌지 나무 냄샌지 이 냄새가 너무 구수해서 혼자 맨날 킁킁거리는데."

"맞아. 그 냄새. 그리고 색깔은 또 얼마나 이뻐. 녹색이라는 게 잘못하면 국방색이 되고, 잘못하면 또 되게 촌스러운 색이 되는데, 이 색은 진짜 딱 좋은 초록색이잖아. 뒤쪽에 흰색 지우개가 붙어 있는 것도 딱 좋고."

"그지? 지우개 감싸는 그 금속 부분, 자세히 보면 그냥 까만색이 아니고 짙은 청록색이잖아. 그리고 여기 녹색 바탕에 은색 글씨. 뭐라고 써 있는지는 몰라도 이게 보통 감각이 아니거든."

두 사람은 한동안 말없이 테이블 위에 놓인 연필을 바라보았다. 은경 씨가 쓰던 초록연필이었다. 홍이 은경 씨 쪽을 돌아보면서 이렇게 말했다.

"그래서 말인데, 이거 몇 개나 남아 있을까?"

"챙길까?"

그들은 음흉한 웃음을 떠올리며 사무용품 캐비닛 쪽으로 후다닥 달려갔다. 그리고 캐비닛 문을 활짝 열어젖혔다. 그 순간 두 사람은 깜짝 놀라고 말았다. 그 자리에는 촌스럽기 짝이 없는 종이 포장지만 덩그러니 놓여 있을 뿐, 정작 중요한 내용물은 하나도 남아 있지 않았기 때문이었다.

"지난주만 해도 일고여덟 자루나 남아 있었는데."

은경 씨가 말했다. 누군가 선수를 친 게 틀림없었다.

"누가 통째로 빼 간 거 아냐?"

양홍은 짜증이 치밀어 올랐다. 그러나 그때 사람들이 복도를 지나면서,

"거기 두 사람 수상해. 같이 있는 장면이 자주 목격되고 있어."

하며 두 사람 사이를 의심하는 뉘앙스를 풍겨대는 바람에, 그들은 서둘러 자리를 피하지 않을 수 없었다.

그러나 초록연필에 관한 양홍의 집착은 좀처럼 머릿속을 떠나지 않았다. 그는 초록색 연필 옆면에 적혀 있는 이름을 빤히 들여다보다가 인터넷 검색창에 그 이름을 써 넣었다.

- LAPIZ VERDE

그런 제품을 파는 곳은 어디에도 없었다. 국내뿐만 아니라 해외에도 없었다. 다만 그 말이 스페인어로 초록연필을 뜻한다는 사실만 알아냈을 뿐이다. 라삐스는 연필, 베르데는 녹색. 이 얼마나 무성의한 작명인가.

양홍은 백만장자가 셋이나 포함되어 있는 세계연필수집가네트워크에서 '라삐스 베르데'가 얼마나 진귀한 물건으로 통하는지는 짐작조차 하지 못했다. 다만 그가 찾아내려고 하는 그 연필이 시중에서 아무렇게나 구할 수 있는 물건은 아닌 것 같다는 사실만을 어렴풋이 눈치 채게 되었을 뿐이었다. 포기하기 딱 좋을 만큼의 아슬아슬한 정보량이었다.

그날 밤 그는 초록연필을 머리맡에 고이 모셔둔 채로 잠이 들었고, 초록연필 제조 공장에 견학을 가는 꿈을 꾸었다. 심지어 다음날 아침 회사에 출근하고 나서도 연필에 대한 생각이 내내 머릿속을 떠

나지 않았다.

'도대체 누가 가져갔을까? 그새 다들 하나씩 챙겨 가버린 걸까?'

하지만 아무리 주의 깊게 사무실 안을 뒤져 보아도 초록연필의 행방은 찾을 수가 없었다. 책상 위에 꺼내 놓고 쓰는 사람이 아무도 없다는 건, 여러 명이 가져갔든 한 명이 챙겨갔든 범인들이 그 연필을 그저 일상 소모품으로 여기고 생각 없이 가져간 것은 아니라는 것을 의미했다. 연필들은 어딘가에 고이 모셔져 있는 것이 분명했다. 사무용이 아니라 관상용으로.

하지만 이틀이 지나고 사흘이 지나자 초록연필에 대한 양홍의 관심도 조금씩 조금씩 사그라지기 시작했다. 그래 봐야 그 일은 그저 사무실 캐비닛에서 연필 몇 자루가 사라진 사소한 에피소드였을 뿐, 무슨 횡령 사건처럼 오래도록 관심을 끌 만한 일은 아니었기 때문이다. 그래서 양홍은 곧 그 일을 까맣게 잊어버리고 말았다.

사건은 보름쯤 뒤에 은경 씨가 남박사 개인연구실 책상 위에서 아직 깎지도 않은 초록연필 한 자루를 발견하면서 다시 활기를 띠기 시작했다. 쓰지도 않을 연필을 소장하고 있다는 것은 그 물건의 가치를 이미 알고 있다는 뜻이었고, 가치를 이미 알고 있다는 것은 곧 전에 그 연필을 사용한 적이 있다는 것을 의미했다. 그렇다면 남박사는 최소한 두 자루 이상의 초록연필을 가지고 있는 게 분명했다. 그런데 이상한 점은, 은경 씨나 양홍이나 남박사가 초록연필을 사용하는 모습을 본 적이 한 번도 없다는 사실이었다.

"몰래 갖다 놓고 쓰고 있는 거 아냐?"

은경 씨가 말했다.

그날 저녁에 두 사람은 별 이유도 없이 나란히 야근계를 냈다. 사무실 동료들이 격한 야유를 보냈다. 너무 티내면서 연애하지 말라는 것이었다. 그러거나 말거나 두 사람은 다정하게 앉아서 차를 마시며 다른 사람들이 모두 퇴근하기를 기다렸다. 그리고 사무실이 완전히 조용해지자 음흉한 웃음을 흘리며 폐지함을 뒤지기 시작했다.

연필로 쓴 필적은 모두 다섯 개가 나왔는데, 그중 두 개가 초록연필로 쓴 흔적 같았다. 그러나 둘 다 남박사의 필적은 아니었다. 예상과는 조금 다른 결과였다.

"연필은 잘 안 쓰나 보네. 안 쓰는 걸 왜 갖다 놨지?"

가설과 다른 결과가 관측되자 두 사람의 연구는 쉽게 난항에 부딪쳤다. 첫 번째 가설을 대체할 만한 적당한 대안이 떠오르지 않았던 것이다. 그렇게 두 사람의 첫 연구는 시작 단계에서 흐지부지 사라지고 말았다.

그러나 성과가 전혀 없었던 것은 아니었다. 그날부터 두 사람은 정말로 사내 연애를 시작했고, 당분간은 초록색 연필 따위에 관심을 가질 여유도 싹 사라져버리고 말았다. 마치 초록연필의 행방 따위에 대해서는 처음부터 한 번도 관심이 없었던 사람들처럼 그들은 금방 그 일을 잊어버렸다. 그래서 몇 주가 지난 뒤에 은경 씨가 남박사 방에 갔다가 깎아 놓은 초록연필이 연필꽂이에 세 개나 꽂혀 있는 것을 봤을 때에도, 그로부터 또 몇 주 뒤에는 남박사 연필꽂이에 있던 연필이 하나로 줄어든 대신 선임자인 윤박사의 연필꽂이에 전에 안 보이던 초록연필이 세 개나 꽂혀 있는 것을 발견했을 때에도, 두 사람은 크게 관심을 기울이지 않았다.

그들이 라삐스 베르데에 다시 관심을 가지기 시작한 것은, 바로 맨 처음 그 연필을 회사에 들여온 박희정 씨가 해준 말 때문이었다. 회사를 떠난 뒤에도 희정 씨는 은경 씨와 친분을 유지하고 있었다. 두 사람은 가끔 전화로 수다를 떨기도 하고 주말이면 같이 쇼핑을 다니기도 했는데, 어느 날은 은경 씨가 전화 통화 도중에 문득 이런 말을 꺼냈던 것이다.

"언니, 언니가 옛날에 출장 갔다가 사 온 녹색 연필, 그거 명품 아니죠?"

"연필?"

"그 왜, 한 다스 달랑 사 왔던 거 있잖아요."

"아, 그거? 명품 맞다니까. 아무도 안 믿네."

"그래요? 진짜예요? 그렇구나. 근데 언니, 언니 그거 딱 한 다스만 사 와서 우리 사무실에 놓고 간 거 맞죠?"

"응. 그게 얼마짜린데 더 사?"

"이상하네. 그거 최이사가 들고 다니던데요. 거기도 줬어요?"

"최영득 이사? 아니. 내가 걜 왜 줘? 그 사람이 나를 알기나 한대?"

"그럼 최이사도 어디서 얻은 건가? 들고 다니던데."

"아니야. 그거 한국에 딱 열두 개밖에 없을 거야. 명품인데다 한정 생산했으니까. 내가 마침 그 연필 출시될 때 운 좋게 딱 그 동네에 들르는 바람에 산 거야. 가이드 말로는 엄청 비싸게 팔 수 있는 건데, 그거 만든 아저씨가 자기는 그렇게 비싼 연필 만든 적 없다면서 보통 연필 값에 판다고 그랬대거든. 보통 연필 값이라고 해 봐야 그 아저씨가 워낙 유명한 장인이라서 연필 값이 거의 만년필 값인데,

돈 많이 준다고 또 아무나 살 수 있는 것도 아니에요. 운이 좋아야지. 동네 문방구 같은 데서 현장판매로만 팔았거든. 그때 그게 사흘 만에 다 팔렸는데, 그거 사 간 한국 사람이 나밖에 없었으니까 한국에 돌아다니는 건 아마 다 내가 가지고 온 걸 거야.”

“그래요? 그럼 언니가 갖고 온 게 맞겠네. 근데 그게 왜 거기 가 있지?”

은경 씨가 그 일을 의아해하는 사이 희정 씨가 속삭이듯 이런 말을 덧붙였다.

“근데 너 그거 있잖아, 사무실에 돌아다니는 거 있으면 다 챙겨 놔. 전에 남편 친구가 그랬는데, 이게 또 연필수집가들한테는 완전 레어 아이템이래. 베르데가 남긴 마지막 명품이라면서. 인도 갑부들이랑 싱가포르 쪽 골빈 부자들이 이거 모으는데, 한 번도 안 쓰고 보존 상태 좋은 건 한 자루에 오천까지 간대.”

“오천이요? 달러?”

“오천만 원! 쓰던 것도 장초는 한 이천쯤? 꽁초는 한 칠백?”

“에이, 설마.”

“그렇긴 하지? 오천은 좀 그렇겠지? 하긴 그런 인간들 하는 말은 도대체 어디까지가 진실이고 어디까지가 뻥인지 나도 몰라. 아마 본인도 모를 거야.”

“모르겠죠.”

전화를 끊고 나서 한참 동안, 은경 씨는 가만히 생각에 잠겼다.

‘설마.’

다행히 마음의 동요 같은 건 일어나지 않고 있었다.

'에이, 설마.'

그러나 전화를 끊은 지 채 5분도 지나기 전에 은경 씨는 갑자기 서랍을 뒤지기 시작했다.

'어디 뒀더라.'

없었다. 책상에도 서류함에도 가방 속에도. 주위를 온통 헤집어 봐도 그 초록연필 한 자루의 행방은 끝내 알아낼 수가 없었다.

'분명히 여기에 넣어둔 것 같은데.'

다른 사람들이 그 모습을 보고 도대체 무슨 영문인가, 하고 흘끔흘끔 쳐다봤지만 은경 씨는 그 사람들의 시선을 신경 쓸 겨를조차 없었다. 오로지 이천만 원짜리 쓰다 만 연필을 찾는 데에만 온 정신을 다 쏟아 부었기 때문이었다.

'아. 무슨 바보 같은 짓이람. 쓰다 만 연필 하나가 이천이나 할 리가 없잖아!'

그런 생각을 하며 털썩 자리에 주저앉아 있는데, 양홍이 걱정스러운 표정으로 다가오더니 은경 씨를 가만히 휴게실로 불러냈다.

"무슨 일 있어?"

양홍이 물었다. 그러자 은경 씨는 희정 씨에게서 들은 초록연필의 내막을 그에게도 자세히 들려주었다.

"뭐, 그게 이천?"

양홍이 깜짝 놀라 은경 씨에게 되묻자, 은경 씨가 조용히 고개를 끄덕였다. 순간 양홍의 두 눈이 밝게 빛났다. 그는 자기가 쓰던 초록연필을 어디에 처박아 두었는지를 떠올리려고 한참 동안이나 말없이 기억을 더듬었다. 그러나 기억은 좀처럼 떠오를 줄을 몰랐다.

예언자 베르데 씨의 조치

루까스 베르데는 영리한 아이였다.

"영리하긴 뭐가 영리해? 셈은 하나도 못하는 자식이."

그의 아버지는 늘 그런 말로 아들을 깎아 내렸다. 겸손이 아니었다. 그는 진심으로 아들을 멍청이라고 생각하고 있었다. 셈을 잘 못해서 마음 놓고 가게를 맡길 수가 없었기 때문이다. 하지만 루까스 베르데가 영리한 아이라는 사실을 모르는 사람은 아무도 없었다. 그는 영리하기만 한 게 아니라 언제나 밝고 성실한 성격에, 강직하고 경건한 성품까지 지니고 있었다.

사람들은 모두 그가 신부님이 될 거라고 생각했다. 그러나 결국은 그렇게 되지 못했다. 아버지 베르데 씨 때문이었다. 페드로 신부는 그 일을 두고두고 안타까워했지만, 그렇다고 아이를 납치해다가 강제로 사제로 만들어버릴 수도 없는 노릇이었다.

사실 루까스는 학교를 제대로 다녀 본 적이 없었다. 늘 아버지를 따라다니며 장사를 거들어야 했기 때문이다. 그래도 그는 학교에 다니는 그 어떤 아이보다도 글 읽는 법을 빨리 배웠다. 심지어 쓸 줄도 알았다. 동네 사람들은 도대체 누가 그에게 글을 가르치는지 궁금했지만, 사실 루까스에게는 숨겨둔 선생님이나 특별한 공부 비법 같은 것이 필요하지 않았다. 그저 남들보다 좀 더 노력했을 뿐이었다. 그는 그만큼 영리했다.

열한 살이 되었을 때, 루까스 베르데는 드디어 예언을 하기 시작했다.

"내일은 눈이 와요."

절대로 눈이 내리지 않는 계절이었다. 물론 아버지는 아들의 말을 완전히 무시했다. 다음날 진짜로 눈이 내렸다.

또 어느 날은 이런 예언을 남겼다.

"조금 전에 할머니가 돌아가셨어요."

그 말에 아버지는 몽둥이를 집어 들더니 루까스의 머리를 사정없이 두들겨 패기 시작했다.

"망할 놈의 자식!"

루까스는 어머니가 말리는 틈에 아버지의 매질로부터 벗어나 멀리멀리 달아났다. 그리고 그날 오후에 아버지는 삼촌으로부터 전보한 통을 받았다. 이번에도 역시 루까스의 말이 맞았다.

루까스는 그 뒤로도 많은 일들을 알아맞혔지만, 아버지는 그 사실을 다른 사람들에게 알리지 않았다. 아들을 사랑했기 때문이다. 하지만 루까스가 예언한 날에 아버지가 세상을 떠나고, 이듬해에 루까스의 예언대로 어머니가 그를 홀로 남겨두고 어디론가 달아나버리자 루까스의 예언은 서서히 세상에 알려지기 시작했다. 이제 세상에는 아버지만큼 그를 사랑하는 사람이 단 한 명도 남아 있지 않았기 때문이다.

"아들일까요, 딸일까요?"

"이번 제 사업은 어떻게 될까요?"

많은 사람들이 예언자 베르데 씨에게 그런 사소한 것들을 물어 오곤 했다.

"그 애가 내 고백을 받아줄까?"

하고 묻는 아이도 있었다. 루까스 베르데는 생계를 유지하느라 온몸이 고달팠지만, 간절히 알고 싶은 일이 있는 사람이라면 누구에게나 친절하게 예언을 베풀었다.

"간절히 원하지도 않으면서 시험 삼아 물어보는 거라면 저 역시 장난삼아 아무 대답이나 해 드릴 수도 있어요."

영민한 베르데 씨는 늘 그렇게 말했다. 그리고 예언의 대가로 절대 돈이나 음식이나 물건을 받지 않았다. 정 뭔가를 주고 싶다면 그저 노래나 한 곡 불러 줬으면 좋겠다고 했다.

그는 한 달에 열 번 넘게 사소한 예언을 했고, 그중 단 두 번 정도만이 듣기 좋은 이야기였다. 그래도 사람들은 계속해서 물어볼 거리를 만들어 왔고, 어느덧 그는 아주 멀리 떨어진 곳에 사는 사람들까지도 편지나 전보로 예언을 부탁해 올 만큼 유명한 예언자가 되어 있었다. 답장해야 할 편지가 너무나 많아져서 이제는 미겔 씨의 도움을 받지 않으면 도저히 안 될 지경에 이르렀을 때 루까스는 비로소 그 명성을 바탕으로 간신히 생계를 유지할 수 있게 되었다.

이처럼 루까스는 평생 수없이 많은 예언을 남겼지만, 예언자 루까스 베르데의 일생에서 가장 중요한 예언 한 가지를 꼽자면 그것은 단연코 그가 스물다섯 살 되던 해에 남긴, 세상을 파멸로 몰고 갈 악마에 관한 예언일 것이다. 그가 처음으로 그 이야기를 들려주었을 때, 미겔 씨는 그에게 이런 질문을 던졌다.

"세상을 파멸로 몰고 가는 악마라고? 특이하구나. 도대체 누가 그런 걸 물어보더냐?"

그 질문은 단순히 예언의 수취인이 누구인지를 물은 것에 불과했다. 당시 미겔 씨가 주로 맡아 하던 일이라는 게 바로 베르데 씨의 예언을 편지나 전보로 의뢰인에게 다시 전해 주는 일이었기 때문이다. 예언자는 이렇게 대답했다.

"아무도 묻지 않았어요."

"그럼 그 예언은 누구한테 보내야 해?"

예언자 베르데 씨는 잠깐 생각에 잠겨 있더니 떨리는 목소리로 이렇게 말했다.

"모두에게 전해야 할 것 같아요."

나중에 베르데 씨는 그날 자신의 머릿속을 가득 채운 그 목소리는 신의 목소리가 분명하다고 말했다. 중간에 아무것도 거치지 않은 채 신으로부터 자신에게로 직접 전해진 소리가 틀림없다는 것이었다. 그는 그때까지 해 오던 사소한 일들에 관한 예언을 모두 접고 진짜 예언자가 해야 할 일을 하기 시작했다. 우선은 그날 신으로부터 들은 이야기를 곰곰이 되새긴 다음 일기장에 꼼꼼하게 기록하는 일부터 시작했다.

가장 까다로운 일은 악마가 도래하는 날짜에 대한 수수께끼 같은 말씀을 이해하고 또 풀이해 내는 일이었다.

'하늘의 문이 다시 열린 날로부터 570주기, 한 주기는 바다가 땅을 품는 시간 동안.'

그렇게 시작되는 열네 줄짜리 수수께끼를 푸는 데 무려 넉 달의 시간이 흘렀다. 수수께끼가 풀리자 그는 곧 밖으로 나가, "심판의 날이 가까웠습니다!" 하고 외치기 시작했다. 계산 결과는 놀라웠다. 겨우 3년 남짓. 심판의 날은 정말로 가까이에 다가와 있었던 것이다.

예언자는 그 짧은 시간 동안 자신이 세상을 구하기 위해 해야 할 모든 일을 다 해낼 수 있을지 걱정스러웠다. 다행히 평소에 그의 성품을 잘 알고 있던 사람들이, 그것도 생각보다 훨씬 많은 사람들이, 절대적인 신뢰를 보이며 그의 말을 따랐다. 그리고 그 무리는 자연스럽게 커져만 갔다. 그의 성실한 인품과 그동안 쌓아 온 명성 때문이었다.

재산을 보태고 손을 보태는 사람들의 숫자가 하루가 다르게 불어나는 것을 보고 베르데 씨는 어쩌면 주어진 시간 안에 모든 일을 다 해낼 수 있을지도 모른다는 희망을 갖게 되었다. 악마를 퇴치할 봉인을 만드는 일을! 그래서 그는 그 어느 때보다 열심히 일했다. 하지만 3년이 지나고 4년이 지날 때까지도 종말의 날은 오지 않았다.

사기꾼 베르데! 그는 결국 사기꾼으로 낙인찍혔다. 그는 모든 예언을 중단했다. 어차피 이제는 그에게서 예언을 들으려고 하는 사람도 별로 없었다. 심지어 누군가는 그가 지금껏 예언자 행세를 하기 위해 사용했던 크고 작은 속임수들을 낱낱이 밝혀냈다고 떠들어대기까지 했다. 그는 절망에 빠졌다.

"내가 미쳤었나 봐요. 그게 하느님의 소리라고, 오만하게, 그렇게 믿었어요. 믿어 의심치 않았죠. 내 머릿속에 들어온 이야기니까 이건 분명 예언이라고. 미쳤었나 봐요. 예언은 틀렸어요. 이제 모두 고향으로 돌아가세요. 미안합니다. 남은 재산은 다 가지고 돌아가세요. 제 것은 남기지 마세요. 미안합니다. 정말 미안합니다."

그는 마지막 인사를 남기고는 혼자서 쓸쓸히 세상 저편으로 사라졌다. 사람들은 모두 그가 스스로 목숨을 끊은 줄로만 알았다.

하지만 5년이 지난 뒤, 그는 어느 연필공장의 평범한 노동자가 되어 있었다. 그는 이제 예언자가 아니었다. 그는 신께 용서를 구하는 마음으로 정성스럽게 연필을 만들었다. 잠깐 실수를 범했을지는 모르지만, 언제나 그랬듯 그는 성실하고 영리했으며 또한 한결같이 영감으로 가득 차 있었다. 그리고 그로부터 15년 뒤에, 그는 결국 세계 최고의 연필 장인이 되어 있었다. 누구나 존경해 마지않는 최고의 기술자.

그러나 그 모습마저도 못내 아쉬웠던지, 평생 베르데 씨의 삶을 말없이 지켜봐 준 아버지보다도 더 아버지 같은 조언자 미겔 씨는, 임종 직전에 베르데 씨를 불러 이렇게 말했다.

"예언을 그만둔 지 한 25년쯤 됐나? 그때는 진짜 굉장했는데. 그거 알아? 자네는 특별한 사람이야. 연필이나 만들고 있을 사람이 아니지. 그런데 말이야, 이 연필, 나는 자네가 이런 거나 만들고 있는 게 영 마음에 안 들었어. 존경받는 일이지만 그래도 어딘지 부족하다는 느낌이 들었거든. 그런데도 이 연필은 언제나 그 아쉬운 생각을 뛰어넘어. 나는 이 연필을 보는 게 자네 곁에서 늘 예언을 받아 적곤 하던 그 시절만큼이나 감동적이거든. 그냥 연필일 뿐인데, 참 신기하지? 몇 번을 말해 줘도 부족할 것 같은데, 이제 더 이상은 해줄 수가 없게 됐네. 자네는 말이야, 정말로 정말로 특별한 사람이야."

미겔 씨가 세상을 떠나자 베르데 씨는 새삼 자신을 무겁게 짓누르는 세월의 무게를 절감했다. 그리고 그 길로 공장을 떠났다.

은퇴한 뒤에도 베르데 씨는 사치나 향락에 빠지는 일 없이 하루하루를 소박하고 경건하게 살았다. 그리고 어느 날 문득, 스물다섯 그

젊은 나이에, 그것도 예언자로 첫발을 내딛던 바로 그 순간에, 자신이 저지른 결정적인 실수 하나를 깨달았다.

'아, 이런 멍청한 자식! 어째서 심판의 날이 3년밖에 안 남았다고 계산한 거지? 아! 이 무슨 짓이람. 3년이 뭐야! 83년이나 남아 있었던 거잖아!'

얼굴이 화끈 달아올랐다. 그렇게 중요한 순간에 셈을 틀려버리다니. 너무나 늦은 깨달음이었다. 그러면서 다른 한편으로는 이런 생각이 들었다.

'그렇다면 예언이 틀린 게 아닐지도 모르잖아. 하지만 어쩌지? 심판의 날은 20년도 넘게 남았는데 그때까지 내가 살아나 있을까.'

그는 생각에 잠겼다. 소박했던 생애 그 어느 순간보다도 깊고 고요한 침묵 속에서, 그는 신과 자기 자신과 세상과 인간에 대해 명상했다. 그리고 예언과 악마, 봉인에 대해 생각했다.

아무래도 그냥 내버려 둘 수는 없었다. 뭔가 조치를 취해야 했다. 신은 왜 하필 악마가 부활하는 날 당일에 이 세상에 살아 있을지 아닐지도 모르는 자에게 예언자의 임무를 맡겼을까. 그걸로도 충분하다는 뜻이었을까. 만약 그렇다면 이제 얼마 남지 않은 수명이 완전히 다 꺼져버리기 전에 뭔가 적절한 조치를 취해야 하는 게 아닐까.

명상에 잠긴 지 열흘 만에 그는 자리에서 벌떡 일어나 자기 소유의 연필공장으로 달려갔다. 그러고는 가동 중이던 모든 생산라인을 중지시키고, 실로 오랜만에 자신이 직접 연필을 만들기 시작했다. 그렇게 만들어진 연필이 모두 1,000자루였다. 연필 장인 루까스 베르데의 한정판 연필 세트.

괜찮은 아이디어였다. 적어도 공장장 마르띠네스 씨의 눈에는 베르데 씨의 기행이 그렇게 부정적인 것으로만 보이지는 않았다. 하지만 베르데 씨가 그 1,000자루의 특제 연필을 별로 특별할 것도 없는 방식으로 문방구를 통해 아무렇게나 시장에 유통시켜버리는 것을 보고는 의아한 생각이 들 수밖에 없었다. 그래서 그는 이런 말을 해 줄 생각으로 베르데 씨를 찾아갔다.

"베르데 씨. 그 연필, 사실 꽤 괜찮은 아이디어였어요. 우리 공장이 이 업계에서 계속해서 살아남으려면 당신의 명성을 중심으로 일종의 예술품에 버금가는 가치를 지닌 연필을 소량 한정생산하는 방식이 경쟁력이 있을 거라고 봤거든요. 그러니까 좀 더 본격적으로 준비해 보는 게 어떨까요? 유통망도 좀 더 신경 쓰고, 홍보 전문가도 한번 만나보고요."

베르데 씨와 그의 삶에 가장 중요한 전환점이 될지도 모르는 시점이었다. 하지만 그가 베르데 씨를 찾아갔을 때, 연필 장인 베르데 씨는 이미 세상을 떠난 뒤였다.

방류─은경 씨와 양홍의 관측

초록연필들은 이제 거의 눈에 띄지 않았다. 완전히 안 보이게 됐다고 해도 무리가 아니었다. 은경 씨와 양홍은 자신들이 각각 하나씩 가지고 있던 초록연필이 도대체 언제 수중에서 떠났는지를 기억해 내지 못했다. 사무용품이라는 게 원래 그런 거였으니까. 그중에서도 특히 필기구라는 건, 누구의 손에서 시작돼서 누구의 손으로 가는지 도저히 행방을 알 수가 없는 법이었다. 실제로 양홍은 자기가 직접 캐비닛에서 볼펜이나 샤프를 꺼내 본 기억이 없었지만 그의 연필꽂이에는 10여 종의 필기구가 색깔별로 꽂혀 있기도 했다.

필기구의 관점에서 사무실은 일종의 작은 생태계 같은 곳이었다. 누군가는 끊임없이 새 볼펜을 사다 놓고, 누군가는 심심하면 캐비닛으로 달려가 새 볼펜을 꺼내고, 누군가는 회의실이나 남의 책상 위에 질질 흘리고 다니고, 누군가는 자꾸만 땅바닥에 떨어뜨리고, 누군가는 그게 얼마나 더러운지도 모르고 한쪽 끝을 씹어대고, 또 누군가는 연필꽂이에 쓰지도 않는 볼펜을 수십 개씩 꽂아 두기도 했다.

"그러니까 볼펜 팔자는 사람들이 1년에 볼펜을 몇 개나 쓰는지 평균적으로 계산해서 알 수 있는 게 아니라니깐. 평생 한 주인만 모시고 사는 게 아니라 사무실 안을 둥둥 떠다니면서 사니까."

은경 씨는 필기구들이 각자에게 주어진 물리학적 수명이 아니라, 사회적으로 부여되는 저마다의 운명에 따라 살아간다고 생각했다. 필기구들은 사무실이라는 생태계 속을 사람들이 생각하는 것보다 훨씬 더 활발하게 떠다니곤 했지만 그 사무실 단위로 만들어진 어항을 벗어나는 경우는 많지 않아 보였기 때문이다. 그리고 물론 이 어항은 필기구들 스스로가 만들어 낸 것이 아니라 사람들이 살고 있는 어항을 그대로 이용하는 것에 불과했다.

은경 씨는 그 작은 어항 안에도 일종의 해류가 흐르고 있다는 것을 직감했다. 볼펜들이 사무실 안을 헤엄쳐 가는 방향에도 어떤 경향성 같은 게 있을 거라는 생각이었다. 물론 그 흐름은 볼펜 스스로가 만들어 내는 흐름이 아니라 그 안에 사는 사람들이 만들어 낸 관계의 흐름을 그대로 따라가는 것에 불과할 것이다. 은경 씨의 가설은 꽤 단순했다.

"그러니까 플러스 펜을 사다가 사무실에 뿌려 놓는 거야. 우리만 알아볼 수 있게 표시를 해 두는 거지. 그리고 그걸 주기적으로 확인하는 거야. 플러스 펜이 흘러가는 방향을 알아낼 수 있으면 초록연필들이 흘러 들어간 곳도 알 수 있지 않을까."

양홍이 은경 씨를 멀뚱멀뚱 쳐다보다가 물었다.

"그러니까 그 녹색 연필이 남박사 손에 넘어갔다가 윤박사한테 넘어간 것처럼 플러스 펜도 어디론가 흘러간다는 거야?"

"그렇지. 그 흐름. 그걸 따라가면 사라진 초록연필들의 무덤이 나오는 거야. 어때? 완전 보물지도잖아."

양홍은 은경 씨의 가설에 내심 감탄했지만 겉으로는 전혀 내색하지 않았다. 그는 덤덤하게 한 가지를 더 물었다.

"니 가설은, 필기구들이 권력을 따라 흘러간다는 말이야?"

한참을 고민하더니 은경 씨가 대답했다.

"응. 그런 거 있잖아. 예를 들면 결재서류 들고 들어갔다가 사인펜은 돌려받지 못하고 사인만 받아 오는 경우. 보고하는 입장에서는 어차피 별로 값나가는 것도 아니고, 새 거 하나 꺼내면 되니까 굳이 돌려달라고 말을 하지 않지. 회의실 같은 데서 옆 사람 걸 별 생각 없이 빌렸다가 그대로 가져가버리는 경우도 있겠지. 가져가는 쪽에서도 딴생각 하다 보니 별 생각 없이 챙겨버린 걸 거고, 뺏긴 쪽도 굳이 돌려받을 필요가 없고. 무의식적으로 결정돼 있는 서열 때문이라고 해야 되나. 아무튼 그런 식으로 작은 경사가 만들어지는 거겠지. 그 경사를 따라서 흐름이 생겨나는 거고."

양홍은 그 말을 듣고 또 한참을 생각하다가 마침내 입을 열고는 이렇게 물었다.

"그런데 그 가설에는 문제가 있어. 그럼 높은 사람일수록 필기구를 더 많이 가지고 있어야 하잖아. 그럼 과장이나 부장 연필꽂이에는 볼펜이 엄청나게 많이 꽂혀 있어야 될 거 아니야. 그런 식으로 따지면, 사장 연필꽂이는 도대체 얼마나 커야 되는 거야?"

"풋, 그런가. 그럴지도 모르지. 하지만 말이야, 흐름이 왜 만들어지는지 과정을 꼭 설명할 필요는 없잖아. 우리는 그냥 해류가 어디로 흘러가는지 모양만 알면 되니까. 더 힘 있는 사람한테 흘러가는지 제일 힘 없는 사람들한테 뿌려지는지 아니면 이상한 인간 하나가 다 긁어 가는지는 모르겠지만, 우리는 그냥 그게 흘러가는 데가 어딘지만 체크하면 돼. 우리한테 필요한 건 이론이 아니라 법칙이니까. 안 그래?"

양홍이 동의하자 그들은 곧 실험 설계에 들어갔다. 다음날 두 사람은 플러스 펜 100개를 분해해서 안에다 조그만 칩을 심었다. 칩에는 자체적인 전원이 연결되어 있지 않았지만, 연구자가 전기 에너지를 공간 전체에 흘려보내면, 그렇게 얻은 미세한 에너지를 활용해 각각의 칩에 부여된 고유한 식별신호를 다시 연구자가 있는 곳으로 송출하는 것 정도는 가능했다.

양홍은 회사에서 주로 쓰는 다른 테스트 칩들과 주파수대가 겹치지 않도록 칩들의 주파수를 조정했다. 은경 씨는 그 100개의 플러스 펜을 초록연필이 처음 놓여 있었던 곳과 동일한 곳, 즉 사무용품 캐비닛에 모두 방류했다.

다음날 일과가 시작되고 약 세 시간 후에 첫 번째 플러스 펜이 어항 속으로 헤엄쳐 들어갔다. 두 사람은 가끔 밤늦게까지 사무실에 남아서 센서를 들고 사무실 구석구석을 돌아다니며 플러스 펜들의 위치를 확인하곤 했다. 양홍은 은경 씨가 그 자료를 모아다가 플러스 펜들의 해류를 열심히 손으로 그리는 모습을 보고, 은경 씨의 뒤통수를 가볍게 툭, 치면서 이렇게 말했다.

"하여튼 문과생들 하는 짓하고는. 열 개밖에 안 풀려 있으니까 손으로 그릴 생각을 하지, 백 개 다 풀린 다음에는 어쩔 건데?"

양홍은 자료를 자기 컴퓨터에 옮겨 놓고 뭔가를 만지작거렸다. 그러자 자료는 어느새 그림으로 변해 있다. 은경 씨가 보기에 그 광경은 거의 마법에 가까웠다. 혹은 기적에 가까웠을지도 모른다.

플러스 펜이 모두 방류되기까지는 넉 달이 걸렸다. 석 달 정도가 지났을 때, 양홍은 은경 씨와 상의해서 아직도 사무실로 들어가지 못하고 남아 있는 플러스 펜들을 전부 인공 방류했다. 즉, 나머지 30여 자루를 사무실이나 회의실, 휴게실 같은 곳에 몰래 갖다 놓았다. 1주일 뒤에 확인해 본 결과 새로 풀어 놓은 펜들은 그럭저럭 사무실 생태계에 무사히 진입한 것 같았다. 누군가의 소유임을 확인할 수 있는 구역에 놓여 있거나, 아니면 그 구역을 벗어나 다른 사람의 소유 구역으로 넘어가는 식의 안정적인 패턴을 보이기 시작했다는 의미였다.

그 넉 달 동안, 방류된 플러스 펜들은 꽤 복잡한 경로를 통해 사무실 여기저기를 헤엄쳐 다녔다. 심지어 47번 펜은 한동안 사무실에서 완전히 사라졌다가 한참 후에야 다시 나타나기도 했다. 막 백 개가 다 풀렸을 시점에는 사무실 생태계 내에 플러스 펜 밀도가 완전 포화상태에 들어갔는지, 펜들의 흐름이 오히려 처음보다 약간 둔화되는 듯했다. 하지만 시간이 지나자 차차 생태계의 포화상태가 해소되면서 다시 움직임이 활발해지기 시작했다.

플러스 펜들의 가장 기본적인 행동 패턴은 역시 한자리에 가만히 머물러 있는 것이었다. 이 경우에는 직접 플러스 펜의 수명을 확인할 필요가 있었는데, 심이 뭉툭하게 닳아 가고 있다면 실제로 사용되고 있는 것이고 그렇지 않다면 쓸데없이 연필꽂이에 꽂혀 있기만 한 것으로 판단해야 했다. 한자리에 머물러 있는 것들 중 대략 31개 정도의 펜이 실제로 사용되고 있는 것으로 확인되었는데, 사무실 전체로 보면 한 명당 평균 2.7개의 펜이 실제 업무에 사용되고 있는 셈이었다.

전혀 사용되지 않으면서도 한자리를 지키고 있는 펜은 대략 18개였다. 나머지 50개 정도는 헤엄을 치고 있었다. 필기구로서 정상적으로 소모되는 게 아니라, 사무실 안 생태계에서 생겨나는 작은 해류를 따라 사무실 여기저기를 옮겨 다니고 있었다는 뜻이다. 그중에는 34번 펜처럼 은경 씨를 제외한 모든 사무실 사람들의 손을 거쳐 간 것도 있고, 22번 펜처럼 단 두 사람 사이를 여섯 번이나 왔다 갔다 한 펜도 있었다.

"이 두 사람 수상한 거지? 연애하나?"

은경 씨가 말했다. 양홍은 고개를 끄덕였다.

그런 재미있는 결과들이 종종 나타나곤 했지만, 은경 씨가 말한 거대한 해류 같은 것이 드러나려면 시간이 좀 더 필요할 것 같았다. 아니면 펜들의 위치를 체크하는 간격을 좀 더 조밀하게 하는 게 좋을지도 몰랐다.

그러는 사이에 초록연필은 사무실에서 완전히 자취를 감춰버렸다. 생각해 보면 초록연필 12개가 보이지 않는 물살에 떠내려가 완전히 모습을 감추는 때까지 걸린 시간이 무려 11개월이었다. 그만큼 느린 물살이라는 의미였다. 해류를 보기까지는 그만큼 긴 시간이 필요했던 것이다. 그 시간이 어찌나 긴 시간이었던지 완전 방류가 끝나고 다시 두 달을 기다리는 동안 양홍과 은경 씨는 세 번을 크게 다투고 다시 세 번을 화해했다. 실험은 곧 별 의미 없는 일상이 되어버릴 위기에 처하고 말았지만, 그래도 완전히 중단되지는 않았다.

해류가 본격적으로 나타나기 시작한 것은 완전 방류 후 넉 달째 되는 달부터였다. 연말이 다가오고, 회사 전체가 연구보고서 집필에 매달리는 시기가 다가오자 펜들은 보다 활발하게 헤엄을 치기 시작했다. 거기에 새 총통이 정부 조직개편을 단행하고, 대대적인 구조조정과 인원 감축이 예고되는 가운데 정부출연 연구기관들이 다음 연도 예산 확보를 위해 사활을 걸고 움직여야 하는 시점이 되자, 어항 속은 전에 없이 활기를 띠게 되었다. 그렇게 사무실 한가운데 상어 한 마리를 풀어 놓은 듯한 긴장감이 조성되고 단 일주일 만에, 드디어 플러스 펜들이 무리를 이루면서 어떤 특정한 방향을 향해 일제히 머리를 트는 장면이 목격되었다. 마침내 해류가 모습을 드러낸 것이다.

플러스 펜의 무리. 그 날렵하고 새까만 플라스틱 물고기들이 결국 어느 곳을 향해 흘러가고 있었는지를 눈으로 확인하는 순간, 은경 씨와 양홍은 그만 흠칫 놀라고 말았다. 결론을 내리기에는 좀 섣부른 감이 있었지만, 말도 안 된다고 생각했던 최초의 가설이 사실로 드러나는 듯한 순간이었다.

그 여정의 종착점은 바로 권력이었다. 물고기들이 지향하는 곳에는 다름 아닌 권력이 놓여 있었던 것이다. 그것도 보고서 결재라인에서 드러나는 외형적이고 형식적인 권력이 아닌, 실제로 작동하는 현실적인 권력이었다. 플러스 펜들이 향하는 해류의 끝에는 겉으로는 드러나지 않았던 사무실 실세 윤박사가 떡하니 놓여 있었던 것이다.

은경 씨는 몇 달 전에 초록연필들이 남박사를 거쳐 윤박사 쪽으로 흘러가는 모습을 목격했던 일이 떠올랐다. 윤박사의 방에는 최고 스물네 마리나 되는 플러스 펜들이 흘러 들어갔다. 그러고는 다시 빠져나오지 않았다. 테이블 위에 온통 지저분하게 널려 있는 책들이며 온갖 인쇄물들, 그리고 아무렇게나 구겨져 있는 종이 낱장 사이에, 무려 스무 자루가 넘는 칩 달린 플러스 펜들이 마치 무덤 속에 갇힌 듯 가만히 처박혀 있는 모양이었다.

과정이 어땠는지는 알 수 없었다. 윤박사가 사람들을 직접 협박해서 빼앗았는지, 사람들이 알아서 갖다 바쳤는지, 가위바위보를 해서 얻었는지. 그러나 그 일의 결과는 단순하고 명료했다. 은경 씨와 양홍은 드디어 필기구들의 무덤을 발견했다고 생각했다. 그러자 그곳에 잠들어 있을 이천만 원짜리 명품 연필의 은은한 흑연 향이 어렴풋이 코를 간지럽히는 것만 같았다.

그러나 그들이 마침내 윤박사의 연구실을 습격하기로 마음먹었을 때쯤, 플러스 펜들은 새로운 움직임을 나타내기 시작했다. 하나둘씩, 느리지만 분명한 패턴으로, 검은 물고기 몇 마리가 사라지고 있었다. 윤박사의 방을 떠나, 신호가 잡히지 않는 사무실 밖 어딘가로. 실종이었다.

"윤박사 방 털었다가 허탕 칠지도 모르겠는데."

양홍이 말했다. 은경 씨도 그 말에 동의했다. 은경 씨는 초록연필이 최이사의 손에 들어간 적이 있다는 사실을 떠올렸다. 사무실 밖으로 유출될 가능성이 있었던 것이다. 은경 씨는 윤박사의 방이 필기구들의 무덤이 아니고, 필기구들이 사무실 생태계를 헤엄치다 밖으로 빠져나가기 위해 들르는 통로에 불과할지도 모른다는 생각이 들었다.

실험은 다시 연장되었다. 뿐만 아니라 체크해야 할 공간의 범위도 늘어났다. 2층으로, 그리고 3층으로. 연구부서들이 모여 있는 1층을 벗어나 관리부서나 기획부서가 있는 2층으로 탐색 범위를 확대하자 사라진 물고기들이 하나둘씩 나타나기 시작했다. 그리고 이 물고기들은 2층에서조차 그리 오래 머물지 못하고 다시 한 번 어디론가 사라지는 것이었다.

"설마 3층?"

탐색 범위를 한 층 더 확대하는 것은 두 사람에게도 꽤 부담스러운 일이었다. 그러지 않아도 이미 실험 규모가 예상외로 너무 커져 있었기 때문이다. 하지만 1층이나 2층에서 사라진 물고기들의 일부가 3층에서 헤엄치는 장면이 목격되자 두 사람은 수색을 그만둘 수가 없었다. 게다가 검은 물고기들이 좀 더 빨리 헤엄쳐 주기만 한다면 조금 앞서서 그 해류를 지나쳐간 초록색 명품 연필들의 대열을 가까스로 따라잡을 수 있을지도 모른다는 생각까지 더해지면서, 연구는 점점 확장에 확장을 거듭해 갔다.

다시 한 달이 지나자 플러스 펜 중 제일 빠른 놈 하나가 17층까지 올라갔다가 사라지는 모습이 관찰되었다. 반년 뒤에는 또 한 자루의 용맹한 플러스 펜이 맨 꼭대기 층인 24층을 돌파하는 데 성공한 것으로 나타났다. 그리고 플러스 펜 사상최초로 24층에 도달한 그 용감한 플러스 펜 5호는, 2주 후에 다시 어디론가 사라졌다.

"어디로 간 거지? 폐기된 건가?"

물론 쓰레기통은 아니었을 것이다. 그렇다고 더 높은 층으로 올라가버린 것도 아닐 것이다. 위층에는 이제 헬리콥터 착륙장밖에 남아 있지 않았다. 은경 씨는 플러스 펜 5호가, 회사라는 거대한 생태계를 넘어 더 넓은 바다로 흘러 들어갔을 것이라고 생각했다. 아무 근거자료도 없이 감으로만 내린 판단이었지만 양홍 역시 그 말에 적극 동의했다. 그도 그럴 것이 플러스 펜 5호는 그동안 관찰해 온 100개의 플러스 펜 중에서도 가장 무서운 기세로 출세가도를 달려온 그야말로 엘리트 펜이었기 때문이다.

"우리보다 낫네."

"그러게. 저 정도면 해외에서도 통하겠다."

그러나 그 잘나가던 플러스 펜 5호조차도 결국 초록연필 무리의 마지막 주자를 따라잡는 데는 실패하고 말았다. 양홍과 은경 씨는,

필기구들의 해류가, 1층에서부터 시작해서 24층까지, 거의 회사 전체를 관통하는 어마어마한 규모의 역류 생태계라는 사실을 깨닫고는 결국 실험을 중단하고 말았다. 아무튼 그 건물은 24층이 끝이었고, 필기구들의 물살이 24층보다 더 높은 곳에 있는 어딘가를 향해 계속해서 뻗어 나가는 것이라면, 그 순간 초록연필들이 헤엄치고 있을 바다라는 건 이미 그들이 손댈 수 있는 영역을 완전히 벗어난 신성불가침의 영역일 거라는 판단이 섰기 때문이다.

초록연필의 역할

공장장 마르띠네스는 연필 장인 베르데 씨의 한결같은 신뢰를 받아 왔다. 베르데 씨가 죽고 나자 그는 이 유명한 연필 장인이 남긴 어마어마한 규모의 유산을 정리하는 일을 거의 혼자서 떠맡게 되었다. 그의 역할에 이의를 제기하는 사람은 아무도 없었다. 베르데 씨에게는 가족이 따로 없었고, 오직 공장장 마르띠네스만이 아들이나 다름없는 가까운 위치에서 오랫동안 베르데 씨를 보필해 왔기 때문이다.

마르띠네스는 베르데 씨의 재산에 욕심을 낸 적이 단 한 번도 없었다. 그러나 베르데 씨가 남긴 재산 목록을 보고는 마르띠네스 역시 깜짝 놀라지 않을 수 없었다. 그 어마어마했던 재산이, 아니 실상은 아무도 몰랐지만, 어마어마한 규모임에 틀림이 없다고 누구나 믿어 왔던 베르데 씨의 실제 자산 규모가, 사실상 동네 문방구 주인이 보유한 자산 규모보다 조금도 더 나을 게 없어 보였기 때문이다.

"이봐요, 로사. 루까스 아저씨는 그 많은 돈을 도대체 어디에다 다 쏟아 부은 걸까? 비싼 장난감이라도 사 모았나? 비행기나 차 같은 데 관심 가질 분은 아닌데. 혹시 도박에 손을 대셨나요?"

그는 곧 베르데 씨의 재산 처분 내역을 차근차근 하나씩 추적해 들어갔다. 그리고 머지않아 흥미로운 메모 하나를 발견하게 되었다.

– 인공위성 임대 3. 핵폭탄 1 –

인공위성 임대 세 건은 베르데 씨가 어느 유력 통신회사와 맺은 위성 임대계약에 의해 확인되었다. 그런데 베르데 씨 사후 17년 뒤부터 11년간 임대하기로 되어 있는 세 대의 위성은, 사실은 아직도 개발조차 되지 않은 계약서상의 위성에 불과했다. 임대라기보다는 리스크가 매우 높은 투자에 가까웠던 것이다. 베르데 씨가 왜 그런 말도 안 되는 계약 조건으로 그 어마어마한 돈을 지불했는지 이해는 잘 안 됐지만, 어쨌든 돈이 흘러간 내역에 관해서만큼은 의문의 여지가 없었다.

문제는 핵폭탄 한 건과 관련된 내용이었다. 인공위성 임대계약과는 달리 이쪽은 구체적인 증거가 전혀 남아 있지 않았다. 마르띠네스는 그런 이름의 신종 마약이 있는지, 혹은 그런 이름의 록그룹이나 스포츠 팀이 있는지 수소문했지만 결국 베르데 씨와 관련이 있을 만한 단서는 아무것도 찾아내지 못했다. 결국 마르띠네스는 그 사실을 몇몇 지인들에게 공개한 다음 유산정리 절차를 모두 마무리했다.

한편, 은경 씨와 양홍의 손을 떠난 초록연필들은 조금씩 조금씩 심지가 닳아 가면서 무려 19년 동안이나, 세상을 둘러싼 그 거대한 격류 속을 자유롭게 이리저리 헤엄쳐 다녔다. 그 1,000개의 쌍둥이들은 어디를 가나 대체로 좋은 대접을 받았지만, 50개 정도는 끝내 가치를 인정받지 못하고 부러지거나 쓰레기통에 버려지고 말았다. 그러나 조금이라도 가치를 인정받기 시작한 연필들은 예외 없이 모두, 세상을 감싸고 있는 그 도도한 권력의 해류를 따라 빠른 속도로 세상 구석구석을 헤엄쳐 다닐 수 있게 되었다.

지구 전체가 유난히 높은 기온에 시달렸던 어느 해가 끝나갈 무렵, 대기권 밖에 떠 있던 인공위성 하나가 짧고 강력한 신호를 내보내기 시작했다. 그 신호는 초록연필들의 연필심 제일 끝부분과 지우개 사이, 아무도 들여다본 적이 없는 비밀스러운 틈새에 박혀 있는 작고 값비싼 칩을 강하게 자극했다. 그러자 칩들은 저마다 간직하고 있던 고유한 신호들을 인공위성으로 다시 돌려보냈다.

베르데 씨가 그 칩들을 연필 하나하나에 이식했을 무렵에는 대기권 밖에서 그 신호들을 읽어낼 수 있는 기술이 아직 존재하지도 않았던 때였다. 그러나 인공위성이 신호를 보내기 시작한 지 1년이 지났을 때쯤 베르데 씨가 임대한 세 개의 위성들은, 세계 곳곳에 흩어져 있는 초록연필 950여 개가 내는 노래 하나하나를 헷갈리지 않고 정확히 식별할 수 있을 정도로 정교하고 영리하게 진화되어 있었다. 신호라고는 하지만 기껏해야 위치정보에 지나지 않는 간단한 숫자들. 그러나 그것만으로도 충분했다. 예언자 베르데 씨의 눈에는 분명히 그래 보였을 것이다.

세상을 떠나기 전, 베르데 씨의 고민은 자신이 죽고 난 다음에나 세상에 모습을 드러낼 악마를 누가 어떻게 알아볼 것인가, 하는 점이었다. 예언자가 사라져버린 세상에서 예언자를 대신해 악마를 봉인하는 막중한 임무를 띠고 태어난 구세주 초록연필들은, 베르데 씨의 뜻대로 거의 19년 동안이나 지느러미도 아가미도 없는 몸으로 세상 구석구석을 열심히 헤엄쳐 다니며 악마의 징후를 찾아 헤맸다.

그러던 어느날, 악마가 서서히 모습을 드러내기 시작했다. 히틀러 못지않은 사악한 정복자. 사람들의 지지로 권좌에 오르지만 그 힘으로 사람들의 피를 짜낼 악마. 이름을 알 수 없는 이 사악한 악마는, 역시 이름을 알 수 없는 어느 나라에서 서서히 세력을 늘려가기 시작했다.

초록연필들은 악마의 출현을 냄새로 알았다. 도저히 무리를 지을 수 없을 정도로 세상 구석구석에 넓고 고르게 흩뿌려져 있던 초록연필들은, 처음 헤엄치기 시작한 곳이 어디였든 상관없이 각자의 위치에서 1층을 박차고 올라 2층과 3층, 7층과 10층을 지나 67층, 125층, 그리고 233층 이상까지 높이 솟구쳐 올랐다. 더 이상 치고 올라갈 곳이 없는 곳에 다다르자 이 작고 성스러운 초록색 물고기들은, 옥상을 딛고 저 높고 높은 곳, 도저히 사람 손이 닿지 않는 신비한 해류에 온몸을 완전히 내맡기게 되었다. 그리고 그곳에서 거의 20년 동안 헤어져 지내던 수십 마리의 쌍둥이 형제들과 재회해 작은 무리를 만들어 갔다.

악마가 악취를 풍겨대기 시작한 지 석 달 만에 세상에는 모두 열일곱 개의 초록연필 무리가, 세상을 감싸고 흐르는 거대한 물살을 타고 세상 이곳저곳을 헤엄쳐 다니게 되었다. 그 물살은 불의와 정의를 판단하는 인간의 모든 감각을 분쇄할 만큼 빠르고 격하며 또한 본질적으로 불가사의한 것이었다. 하지만 초록연필의 단단한 피부는 그 모든 물살을 이겨낼 수 있을 만큼 튼튼하고 또 매력적이었다.

그 물살의 이름은 권력이었다. 열일곱으로 나뉜 초록연필의 무리는 조금이라도 더 강한 악취를 풍기는 악마가 있는 곳을 찾아 서서히 서서히 모여들기 시작했다.

그로부터 약 1년이 지나자 초록연필 무리는 아홉으로 줄었다. 물론 한 무리에 포함된 개체 수는 그만큼 늘어났다. 3년이 지나자 무리의 수는 셋으로 줄었고, 이듬해에는 다시 두 무리로 줄어들었다. 그러나 모든 연필들이 모여 마지막으로 하나의 거대한 무리를 이루기까지는 무려 5년이 넘는 시간이 걸렸다. 그만큼 신중한 과정이었다는 뜻이다.

1층을 떠난 지가 너무나 오래된 나머지 초록연필들은 땅 위에서 사람들이 겪고 있을 변화에 대해서는 무지할 수밖에 없었다. 어차피 초록연필들에게는 눈이나 귀가 달려 있지 않았으므로, 지상에 계속 머물러 있었다고 해도 역시 결과는 마찬가지였을지도 모른다.

그동안 지상에서는 악마가 사람들의 피를 짜내기 시작했다. 오래지 않아 악취가 온 바다를 뒤덮었다. 그럼에도 불구하고 악마는 사람들의 절대적인 지지를 받고 있었고 그 위에 정당하게 군림하고 있었다. 사람들은 아무도 악마를 알아보지 못했다. 오직 900개가량의 초록연필 떼만이, 조심스럽게 악마를 선별해 내고 있었다. 둘 중 하나, 인류를 파멸로 이끌 진짜 악마를.

굴레를 완전히 벗어던진 자본이 역사상 가장 포악한 이빨을 사람들의 심장 깊숙이 찔러 넣었다. 처음에는 그저 무언가를 지칭하는 기호에 불과했던 가짜 진리가 진짜 세상이 있던 자리를 대신 차지하고 앉아서 사람들의 귀에 지옥의 끔찍한 비명소리를 하루 종일 쉬지 않고 들려주고 있었다. 불행이 전염병처럼 양홍과 은경 씨의 척추를 점령하여 신경을 타고 온몸으로 뻗어 나갔다. 그들은 두 번 결혼하고 두 번 이혼했다. 양홍은 늙기 전에 실직했다. 은경 씨는 술에 찌들었다. 그리고 아이들은 무관심하게 버려졌다. 그래도 사람들은 세상이 점점 더 좋아진다고 믿었다. 이제 세상은 절대로 나쁜 길로 접어들 수 없을 만큼 탄탄한 기반 위에 놓이게 되었다고 믿었다.

전 세계에 흩뿌려진 AK-47 소총의 구부러진 탄창이 모두 무대 밖으로 물러나고 혁명이란 혁명, 투쟁이란 투쟁은 모조리 땅속 깊은 곳에 처박혀 다시는 깨어날 수 없는 긴 잠에 빠져버린 날, 둘 중 하나, 악마가 드디어 모습을 드러냈다. 비린내가 진동했다. 그러나 사람들은 아무도 그 냄새를 맡지 못했다. 곧이어 그가 일으킬 끔찍한 전쟁도, 그 뒤에 이어질 수백년 간의 파괴와 학살과 고문과 억압과 고난도, 사람들은 전혀 눈치 채지 못했다.

구세주 초록연필들은 재빨리 악마를 향해 모여들기 시작했다. 겨우 한 달이 지났을 무렵, 드디어 모습을 드러낸 악마 근처에서는 849마리나 되는 초록연필들이 거친 물살을 가르며 헤엄치고 있었다. 베르데 씨의 인공위성은, 처음 세상에 방류되었을 때 이후로 가장 거대한 초록연필 무리가 만들어진 것을 보고, 조심스럽게 마지막 확인 신호를 내려 보냈다.

"반경 50미터 안에 845개체 이상이 모였습니까?"

845. 예언자 베르데 씨가 남긴 조건대로였다. 지난 수십 년간 위성

은 항상 똑같은 질문을 던지고 있었지만 대답은 언제나 '부정'이었다. 그러나 이번에는 달랐다. 초록연필들은 처음으로 이렇게 대답했다.

"모였습니다."

"다시 확인합니다. 반경 50미터 안에 845개체 이상이 모였습니까?"

"확인합니다. 모였습니다."

"마지막 확인입니다. 루까스 베르데가 말한 조건이 모두 갖추어졌습니까?"

"갖추어졌습니다."

"수고하셨습니다. 임무를 마쳤으니 이제 편안히 쉬십시오."

그로부터 3시간 뒤에, 예언자 베르데가 전 재산을 털어 구입한 구형 핵폭탄 하나가 대기권 밖에서부터 지상으로 내려왔다. 우주가 억지로 짜낸 한 방울의 눈물 같은 모양이었다. 물론 그 폭탄은 베르데 씨가 임대한 세 개의 위성으로부터가 아니라 아무에게도 구입 내역이 알려지지 않은 폐기 직전의 어느 낡은 군사위성으로부터 투하되었다.

강렬한 섬광이, 외부의 적에 대해 아직 완전 무방비 상태인 도시를 훑고 지나갔다. 섬광의 중심으로부터 뜨거운 폭풍이 밀려나왔다가 다시 중심을 향해 빠른 속도로 밀려들어갔다. 그러자 눈 깜짝할 사이에 악마가 봉인되었다.

그러나 바로 그 순간, 예언에 참여한 845개를 포함해서, 그 도시 전역에 모여 있던 총 877개의 초록연필과 2백 7십만 명이 넘는 사람들의 목숨 또한 흔적도 없이 사라지고 말았다. 사람들은 루까스 베르데야말로 악마의 화신이 틀림없다고 기록했다.

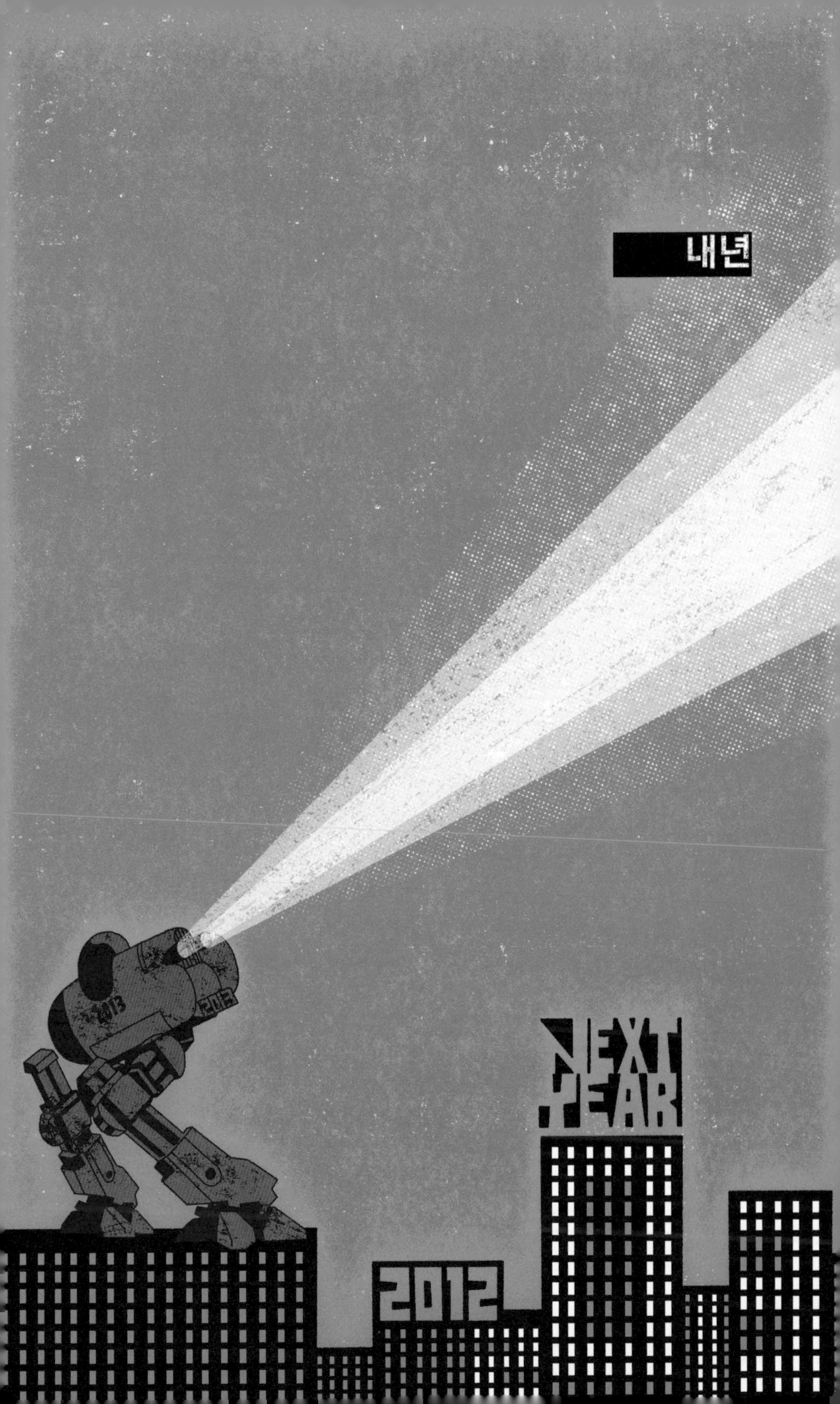
내년
2013
2013
NEXT
YEAR
2012

1.

        197일째 비가 내렸다. 현관을 나서려다 다시 집 안으로 들어가서 내 담당자에게 전화를 걸었다. 무뚝뚝한 목소리로 그가 물었다.

"신고하실 게 있으십니까?"

"예."

"이상 발견 신고인가요?"

"예."

"어디가 잘못됐죠?"

"날씨요. 이게 말이 됩니까? 197일 동안이나 비가 오는 경우가 세상에 어디 있습니까."

        비유하자면 그곳은 내세였다. 죽음보다 긴 잠에서 깨어난 내가 두 번째 삶을 허락받은 곳이었다. 이전 세계에서 내 몸은 치료가 불가능한 병을 앓고 있었다. 치료가 불가능한 게 문제가 아니라 아예 원인조차 알 수 없는 희귀한 병이었다.

"길어야 이틀입니다."

"네?"

누워 있는 나에게 의사가 말했다.

"한 가지 방법이 있는데, 아직 검증이 안 끝난 방법입니다. 보험도 안 되고 임상실험 결과도 없습니다. 하지만 동물실험 결과는……."

그렇게 거짓말처럼 냉동인간이 되었다. 병의 원인과 치료방법이 발견될 그날까지.

나는 나무처럼 오래 잠들어 있었다. 그만큼 치료가 어려운 병이었던 것이다. 큰 전쟁이 일어나고, 다시 그보다 더 큰 전쟁이 일어나고, 평화가 오고 또 전쟁이 일어났다. 마침내 내가 잠들어 있던 시설이 폐허 속에 파묻혀, 내가 거기에 잠들어 있다는 사실도, 내 몸이 그런 희귀한 병을 앓고 있었다는 사실도, 모든 것이 기억 저편으로 사라지고 난 다음에야 내 몸은 마침내 누군가에게 발견될 수 있었다.

그리고 그 누군가는 의사가 아니라 고고학자였다. 그래서 그는 나를 박물관으로 보냈다. 내가 첫 번째 생을 보냈던 시기와 불과 몇 년 정도밖에 차이가 나지 않는, 지구 시절 어느 도시를 재현한 거대한 고대 인류 전시실 안이었다.

나는 거기에서 깨어나 치료를 받은 후, 공무원 신분으로 국가에 고용되었다.

"월급을 주신다니 좋기는 한데, 저는 그럼 무슨 일을 하면 되나요? 아시다시피 할 줄 아는 게 별로 없는데. 시기는 비슷하다지만, 제가 살던 데가 아니어서 말도 잘 안 통할 거고요."

그러자 내 담당자가 이렇게 대답했다.

"상관없습니다. 그냥 다니시다가 이상한 게 발견되면 신고해 주시면 됩니다. 은경 씨가 사시던 시절과 비교해서 크게 달라진 점이 있다거나, 그 시절 사람들은 이렇게 안 살았는데 싶은 점이 생기시면 지체하지 말고 저한테 연락 주세요. 언어 문제는 생각보다 적을 거예요. 영어를 하는 사람이 꽤 많거든요. 지구 시절에도 공식 언어만 열네 개나 되는 나라에 속해 있던 도시라서, 모국어가 두세 개인 사람이 많아요. 그중 하나로 영어를 쓰는 경우가 꽤 있어서 외국인 입장에서는 꽤 편하실 거예요. 은경 씨 입장에서는 별일 아닌 것처럼 보이겠지만, 저희한테는 여기 직원 전부를 다 합친 것보다 은경 씨 한 분의 기억이 더 가치가 있거든요. 바로 어제 일처럼 생생하실 테니. 그래서 보수를 지급하는 거고요. 이해하시겠죠? 여기는 결국 박물관이니까요. 품질관리 업무라는 게 말이 거창해서 그렇지 알고 보면 그냥 이런 일들입니다. 뭔가가 바뀌면 제자리로 돌려놓는 일들. 청소 비슷한 거라고 생각하시면 됩니다."

내세는 꽤 살기 좋은 곳이었다. 적어도 전에 내가 살던 곳보다는 형편이 훨씬 나은 편이었다. 그들은, 국가라고 불리는 그 박물관 관리조직은, 나에게 월급을 주는 것으로 그치지 않고 살기 좋은 동네에 여자 혼자 살기에 결코 좁지 않은 꽤 으리으리한 집까지 제공해 주었다. 동네 전체가 온통 초록색 지붕에 흰색 벽으로 된, 높이도 거의 비슷한 3층집 20여 채가 빼곡히 들어서 있는, 아늑하고 한적한 그림 같은 마을.

"살아 보면 아시겠지만, 생각만큼 그렇게 살기 좋은 데는 아닐 거예요."

행복에 겨워하는 나를 보고 옆집 여자가 그렇게 말했다. 초대받아서 간 이웃집 저녁식사 자리에서였다. 그 여자가 계속해서 말을 이었다.

"자세히 보면 여기는 뭐든 사람에 맞춰져 있지가 않거든요."

"그럼, 뭐에 맞춰져 있나요?"

내가 갑자기 정색을 하고 묻자 그 여자의 남편이 여자를 대신해 낮은 목소리로 이렇게 대답했다.

"괴물이 살거든요."

"네?"

나는 당황스러운 표정을 떠올리지 않을 수 없었다. 그러자 은근히 만족스러운 말투로 그 여자가 다시 끼어들었다.

"여기 주인공은 사람들이 아니에요. 인구가 거의 천만이나 된다고는 하지만, 우리는 그냥 혈액 같은 거예요. 천만이든 일억이든 숫자는 별 의미 없을 거예요. 결국 박물관이 보존하려는 건 우리가 아니라 2012년 당시 이 도시의 권력이거든요."

"네? 그런 말은 한 번도 못 들었는데……."

"그랬겠죠."

그 말이 계속 귓가에 맴돌았다. 박물관이 궁극적으로 보존하려 하는 것.

그 집을 나와 우리 집을 향해 발걸음을 옮기려는데 내 담당자에게

서 전화가 걸려 왔다.

"아, 별다른 용건이 있는 건 아니고요, 그냥 상기시켜 드리는 거예요. 눈에 띄게 이상한 일을 발견하시면 언제든 연락 주시라고. 이런 시간에도 상관없이 말이죠."

"연락하면 어떻게 되는데요?"

"어떻게 되긴요. 바로잡는 거죠. 원래대로. 치워버린다거나 쓸어버린다거나. 뭐, 없어진 건 다시 만들어서 갖다놓기도 하고요."

나는 곰곰이 생각에 잠겼다.

'우리 시대 사람들이라면 다 큰 성인 남녀가 조금 전 내가 이웃집 부부에게서 들은 것 같은 이야기를 그렇게 진지한 표정으로 하는 경우는 그리 흔치 않았을 텐데.'

하지만 신고는 하지 않았다. 내가 살았던 시기와 거의 같은 시대이기는 했어도 지구 시절 그곳은 거의 지구 반대편이라고 해도 좋을 만큼 멀리 떨어져 있던 곳이었다. 실제로는 그렇게 멀리 떨어져 있지 않았지만, 문화적으로는 진짜 지구 반대편에 있던 나라보다도 오히려 조금 더 멀리 떨어져 있는 것처럼 낯설기만 한 나라. 그러니 그곳 사람들에게는 그런 이야기를 하는 게 전혀 이상하지 않은 일이었을지도 모른다.

'그리고 여기 사는 다른 사람들도 다들 그런 생각을 하고 있는 건지도 모르잖아. 들어보기 전까지는 알 수가 없지.'

내 예상대로 그곳 사람들은 그 두 사람의 이웃과 거의 비슷한 생각을 갖고 있는 듯했다.

"맞아, 우리가 목적이 아니지. 여기가 분명히 고대 인류 전시실이기는 한데, 아무리 봐도 우리가 그 고대 인류는 아닌 모양이니까 말이야. 저 사람들이 전시하고 싶었던 건 우리가 아니라 그 고대 인류가 사용하던 어떤 도구였던 것 같아. 형태가 있는 유물은 아니고 우리 눈에는 잘 안 보이는 그 무언가. 그게 그 권력구조라는 거겠지. 일종의 무형문화재라는 소리야."

"그걸 어떻게 알아요? 그러니까, 박물관에서 보존하려는 게 사람들이 아니라 그 권력이라는 건?"

"알지. 우리는 나이를 먹든 말든 그냥 내버려두는데 그 권력인지 뭔지는 나이를 먹게 놔두지를 않거든. 그래서 도시 전체를 2012년에 고정시켜 놓은 거고."

"고정이요?"

"전시실 푯말에 2012년이라고 아예 딱 박혀 있다는 말이야. 물론 그런 게 실제로 어딘가에 꽂혀 있다는 게 아니고, 여기는 몇 년이 가든 무조건 달력이 2012년만 가리킨다는 거지. 2012년 12월 31일 다음날이 몇 년 몇 월 며칠인지 알아? 2012년 1월 1일이야. 그렇게 뱅글뱅글 돌거든. 끝도 없이."

"그럼 여긴 시간이 흐르지 않는다는 건가요?"

"흐르지. 시간이 안 흐르면 사람이 어떻게 살아? 시간이 아무리 흘러도 2012년만 죽자고 반복된다는 게 문제지. 여기 개장한 지가 올해로 30년이니까, 벌써 30년째 2012년을 살고 있다는 소리야."

지겹도록 비가 내렸다. 정말 끝도 없이 계속되는 비였다.

'비만 이렇게 끊임없이 내려도 권력이 결국 변질되지 않나? 그런

연구결과가 있었다는 소리를 들은 것 같은데. 비가 투표율에 미치는 영향.'

우산을 쓰고 도시 구석구석을 돌아다녔다. 일단 나는 할 일이 별로 없었고, 가만히 생각해 보면 그렇게 돌아다니는 것 자체가 업무이기도 했으므로, 낮 시간에 그렇게 바깥을 싸돌아다닌다고 해서 특별히 죄책감이 느껴지거나 하지는 않았다.

그렇게 매일매일 그 세상을 만났다. 그리고 그 안에 사는 사람들을 만났다. 품위를 잃지 않은 사람들이기는 했지만, 삶은 생각보다 고달파 보였다. 물가는 늘 오르고, 임금은 매년 고정되어 있고, 일자리는 점점 줄어드는 것 같은데, 직장이 있는 사람들에게 물어보면 일거리는 계속해서 늘기만 한다고 했다. 젊은이들은 집을 마련할 돈이 없고, 노인들은 존경을 보장받을 재산이 없으며, 아이들의 장래 희망은 반 이상이 공무원이었다.

어느 젊은 여자 미용사가 내 머리를 만지작거리면서 말했다.

"이 비 말이에요. 처음 장마가 시작됐을 때는 폭우가 내리면 요 앞 도로가 침수되고 그랬어요. 그런데 이게 한 일주일쯤 계속되니까 아무리 비가 와도 고이지가 않더라고요. 지금도 보세요, 아무렇지도 않잖아요. 거의 200일인데. 왜 그러냐면, 뭘 어떻게 한 건지는 몰라도 아무튼 저 위에 있는 사람들이 배수를 해버린 거예요. 국가에서요. 결국 결정적인 건 국가가 정해요. 이 세계의 규칙을 만든다고나 할까. 그 사람들이 '시간아 흐르지 마라' 그러면 시간이 안 흐르는 거예요. 이건······."

"행복하지 않겠네요."

"네. 따분해요. 그런 의미에서, 어떻게, 헤어 한번 신나게 가 보실 까요?"

머리를 하고 동네로 돌아오자, 이웃 사람들이 보고는 모두가 한 마디씩 아는 척을 했다.

"다들 쳐다보네. 그렇게 이상해요?"

"괜찮아. 봐줄 만해. 뭐 아직 미래파 같지는 않아."

그 바람에 나는 미래파라는 말을 알게 되었다. 그 말은 대강, 정부 의 뜻에 불만을 갖고 있으며 무언가 변화가 일어나기를 바라는 사람 들이라는 뜻으로 통하는 것 같았다. 내가 알고 있던 미래파라는 말 과는 전혀 다른 용법으로 쓰이고 있다는 소리였다. 그러나 나는 그 말을 굳이 위에다 신고하지는 않았다. 일단, 모두가 알고 있는 말인 걸로 봐서는 품질관리국 역시 이미 알고 있는 말일 가능성이 높았던 데다, 그 말의 용법이 내가 살던 시대에 자주 사용되곤 하던 어떤 단 어와 거의 완전히 똑같다는 생각이 들었기 때문이다.

"우리 때는 그런 걸 좌파라고 불렀는데, 여기서는 미래파라고 부 르는군요."

"좌파? 왼쪽? 그게 왜?"

"좌파나 우파. 사회주의 하는 나라에서는 우파, 자본주의 하는 나 라에서는 좌파. 어쩌다 그렇게 됐는지는 저도 몰라요. 저한테 물어 봐도 소용없어요. 이상하기는 여기도 마찬가지니까요. 미래가 뭐 어 때서요. 미래가 뭐, 혁명이라도 하나요?"

그 말에 사람들이 말없이 눈을 껌뻑거리며 한참 동안 내 얼굴을 빤히 들여다보았다. 그리고 그날 밤 내 이웃들이 미래학자 몇 사람을 나에게 소개했다.

"여기서는 미래가 저항이라고. 시간을 흐르게 할 권한을 사람들 손에 쥐어달라는 거거든."

들자하니 그 세계의 미래학자 집단은 사회운동 세력이라기보다는 종교집단에 좀 더 가까운 듯했다. 이웃들이 소개해 준 미래학자들 중 한 사람을 마침내 직접 만나볼 수 있게 되었을 때, 나는 그 사실을 보다 확실히 깨달았다. "미래를 믿으십니까?" 하는 그의 첫마디 말 때문이었다.

"믿는다기보다는……."

"동면에서 깨어나셨다고요?"

"네? 네."

"예언자이십니까?"

"네?"

"2014년에서 오셨다고요?"

"예."

그는 숨 쉴 틈도 없이 계속해서 질문을 던졌다. 마치 시간을 재촉하기라도 하듯 성질 급한 말투였다. 다시 그가 설명을 덧붙였다.

"미래를 보신 적이 있으신지를 물은 겁니다. 여기 인구 대부분은 한 세대 정도 인위적인 배양과정을 거쳐서 전설이든 신화든 지구 시절에 대한 기억이 거의 지워진 상태로 이주한 사람들로 구성되어 있거든요. 하지만 갓 동면에서 깨어난 품질관리국 직원들은 그 시절의 기억을 가지고 계시니까요. 그래서 묻는 겁니다. 2012년 이후의 시간을 사신 적이 있으십니까?"

물론 내 동면 연도는 2012년보다 2년 뒤인 2014년이 틀림없었다. 그러나 아쉽게도 내 기억 속에는 그 도시에 관한 정보가 거의 들어 있지 않았다. 분명 미래를 살다 오긴 했지만, 그들에게 도움이 될 만한 미래는 아니었던 것이다.

나는 말없이 고개를 가로저었다. 그리고 다시 한번 생각에 잠겼다.

'이건 보고해야 할 정도의 일인 걸까. 확실히 위험해 보이기는 하는데.'

계속해서 비가 내렸다. 224일째 내리는 비였다. 도무지 말이 안 되는 일이었다. 사람들이 말하길 그 세계에서 기후를 설정하는 방법은 크게 두 가지라고 했다. 지구 시절 그 도시의 실제 2012년 기후 데이터를 보고 매일매일의 날씨를 그대로 재현하는 방법, 또는 그 해의 날씨들을 월 단위로 자른 다음 카드 섞듯 섞어서 하루하루 무작위로 뽑아내는 방법. 하지만 그 두 가지 중 어떤 방식을 사용하든 224일 동안 비가 내리는 조합은 절대 나올 수가 없었다.

불안한 기운이 마을을 엄습했다. 그렇게 오랫동안 비가 내린다는 것 자체가 무언가 잘못됐다는 뜻이었기 때문이다. 개장 30년째인 2012년 전시실 전체에 복구할 수 없는 결함이 생겼다는 징후.

'여기는 이제 어떻게 되는 걸까.'

미래에 대한 어쩔 수 없는 불안감. 그것은 미래를 상기시키는 가장 효과적인 방법 중 하나였다. 사람들은 점점 더 미래에 관심을 기울였고, 세상은 나날이 절망적이고 우중충하게 변해 가고 있었다. 출산율이 어마어마하게 낮고 자살률은 나날이 높아만 가는 나라. 그런 세계. 지금보다 조금이라도 밝아진 미래를 꿈꾸지 않고서는 하루하루를 살아가는 것조차 힘들 것만 같은 세상.

사람들이 거리로 쏟아져 나오곤 했지만 바꿀 수 있는 것은 아무것도 없어 보였다. 정부는, 거리에 몰려든 시위대의 말에 이따금은 귀를 기울이기도 하고 또 이따금은 강경한 태도로 진압에 나서기도 했다. 그러나 어느 경우든 결론은 똑같았다. 바뀌는 것은 아무것도 없다는 것.

비가 내린 지 거의 250일 정도가 되던 날, 나는 드디어 그 세계에 대한 평가를 완전히 뒤집고 말았다. '살아보면 알겠지만 생각만큼 그렇게 살기 좋은 데는 아닌' 세계. 그곳에는 정말로 괴물이 살고 있었다.

"알겠어요. 뭐가 문젠지는 알겠는데, 그럼 그 문제를 어떻게 해결하자는 거예요? 방법이 있나요? 뭘 해 볼 수 있는 게 아무것도 없는데."

내가 물었다. 그러자 미래학자들이 대답했다.

"내년이 오게 하는 겁니다."

나는 한참 동안 그 말을 곱씹어 보다가 고개를 들고 다시 그들에게 물었다.

"내년이 오면 다 해결되는 건가요? 문제는 멈춰져 있는 시간이 아니라 30년간 끊임없이 사람들을 지배해 온 이 도시 전체의 권력구조 아닌가요? 지배자 하나가 잘못된 것도 아니고, 사실상 이곳 사람들 하나하나가 피해자이면서 또 가해자일 텐데, 내년을 관철시킨다고 그게 갑자기 다 사라져버리는 건 아니잖아요."

그 말에 미래학자들이 일제히 침묵에 잠겼다. 그리고 잠시 후에, 그들 중 제일 나이가 많아 보이는 사람이 조심스러운 목소리로 이렇게 말했다.

"예언자를 만나 보시겠습니까."

그렇게 예언자를 만났다. 2029년 지구에서 왔다는, 그것도 다름 아닌 바로 이 도시에서 살다가 동면시술을 받았다는 찬드라무키라는 이름의 동면생환자.

찬드라무키는 예언자치고는 꽤 진솔하고 담백해 보이는 사람이었다. 적어도 사기꾼처럼 보이지는 않았다는 말이었다. 그리고 2012년에 어울리는 사람처럼 보이지도 않았다. 어딘가 딴 세상에서 온 사람이라는 느낌이 분명하게 드는 사람이었다는 뜻이다. 게다가 눈에 확 띌 만큼 굉장한 미인이기도 해서 그 비현실적인 느낌이 한층 더 강했다.

그런데 이상하게도 낯이 익었다. 그냥 친숙하게 느껴지는 건지도 몰랐다. 어디를 봐도 이방인 같은 저 사람이 왜 나한테만은 전혀 낯설지 않게 보이는 걸까. 아니면 미인이라서 보편적으로 친근해 보이는 건가.

그 여자가 말했다.

"바꿀 방법이 있냐고요? 바꿨는데요. 지구에서는."

"어떻게요?"

"찬뜨르 반찬 지라고, 그 사람이랑 몇몇 추종자들이 시작한 프로젝트였는데요……"

그 대답을 듣고, 나는 실망한 기색을 감출 수가 없었다.

"그건 여기에는 적용할 수 없는 방법 아닌가요? 그 사람이 없으니까."

"없어도 되는데."

"왜요? 정권교체 같은 걸 했던 거 아닌가요?"

"아, 그거요? 하긴 했죠. 했다고 해야 되나 안 했다고 해야 되나."

찬드라무키가 알 듯 말 듯한 표정으로 생각에 잠겼다. 내가 다시 질문을 이어갔다.

"훌륭한 사람이었나요?"

"누가요? 아, 그 사람? 에이, 설마요. 완전 도둑놈이었어요. 제 표현이 아니라 다들 그렇게 불렀으니까."

"그럼, 어떻게 ……?"

"어떻게 바꿨냐고요? 음, 일단 그 시절 이 도시에는 인물이라고 할 만한 사람이 아무도 없었어요. 교체해야 할 대상은 분명해 보였는데, 선거에서 대안으로 내세울 만한 사람이 진짜 하나도 없었거든요. 어차피 이놈이나 저놈이나 찍을 사람이 하나도 없었다는 건데, 그때 그 사람이 나타났어요."

"나타나서요?"

"나타나서 이렇게 말했어요. '어차피 인물 같은 거 없으니까, 그냥 처음부터 인물 없이 갑시다!'"

"그래서요?"

"시원하게 망했죠. 망했는데,"

"망했는데?"

"그걸 남겼어요. 제1차 권력이양 5개년계획."

"그게 뭔데요?"

"국민에게 권력을 이양하는 계획이요. 생각해 보면 참 그 인간스러운 계획표였는데요, 취지는 이런 거였어요. 능력 있고 착한 통치자가 국민들의 생각에 열심히 귀를 기울인 다음 그렇게 알아낸 여론에 따라서 정치를 하는 건 결국 민주주의가 아니라 왕도정치의 이상이라는 거예요."

"그럼, 그렇게 안 하면 어떻게 해요?"

"차라리 출세욕 엄청 강하고 국민들 말귀 못 알아듣는 행정가가 여론 같은 건 절대 들은 척도 안 하고 그냥 권력 자체를 국민들한테 이양해버리는 게 훨씬 민주적이라는 거였어요. '나는 모르겠다, 그냥 당신들이 직접 알아서 해라' 하는 식으로요. 물론 그 출세욕 강하고 말귀 못 알아먹는 행정가는 그 사람 본인을 말하는 거였고요."

"그게 먹혀요?"

"네, 그게 문제였어요. 다음 선거에서 그게 먹혔다는 게. 세부 프로그램이 재미있었어요. 득표율 몇 퍼센트면 무슨무슨 정책, 또 몇 퍼센트 넘으면 무슨무슨 정책, 그런 식으로 단계별로 추진목표가 쫙 세워져 있었거든요. 집중돼 있는 권력을 분산하는 조치들이요. 그전 야당은 집중돼 있는 권력은 그대로 두고 선거를 통해서 바로 그 권력을 탈환하는 게 목표였거든요. 그런데 이제는 전략이 바뀐 거예요. 집권이야 누가 하든 권력 자체를 평탄하게 만드는 걸로요. 그런 걸 내세워 놓고, 당신들이 표를 주는 만큼만 일하겠다, 싫으면 뽑지 말고 관심 있으면 표를 달라, 그런 식으로 선거 운동을 했어요. 거의 관심 없다는 듯 뻔뻔한 태도로요."

"그러니까, 그 말은, 그 권력이양 5개년계획이라는 게 ……."

"네, 내년에 처음 완성이 되거든요. 2013년에. 30년째 안 오는 내년이지만."

2.

매일 들고 다녀서 그런지 우산이 유난히 빨리 망가졌다. 나는 비 내리는 거리를 천천히 걸으며 예언자 찬드라무키의 말을 곰곰이 되새겼다.

'내년이라.'

그리고 그 박물관 전시실에 보존되어 있다는 2012년의 괴물을 떠올렸다.

'그래도 이건 보고해야 되는 게 아닐까? 절대로 작은 일은 아닐 것 같은데.'

괴물의 입장에서 볼 때 2013년은 거의 독약이나 다름없었다. 예언자 찬드라무키의 말대로라면 '내년'은 2012년의 그 도시에 돌이킬 수 없는 변화를 가져올 게 분명했다.

'이런 걸 보고하지 않으면 품질관리국에서 나를 의심하지 않을까. 그럼 나는 어떻게 되는 거지? 추방당하는 건가? 다시 동면하는 신세가 되는 건 아닐까?'

나는 보고 실적이 그다지 좋은 편이 아니었다. 그러나 그 일을 두고 뭐라고 하는 사람은 아무도 없었다. 내 담당자도 마찬가지였다. 그가 내 실적을 보고 한 말이라고는 "아무래도 적응 기간이 필요하실 테니까요" 하고 말하는 정도가 전부였다. 다시 말해서 내 직장은 그다지 열심히 일을 할 필요가 없는 곳이었다. 내 담당자 역시 그렇게 말한 적이 있었다.

"왜냐고요? 왜긴 왜겠어요? 그냥 여기가 박물관이니까 그렇죠. 특별히 치열하게 돌아가야 할 이유가 있나요?"

하지만 어쩐지 불안한 생각이 드는 건 어쩔 수가 없었다. 나는 발걸음을 멈추고 주위를 살폈다. 미행하는 사람은 없는 것 같았다. 있었어도 알아보지 못했을 것이다.

길 건너편을 바라보았다. 우산 하나가 눈에 들어왔다. 사방에 빗방울을 날리며 빙글빙글 춤을 추는 초록색 우산. 그리고 그 우산을 들고 서 있는 여자. 찬드라무키가 나를 알아보고는 손을 흔드는 모습이 보였다. 다시 봐도 낯익은 얼굴, 낯익은 동작이었다. 왜 그런 느낌이 드는 걸까. 그렇게 친근해 보이는 인상도 아닌데. 그냥 다른 인종이라 다 비슷해 보이는 건가. 아니면 미인이라 그런 건가.

신호가 바뀌자 찬드라무키가 횡단보도를 건너왔다. 그리고 길을 채 반도 건너기 전에 큰 소리로 나에게 말을 건넸다.

"바로 요 앞이에요! 여기 이 구역. 자리 좋죠? 이 건물들은 곧 없어질 거예요! 그리고 이 자리에 그 건물이 들어서는 거예요."

찬드라무키는 물론 그곳 사람이 아니었다. 예언자로 알려져 있든 어떻든 찬드라무키의 신분은 결국 나와 마찬가지로 품질관리국에 고용된 직원일 뿐이었다. 그러니 내가 찬드라무키를 만나는 건 하나도 이상할 게 없었다. 위에다 보고할 일이 전혀 아니라는 의미였다. 그래도 나는 누군가가 그 만남에 대해 알게 될까 걱정스러웠다. 바로 찬드라무키가 하고 있는 그 이야기의 내용 때문이었다. 찬드라무키가 말했다.

"권력은 시선이에요. 옛날 지구 시절에 회사 다니셨죠?"

"그럼요."

"거기 사무실 배치 기억나세요? 누가 누구를 바라보게 돼 있었는지. 상사가 부하직원 컴퓨터 화면을 감시하게 돼 있잖아요. 등 뒤에서. 제가 다니던 회사는 사무실 벽이 아예 투명했는데요, 그래서 벽이 있는 것 같지만 사실은 없는 거나 마찬가지였어요. 복도에서 보면 다 보이니까. 그래서 어느 날은 눈높이 정도 되는 곳에 포스터 같은 걸 붙여놨는데, 그거 붙여놨다고 막 뭐라 그러더라고요."

"용감하셨네요. 위에서는 아마 반항한다고 생각하지 않았을까요."

"그러게 말이에요. 말로는 현대적인 분위기로 바꾼 거라면서, 사실은 감시하기 좋게 만든 거니까. 근데 진짜 치사한 게 뭔지 아세요?"

카페 문을 열고 안으로 들어가면서 찬드라무키가 계속해서 말을 이었다.

"사장 방은 반투명 유리로 돼 있었다는 거예요."

"그게 뭐예요?"

"투명해졌다가 흐려졌다가 하는 유리예요. 사장 책상 위에 있는 리모컨으로 조작하는 건데, 그래서 그 유리벽이 투명해지면 직원들끼리 막 속삭이는 소리로 신호를 주고 그랬어요. '맑음, 맑음, 맑음!' 그런 식으로요. 그래서 그 제3차 권력이양 5개년계획에서는요, 바로 저 자리에다가 국회건물을 만들었어요."

"국회의사당을요?"

"아니요. 그 이름 너무 무겁다고, 그냥 국회건물이라고 불렀어요. 지붕 빼고 바깥쪽이 완전히 통유리로 된 건물이었는데요⋯⋯."

"통유리요?"

"네. 벽 전체가 한 장은 아니었지만, 아무튼 큰 유리벽이었어요. 안이 훤히 다 들여다보였는데, 그런 게 저 블록을 다 차지하고 있었고요. 보시는 것처럼 여기는 원래부터 사람들의 왕래가 많은 데였거든요. 그전 국회의사당은 멀리서 봐도 알아볼 수 있을 만큼 으리으리한 건물이기는 한데 막상 찾아가 보면 찾아가기가 진짜 만만치 않았고요. 위치 자체가 은근히 구석진 데 있고, 그 앞에서 내려서 한참을 걸어 들어가야 되고, 사실 뭐 별로 가고 싶지도 않은 데였죠. 그런데 새 국회건물은 그냥 사람 많은 네거리 한 귀퉁이에 있었어요. 지나가면서 아무나 들여다보라고요."

나는 찬드라무키가 가리키는 곳을 한참 동안이나 말없이 바라보았다. 그리고 그 여자에게 이렇게 말했다.

"온실 같을 텐데. 지금이야 비가 오니까 별로 안 더워 보이지만."

"냉난방비가 엄청 많이 나왔는데, 그래도 그거 가지고 시비 거는 사람은 없었어요. 냉난방은 아주 확실하게 해 줬죠."

"화장실은요? 투명했어요?"

그러자 찬드라무키가 웃으면서 대답했다.

"화장실은 안 투명했어요. 유일하게 벽이 있는 곳이었는데, 그래서 어떻게 됐는지 아세요? 화장실에 의원들이 몰렸어요. 중요한 협상

같은 건 다 화장실에서 했다 그러고. 그래서 그 국회 화장실 별명이 지하벙커였어요."

그 이야기를 들으며 말없이 창밖을 바라보았다. 빗줄기가 조금씩 굵어지고 있었다. 비가 내리기 시작한 지 무려 260일째 되던 날이었다. 나는 비를 맞고 서 있는 투명한 건물을 떠올려 보았다. 그리고 그 안에서 펼쳐질 풍경을 상상해 보았다. 뜬금없게도 그 순간이 꽤 오붓하다는 생각이 들었다. 누군가와 함께 내리는 비를 바라보며 나라 걱정 세상 걱정 같은, 나와는 별 상관없어 보이는 거대한 일들을 당연하다는 듯 아무렇지도 않게 이야기하고 있던 그 순간이.

찬드라무키가 말했다.

"자주는 아니지만 저도 가끔 그 안에서 일어나는 일들을 구경하러 온 적이 있었어요. 팔랑크스 제한법 표결하던 날이었는데, 그 왜, 경찰들이 시위대 막아설 때 빽빽하게 줄을 서서 방패를 나란히 늘어놓는 거 있죠. 그게 팔랑크스라는 고대 보병전술이라는데, 경찰이 그거 전개하는 걸 제한하는 법이었어요. 국회 동의를 얻어야 전개할 수 있는 걸로. 그러면서 경찰이 서 있는 방향도 시위대를 등지는 방향으로 바꿨고요."

"그건 왜요?"

"왜긴요. 권력이양이죠. 국민에게 권력을 이양하는 조치. 시선 방향이 권력 방향이니까요. 그런 게 계속 통과가 됐어요."

"권력의 성격이 바뀔 때까지요?"

"네, 권력이 흐르는 방향이 거의 반쯤 뒤집어질 때까지. 특정한 권력자 누구를 제거한 게 아니라 권력의 성격을 바꾼 거였어요. 누가 위에 올라서든 별 상관없게."

다시 창밖을 바라보며 곰곰이 생각에 잠겼다. 역시 독약이었다, 2013년은. 그럴 가능성은 많아 보이지 않았지만, 미래파들이 원하는 것처럼 혹시라도 '내년'이 강행처리 된다면 그 전시실의 주요 전시물은 돌이킬 수 없을 만큼 훼손될 게 분명했다.

'그럼 무슨 일이 벌어지는 거지? 지금이라도 보고를 해야 되는 건가? 아니, 이미 늦었을지도 몰라. 이 여자가 나를 여기까지 데려온 걸 보면. 그리고 이런 이야기를 막 들려주는 걸 보면.'

머릿속이 복잡했다. 어떻게 처신해야 할지 알 수가 없었다.

나는 고개를 돌려 찬드라무키를 바라보았다. 그리고 단도직입적으로 이렇게 물었다.

"그런데 저한테 그런 이야기를 하시는 이유가 뭐죠?"

그러자 찬드라무키가 기다렸다는 듯 자신에 찬 목소리로 짤막하게 대답했다.

"설득하려고요."

"설득이요?"

"어때요, 이쪽에 합류하실 생각 없으세요?"

그것은 매력적인 제안이 틀림없었다. 정말로 세상이 바뀔 수 있다니. 돌이킬 수 없을 만큼 결정적인 변화가 그런 작은 일들로 시작될 수 있다니. 그것도 그 사람과 함께.

그러나 판단을 내리기는 쉽지 않았다. 일단 판단의 근거가 될 정보들이 너무나 부족했기 때문이었다. 나는 찬드라무키에게 생각할 시간을 달라고 요청했다. 찬드라무키도 물론 거절하지 않았다.

"하지만 너무 오래 걸리면 안 돼요. 이미 너무 많은 이야기를 들려드려서요."

"네, 걱정 마세요. 저도 알아요."

다음날 아침 날이 밝자마자 나는 품질관리국이 있는 정부청사 건물로 향했다. 공식적으로는 거기가 내 직장이기는 했지만 출근을 한 건 그날이 처음이었다.

그곳에서 나는 사람들에 대한 정보를 모았다. 나와 비슷한 동면생활자들, 그리고 찬드라무키에 대한 이런저런 정보들이었다. 눈길을 끄는 건 물론 찬드라무키였다. 바로 그곳 출생인 유일한 직원. 품질관리국에 고용된 수십 명의 지구출신 직원들 중에서도 제일 중요하게 관리되고 있는 인물.

"이런 정보를 이렇게 막 흘려놔도 되나요?"

내가 물었다. 그러자 내 담당자가 나를 흘끗 보더니 관심 없다는 듯 이렇게 대답했다.

"그럼 보지를 말든지. 뭐가 그렇게 걱정이에요, 맨날?"

"아니, 이런 신상정보는 비밀로 해야 되는 거 아닌가 해서요."

"저기, 심심하면 그냥 어디 가서 영화라도 보세요. 전에 말씀드렸죠? 은경 씨는 첩보원이 아니고 그냥 환경미화원 같은 거라고요. 그게 뭐라고 비밀로 해요? 여기 박물관이에요, 박물관. 전쟁터에 있는 게 아니라니까요."

281일째 비가 내리던 날, 나는 마침내 찬드라무키의 무리에 합류했다. 물론 그 무리는 그곳 태생 미래파 인사들과도 인맥이 닿아 있었지만 중심은 어디까지나 예언자들, 즉 지구 시절의 기억을 갖고 있는 동면생환자들의 네트워크인 것 같았다. 그리고 그들은 한눈에 보기에도 특이한 데가 있었다. 찬드라무키가 그랬던 것처럼, 어딘지 그 세계에는 어울리지 않는 사람인 듯한 느낌이 첫인상에서부터 물씬 풍겨왔던 것이다.

"당연하죠. 우리는 여기 사람이 아니니까요. 시간적으로나 공간적으로나 마찬가지로. 다 찬드라무키 같지는 않아요. 저 친구는 그래도 여기 사람이기는 하니까."

그래서인지 그들은 그 세계에 대해 애정이 별로 없었다. 혹시 어디가 망가지거나 복구 불가능한 손상이 생기더라도 안타까울 이유는 전혀 없다는 태도였다. 그러니 자연히 폭력적일 수밖에 없었다. 시간이 멈춰버린 세계 따위, 어차피 손상돼 있기는 마찬가지라는 생각에서였다.

'나도 저 사이에 있으면 저렇게 보이려나?'

그 사람들을 가만히 바라보고 있으면, 내가 굳이 그 무리에 합류하기까지 한 이유가 점점 더 명확해지곤 했다. 아무래도 그건 그들이 생각하는 대의 때문은 아닌 것 같았다. 나를 그곳으로 이끈 유일한 이유, 그것은 바로 찬드라무키였다. 아무리 봐도 그 세계에 속한 사람처럼 보이지는 않는 사람이지만, 어째서인지 내 눈에는 그 세계 전체를 통틀어 오로지 그 사람만이 유일하게 진짜로 살아 있는 사람처럼 보였던 것이다. 그러니 그 사람의 말이라면 다시 한 번 곱씹어보지 않을 수가 없었고, 그게 수없이 반복되다 보니 결국 그 사람의 생각이 곧 내 생각이 되어버린 것이다.

바로 그 찬드라무키가 어느 날 나에게 다가와 이렇게 말했다.

"한 가지 해 줘야 할 일이 있어요."

"네."

"좀 복잡한 일이긴 한데 잘하실 수 있을 거예요."

나는 말없이 고개를 끄덕였다. 올 것이 왔구나, 하는 생각이 들었다. 그러자 찬드라무키가 다시 말을 이었다.

"위에서 호출이 있을 거예요. 동면 상태에서 깨어날 때 몸속에 주입했던 나노로봇 때문인데, 그게 완전히 무력화가 됐는지 확인을 하게 돼 있어요. 변종 같은 게 살아남아서 계속 몸속을 돌아다니면 안 좋은 일이 일어나는 경우가 있으니까요."

"들은 적 있어요. 암세포처럼 될 수도 있다고."

"네, 그런데 그 검진센터가 이 세계 바깥쪽에 있어요. 왜냐하면, 2012년에는 있을 수 없는 기술이니까요."

"바깥으로 나갈 기회가 생기는 거군요."

"네, 완전히 그쪽으로 가는 건 아니고, 일종의 국경 검문소 같은 지대가 있는데 거기까지만이에요. 그런데 그 검진센터 입구에 그게 있거든요. 뭐냐면……."

그것은 로봇이었다. 그곳 사람들이 이족보행전차라고 부르는, 키가 한 4미터쯤 돼 보이는 날렵한 몸매의 전투로봇이었다. 그 모습을 보는 순간 나도 모르게 한숨이 새어나왔다. 박물관이 생각할 수 있는 가장 발달한 기술문명의 산물은 아닐지 몰라도, 누가 봐도 내가 살았던 시대에는 절대 속해 있지 않았을 것 같은 물건. 지난 몇 달간 별 위화감 없이 그냥 좀 이상한 곳이네 하고 지내왔던 곳이, 사실은 내가 알고 있던 세계와는 완전히 다른, 세상 너머의 세상이었다는 것을 보여 주는 가장 확실한 증거. 내 스스로가 한없이 작게만 느껴졌다. 거의 나노로봇처럼 느껴질 지경이었다.

다른 모든 곳들과 마찬가지로, 검진센터는 그다지 보안이 엄격한 곳은 아니었다. 안전을 위협할 테러리스트 같은 건 아예 존재하지도 않는다고 믿는 듯한 분위기였다. 품질관리국에 있는 내 담당자의 말투도 딱 그런 분위기를 반영하는 듯했다.

"그런 짓을 왜 하죠? 파괴할 게 뭐가 있다고? 불만 같은 거 가질 사람 별로 없어요."

국가는 흐르지 않는 30년을 그다지 심각하게 생각하지 않는 모양이었다. 300일에 가깝게 계속된 비에 대해서도 책임질 생각이 전혀 없는 눈치였다. 고장 난 부분이 원래대로 고쳐지고 정상적인 패턴으로 날씨가 회복되면, 정부는 마치 아무 일도 없었다는 듯 아무런 설명도 없이 다시 새로운 2012년을 맞이할 것이 분명했다.

그러나 그것은 어리석은 생각이었다. 이름이 뭐가 됐든 달력에 뭐라고 적혀 있든 30년은 어디까지나 30년일 수밖에 없었다. 300일이 넘도록 비가 내렸던 기억은 전설이든 구전이든 어떤 방식으로든 사람들의 마음속에 축적될 수밖에 없었다. 먼지가 쌓여 언덕을 이루듯, 빗물이 쌓여 웅덩이를 이루듯.

'아참, 빗물은 더 이상 고이지 않는댔지.'

순간, 불길한 생각이 머릿속을 스쳐 지나갔다.

'빗물이 더 이상 고이지 않는다. 빗물이 더 이상 고이지 않는

다……'

그때 누군가가 내 이름을 부르지 않았더라면 나는 아마도 그 불길함의 원인을 알아낼 수 있었을지도 모른다. 하지만 그럴 겨를이 없었다. 우선은 정해진 검사부터 받아야 했기 때문이다.

다행히 검사 결과는 이상이 없었다.

"가서 행복하게 잘사시면 돼요."

의사가 내 얼굴을 바라보며 그렇게 말했다. 정말로 그 말처럼 행복하게 잘살 수 있을까.

별로 그렇지 못할 것 같은 예감이 들었다. 다른 동면생환자들도 그런 말들을 하곤 했다.

"처음 몇 년은 괜찮지. 공무원이고 월급이 나오니까, 그 정도면 여기도 꽤 살 만하거든. 그런데 몇 년이 지나면 그게 아니라는 생각이 들어."

그 말에 누군가가 이렇게 덧붙였다.

"결국 세계 때문이에요. 닫혀 있거든요."

"닫혀 있어요?"

내가 물었다.

"외국이 없잖아요. 이대로 끝. 저 경계선을 넘어가면 도시 자체가 끝나요. 세계가 사라지는 거죠. 여행도 못 가고, 비교할 데도 없고. 자기들이 어떻게 살고 있는지 확인하려면 비교할 대상이 필요하기는 하니까 우리 같은 사람들을 깨워서 외국인 역할을 시키는 건데, 그게 한계가 있어요. 그래서 시스템 운영자들이 이상한 이데올로기를 퍼뜨려요."

"어떤?"

"세계는 설정이고 허망한 거니까 그런 거에 관심 갖지 말고 개개인의 삶에서 진짜 행복을 찾으라는 말. 그게 진정한 삶의 의미라고. 직장인은 돈이나 벌고, 예술가는 그림이나 그리고, 정치나 나라 이야기 같은 건 하지 말라는 거죠. 사실 그것 말고는 어쩔 방법이 없으니까 그렇게 하는 거긴 한데, 여기 태생들은 몰라도 우리는 알잖아요. 바깥이라는 게 있어야 한다는 걸. 이 세계는 그게 제거되어 있다는 걸요. 그래서 재미가 없어져요. 가끔은 끔찍하다는 느낌도 들고요."

그러자 또 다른 누군가가 끼어들더니 얼굴을 찡그리며 이렇게 말했다.

"맞아, 그거 진짜 끔찍해. 자꾸 내면을 들여다보라고 강요하는 거. 세상 쪽으로 눈을 돌리면 은근히 B급 문화 취급받는 거 있지. 세계가 내면보다 열등한가? 정말로 그렇게 믿는 거야? 그게 벌써 30년이나 쌓여 있었으니."

그 이야기를 떠올리며 나는 다시 한 번 스스로에게 질문을 던졌다. 정말로 행복하게 살 수 있을까. 어려울 것 같았다. 처음부터 모르고 있었다면 모를까, 한번 안 이상 모른 척 행복하게 지낼 수 있을 것 같지가 않았다.

'그래, 그 말이 맞을 거야. 나도 결국은 불행해질 게 틀림없어.'

그렇게 결심을 굳혔다.
'벌써 여기까지 와 놓고 뭘 또 새삼스럽게.'

나는 조금 전에 본 이족보행전차가 있는 곳으로 잠입해 들어갔다. 지키는 사람은 아무도 없었다. 시동조차 켜지지 않은 상태였다. 누군가를 감시하기 위해 배치해 놓은 장비가 아니라 혹시라도 무슨 일이 발생했을 때 검진센터를 보호하기 위해 갖다 놓은 기계이기 때문이었다. 그게 뭐가 됐든 일단 그 일이 발생하기 전에는 감시하는 사람 따위 있을 리가 없었다.

나는 이족보행전차의 얼굴을 가만히 올려다본 다음, 배운 대로 발판을 딛고 조종석으로 기어 올라갔다. 레버를 당기자 문이 열렸다. 그러자 조종석 내부가 모습을 드러냈다. 단순하고 깔끔한 디자인. 그 기계에 익숙하지 않은 나로서는 이것저것 아무거나 눌러보는 것조차 불가능한 구조였다. 나는 일단 조종석에 올라앉은 다음, 가지고 온 물건을 꺼내들었다.

"당연히 직접 조종할 필요는 없어요. 조종은 원격으로 할 수 있는데, 그 전에 조종장치를 우회해야 되거든요. 그것만 좀 도와주시면 돼요."

2069년에서 온 동면생환자가 말했다. 무려 2032년생. 나는 설명 같은 걸 들어봐야 아무것도 이해할 수 없으리라는 사실을 잘 알고 있었다. 아마 나에게 설명을 해 주던 그 사람 정도만이 그 기계를 온전히 이해할 수 있을 게 분명했다. 그래서 자세한 건 묻지 않았다.

"시키는 대로만 하면 되는 거죠?"

"예, 시키는 대로만."

나는 손가락만 한 그 장치를, 머리 위쪽에 붙어 있는 기계장치 어딘가에 쓱 집어넣었다. 내가 할 일은 그게 다였다. 그다음은 2069년에서 온 그 사람이 원격으로 다 알아서 하게 되어 있었다.

뭔가 드르륵 하는 소리가 들렸다. 깊은 잠에 빠져 있던 이족보행전차가 서서히 잠에서 깨어나는 소리 같았다. 곧이어 철컥, 하는 소리가 나더니 조종석 문이 닫히는 게 느껴졌다. 그러더니 갑자기 주위가 환해졌다. 조종실을 둘러싼 모든 벽면에 바깥쪽 풍경이 비춰지고 있었다. 마치 투명한 유리벽 안에 갇힌 듯 시야가 탁 트이는 느낌이었지만, 단지 외부에서 촬영한 영상을 안쪽 모니터에 그대로 투사한 것일 뿐, 이족보행전차의 그 어느 곳에도 유리로 된 부분은 존재하지 않았다.

순간 그 생각이 머릿속을 스쳐 지나갔다.

'갇혔다!'

이족보행전차가 움직이는 소리가 들렸다. 그리고 진동이 느껴졌다. 언젠가 코끼리 등에 탔을 때 느꼈던 것과 같은 묵직하고 안정감 있는 진동이었다. 그러나 나는 그 정교하고 조심스러운 진동에도 온몸이 그만 얼어붙고 말았다. 그렇게 되기 전에 어서 빠져나갔어야 했다는 생각이 들었다. 하지만 사실 그럴 시간이 없었다. 시키는 대로, 전달받은 장치를 작동시키자마자 기계가 알아서 움직이기 시작했으니까.

'시키는 대로 했는데도 갇혀버렸다는 건, 누군가는 처음부터 이렇게 될 걸 알았다는 건가?'

로봇이 몸을 일으켜 서서히 앞으로 걸어가고 있었다. 그리고 몇 걸음 지나지 않아 자동차만큼 빠른 속도로 달리기 시작했다. 통로를 벗어나 광장처럼 넓은 구역으로. 낯선 길이 눈앞에 펼쳐졌다. 마치 내 자신이 거인이 된 것처럼, 높고 거대하고 자신 있는 시선 위치였다. 기체가 빠른 속도로 흔들리고 있었지만, 달려가는 속도가 조금씩 빨라질수록 이상하게도 불안한 생각보다는 안정감이 점점 더 크게 느껴지는 진동이었다. 마치 내가 그 로봇의 움직임을 온몸으로 온전히 이해하게 되기라도 한 듯, 편안하고 자신 있고 또 확신에 찬 느낌.

이족보행전차가 거대한 엘리베이터 안으로 들어갔다. 밀실에 갇힌 듯 시야가 다시 확 좁아졌다. 몸이 서서히 아래로 가라앉는 듯한 느낌이 들었다. 엘리베이터가 위로 올라가고 있다는 뜻이었다.

엘리베이터가 꼭대기 층에 다다르고 마침내 문이 열리는 순간, 시야가 다시 환하게 밝아졌다. 그리고 그곳에는 세상이 펼쳐져 있었다. 나의 아름다운 내세, 302일째 비가 내리는 2012년의 어느 도시.

세상이 어딘지 다르게 보였다. 뭐든 조금씩 작게 보이는 것 같았다. 하지만 변한 건 세상이 아니었다. 내가 조금 더 큰 눈을 갖게 된 것뿐이었다. 괴물의 눈높이에 조금 더 가까워진 키. 이족보행전차가 다시 어디론가 달려가기 시작했다. 조종석 양옆으로 주위 풍경이 지나쳐 갔다.

사람들이 놀란 눈으로 내 쪽을 바라보았다. 그곳에 있어서는 안 되는 그 무엇. 나는 이질적인 존재였다. 시간이 흐르지 않는 영원한 2012년을 망가뜨려버릴, 존재해서는 안 되는 미래의 유물. 나는 균열이었다. 견고하고 탄탄해 보이는 2012년의 유리창 어딘가에 생긴 가늘고 긴 금 같은 것.

'아니야, 균열은 내가 아니지. 나는 그냥 구경만 하고 있을 뿐이잖

아. 지금 이 기계를 조종하는 것도 결국은 내가 아닌 다른 누군가니까.'

3.

찬드라무키의 계획을 떠올렸다. 언젠가 그 여자가 그렇게 말했다.

"대안이 있을 거예요."

"대안이요?"

내가 물었다.

"딱 2012년에만 맞추려는 건 아닐 거라고요. 몇 가지 옵션이 준비되어 있지 않을까요? 이렇게 거대한 프로젝트라면."

"옵션이라면……?"

"2012년이라는 시점 말이에요. 이상하지 않아요? 너무 벼랑 끝에 몰려 있잖아요. 아예 2000년쯤으로 잡았으면 방어하기가 좋을 텐데. 한 10년쯤 지나도 본질적인 변화는 일어나지 않으니까요. 그런데 2012년은 낭떠러지에 너무 바짝 붙어 있어요. 딱 1년만 지나버리면 다시는 되돌릴 수 없는 상황에 이르게 되잖아요. 그렇지 않아요? 절대로 2013년이 오게 하지 않을 생각이었다면 2012년을 선택한 건 잘 이해가 안 돼요."

"그 말은, 2013년을 받아들이는 옵션도 있을 거라는 말인가요?"

"정확한 연도는 모르죠. 다만 2013년 이후의 어느 해겠죠. 그 해에 일어난 변화가 안정된 형태를 갖춘 어느 시점일 가능성이 높아요.

288

왜냐하면,"

"다시 그 시점에 시간을 고정시켜 둬야 하니까."

"맞아요. 그 해에 또 수십 년의 변화가 축적이 돼서 더 이상 버틸 수 없을 정도가 되면 또 다른 대안이 준비되어 있을 수도 있죠. 그런 식일 거예요, 이 2012년도. 더 이상 버틸 수 없게 되면, 다음 장으로 넘어갈 거예요."

그 이야기를 하던 순간 그 여자의 얼굴에 떠오른 표정이 생각났다. 확신에 찬 표정이었다. 전혀 그 여자답지 않은 표정.

'그래, 그건 좀 지나치게 예언자스러운 얼굴이긴 했어. 그런데 그 여자다운 표정이라는 건 뭐지? 내가 그 여자에 대해서 뭘 안다고.'

바깥 풍경이 빠르게 흘러가고 있었다. 늘 그랬듯이 바깥에는 비가 내리고 있었지만 내가 보는 화면에는 빗방울 같은 게 하나도 맺혀 있지 않았다. 나는 그 이족보행전차가 어디를 향해 달려가고 있는지 알 것 같았다. 시내 중심부, 방사상으로 뻗어 있는 여덟 갈래의 도로, 그 앞에 서 있는 고풍스러운 건물들, 그중에서도 제일 경계가 삼엄해 보이는 곳. 그곳은 바로 정부청사였다.

그 사실을 깨닫자 문득 정신이 번쩍 들었다. 나는 정확히 무슨 일을 부탁받았던 걸까. 그들은 도대체 무슨 짓을 벌이고 있는 걸까. 이게 정말로 내가 원했던 그 일이 맞나. 진짜로 이렇게 하기만 하면 시간이 다시 흐를 수 있는 걸까. 그리고 30년간 유예되었던 그 2013년을 마침내 되찾아올 수 있다는 건가. 이렇게만 하면? 그저 이렇게 누군가가 원격조종하는 이족보행전차 조종석에 앉아 멍하니 바깥 풍경만 구경하고 있으면?

그럴 리가 없었다.

그러자 다시 찬드라무키의 말이 떠올랐다.

"문제는 비예요, 저 비."

"비가 왜요?"

"300일 넘게 비가 내리잖아요. 이게 말이 안 된다는 건 따로 설명 안 해도 아시겠죠?"

"그럼요."

"제 말은 그거예요. 시스템 자체에 문제가 있잖아요. 오랫동안 복구도 안 되고 있고. 자칫하면 이 비가 내린 기간 자체가 2012년 안에서도 유난히 기억에 남는 한 해가 되어버릴 가능성이 있고요. 그런데도 그 기억이 이만큼이나 축적이 될 때까지 품질관리국이 아무런 대응을 안 하고 있다는 건, 저 위에서도 벌써 2012년을 유지하는 게 불가능하다는 판단을 내린 게 아닌가, 하고 생각하는 거죠. 이쯤에서 다음 장으로 넘어가는 건 어떨까 타이밍을 재고 있을 거라는 뜻이에요."

"그래서요?"

"그래서, 그걸 좀 더 재촉해 보려고요. 판단에 도움이 될 만한 일을 좀 만들어 주면 저쪽에서도 한결 수월하지 않겠어요?"

고개를 돌려 뒤를 돌아보았다. 누군가 쫓아올 것만 같은 불안감 때문이었다. 어차피 2012년 안에는 내가 탄 이족보행전차를 막아설 무기 같은 게 존재하지 않겠지만, 2012년 밖에서라면 이야기가 전혀 달라질 수도 있었다. 누군가 그 공격을 막으려고 한다면, 그래서 이

로봇이 시내 중심부에 도달하기 전에 무언가 공격을 퍼부어서 쓰러뜨리려고 마음먹는다면, 그때는 이런 두 발로 걷는 인간형태의 로봇보다 훨씬 더 정교하고 효율적인 수단이 나를 제거하는 일에 동원될지도 모르는 일이었다. 나를 태운 이족보행전차가 아닌, 그 안에 타고 있는 나를 제거하는 일에.

다행히 아직은 추격해 오는 것이 아무것도 없는 것 같았다. 보이지 않는 무언가일 가능성도 있었지만, 거기까지 일일이 신경을 쓰기에는 내가 처한 상황이 너무나 다급했다. 누가 나를 좀 꺼내줬으면 하는 생각이 들었다.

'왜 나를 가둬둔 채로 이런 일을 벌이는 거야!'

나를 태운 이족보행전차는 두 다리로 달리는 것이라고는 도저히 믿기 힘들 만큼 안정적인 움직임으로 정부청사를 향해 빠른 속도로 달려가고 있었다. 기계 거인이 달려드는 기세에 눌려, 차들이 옆으로 비켜서는 모습이 보였다. 눈높이로 다가오는 가로등과 표지판을 맨손으로 때려 부수며 달려가는 로봇. 그때마다 전해져오는 경쾌한 진동.

고층건물에 둘러싸인 사거리를 끼고 오른쪽으로 재빨리 방향을 트는 순간, 눈앞에 탁 트인 대로가 펼쳐졌다. 광장으로도 쓰고 도로로도 쓰는 옛 왕궁 앞 넓은 공터. 사방에 고층건물을 병풍처럼 끼고 호젓하게 자리 잡은 정부청사 건물. 그리고 그 앞에 늘어선 수만 명의 사람들. 그들을 막아선 경찰 방어선.

사람들을 향해 나란히 늘어선 검은색 경찰방패가 성벽처럼 두텁게 느껴졌다. 정부청사를 향해 서 있는 시위대의 머리 위에는 색색

가지 둥근 방패가 잔뜩 늘어서 있었다. 하늘을 향해 늘어선 그 수많은 방패 위로 빗방울이 끝없이 쏟아져 내렸다. 꽃밭처럼 아름다운 수만 송이의 우산 꽃들. 나는 이 도시의 색감이 마음에 들었다. 저마다 각자가 좋아하는 색으로 점 하나씩만 찍어도 수만 개가 모이면 또 그림이 되곤 하는, 광장의 사람들.

'왜 저렇게 많은 사람들이 모여 있는 거지? 저것도 다 계획된 건가?'

그리고 그곳을 향해 질주해가는 나의 이족보행전차. 그곳을 향해, 모두를 짓밟아버릴 듯 무서운 기세로.

나는 로봇의 최종목표를 알 것 같았다. 나를 태운 그 로봇을 조종하는 사람이 무엇을 목표로 질주하고 있는지를. 그것은 바로 사람들이었다. 정부청사 건물이나 2012년의 괴물이 아닌, 그 괴물 앞에 늘어선 평범한 사람들이었다.

'저 사람들을 공격할 생각이야. 내가 타고 있는 바로 이 로봇으로.'

문득 그런 생각이 들었다. 절대 2012년 안에는 속할 수 없는 미래에서 온 국가의 소유물. 그 무기가 사람들을 짓밟아버린다면? 30년간 지속된 영원한 2012년. 아무리 오랜 시간이 흘러도 결코 다음 칸으로 넘어가지 않을 거대한 시계바늘. 그 시간제한을 지키기로 한 국가의 약속이 스스로에 의해 무너져버린다면? 국가가 스스로 미래의 무기를 가져와 광장에 모인 사람들을 짓밟는 데 사용한다면?

그러면 시간이 흐르게 되지 않을까. 내년도 아니고 그다음 해도 아닌 그 누구도 예상하지 못했던 방향으로.

그리고 그 이족보행전차의 조종석에 앉아 있는 누군가. 국가로부터 월급을 받고 국가가 준 집에서 편하게 살아가는 품질관리국 소속 특수직 공무원. 바로 나!

나는 함정에 빠져 있었다. 실제로는 전혀 그렇지 않았지만, 사람들은 내가 국가의 명령을 받아 그 무시무시한 미래의 무기를 광장 한가운데로 끌고 왔다고 믿게 될 것이다. 그러면 그 오해가 분노를 낳고 그 분노 때문에 결국 시간이 흐르게 될 것이다.

'그렇게 내년이 강제로 집행되겠지.'

그것이 바로 그 사람의 계획이었다. 이 모든 일을 계획한 그 사람의 계획.

'당했구나!'

다시 찬드라무키가 떠올랐다. 그 사람 말고는 달리 떠올릴 사람이 없었다. 처음 보는 순간부터 낯설지 않았던 사람. 하지만 절대로 만난 적이 있을 수가 없는 사람.

그런데 사실은 그렇지가 않았다. 나는 그 사람을 본 적이 있었다. 물론 그 사람은 나를 본 적이 없었겠지만, 나는 분명 그 사람을 알고 있었다. 정보를 찾기 위해 정부청사에 갔던 날, 이런 소중한 정보를 방치해도 괜찮은 거냐며 내 담당자에게 오히려 따지고 물었던 그때, 나는 그 파일을 보고 말았다. 동면생환자 찬드라무키의 신상기록카드를.

거기에 씌어 있던 네 자리 숫자. 2010이라는 낯선 연도.

그 숫자를 보는 순간 나는 그만 숨이 턱 막히고 말았다. 그리고 파일을 다시 뒤적였다. 태어난 해부터 동면 당시의 나이, 그동안 살아

온 일들을 꼼꼼히 확인했다. 파일은 전혀 오류가 없어 보였다. 증빙자료가 확실하게 첨부되어 있었기 때문이기도 했지만, 무엇보다 확실한 증거 한 가지가 그 순간 내 눈에 들어왔기 때문이기도 했다. 그것은 바로 그 여자가 주연한 영화 포스터였다.

'왜 낯이 익은 걸까. 전에 본 적이 있을 리가 없는데.' 그 오랜 의문을 해결해줄 증거. 나는 사실 그 여자를 본 적이 있었다. 그 여자가 출연한 영화 속에서, 그리고 내 눈앞에 놓인 바로 그 포스터에서.

'어떻게 그런 일이. 어떻게 그런 짓을 벌일 수가 있지.'

2010년. 그것은 예언자 찬드라무키의 동면연도였다. 나보다도 오히려 4년이나 앞선, 2010년 여름에 일어난 일. 그 말은 곧, 찬드라무키가 사람들과 나에게 한 말이 모두 거짓이라는 소리였다. 예언도, 투명한 국회건물도, 권력이양 5개년계획이라는 기이한 프로젝트도, 그 모든 게 예언자 찬드라무키가 갖고 있는 지구 시절의 기억이 아니라 단지 그 여자가 만들어 낸 환상에 불과하다는 소리.

다시 광장을 내려다보았다. 나를 태운 이족보행전차가 그곳을 향해 엄청나게 빠른 속도로 달려가고 있었다. 내 쪽을 돌아보는 사람들의 물결이 가까운 쪽에서 먼 쪽으로 파도처럼 퍼져 나갔다. 동요하는 사람들. 하지만 이미 움직일 틈조차 남겨두지 않은 채 광장을 가득 메운 수많은 사람들. 어쩔 도리가 없었다. 피할 수 있는 방법이 전혀 없어 보였다.

내 판단을 돌이켜보았다. 나는 왜 찬드라무키가 예언자가 아니라는 사실을 알면서도 그 계획에 따르기로 결심한 걸까. 그 순간 답을 알 것 같았다. 내가 찬드라무키를 따르기로 한 건 오히려 그 사람이 예언자가 아니라는 사실을 알게 되었기 때문이다. 예언자가 아니라 다른 사람과 똑같은 평범한 사람이라는 걸 알았기 때문에, 나는 비로소 그 사람을 진심으로 지지할 수 있었던 건지도 모른다. 내가 지지한 건 이미 답안지를 훔쳐본 외국인 찬드라무키의 예언이 아니라 미래를 알지 못하는 동등한 내국인, 30년간 그 안에 축적된 삶을 충분히 이해한 다음 그다음에 그려질 변화의 궤적을 연장선으로 그려서 보여준, 사상가 찬드라무키의 비전과 환상과 꿈이었을 테니까.

그날, 찬드라무키와 함께 국회건물이 들어설 곳을 구경하러 갔던 날, 그 사람이 나에게 해준 말이 떠올랐다.

"완전 도둑놈이었어요. 찬뜨르 반찬 지라는 인간. 사람 자체는 별로 봐줄 만한 게 없었는데, 그 사람 때문에 시작된 변화는 사소하지가 않았어요. 나중에는 본인 스스로도 그 변화에 휩쓸리고 말더라고요. 그 투명한 국회건물이 독재권력을 무력화시키는 조치를 하나씩 하나씩 만들어가는 과정이라는 게 사실은 그렇게 순탄한 과정은 아니었거든요. 난관에 부딪친 적이 한두 번이 아니었는데, 그때마다 사람들이 이 주위를 에워쌌어요. 시위는 시위였는데, 보통 시위하고는 좀 달랐죠. 목소리를 내는 시위가 아니고 그냥 빤히 지켜보는 시위였어요. 저기랑 저기랑, 국회건물 맞은편에 적당히 경사진 스탠드가 들어서 있었거든요. 사람들이 거기에 빽빽하게 모여 앉아서 가만히 건물 안을 바라보는 거예요. 집중해서 보는 것도 아니고 딴짓도 하고 도시락도 까먹고 하면서 몇 시간이고 자리를 지키곤 했죠. 그게 도움이 많이 됐어요. 그 시선 한가운데에 서 있을 때면 그 찬뜨르 반찬 지라는 인간이, 순간적으로 위인처럼 보이기도 했거든요. 소신 있고 자신감 넘치고 참 믿음직한 정치인 같아 보였달까. 뭐 그래봐야 다 착각이었겠지만. 그런데 사람들이 다 그 도둑놈을 믿고 전진했어요. 그 도둑놈은 또 사람들을 믿고 그 난관을 하나하나 헤쳐 나갔고요. 물론 나중에 그 도둑놈이 정체를 드러내는 바람에 사람들이 그 도둑놈을 내쳐버리기는 했지만, 아무튼 그러면 됐어요. 그렇게 하면 시간이 흐르게 할 수 있었어요. 2029년 12월 31일 다음날은 분명히 2030년 1월 1일이었으니까요."

나는 물론 그 이야기에 나오는 찬뜨르 반찬 지가 찬드라무키 자신이라는 사실을 알고 있었다. 나쁜 놈, 도둑놈, 권력욕에 불타오르는 탐욕스러운 인간. 하지만 결국 세상을 움직여 시간이 흐르게 만들던 사람.

찬드라무키가 말한 미래는 시스템 어딘가에 저장되어 있는 미래가 아니라 찬드라무키 자신의 가슴속에 새겨진 미래였다. 그리고 새로운 시간이 주어진다면 찬드라무키는 반드시 그 미래를 관철시킬 생각이었다. 그러니 누군가에 의해 프로그램 된 미래든 의지로 관철시킬 미확정 상태의 미래든, 결국은 똑같은 미래로 보였을 것이다.

나는 그 사람의 시간에 동의를 표했다. 정확히 무슨 일을 해야 하는지도 모르는 채, 그저 시키는 대로, 아주 작은 부탁을 들어주기로 약속했다. 그 결과 나는 외부세계와의 연락이 완전히 두절된 채 이 족보행전차 조종석에 꼼짝없이 갇혀, 변명 한마디 해볼 기회조차 없이 그 처참한 테러의 현장으로 빨려 들어가고 있었다. 그것도 피해자가 아닌 가해자 신분으로.

'지금, 찬드라무키는 어디에 있을까. 어딘가에 숨어서 나를 지켜보고 있을까, 아니면 저 인파 한가운데에 우산을 들고 서 있을까. 아, 그 우산! 빙글빙글 우산을 돌리던 장면. 그 춤이 기억나. 2011년 겨울에 본 그 영화의 한 장면. 찬드라무키가 나오는 영화. 아, 내가 그 사람과 같은 세상에서 깨어났구나. 그 사람의 꿈속에서 내가 춤을 췄구나. 그런데 나는 이제 어떻게 되는 거지?'

내가 조종하지 않는 로봇, 그 로봇 안에 갇힌 나는 내가 아니었다. 나는 한낱 로봇이 꾸는 꿈 같은 존재였다. 깨고 싶지만 깰 수 없는 꿈, 악몽인지 아닌지 구별조차 할 수 없는 꿈.

아무리 격하게 발버둥을 쳐도 그 로봇의 육체를 제어할 방법이 없었다. 사람들이 들어찬 광장을 향해 맹렬하게 달려드는 이족보행전차를, 나는 도저히 멈출 수가 없었다. 지척으로 다가온 광장의 우산 꽃들.

그 꽃들을 막 짓밟아버리려는 찰나, 내 몸이 갑자기 앞으로 쏠렸다. 안전벨트 따위는 어디에 붙어 있는지 미처 찾아내지도 못한 바람에, 무방비 상태로 던져진 내 몸이 조종석 앞쪽으로 날아가 부딪쳤다. 이족보행전차가 깜짝 놀랄 만큼 유연한 동작으로 제자리에 우뚝 멈춰 서버린 것이었다.

그로부터 5초쯤 시간이 흐른 뒤에 주위가 갑자기 어두워졌다. 세상이 깜깜해진 것이 아니라 조종석 모니터가 모두 꺼진 것이었다. 그러더니, 내가 간신히 균형을 잡고 조종석에 똑바로 몸을 앉힐 때쯤 조종석 앞쪽에서 피식, 하고 바람 빠지는 소리가 들려왔다. 그 소리가 사라지고 다시 고요가 밀려오자 이번에는 철컥, 하고 출입문

잠금장치가 열리는 소리가 났다.

누군가 문을 열어준 것이었다. 로봇을 조종하던 그 누군가가, 끔찍한 유혈사태를 기획하던 예언자 무리 중 누군가가, 마지막 순간에 그 일을 포기해버린 것이었다. 이족보행전차를 멈춰 세우고, 조종석에 타고 있던 불쌍한 희생양을 다시 세상 밖으로 놓아주기로 결심한 것이었다.

나는 마침내 출입문을 활짝 열어젖히고 광장을 향해 고개를 내밀었다. 찬드라무키가 나를 맞아주기를 기대했지만 아쉽게도 그런 일은 일어나지 않았다. 빗방울이 조종석 안으로 세차게 들이쳤고, 시원한 바람이 머리카락을 휘감았다.

나는 숨을 크게 들이쉬었다. 그리고 다시 크게 내쉬었다. 다행이었다. 그 일이 일어나지 않아서. 호기심 가득한 얼굴을 하고 내 주위로 슬슬 모여드는 아이들을 보면서 나는 또 한 번 안도의 한숨을 내쉬었다.

'그래, 이걸로도 충분할 거야. 이런 정교한 기계를 사람들에게 보여주기만 해도 2012년을 지금처럼 억지로 지탱하는 건 불가능해질 거야. 저런 게 있다는 걸 모두가 알게 됐으니까. 이 사람들이 모두가 예언자가 되어서 미래의 한 장면을 보게 된 셈이니까. 이건 꽤 중요한 스포일러잖아. 60페이지 뒤에 이런 일이 벌어질 거라는 걸 뻔히 알게 된 사람들이 언제까지나 계속되는 지금 이 페이지를 얌전히 받아들이기는 쉽지 않을 거야. 그래, 이걸로도 충분해. 지난 30년간 쌓인 2012년의 기억 중에서 이 기억이 제일 충격적일 게 분명해.'

4.

페이지가 넘어가는 소리가 들리는 것 같았다. 거대한 시간의 한 페이지가.

조종석을 내려와 땅에 발을 딛고 섰다. 우산 없이 가만히 비를 맞고 서 있는데 누군가 다가와 우산을 씌워 주었다. 모르는 사람이었다. 사람들이 내 주위로 몰려들었지만 찬드라무키는 끝내 나타나지 않았다.

광장에 모인 수많은 사람들, 그리고 그 사람들을 막아선 경찰병력까지, 모두가 내 쪽을 바라보았다. 아니, 정확히는 내가 아니라 내가 타고 온 이족보행전차를 보고 있는 것 같았다.

시선을 피해 사람들 사이로 들어갔다. 그렇게 나는 조금씩 잊혀졌다. 고개를 들어 하늘을 바라보았다. 눈에 보일 리 없는 2012년의 권력에 금이 가는 소리가 들리는 것 같았다. 그 균열을 찾기 위해 사방을 둘러보았다. 보이는 듯도 하고 아닌 것도 같았다.

'설마 아무 일도 안 일어나는 건 아니겠지.'

바로 그때 이상한 일이 일어나기 시작했다. 구름이 잔뜩 낀 하늘이라고 생각했던 위쪽의 모습이 어딘지 모르게 일그러져 보였다. 다른 사람들이 보기에도 그렇게 보였는지, 서서히 모두의 시선이 그쪽으로 옮겨갔다.

"하늘이, 하늘이 무너지고 있어."

누군가가 그렇게 외쳤다. 광장이 한순간 침묵에 잠겼다.

하늘에서 눈을 돌려 발아래를 가만히 내려다보았다. 조그만 웅덩이가 눈에 띄었다. 그러자 문득, 몇 시간 전에 떠오른 불안한 마음이 다시 한번 마음 한가운데에 자리를 잡았다.

빗물이 고이지 않는다. 더 이상 빗물이 고이지 않는다. 누군가가 고인 물을 밖으로 빼 낸다.

축적되지 않는다. 돌이킬 수 없을 만큼 큰 변화가 생기지 않도록 시스템이 세상을 세심하게 관리한다. 기억이 쌓이지 않도록. 분노가 축적되지 않도록. 언제? 바로 지금처럼 결정적인 순간에.

섬뜩한 생각에 하늘을 올려다보았다. 무섭게 생긴 구름이 보였다. 일그러진 하늘이 그렇게 보이는 건지, 무언가 낯선 것이 떠 있는 건지 아무리 들여다봐도 구별이 잘 안 됐다.

개장한 지 30년 된 2012년. 더는 지탱할 수 없을 만큼 오류가 쌓인다면, 다음 페이지로 넘어가는 게 맞는 걸까, 아니면 그냥 처음부터 다시 시작되는 게 맞는 걸까. 지금 내 눈에 2012년이 정말로 30년밖에 안 된 게 맞기는 한 걸까. 혹시 이 세계, 처음부터 다시 리셋 되는 건 아닐까.

가슴이 덜컥 내려앉았다. 불길한 예감이 온몸을 감쌌다.

300일 넘게 내린 비가 갑자기 뚝 그치고, 밝은 하늘이 머리 위에 나타났다. 맑은 게 아니라 밝은 하늘. 청명한 게 아니라 그냥 밝기만 한 하늘. 거대한 형광등처럼 매끈하고 창백한.

한 번 죽었다 깨어난 사람의 감각으로 판단하건대, 아무래도 그건 죽음의 전조인 듯했다. 어디선가 똑같은 하늘을 올려다보고 있을 찬드라무키에게 마음속으로 이렇게 말해 주었다.

'당신도 틀렸네요. 우리가 다 틀렸어요. 아무래도 이건 오답이었나

봐요.'

무언가 윙윙거리는 소리가 들렸다. 모든 방향으로부터 날아오는 소리였다. 세상 저편에서부터 들려오는 소리.

탁, 하고 스위치 내려가는 소리가 들렸다.

비명소리가 사방에서 터져 나오는 가운데 세상이 일시에 깜깜해졌다. 저 밖에는 도대체 뭐가 있었던 걸까. 그런 궁금증이 채 형태를 갖추기도 전에 암흑이 싸늘하게 내 몸을 감쌌다. 아, 그런 건 궁금해하면 안 됐댔지.

찬드라무키와 함께한 길지 않은 생애. 그 두 번째 삶이 저물어가고 있었다.

잘못 노출된 미래에 오염돼버린 세계. 그 세상 하나가 온전히 몰락해 가고 있었다.

내년은 결국 오지 않았다.

*Charge[ʃaʀʒ] : "돌격, 기소, 고발, 부담, 책임" 등을 뜻하는 프랑스어.

하누납

　　　　　좋은 말 한 필을 주고 1년간 검술을 배웠다. 그저 평범한 농부에 불과했던 하누납의 아버지는 아무래도 그를 기사로 키울 생각인 것 같았다.

　전쟁이 한창이던 어느 가을날, 예언자가 이끄는 국왕의 기사단이 우연히 마을 근처를 지나다 길가에 멈춰 섰다. 그리고 예언자 기피아가 친히 말에서 내려 길가에서 행렬을 구경하고 있던 어린 하누납에게 다가가 이렇게 말했다.

"예언자가 될 아이구나."

　그러나 하누납의 아버지는 그 말을 믿지 않았다.

"아무나 붙들고 예언자가 될 아이라고 한다더니 그 말이 진짜였구나."

　그래서 하누납은 다시 검술을 익히는 데에 온 신경을 다 쏟았다.

　세상에는 무수히 많은 칼들이 있었다. 그런데 그 칼들은 무게와 균형이 저마다 다 달라서 한 가지 검술만으로는 모두 연마할 수가 없었다. 그가 그 사실을 깨달을 무렵, 검술교사는 자신이 가르칠 수 있는 것은 거기까지라고 선언하고, 그의 아버지에게서 받은 말을 수레에 매달아 거기에 다른 학생들에게서 수업료로 받은 물건들을 잔뜩 싣고는 어디론가 훌쩍 떠나버리고 말았다.

떠나기 전에 그가 마지막으로 남긴 말은 어린 하누납이 듣기에도 꽤나 뼈아픈 것이었다.

"살면서 불의를 만날 일이 수없이 많을 거다. 칼은 네 인생에 끼어드는 불의를 해결하는 데 많은 도움이 될 거야. 개인적인 원한을 갚을 수도 있고, 지켜야 할 사람을 지켜 줄 수도 있겠지. 하지만 세상에 불의가 널리 퍼져 있다는 것을 깨닫고 그것을 바로잡아야겠다고 결심했을 때는 나한테 배운 건 별로 도움이 안 될 거다."

하누납에게 그 말은 그야말로 충격이었다. 그의 마음은 이미 정의로 가득 차 있었고, 세상은 언제나 불의로 가득 차 있었다. 그 둘 사이의 균형을 바로잡는 데 아무런 도움이 되지 못한다면 도대체 무엇 때문에 그 귀한 말을 내주고 칼들의 균형을 몸에 익혀야 했을까.

하누납이 마지막으로 이렇게 물었다.

"그럼 뭐가 도움이 되죠?"

"창. 창을 배워라."

하누납은 그 말이 무슨 뜻인지 이해할 수가 없었다. 아직은 너무 어렸기 때문이다.

이듬해에 하누납의 아버지는 경작하던 땅을 영주에게 빼앗겼다. 그러자 집안 형편이 나날이 어려워져만 갔다. 그해 가을에 하누납은 사람들이 창을 드는 모습을 보았다. 무수히 많은 창자루가 세로로 삐죽삐죽 늘어서 있는 광경이었다. 눈이 어지럽도록 빽빽하게 들어선 그 투박한 세로선 사이에는 물론 하누납의 아버지도 서 있었다. 아버지는 농기구밖에는 배워본 적이 없는 시골 농부였고, 다른 사람들의 사정도 거의 다르지 않았다. 하지만 창술 같은 걸 따로 배워본 적 없어도, 그들의 손에 쥐어진 그 수많은 직선들은 하나같이 곧고 꼿꼿하기만 했다. 봉기였다.

그날 오후, 그들이 그어놓은 그 정의로운 선들은 곧장 영주가 살고 있는 언덕 위 요새로 우르르 몰려갔다. 그리고 다시는 돌아오지 않았다. 그날 저녁에, 아버지들의 것이 아닌 다른 선들이 성을 나와 마을을 향해 쏟아져 내려왔다. 숫자는 그다지 많아 보이지 않았지만 모두 말 위에 얹혀 있는 직선들이었다. 하늘을 향해 있던 그 직선들은 마을이 가까워오자 정면을 향해 서서히 아래로 기울기 시작했다. 그리고 마침내 그 직선들이 수평방향으로 완전히 기울었을 때 마을에는 재앙의 바람이 불어닥쳤다. 학살이었다.

시신이 온 마을을 가득 메우는 동안 그는 지붕 위에 숨어서 목숨을 구했다. 불의가 온 마을에 가득 차 있었으나 하누납은 끝내 칼을 뽑아들지 못했다. 그 순간 하누납은 검술교사에게 진심으로 감사했다. 칼이 아무런 도움이 되지 않을 거라고 말해 준 것 하나만으로도 검술교사는 말 한 필 값을 충분히 다한 셈이었다.

폐허가 된 마을에서 혼자 살아남은 하누납은, 곧 그곳을 떠나 어느 목수 밑에서 잠시 조수로 일하다가, 이름도 모르는 어느 영주의 군대에 징발되어 전쟁에 나가는 신세가 되었다. 드디어 그에게도 창이 주어졌으나, 그에게 주어진 창은 자루가 곧지 않았다.

그가 속한 부대는 훈련 한 번 제대로 받지 않은 채 아무렇게나 전장으로 내몰렸고, 적인지 아군인지도 모를 기사단 한 무리가 맹렬한 기세로 돌격해 오자 놀란 물고기 떼처럼 일제히 창을 버리고 사방으로 뿔뿔이 흩어지고 말았다. 하누납은 그때서야 비로소 바닥에 떨어져 있는 칼을 주워들었으나 싸우기 위해서가 아니라, 칼날을 옆구리에 끼고 그 위에 시체를 덮고 누워서 죽은 척을 하는 데 사용했을 뿐이었다.

그렇게 싸움터를 이탈해서 주위를 떠돌다가 근처를 어슬렁거리던 용병대를 만났다. 포로가 된 그는 온갖 학대를 다 견디며 그들을 따라 간신히 사지에서 벗어났다. 전장을 벗어나 평화로운 곳으로 돌아오자 용병대는 순식간에 강도단으로 둔갑했고, 창 대신 주로 칼을 빼 들기 시작했다.

용병대에 끌려 온 지 넉 달이 지난 어느 날, 하누납은 칼 하나로 싸움꾼 일곱을 연달아 제압하여 마침내 용병대장의 눈에 들게 되었다. 이미 돌려받은 말 한 마리 값을 그곳에서 다시 돌려받았으니, 검술을 배운 것은 생각보다 큰 이윤을 남긴 거래라고 할 수 있었다.

그 용병대에서 하누납은 창을 배웠다. 그것도 땅 위에서가 아니라 말 위에서 창을 쓰는 법을 배웠다. 그러자 비로소 그의 손에서도 세상을 바꿀 직선 하나가 그어지는 것이었다.

네 번째 악마

그러나 세상을 바꾸는 데에는 직선 하나만으로는 충분하지가 않았다. 창은 누구에게나 공평해서 한 사람이 직선 두 개를 그리는 것조차도 어마어마한 만용으로 여겨지곤 하는 법이었다. 한 사람에 딱 하나. 그뿐이었다. 얼마나 많은 선들이 모여야 세상을 바꿀 수 있을까. 얼마나 많은 사람들이 모여야 세상을 다시 그릴 만큼 충분히 많은 획을 그었다고 할 수 있을까. 세상은 여전히 불의로 가득 차 있었고 이번에는 하누납 역시 불의에 가까이 다가가 있었다.

전쟁이 계속해서 일어나지 않는 한 용병대는 늘 도적떼와 다름없었다. 그는 살인과 방화를 일삼았다. 탐욕스럽게 쳐다보고 게걸스럽게 먹었다. 가식적으로 큰 소리를 내며 웃었고, 결코 눈물을 보이는 법이 없었다. 자기 눈물을 남에게 보이는 법이 없었을 뿐만 아니라 남의 눈물을 봐 주는 일도 결코 없었다. 하누납뿐만 아니라 그곳에 모인 사람 모두가 그랬다.

세 번째 악마가 봉인되고 평화가 지속되자 영주들은 각자 자신의 영지에서 새로운 폭력을 행사하는 데 몰두했다. 농지를 잃은 사람들의 숫자는 해마다 늘어났고, 쟁기보다 칼을 먼저 배운 젊은이들의 숫자도 그에 비례해 똑같이 늘어갔다. 말 한 필을 주고, 혹은 말 두 필을 주고 배운 검술은 어지간해서는 세상에서 사라지지 않았다.

세상은 불의로 가득 차 있었을 뿐만 아니라 말 한 필을 주고 배운 검술로도 가득 차 있었다. 그리고 군대는 그 폭력을 다 흡수할 여력이 없었다. 적이 없었기 때문이다. 악마가 사라졌기 때문이다. 그런

데도 세상은 여전히 악으로 가득했다. 새로운 악마가 나타나지 않을 방법이 없었던 것이다.

그러자 곧 네 번째 악마가 나타났다. 많은 수의 부자들이 새 악마와 계약을 맺었다는 소문이 들려왔다.

"10년 뒤에 모두 가져가겠다."

악마의 계약 조건이었다. 더 자세한 내용은 알려진 게 없었다.

다시 세월이 흘렀다. 겨우 명맥만 유지하던 왕의 군대가 마침내 마지막 해산절차를 마무리하고, 호시탐탐 왕권을 노리던 수도와 지방의 크고 작은 영주들이 그 군대의 파편을 나눠 갖던 날, 하누납은 문득 생각에 잠겼다.

'겨우 강도짓이나 해 먹으려고 창칼을 배웠던가.'

그에게 주어진 창은 분명 강하고 곧은 직선이었다. 언젠가 예언자께서도 말씀하시지 않았던가. 예언자가 될 아이라고.

물론 그 말을 들은 아이가 오백 명도 넘는다는 사실은 하누납 스스로도 잘 알고 있었다. 그래서인지 그는 이내 그 생각을 접어 두고 다시 살인과 약탈과 강간에 몰두했다. 그리고 그 후로 칠 년이 지나도록 그는 고민이라는 것을 단 한 번도 해 보지 않았다.

그는 적의 등을 찌를 때, "정의의 칼을 받아라!" 하고 소리칠 필요가 없었다. 그래서 적의 숨통을 남보다 빨리, 그리고 확실하게 끊어 놓을 수 있었다. 그래서였을까. 그의 나이 스물다섯이 되던 해에, 하누납은 중무장한 기병만 27명이나 되는 꽤 탄탄한 용병 강도단의 확실한 이인자로 성장해 있었다.

소환장

그러던 하누납이 약탈과 강간을 잠시 멈추고 다시 고민에 잠기기 시작한 것은, 바로 요새로 배달된 한 장의 편지 때문이었다.

하누납은 글을 읽을 줄 몰랐다. 하누납의 부하들도 마찬가지였다. 그래서 편지를 전해준 전령에게 물었으나 그 전령 역시 글을 전혀 읽을 줄 몰랐다. 부하 셋이 말을 몰고 마을로 내려가 학식이 높다는 노인 하나를 끌고 왔으나 눈이 어두워 글씨를 알아보지 못했다. 하누납이 다가가 편지에 써 있는 글자 하나하나를 흙바닥에 커다랗게 옮겨 그리고 나서야 노인은 비로소 이렇게 말했다.

"소환장이야. 왕이 돌아가셨는데, 왕의 숙부가 왕가의 영지를 물려받았군. 음, 뭐라고 쓴 거야? 찬탈? 그 글자가 맞아? 이렇게 생긴 글자 아닌가?"

"비슷하게 생겼어."

"찬탈이군. 왕위를 뺏는다는 뜻이야. 그래서 선왕의 예언자가 봉기했다는데. 근데 이걸 왜 너한테 보냈지? 대장한테 보낸 것도 아니고."

그 말을 듣고 하누납은 칼을 들어 노인을 베어버린 다음 아무도 모르게 소환장을 불에 태웠다.

이틀 뒤에 새 왕으로부터 주문이 들어 왔다. 주문서도 함께 따라 왔지만 역시나 아무도 읽지 못했다. 하지만 자세한 내용을 알 필요는 없었다. 싸움판이 벌어진다는 사실 자체만으로도 족했다.

어느 쪽을 위해 싸우게 될지는 아직 결정을 내릴 단계가 아니었다. 어느 쪽이든 현금을 많이 쌓아둔 쪽을 위해 싸우게 되는 경우가 많았지만, 주문을 낸 쪽이 너무 건방지게 군다거나 싸움 자체가 너무 격이 떨어지는 경우라면 그냥 빈손으로 되돌아올 수도 있었다.

하누납과 그의 무리는 일단 연어 강 유역에 펼쳐져 있는 전장으로 달려갔다. 새 왕의 진영에 쌓여 있는 보물은 한눈에 보기에도 꽤 만족스러워 보였다. 그리고 보물을 나눠 가져야 할 사람의 숫자도 그만큼 많았다. 머릿수대로 나누고 나면 사실 그렇게 놀라운 금액도 아닐지 모르지만 그렇게나 많은 금이 한자리에 쌓여 있는 모습을 보는 것만으로도 용병들은 모두 마음이 흡족했다. 귀족 출신 기사들이 경멸어린 눈으로 바라보는 가운데, 도적떼는 전에 없이 유순해진 표정으로 전장 너머에 있는 상대를 바라보고 있었다.

하누납이 관례에 따라, 저편에서 용병대를 고용할 의향이 있는지, 조건은 무엇인지 알아보기 위해 말머리를 돌렸다. 대장이 웃으며 이렇게 말했다.

"볼 거 뭐 있어? 내 눈에는 아무것도 안 보이는구만."

그 말대로 반대편 진영에 쌓여 있는 재물은 한눈에 보기에도 보잘 것 없는 규모였다. 하누납은 고개를 끄덕이고는 계속해서 가던 곳으로 말을 몰았다. 대장이 다시 한 번 미소를 지어보였다.

예언자

하누납은 전장 한가운데를 가로질러 갔다. 하누납을 빼고 나면, 그런 짓을 하는 사람은 아무도 없었다. 쓸데없는 긴장감을 불러일으키는 행위였기 때문이다.

용병들은 아직 흥정을 마무리 짓지 않은 상황이었다. 그래서 긴장보다는 여유가 더 필요한 시점이었다. 흥정이 어떻게 마무리되느냐에 따라, 용병들은 두 진영 사이를 자유롭게 옮겨 다닐 수 있었다. 혹은 전장을 완전히 이탈해서 싸움구경하기 좋은 언덕을 미리 확보해 놓는 경우도 있었다. 그러나 이때에도 전장 한가운데를 통과하는 것은 관례에 어긋나는 일이었다. 자칫하면 흥정이 아직 끝나지도 않은 마당에 양측이 일단 무기부터 집어 들어야 하는 불쾌한 상황이 벌어질 수도 있었기 때문이다.

하누납이 전장을 반쯤 지나자 예언자 쪽 진영에 있던 사람들이 일제히 고개를 돌리는 모습이 보였다. 무슨 일인가 싶어 고개를 돌렸던 사람들은 하누납의 모습을 발견하고는 긴장을 풀고 다시 흥정에 들어갔다. 그러나 용병이 아닌 귀족출신 기사들은 하누납에게서 완전히 눈을 떼지 못했다.

하누납은 그런 따가운 시선은 전혀 신경 쓰지 않은 채 사람들이 모여 있는 곳으로 서서히 다가갔다. 선왕 밑에서 12년 동안이나 재무대신을 지낸 오가르가 용병들에 둘러싸여 애를 먹고 있었다. 1년 전만 해도 그런 광경은 상상조차 하기 어려웠다. 오가르는 왕국 전체에서 가장 빠른 시간 안에 가장 많은 자금을 끌어다 놓을 수 있는 사람이었고, 용병들에게는 거의 도매상이나 다름없는 인물이었다.

그러나 지금 현재 그 위치를 차지한 사람은, 만년 이인자로만 불리던 셰히르라는 인물이었다. 그리고 그가 반대편 진영에 갖다 놓은 황금은 거의 작은 언덕 하나를 이룰 만큼 많았다. 물론 관심을 보이는 용병의 숫자는 금의 양에 정확히 비례하는 법이었다.

하누납은 고개를 내저으며 귀족기사들이 있는 곳으로 눈을 돌렸다. 귀족들의 숫자만 따지고 보면 이쪽도 결코 모자라는 편이 아니었다. 그래도 지금 이대로 싸움이 시작된다면 아무래도 승산이 있는 쪽은 반대쪽일 것 같았다. 하누납은 귀족들 사이를 좀 더 자세히 살폈다.

"도대체 어느 놈이야?"

그는 자신에게 소환장을 보낸 사람, 즉 예언자 이피카를 찾고 있었다. 어쩌면 자기 자리가 되었을지도 모르는 곳에 서 있는 사람.

누군가 기사들에게 둘러싸여 있는 모습이 눈에 들어왔다. 완전무장을 하고 있어서 자세히 볼 수는 없었지만 약간 작은 키에 덩치도 그다지 좋아 보이지는 않았다. 하지만 사람들이 그를 둘러싼 모습이 그의 지위를 그 무엇보다도 훌륭하게 대변해 주고 있었다. 하누납은 그 키 작은 기사 주위에 서 있는 깃발을 살폈다. 깃발의 문장을 제대로 알아보기가 어려운 상태라 바람이 불 때까지 한참을 기다렸다. 깃발이 펄럭이는 순간, 하누납은 그가 바로 이피카라는 확신이 들었다. 방패에는 아무 문장도 그려져 있지 않았지만 깃발에 그려져 있는 그림만큼은 틀림없이 왕가의 문장이었기 때문이다.

하누납이 말에서 내려 그쪽으로 다가서자 화려하게 장식된 갑옷을 걸친 귀족기사 몇 명이 멀리서부터 그를 막아섰다. 하누납은 그들에게 떠밀려 뒤로 물러나면서 예언자를 향해 이렇게 소리쳤다.

"하누납이요! 당신이 나를 불렀소?"

그러자 예언자가 하누납을 향해 고개를 돌렸다. 예언자의 얼굴에는 수염이 하나도 없었다. 여자였다. 검은 피부에 커다란 눈. 다부진 입술에 시원시원해 보이는 이마.

이피카가 고개를 끄덕였다.

"왜 부른 거요?"

하누납은 그렇게 소리쳤다. 하지만 그는 대답을 듣기도 전에 예언자 주위로 몰려든 한 무리의 기사들에 의해 좀 더 멀찍한 곳으로 밀려나고 말았다.

잠시 후 예언자는 기사들에 둘러싸여 단상에 올라섰다. 북소리가 울리고, 기사들이 창끝으로 바닥을 두드리며 굵은 목소리로 "우! 우!" 하고 외치자 사람들이 서서히 그쪽으로 몰려들었다. 무대는 적과 대치하고 있는 한쪽 면을 제외한 삼면 모두를 향해 열려 있었다. 노래인지 괴성인지 알 수 없는 소리가 북소리에 맞춰 한바탕 무대를 휩쓸고 지나가자, 예언자는 투구를 벗어 옆에 있던 기사에게 건네며 목소리를 차분히 가다듬었다.

하누납은 단상에서 너무 멀리 떨어져 있었기 때문에 예언자의 말을 전혀 알아들을 수가 없었다. 다만 사람들이 창을 곧추세우는 모습을 보면서 그 옛날에 아버지가 손에 창을 쥐었던 장면이 떠올랐을 뿐이었다.

"다 죽어버립시다. 우리가 다 죽어버리면 저 도둑놈들이 누구 피를 빨아먹고 살겠어요!"

누군가가 그렇게 말하자 창을 쥔 아버지의 두 손에 힘이 잔뜩 들어갔다. 투박하고 유치한 연설이었지만 모두가 그 소리에 맞춰 창을 높이 치켜들었다. 그들은 세상을 바꾸겠다며 어깨를 맞대고 영주의 성으로 몰려갔다. 그리고 다시는 돌아오지 않았다.

자꾸만 그날의 기억을 떠올리게 만드는 예언자의 모습을 뒤로하고, 하누납은 다시 전장 맞은편으로 건너갔다. 아무런 감정도 느껴지지 않는 느릿느릿하고 여유로운 발걸음이었다.

이피카

이피카라는 이름은 초원에 사는 어떤 약해빠진 짐승의 이름이라고 했다. 맹수들이 달려들면 겁에 질려 달아나고, 달아나고 달아나다가 잡아먹히는 짐승. 하지만 사람들은 그렇게 약해빠진 이피카에게 희한하게도 '초원의 수호자'라는 별명을 붙여주었다. 선왕에게 공물로 바쳐지기 전날 밤에 이피카는 그 짐승의 이름을 물려받았다.

나이 많은 왕은 서서히 죽어가고 있었고, 이미 반쯤은 죽은 사람 같았다. 그래서 그는 이피카를 탐할 수가 없었다. 그 대신 이 검은 피부의 아름다운 여자아이를 단 며칠 사이에 예언자로 탈바꿈시키는 기적을 선보였다. 예언자처럼 옷을 입히고 예언자처럼 걷게 하고 예언자처럼 말하게 한 것이다. 다시 말해, 낯선 분위기의 야한 옷을 입히고, 살랑살랑 눈을 현혹하는 걸음걸이로 걷게 하고, 교태 섞인 목소리로 말하게 했다는 뜻이었다. 그러고는 야릇하게 춤추는 그 모습이, 간드러지게 아름다운 손동작 하나하나가, 성인의 자태를 닮았다고 말했다.

예언자 기피아가 그 천박한 놀음을 보고 왕께 말했다.

"무슨 의도이신지 여쭤 봐도 되겠습니까?"

"의도?"

"성 안에 예언자 하나를 더 두시는 일이 장난처럼 가볍게 여겨지시는지요?"

"그런가? 그래 보였나? 그럼 자네가 나가 주겠나?"

"얼마든지 그러지요. 하지만 예언자 없이 왕좌를 지켜낼 자신은 있으십니까?"

기피아는 화가 치밀어 올랐지만 그 후로도 일년을 더 왕의 곁에 머물렀다. 왕을 대신해서 전장에 나가고, 왕을 대신해서 악마와 대면하고, 왕을 대신해서 세상을 짊어졌다는 뜻이었다.

그러면서도 그는 언제나 차분하고 고요했다. 다만 문득 생각이 날 때마다 길가에 지나다니는 아이들을 붙들고는 이런 말들을 건네곤 했을 뿐이었다.

"예언자가 될 아이구나. 예언자가 될 아이구나."

가까이에서 그를 호위하는 기사들은 그가 차마 입 밖에 꺼내지 못한 그다음 말이 어떤 내용을 담고 있는지를 잘 알고 있었다.

'이제 꾀죄죄하게 생긴 애들은 아무나 다 예언자를 해 먹을 수 있는 세상이니까.'

세 번째 악마가 봉인되던 날 기피아는 왕을 대신해서 왕의 자리에서 악마의 일격을 받았다. 상처가 깊어 살아날 가망이 없다는 것을 알고 사람들이 그의 곁으로 모여들었다. 봉인되어 사라져가는 악마의 마지막 비명소리가 사람들의 영혼을 한바탕 훑고 지나간 다음이었다.

기피아는 곁을 지키고 있던 이피카의 두 눈을 유심히 바라보더니 마침내 메마른 입술을 천천히 움직여 힘겨운 목소리로 말했다.

"너는 진짜로 예언자가 될 아이였구나."

유언이었다. 그리고 다시 세월이 흘렀다. 끈질기게 목숨을 이어오던 왕이 세상을 떠나고, 네 번째 악마가 예고한 날이 다가오고 있었다. 굴러들어온 왕좌 하나도 제대로 못 지키는 아둔한 왕자. 결국 이피카는 그 변변찮은 선왕의 후계자를 대신해 무기를 들고 군대를 일으켰다. 봉기였다. 기피아가 남긴 그 한마디의 말 때문이었다.

농담인지 진담인지조차 알 수 없는 그 한마디의 말이 이피카를 약해빠진 짐승에서 초원의 수호자로 바꿔 가고 있었다. 이피카는 예언자 기피아를 가까이에서 수행하면서 보고 들은 것들을 다른 사람들에게 그대로 흉내 내기 시작했다. 그것만으로도 사람들은 마음을 놓는 것 같았다. 하지만 높은 곳에 올라 좌중을 내려다보며 목소리를 가다듬는 바로 그 순간조차, 이피카는 자기가 예언할 수 있는 일이 이 세상에 단 하나라도 있을지 회의가 들었다.

'오늘 죽을 거라는 사실 하나만큼은 확실히 알아맞힐 수 있을 것 같긴 하지만.'

그리고 진짜 예언자 기피아가 남긴 마지막 한마디가 계속해서 귓가를 맴돌고 있었다. 너는 진짜로 예언자가 될 아이였구나. 난생 처음 예언자가 자신에게 보여 준 그 온화한 표정. 역시 농담이었을까. 아니면 진담이었을까. 이피카는 도무지 알 수가 없었다.

이인자

하누납이 새 왕의 진영 쪽으로 돌아오자 대장이 다가와 그에게 말을 붙였다.

"뭐 있어?"

"아무것도 없어요."

"뭐 믿고 싸우자는 거야?"

"글쎄요. 예언?"

"예언? 그 예언자라는 사람, 진짜도 아니라며. 그 영감은 죽고. 흥! 어디 안전한 구석에 틀어박혀서 기도나 몇 마디 하고 있겠지. 보기는 봤어?"

"봤어요. 전선에 나왔던데요."

"그래?"

하누납은 대답 대신 고개만 살짝 끄덕이고는, 잠시 후 전투에서 사용할 무기들을 찬찬히 살펴보았다. 그러자 대장이 다시 그에게로 바짝 다가서더니 속삭이는 듯한 목소리로 이렇게 말했다.

"그 소환장 말인데, 알아보니까 저쪽에서 꾸민 짓인 것 같아."

"소환장이요?"

"그래. 너한테 배달된 거. 저 예언자 놈이 이인자급만 골라서 아무한테나 수백 개씩 뿌렸더라고. 어차피 자기편이 안 될 거 뻔히 아니까 우리끼리라도 시끄러워지게 만들어 보려는 수작이겠지."

"그래요? 알고 있었어요? 저는 받자마자 태워버려서 까맣게 잊고 있었어요."

"괜찮아. 그러니까 신경 쓰지 말라고. 남자들끼리 하는 일이니까."

"물론이죠. 남자들끼리 하는 일이니까."

"좋아. 하지만 조금이라도 그런 데 마음을 썼다간……."

대장이 선뜻 다음 말을 잇지 않자 하누납은 고개를 들어 그를 바라보았다. 그러자 대장이 말을 이었다.

"죽는다."

하누납의 입술 한쪽이 살짝 올라갔다. 물론 대장이 서 있는 곳에서는 잘 보이지 않는 쪽 입술이었다. 하누납은 손에 들려 있는 칼의 균형을 가늠해 보다가 이내 살기를 가라앉히고 온화한 표정으로 돌아갔다.

"전투는, 일단 밥은 먹은 다음에 시작하겠죠?"

"당연하지."

식사

전장은 대강 정리가 돼 가는 모양이었다. 새 왕의 진영 쪽에 달라붙은 병력이 워낙 압도적인 규모이기는 했지만, 의외로 예언자 편에 가서 선 용병들도 많아 보였다. 예언자의 기사단 때문이었다.

하누납은 식사를 끝낸 다음 말 위에 올라앉아 반대편 전장을 바라보았다. 흰 창에 흰 방패를 든 한 무리의 기사들이 눈에 띄었다. 저쪽이 좀 더 일찍 식사를 끝낸 모양이었다. 지금부터는 하누납도 전장 한가운데를 가로지르는 짓 같은 건 할 수 없었다. 이제는 하얀 깃발을 지닌 양쪽 지휘관의 사절만이 불가피한 경우에만 전장을 오갈 수 있었다. 식사시간은 아직 좀 더 남아 있었다. 쓸데없이 긴장감을 고조시킬 때는 아니라는 의미였다.

하누납이 보기에 저 흰 창을 든 기사들은 아무래도 신경이 좀 쓰일 수밖에 없었다. 용병들은 용병 자신들의 전력을 과신하지 않았다. 돈을 받고 싸우는 기병들이었기 때문이다. 싸움은 순전히 땅을 받고 싸우는 기사들의 숫자에 의해 결정된다고 믿는 자들도 많았는데 그 말은 어느 정도 일리가 있는 말이었다.

게다가 저 하얀 방패를 든 기사단은 예언자 기피아가 세 번째 악마와 접전을 벌이던 기간 내내 왕국의 주력을 도맡아 했던 최정예 부대였다. 그런 최정예 주력부대 전체가 저쪽 편에 가서 서 있는 것을 보면, 이쪽 편에 서 있다는 것 자체가 어딘지 꺼림칙하게 느껴지는 것도 사실이었다. 황금의 무게는 어떤지 몰라도, 정의의 무게는 저쪽이 훨씬 무겁다는 뜻이었기 때문이다.

하누납은 창을 꼭 움켜쥐었다. 직선 하나가 손에서 그려지고 있었다. 곧은 선이었다.

예언자가 될 아이는 수도 없이 많다고 했다. 그 아이들이 모두 예언자가 되었다면 지금쯤 하누납은 악마의 편에 서 있지 않아도 됐을 것이다. 기피아는 정말로 그 아이들 모두가 예언자가 되어 주기를 바라고 있었는지도 모른다. 하지만 그 아이들은 그렇게 되지 않았다. 하누납이 아는 한 예언자는 이제 단 한 사람밖에 남아 있지 않았다.

식사시간이 다 끝나가고 있었다. 바람이 불자 새 왕의 붉은 깃발이 힘차게 펄럭였다. 양쪽 모두 거의 식사를 마친 모양이었다. 중무장한 말들이 한가로이 졸고 있다가 나팔소리에 놀라 잠에서 깨어났다. 저편에서도 마찬가지로 나팔소리가 울려 퍼졌다.

북소리가 둥둥 울리기 시작했다. 예언자의 진영에서도 서서히 북소리가 들려오더니 이윽고 두 진영의 북소리가 서로 박자를 맞추기 시작했다. 넓은 공간을 에워싸고 규칙적으로 들려오는 전장의 북소리에 식후의 나른함이 순식간에 달아나버렸다. 다시 온몸에 피가 돌고 있었다. 심장이 요란하게 두근거리기 시작했다.

하누납은 자신이 속한 용병대에 할당된 전투대기 위치로 말머리를 돌렸다. 본대의 오른편 날개쯤이었다. 용병대는 최소한 네 번의 돌격에 동참하기로 계약이 되어 있었다. 다른 용병들도 마찬가지일 것이다. 그러니 용병들이 빠지는 다섯 번째 돌격부터는 저쪽에서도 꽤 해볼 만한 싸움이 될지도 모른다.

하지만 하누납과 나란히 늘어서 있는 용병들의 대열은 통제하기도 힘들어 보일 만큼 장대한 규모였다. 기병만 해도 무려 7천기가 넘는 것 같았다. 그런 대규모의 기병돌격을 네 번이나 버텨낸다는 것은 거의 기적에 가까운 일이었다. 정의는 저쪽으로 넘어가 있는지 모르겠지만 승기는 이미 이쪽으로 넘어와 있다는 뜻이었다.

북소리가 계속해서 이어지는 가운데 전장 건너편에서는 이쪽 병력의 절반쯤 돼 보이는 병력이 전투대기 위치로 모여들고 있었다. 멀리서부터 나팔소리가 날카롭게 들려왔다. 그러자 예언자의 군대가 창을 수직으로 치켜들고 간격을 맞추는 모습이 보였다. 이피카의 바로 곁에 왕가의 문장이 새겨진 깃발이 오르고, 근위대가 그 주위를 여러 겹으로 에워쌌다. 그 바로 곁에는 네 명의 기사가 나팔을 들고 나란히 서 있었다.

새 왕의 군대도 마찬가지였다. 근위대가 나이 많은 왕을 에워싸고 있었고, 왕의 바로 곁에는 새 왕의 붉은 깃발이 높이 올라 있었다.

그렇게 식사시간이 끝났다.

새 왕의 나팔소리는 북쪽 지방의 유행을 따라서 '경계-정렬-돌격대형-전진-돌격-전선이탈-집결-돌격대형-돌격-전선이탈-집결-돌격대형-돌격'의 간결한 순서로 반복되었는데, 도입 부분이 일반적으로 쓰는 나팔소리보다 훨씬 더 길고 웅장하게 들렸다.

새 나팔소리가 귀에 익지 않은 용병 몇몇이 여기저기에서 술렁거리는 소리가 들려왔지만, 시간이 지나자 이내 잠잠해졌다. 약간의 차이는 있어도 가장 중요한 전선이탈 신호와 돌격 신호는 어느 지역에서나 크게 다르지 않았기 때문에 심각한 혼란은 일어나지 않을 것 같았다. 나팔수들은 새 노래가 모두의 귀에 익을 때까지 노래의 주요 부분을 간략하게 여러 번 반복했는데, 돌격대형 신호와 돌격 신호는 박자나 가락이 많이 달라서 적어도 이 둘을 헷갈릴 염려는 없어 보였다.

그때 건너편에서도 정렬 나팔소리가 들려왔다. 그 소리를 듣고 대장은,

"저 소리가 본능적으로 더 끌리기는 하는데."

하고 투덜거렸다. 대장뿐만 아니라 이 지역 용병은 누구나 '경계-정렬-돌격대형-전진-창 앞으로-돌격-전선이탈-집결-돌격대형-전진-창 앞으로-돌격'으로 이어지는 고전적인 노래에 훨씬 더 익숙

했다.

두 노래의 차이는 대체로 북쪽 지방 지휘관들이 재차 돌격을 위한 집결지점을 선정할 때 전선에서 아주 가까운 지점을 선호한다는 일종의 습관에서 비롯된 것이지만, 사실 일반적인 노래에서도 중간과정을 생략하는 일이 충분히 가능했기 때문에 둘 사이에 본질적인 차이는 없어 보였다. 다만 일반적인 노래가 좀 더 밝고 경쾌한 느낌이라 듣기에 훨씬 편했을 따름이었다.

'전선이탈'과 다음 '돌격' 사이에는 '화살공격'의 노래가 들어가기도 하지만, 용병이 포함된 전투에서 화살을 사용했다가는 용병들의 비웃음을 사 전열이 순식간에 무너질 수도 있었기 때문에 생략하는 경우가 훨씬 더 많았다.

그렇게 전장의 분위기가 무르익어갔다. 마지막 총연습이 끝나고, 나팔수들의 노랫소리에 날카로운 기운이 섞여 들어가기 시작했다. 바람소리마저도 어쩐지 매섭게 들리는 시간. 양쪽에서 거의 동시에 '돌격대형' 나팔소리가 울려 퍼졌다. 하누납은 창을 꼭 움켜쥐었다.

교전

새 왕의 지휘부에서 '전진' 신호가 떨어지자 여기저기에서 기사들이 투구 안면부를 내리는 소리가 파도소리처럼 서서히 퍼져나갔다. 그러자 틈새를 파고들어온 웅장한 나팔소리가 투구 안을 요란하게 맴돌았다. 말발굽 소리가 전장을 뒤흔들었다. 온몸이 조금씩 앞으로 기울었다.

잠시 후 예언자의 진영에서도 마찬가지로 '전진' 나팔이 울려 퍼졌다. 드디어 양측 모두가 서로를 지향하며 천천히 속도를 높여가는 순간이었다. 둘 사이의 간격이 점점 가까워 오자 뒤에서 울리는 북소리도 점점 더 빨라졌다. 거기에 맞춰 말발굽 소리가 서서히 속도를 높여가면서, 곧이어 이어질 돌격 신호를 예고했다. '창 앞으로' 나팔소리가 울리자 하누납을 비롯한 많은 용병들이 창을 일제히 수평으로 눕혔다. 물론 그 신호는 아군의 것이 아니었지만 그들은 그 사실을 알아채지 못했다.

그리고 바로 그 순간, 정면에서 적의 돌격 신호가 들려왔다. 이쪽에서도 곧이어 돌격 나팔소리가 울려 퍼졌다. 양측이 전속력으로 달리기 시작하자 대지가 통째로 울렁거리는 듯했다. 하누납은 방패를 똑바로 세우고 두 다리로 말 등을 바짝 조이면서 뚫어져라 정면을 바라보았다.

"죽여!"

좌우에서 함성소리가 터져 나왔다.

"히야!"

정면에서 예언자의 기사단이 내지르는 짧고 날카로운 소리가 그 요란한 함성 사이에서도 또렷하게 들려왔다. 빽빽하게 늘어선 중기병 대열. 그 위에 얹혀 있는 수천 개의 직선. 숨소리까지 들릴 듯 가까워진 거리. 앞에 놓인 건 무엇이든 날려버릴 듯 압도적인 속도감. 마주 오는 두 개의 거대한 인간장벽. 그리고 말발굽.

양쪽의 기병이 전속력으로 서로 맞부딪쳤다. 웅장하던 함성소리가, 짧게 악을 쓰는 소리로 변해 갔다. 충돌이었다. 달려오는 속도를 전혀 늦추지 않은 채 그 기세 그대로 서로를 향해 달려드는 위압적인 기병전술. 전선 여기저기에서 몸과 몸이 부딪칠 때 나는 둔탁한 소리가 들려왔다. 말과 사람, 방패와 창 같은 것들이 충돌하면서 여기저기에서 떨어져 나와 처참하게 바닥을 뒹굴고 있었다.

그러나 하누납의 부대는 아직 적을 만나지 못한 상태였다.

"제길!"

적은 밀집대형을 유지한 채 아군 진영 왼쪽 측면을 치고 들어와 그 일대의 전열을 완전히 붕괴시켜버렸다. 본대 오른편에서 달리고 있던 하누납의 부대는 헛손질만 할 수밖에 없는 상황이었다.

하지만 충돌에 성공한 부대도, 허공만 가른 부대도, 최고 돌격 속도로부터 서서히 느려지기는 마찬가지. 공격목표를 잃은 하누납이 부대를 왼쪽으로 크게 선회해 난장판이 된 전선에 뛰어들 생각을 했으나, 대장이 큰 소리로 만류하는 소리가 들렸다.

"그만! 첫 번째 돌격은 여기까지!"

하누납은 전선 뒤쪽으로 이동하면서 아수라장이 된 왼쪽 진영을 바라보았다. 속도를 완전히 상실해버린 양측 기사들이 서로 엉켜서 치열한 난전을 벌이고 있었지만, 외양만 가지고는 도저히 서로를 구별할 방법이 없는 대다수의 용병들은 일찌감치 전장 뒤로 물러나거나 아니면 어정쩡하게 방패만 올려 든 채로 그 자리에 가만히 서 있는 것 말고는 할 수 있는 일이 거의 아무것도 없었다.

그러자 곧 '전선이탈' 신호가 울려 퍼지면서, 전선 후방에 양측 지휘관의 깃발이 높이 올라갔다. 전장에 발이 묶여 있지 않던 하누납과 그의 동료들은 붉은 깃발을 향해 재빨리 이동했다. 그리고 '집결' 신호가 채 울리기도 전에 깃발 바로 근처에 자리를 잡았다. 그러니 이번 돌격에서는 헛손질을 하게 될 염려 같은 건 하지 않아도 좋을 것 같았다.

교전 상황에서 완전히 벗어나지 못했거나 부러진 창을 새것으로 교환하지 못한 병력이 많아서 아직 대열에 합류하지 못한 무리들이 대열 뒤에서 길게 꼬리를 형성하고 있었다. 하지만 곧이어 '집결' 신호와 '돌격대형' 나팔이 거의 연달아 울려 퍼지자, 기병의 전선이탈을 돕던 아군 측 보병들이 재빨리 전장 좌우로 흩어지는 모습이 보였다. 물론 새 왕의 의도는, 상대가 전열을 가다듬기 전에 조금이라도 더 빨리 전열을 정비한 다음, 아군의 수적 우위를 바탕으로 위력적인 이차돌격을 감행하려는 것이었다.

이피카는 조금 더 신중하게 기다렸다가 상대보다 약간 늦게 '집결' 신호를 날려 보냈다. 결과적으로 다음 돌격을 위한 밀집대형이 조금이라도 빨리 갖추어지는 쪽은 예언자 쪽이 아니라 새 왕의 진영이겠지만, 대신 새 왕은 집결이 완전히 끝나지 않은 상태에서 조급하게 간격을 밀집대형으로 좁혀 버렸기 때문에, 나중에 대열에 합류한 병력들은 충분히 조밀한 대형을 갖추지 못한 상태로 어정쩡하게 다음 돌격을 맞이해야 한다는 단점이 있었다. 즉, 그만큼이 전력에서 이탈될 수도 있다는 뜻이었다.

하지만 그렇게 일부 병력을 포기하고서라도 속도에만 초점을 맞춰야 할 순간이 있는 법. 예상대로 이피카가 돌격대형을 채 완성하기도 전에 이쪽에서 먼저 '돌격' 명령이 떨어졌다. 아군이 속력을 높이는 동안 상대도 '돌격' 나팔을 불기 시작했지만, 이대로라면 적은 미처 최고 속도에 도달하지도 못한 상태에서 돌격 속도가 최고에 도달한 아군 기병대와 두 번째 정면충돌을 해야만 할 것 같았다.

'늦었어. 이걸로 승패가 결정지어질지도 모르겠는데.'

하누납이 창을 꽉 움켜쥐었다.

이피카는 대열의 맨 앞에서 조금씩 속도를 높이기 시작했다. 그러나 곧 그 주위를 흰색 방패를 든 기사들이 몇 겹으로 에워싸더니, 어느새 예언자의 모습을 대열 속에 완전히 감추어버렸다.

하누납은 이피카가 있는 곳을 향해 달리고 있었다. 물론 계약외의 보상을 노리고 하는 일이었다. 또한 하누납 자신조차도 이유를 밝힐 수 없는 이상한 집착의 결과이기도 했다.

적은 생각보다 빨리 진격 속도를 높이고 있었다. 그리고 이쪽보다 훨씬 더 조밀하게 밀집해 있었다. 그 기세에, 하누납보다 앞서서 달리던 용병 일부가 왼쪽으로 조금씩 비켜서는 듯했다. 그러나 왕의 근위대는 전혀 속도를 늦추지 않았고, 그 앞에는 땅을 받고 싸우는 기사가 아닌, 하누납의 용병대가 자리하고 있었다.

하누납은 근위대의 선두에 서서 충돌에 대비했다. 양측의 거리가 재빨리 좁혀지고, 곧이어 하누납의 창끝에 무언가가 부딪쳤다.

텅!

창 자루가 부러지는 동시에 방패에 강한 충격이 가해지자 하누납의 상체가 크게 휘청거렸다. 그의 옆으로 서너 겹의 적이 지나쳐 갔다. 생각보다 훨씬 더 맹렬한 기세였다. 그는 재빨리 자세를 고쳐 잡고 칼을 뽑아들었다. 또다시 난전이 벌어지는 사이 양측 지휘관들의 깃발이 전선 뒤쪽으로 안전하게 이동하는 모습이 보였다.

'저쪽도 만만치 않은 것 같은데.'

예상보다 훨씬 더 강력한 반격이었다. 새 왕의 근위대는 꽤 큰 타격을 입은 모양이었다. 집결 지점이 전선 뒤쪽으로 한참이나 밀려나 있는 것만 봐도 알 수 있었다. 돌격 속도가 최고에 도달하지도 않은 적으로부터 그 정도의 타격을 입었다는 사실에 충격이 한층 더 깊어진 눈치였다.

그 순간 하누납은 이피카를 추격하려고 마음먹었으나, 그가 적진에 고립되지 않도록 재빨리 달려온 용병대장과 부하들을 보고는 일단 추격을 포기하고 말았다. 그렇게 기병들이 속도를 잃어가면서 두 번째 충돌이 끝나가고 있었다.

그러자 속도를 완전히 잃어버린 양측 기병들을 향해 보병들이 사방에서 모여들었다. 곧이어 '전선이탈' 신호가 나팔소리에 실려 전해지자 기사들은 보병의 도움을 받거나 혹은 오히려 그들을 짓밟으면서 혼란스러워진 전선을 빠져나갔다. 기병 몇몇이 속도를 완전히 상실한 채 적 보병에 둘러싸여 힘없이 제압당하는 모습이 눈에 들어왔다.

악마들

두 번째 접전에서 받은 타격 때문인지 새 왕의 붉은 깃발은 생각보다 훨씬 더 방어적인 위치로 물러나 있었다. '집결' 신호가 들리자 하누납은 집결지 근처로 달려가 재빨리 창을 새것으로 교체하고는, 다시 깃발에서 최대한 가까운 곳에 가서 근위대보다 먼저 자리를 잡았다. 하지만 다른 대부분의 용병부대들은 그와 반대였다. 슬슬 대열 중심으로부터 조금씩 조금씩 물러나기 시작한 것이다. 상대가 만만치 않다는 것을 깨달았기 때문이었다.

하지만 계약을 완전히 무시할 수도 없는 노릇이었다. 그랬다가는 직업 자체를 잃게 될 수도 있었으니까. 전투에 참여한 대부분의 용병들이 최소한 두 번은 더 돌격에 참여하도록 계약을 맺은 상태였다. 그러니 이피카의 입장에서는 앞으로 두 번이 가장 위험한 고비인 셈이었다.

그리고 그 두 번의 교전이 끝나고 나면 새 왕의 군대가 황금으로 만들어 낸 전력상의 우위는 사라지게 되어 있었다. 그러므로 세 번째 집결지점이 그렇게나 방어적인 곳으로 물러나 있다는 것은, 그 소중한 두 번의 기회 중 한 번의 기회가 눈앞에서 허무하게 날아가 버리기 직전이라는 것을 의미했다.

이피카의 깃발은 두 번째 전선에서 그리 멀지 않은 곳에 대단히 공격적으로 자리를 잡고 있었다. 집결이 끝나고 돌격대형이 갖춰지자 예언자는 서둘러 '전진' 신호를 보냈다. 이번에는 적이 오히려 이쪽보다 훨씬 더 신속하게 거리를 좁혀 오기 시작한 것이다.

새 왕은 서둘러 돌격대형을 갖추고 '돌격' 신호를 빠르게 전장으로 날려 보냈다.

적 기병 하나하나가 그려내는 무수한 직선들이 하늘을 향해 숲처럼 뻗어 있는 모습을 보면서, 하누납은 말허리를 감고 있는 두 다리를 바짝 조였다. 속도가 점점 빨라지고 있었다. 이번에는 죽을지도 모른다는 생각이 들었다. 그러나 그는 비켜서지 않았다.

그리고 그때였다. 하누납은 등 뒤에서부터 무언가가 갑자기 튀어 나와, 자신을 양옆으로 앞질러 가는 것을 느꼈다. 서늘하면서도 차분한 기운이 순간적으로 그의 등을 훑고 지나갔다. 곁눈질로 슬쩍 좌우를 바라보니 그림자처럼 시커먼 모습을 한 기사 수십 명이 하누납을 앞질러 빠른 속도로 정면을 향해 치고 나가는 모습이 보였다.

'누구지? 아까까지만 해도 없었는데.'

하누납은 그들의 뒤에 바짝 붙어서, 이피카와 함께 달려오고 있을 왕가의 문장을 향해 질주했다.

충돌이 가까워오자 대열 곳곳에서 함성소리가 들려왔다. 그 속에 는 사람이 내는 것도 아니고 말이 내는 것도 아닌 사나운 짐승의 소 리가 섞여 있었다.

그리고 바로 그다음 순간, 대열 앞으로 불쑥 튀어나온 검은색의 기사들이 예언자의 근위대 오른쪽을 타격했다. 하누납은 그쪽을 지 키고 있던 적 근위대 대열이 갑자기 와르르 무너지는 것을 확인하고 는 재빨리 그 빈 공간으로 파고들었다. 오른쪽 반이 깨어져 나간 예 언자의 근위병력 사이에서 투구를 쓴 이피카의 모습이 보였다. 하누 납은 말머리를 살짝 틀어 그쪽을 향해 맹렬하게 돌진해 들어갔다.

최고 속도로 달려가는 말의 발걸음으로는 딱 몇 걸음 정도밖에 안 되는 거리!

하누납이 이피카의 오른쪽 어깨를 노리고 힘차게 창을 앞으로 내 뻗었다. 그리고 그 순간, 이피카의 창끝이 하누납의 방패를 강하게 타격했다. 창 자루가 제때 부러져 준 덕분에 두 사람 다 말에서 떨어지는 꼴은 면할 수 있었다. 하지만 그 짧은 순간에도 하누납은 자신의 창이 예언자의 갑옷을 꿰뚫고 맨살에 가 닿은 느낌을 놓치지 않았다.

필사적으로 달려든 예언자의 근위대가 사력을 다해 이피카를 보호한 덕분에, 끝내 깃발이 내려지는 것만은 막을 수 있었다. 그러나 그 대가로 예언자의 군대는 대열 전체가 엄청난 혼란에 빠져들고 말았다. 깃발이 꽤 오랫동안이나 휘청거렸기 때문이다.

그 결과, 이피카의 깃발이 멀찌감치 뒤로 물러나 가까스로 '집결' 명령을 내렸을 때쯤, 새 왕은 이미 조금 전의 충돌 지점으로부터 그리 멀지 않은 곳에서 새로운 돌격대형을 거의 완성해 놓은 상태였다. 그리고 그 대열의 선두에서는 조금 전 하누납을 앞질러 갔던 수십 명의 검은 기사들이 거의 길들여지지 않은 것 같은 난폭한 말 위에서 날카로운 괴성을 질러대고 있었다.

'악마다!'

네 번째 돌격을 위해 서서히 진격속도를 높여가면서 하누납이 마음속으로 그렇게 외쳤다.

'이 대열에 악마가 섞여 있어!'

이피카는 정면을 두껍게 보강하고 황급히 '돌격' 신호를 내렸지만 세 번째 교전의 충격을 수습하기에는 역부족이었다. 다음 돌격에서 하누납은 부러진 창을 새것으로 바꾸지도 못한 채, 칼을 뽑아들고 그대로 전선으로 뛰어들었다. 상대도 마찬가지였다. 네 번째 교전은 양측이 무기도 제대로 교체하지 못한 상태에서 급하게 진행되었다.

그러나 빽빽하게 늘어선 두 무리의 기병이 충돌하는 순간 발생하는 파괴력은 결코 만만하게 생각할 수 있는 게 아니었다.

그리고 그 네 번째 충돌의 결과, 전세가 완전히 역전되고 말았다. 새 왕의 군대가 예언자의 군대를 압도적인 기세로 짓밟아버린 것이다. 물론 이피카의 근위대가 강하게 저항했지만 그나마 그 충돌을 버텨낼 수 있었던 건 깃발 바로 주위를 둘러싼 소수의 정예병력뿐, 주력에서 멀리 떨어진 부분에서는 심각한 병력손실이 발생할 수밖에 없었다.

그리고 잠시 휴식시간이 생겨났다. 계약된 임무를 완수한 용병 대부분이 전선을 빠져나가느라 생긴 휴식시간이었다.

원래대로라면 이제부터 본격적인 반격에 들어가야 할 예언자의 기사단이었다. 그러나 전황은 확실히 새 왕에게 유리한 쪽으로 기울어 있었다. 네 번의 돌격을 잘 버텨내기는 했지만, 예언자의 기사들은 생각보다 큰 손실을 입은 상태였던 것이다.

다시 집결을 알리는 나팔소리가 퍼져나가고, 이피카가 오른팔을 축 늘어뜨린 채 창을 쥐지 못하고 있는 모습이 보였다.

하누납이 전장을 빠져나가면서 물어보니, 검은 기사들을 봤다는 사람은 아무도 없었다.

나팔

이피카의 보병이 선전을 해 주고 있었으나, 그나마도 기병이 들이

닥치면 황급히 물러나는 수밖에 없었다. 다섯 번째 교전에서는 하얀 방패를 든 기사들 중 오십 명이나 되는 병력이 말에서 떨어졌다.

하누납은 근처에 있는 언덕에 올라가 전투를 구경했다. 이제는 적과 아군을 구분할 필요가 없었다. 승패는 이미 결정이 나 있는 것이나 다름없었다. 현장의 사기가 어떤지는 몰라도 위에서 내려다 본 양측의 기세는 거의 비교도 안 될 만큼 차이가 벌어져 있었다.

여섯 번째 집결 신호가 떨어지자 새 왕의 깃발이 꽂힌 깃대가 잔뜩 조바심 난 맹수처럼 앞쪽으로 약간 기우는 모습이 보였다. 근위대가 그만큼 자신에 차 있었으니 현장의 사기는 직접 곁에 가서 서보지 않아도 충분히 짐작할 수 있을 것 같았다.

반면 이피카의 깃발은, 여전히 꼿꼿하게 위를 향하고 있기는 했으나, 역풍이 불자 뒤쪽으로 약간 기우는 듯한 형세였다.

곧이어 양측의 돌격 신호가 엇박자로 연주되었다. 첫 음이 들리자마자 새 왕의 검은 깃발이 앞으로 치고 나갔다. 그에 비하면 이피카의 깃발은 망설이듯 조심스럽게 전진하는 것처럼 보였다. 그리고 잠시 후에 다음 충돌이 일어났다. 예언자의 부대는 거의 대열을 갖추지도 못한 상태에서 정면을 상대에게 내주는 바람에 순간적으로 궤멸 위기에까지 몰리고 말았다. 전열이 완전히 붕괴되지 않은 것은, 오로지 전선이 원래 자기 진영이었던 곳으로 워낙 많이 밀려나 있는 바람에 보병의 합류속도가 상대보다 훨씬 빨랐다는 이유 단 하나 때문이었다.

이피카는 겨우겨우 전열을 재정비했다. 하지만 전세를 뒤집기는 쉽지 않아 보였다. 새 왕은 멀찍이 뒤로 물러났다. 그는 여유를 부리며 전열을 가다듬었다. 그리고 한참동안이나 돌격 명령을 내리지 않았다. 이른바 '자비로운 후퇴'라는 절차였다. 승패는 이미 정해졌으니 항복할 사람은 그만 항복하라는 의미였다. 그러나 계약에 따른 의무조항을 모두 완료한 용병들 모두가 언덕 위에서 숨을 죽이고 지켜보는 가운데, 이피카는 다시 한 번 집결 명령을 내렸다.

"무리야. 저 꼴로 어쩌려고."

용병들이 여기저기서 떠들어대는 소리가 들려왔다. 몇몇은 아예 자리에서 벌떡 일어나 이피카 쪽 진영을 뚫어지게 바라보고 있었다.

다시 한 번 집결 나팔이 울리자, 예언자 쪽 진영에서는 무기를 들 수 있는 기사들 전부가 망설임 없이 이피카의 깃발 아래로 모여드는 모습이 보였다.

"미친놈들. 어쩌자고!"

말은 그렇게 했지만, 용병들은 내심 마음을 졸이기 시작했다. 여기서부터가 진짜 기사도였다. 자신들과 기사들을 구분하는 분명한 선. 땅을 받고 싸우는 기사가 돈을 받고 싸우는 용병보다 훨씬 더 오래 잘 싸우는 이유. 그들은 그 선을 잘 알고 있었다.

용병들은 역사상 최강의 기사들인 예언자의 기사단을 말없이 내려다보았다. 반은 존경이고 반은 걱정이었다. 둘 중 하나를 고르라면, 이 전투를 끝으로 예언자의 기사단이 영영 역사 속으로 사라져 버리는 것은 아닐까, 하는 걱정이 존경하는 마음을 살짝 앞섰다.

용병이라면 누구나 그 흰 창이 빽빽하게 늘어서 있는 모습에서 예언자 기피아를 떠올리곤 했다. 용병도 기사가 될 수 있다고, 심지어 예언자가 될 수도 있다고 말했던 인물. 기피아가 세상을 떠났을 때 사람들이 느꼈던 허무함은 몇 년이 지나도 채워지지 않았다. 땅을 조금도 갖지 않은 기사이면서 모든 땅을 다 가진 귀족기사들을 언제나 맨 앞에서 이끌었던 사람.

용병들은 이피카라는 이름의 가짜 예언자가 그 자리를 차지하고 있는 것이 영 마음에 들지 않았다. 기피아가 이끌던 그 위대한 기사단이 겨우 그런 가짜 예언자 하나를 보호하기 위해 차례차례 죽음으로 내몰려야 하는 상황이라니.

새 왕이 돌격 명령을 내리자 3천 명쯤 되는 기병이 다시 예언자를 향해 달려가기 시작했다. 느릿느릿하게 시작된 진격이었지만, 상대와의 거리가 좁혀질수록 새 왕의 군대는 조금 전의 무자비하고 맹렬한 기세를 대단히 빠른 속도로 회복해 갔다.

예언자의 군대도 마찬가지였다. 딱 보기에도 너무나 초라해져버린 병력. 그러나 그들은 적의 대군을 맞아 전혀 두려움 없는 태도로 돌격을 감행했다. 정면을 향해 창을 겨눈 기세 역시 조금도 주눅 들지 않은 듯한 모양새였다.

다시 충돌이 일어났다. 그 공격으로 예언자의 군대는 기병의 상당수를 잃어버리고 말았다. 게다가 이때까지 기대 이상의 선전을 해 온 보병들마저 지휘체계를 상실하고 사방으로 뿔뿔이 흩어져버렸다.

그 모습을 보면서, 새 왕은 다시 한 번 자비로운 후퇴를 명령했다. 예언자의 기사단이 그 자리에서 모두 사라져버리기를 바라지 않는 마음은, 비단 용병들만의 소박한 희망사항이 아니었다. 새 왕도 역시 마찬가지였다. 왕의 군대는 적에게 결정적인 타격을 입힐 기회를 스스로 포기하고 재빨리 전선을 빠져나갔다. 그리고 적이 스스로 항복하기를, 왕가의 깃발이, 아니 사실상 예언자 기피아의 문장이라고 불러야 할 그 깃발이, 스스로 내려지기를 기다리고 또 기다렸다.

그러나 이피카는 다시 한 번 '집결' 명령을 내렸다. 살아남은 병력 전부가 그 소리를 듣자마자 다시 한 번 왕가의 깃발 아래 모여들었다. 그러자 언덕 위에서 구경하고 있던 용병들의 무리가 일제히 자리에서 벌떡 일어났다. 언덕을 따라 전율이 흘렀다.

"그만해!"

누군가가 안타깝게 외쳤다. 용병들 모두가 그 말에 동의했다. 그러나 다른 한편으로는 절대 동의할 수 없는 말이기도 했다. 하누납은 기도하듯 조용히 속으로 되뇌었다.

'전투 따위야 한번쯤 잘못될 수 있지만, 세상 따위야 늘 그렇게 잘못되고 있지만, 그렇게 다 죽어버리면 이제 그걸 누가 바로잡아? 당신이 뭔데 그 사람들을 여기서 다 죽이는 거야? 하지만……, 그래도 이 싸움은…….'

여덟 번째 돌격 신호에 따라 새 왕의 군대가 예언자 이피카의 기사단을 향해 진격 속도를 높여갔다. 검은 깃발 아래로 먼지가 자욱하게 일어났다. 이피카의 군대 역시 그 먼지구름을 향해 분노의 창을 치켜들고 있었다.

하누납은 그 모습을 똑똑히 지켜보았다. 이피카의 모습은 잘 보이지 않았지만, 예언자 바로 곁에서 질주하는 왕가의 깃발이 앞쪽을 향해 살짝 기울어져 있는 모습이 눈에 들어왔다. 그리고 또다시 충돌이 일어났다.

그 교전에서 이피카의 부대는 지휘부를 둘러싼 근위대의 핵심 전력을 거의 모두 상실했다. 이제 한 삼백 명이나 남았을까. 그럼에도 불구하고, 이피카는 아홉 번째 집결 명령을 내리고 있었다. 그러자 다시 한 번 나팔소리가 울려 퍼졌다.

흰 창과 방패를 든 기사들의 모습은 이제 채 열 명조차 찾아볼 수 없는 지경에 이르렀다. 왕가의 깃발이 높이 올라가자, 남아 있는 병력이 아무나 모여들어서 근위대가 있어야 할 자리를 채우는 모습이 보였다. 그중에는 중상을 입은 사람도 보였다. 절뚝거리는 말도 있는 것 같았다. 모두가 근위대가 되어버린 한 줌의 기사단.

또다시 '전진' 명령이 떨어졌다. 경쾌한 리듬을 타고 전진하던 이피카의 군대는 '창 앞으로' 명령에 맞춰 정면을 향해 일제히 창을 겨눠 쥐고는 전진 속도를 서서히 높여갔다. 절뚝거리던 말이 옆으로 쓰러져 처참하게 바닥을 나뒹굴었다. 맹렬한 기세로 달려가는 이피카의 말 등은 붉은 색 피로 이미 흥건하게 젖어 있었다. 이피카가 방패를 끈으로 묶어 고정시켜 놓은 왼손으로 찌그러진 투구를 벗어 던지는 모습이 보였다.

"왜!"

용병들이 얼빠진 표정으로 탄식하듯 외쳤다.

뚜우 뚜루뚜 뚜루뚜.

돌격 나팔이 전장 가득 울려 퍼졌다. 하누납의 심장이 요동치기 시작했다.

'왜! 도대체 왜 그러는 거야!'

뿔

정면에 있는 검은 것들은 악마가 틀림없었다.

"정말 저게 안 보여?"

이피카가 주위를 돌아보며 그렇게 물었지만 악마가 눈에 보인다고 대답하는 사람은 아무도 없었다.

"정말 저게 안 보여?"

이피카는 더 묻지 않았다. 일부러 미친 것처럼 보일 필요는 없었다. 아무도 그게 보이지 않는다면 직접 부딪쳐서 보여주는 수밖에 없었다. 이피카는 투구를 벗어던지고 오른손으로 칼을 뽑아 들었다. 출혈이 심했지만 한두 번은 더 휘두를 수 있을 것 같았다. 적과의 거리가 다시 좁혀지고 있었다. 아까부터 예언자 기피아의 말이 머릿속을 맴돌았다.

"깃발이 내려지지 않는 한 전투는 절대 끝나지 않아. 하지만 깃발이 떨어지는 순간 전투는 끝이지. 그러니까 아무리 위험해도 기수는 깃발이 매달린 창을 무기로 써서는 안 돼. 싸우지 못해서 아쉬워도 참아. 명심해! 절대 깃발이 떨어져서는 안 돼."

이피카는 기피아가 근위대 기수들에게 해 주던 그 말이 오래도록 기억에서 떠나지 않았다.

나팔수들이 전사해서 세 번이나 바뀌는 바람에 나팔소리가 영 마음에 들지 않았다. 기수도 벌써 두 명이나 죽었다. 부러진 깃대를 버리고 새 깃발로 바꿔 들었다. 심지어 지금 현재 왕의 깃발을 들고 있는 기수는 얼굴조차 모르는 낯선 사람이었다.

그래도 깃발을 내릴 수는 없었다. 네 번째 악마가 나타날 날이 얼마 남지 않았다. 이피카는 자신이 예언자인지 아닌지조차 알 수 없었지만, 그런 것은 이제 아무 의미도 없었다. 눈앞에 빤히 악마가 보이는 마당에 진짜 가짜를 따지는 건 의미가 없었다. 누가 됐든 그냥 아무나 한 사람이 깃발을 들고 서는 것 자체가 더 중요했다. 아무나 한 명이 예언자 역할을 맡아서, 나팔이 울렸을 때 모두가 모여야 할 곳을 망설임 없이 정확히 알려주기만 하면 됐다.

'죽은 예언자라도 상관없을 거야!'

돌격 신호가 울리자 이피카는 생각을 멈추고 적을 향해 전속력으로 내달리기 시작했다. 곧 적 본대와의 충돌이 일어났다. 정면에서, 급조된 근위대가 떨어져 나가는 모습이 보였다. 누군가의 피가 왼쪽 뺨에 흩뿌려졌다. 그러는 와중에도 이피카의 두 눈은, 자신을 향해 뻗어 있는 수천 개의 직선 사이에 섞여든 악마의 창 몇 개를 선명하게 가려낼 수 있었다.

이피카는 그중 하나를 골라 그쪽을 향해 말을 몰았다. 그리고 마침내 충돌이 일어나기 직전, 하지만 아직은 두 걸음 정도가 더 남아 있다고 생각되던 바로 그 순간, 이피카의 말이 갑자기 호흡을 멈추더니 얕은 개울을 뛰어넘듯 온몸을 앞쪽으로 쭉 뻗어 그 마지막 두 걸음을 한 걸음으로 단축시켜주었다.

'잘했어. 좋아. 이제 내가 더 빨라.'

그 순간, 악마의 창끝이 이피카를 향해 날아 왔다. 이피카는 그 창날을 방패로 쳐 내면서 피로 물든 오른팔을 높이 치켜들었다. 그리고 남아 있는 모든 힘을 다 짜내어 그 오른손에 들린 칼을 있는 힘껏

휘둘렀다.

"아아아아아아악!"

그러자 모두가 지켜보고 있는 전장 한가운데에서, 결코 이 세상에 속한 것이라고는 할 수 없는 기괴한 비명소리가 터져 나왔다. 뿔 하나가 잘려나간 악마가 내지르는 비명이었다.

심장을 얼려버릴 듯 날카로운 비명소리. 마치 세상 저편에라도 가서 닿을 듯한 기세로 모든 방향을 향해 뻗어가는 오싹한 외침.

그리고 잠시 후, 정말로 세상 끝에서부터 불려나오기라도 한 듯 거대한 지옥문이 전장 한가운데에 모습을 드러냈다. 날카로운 이빨이 흉물스럽게 붙어 있는 거대한 입을 쫙 벌린 채였다. 곧이어 뿔을 잃은 악마가 괴성을 지르며, 허공에 나 있는 그 검은 구멍을 향해 빨려들 듯 날아가는 모습이 보였다.

'저건……!'

괴성이 심장을 파고들었다. 시간이 갑자기 멈춰버린 것 같았다. 속도를 잃은 전장, 움직임을 상실한 광활한 대지, 갈 곳을 잃은 바람, 말문이 막혀버린 사람들. 자격을 잃은 악마, 존재를 삼키는 문, 예언자 기피아의 추억, 그리고 가짜라고 믿었던 새 예언자.

악마였다. 모두가 보는 앞에 악마가 나타났다. 뿔 하나가 잘려나간 악마의 육체가 끔찍한 비명을 유언처럼 내지르며 순식간에 지옥문 안으로 빨려들어가고 있었다.

그것은 죽음이었다. 죽음의 죽음. 결코 현세에는 흔적을 남기지 않는, 기억으로만 기억될 죽음의 죽음이었다.

악마가 사라지자 지옥문이 턱석 입을 닫았다. 그러더니 이내 모습을 완전히 감추었다. 눈 깜짝할 사이에 일어난 일이었다.

깃발

모두가 그 광경을 목격했다. 왕의 기사들이 깜짝 놀라 돌격을 멈추었고, 말들조차 알아서 뒷걸음질을 쳐댔다. 단 한 번이라도 악마를 본 적이 있는 사람들은 방금 전장에 나타난 것이 무엇인지를 금방 알아볼 수 있었다. 하느님은 그 광경을 보는 순간 자리에서 벌떡 일어나 창과 방패와 투구를 챙겨들고 언덕 아래에 묶어둔 말을 향해 달려갔다.

이피카는 다시 자기 진영 쪽으로 말머리를 돌렸다. 그리고 채 몇 걸음도 못 가서 칼을 놓치고 말았다. 얼마 남지도 않은 임시로 급조된 근위대는 조금 전의 교전에서 입은 타격으로, 그리고 지옥문을 두 눈으로 직접 본 충격으로, 모두 다 뿔뿔이 흩어지고 말았다. 악마는 아직도 수십 마리나 더 남아 있는데, 이제는 칼을 쥘 힘조차 남아 있지 않았다.

방패를 벗어버리고 왼손에 칼을 쥐었다. 그런데 깃발이 보이지 않았다. 나팔수도 물론 쓰러진 지 오래였다. 이피카는 버려진 깃발이 있는 곳으로 달려가 말에서 내렸다. 한 손에 깃대를 쥐고 말에 오르려는데 오른팔의 고통이 온몸에 전해졌다.

말 옆구리에 등을 기대고 깃대를 왼쪽 어깨에 걸쳐 놓았다. 바람이 불자 깃발이 펄럭이면서 깃대가 쓰러질듯 비틀거렸다. 이피카는 왼손을 뻗어 깃대를 움켜쥐고 적 대열을 향해 힘겹게 돌아섰다. 그리고 이렇게 속삭였다.

"아직 안 끝났어."

하누납은 전장으로 달려가고 있었다. 이제는 오직 이피카 한 사람만이 깃발을 든 채 홀로 외로이 지키고 서 있는 곳. 하누납이 말에서 내려 나팔을 주워들었다. 그리고 예언자가 있는 곳으로 저벅저벅 걸어갔다.

"하누납이오. 나를 불렀다고?"

이피카가 하누납을 향해 고개를 돌렸지만 아무런 대답도 해 줄 수가 없었다.

"소환장을 보냈던데."

하누납이 다시 말을 꺼내자 이피카는 그때서야 무슨 말인지 이해했다는 듯 하누납을 바라보며 이렇게 대답했다.

"글쎄. 한 오백 명쯤 불렀던 것 같은데."

"역시 그런 거야?"

하누납은 고개를 끄덕이고는 나팔을 불어 '전장이탈' 명령을 내렸다. 그리고 곧이어 예언자의 진영에 '집결'의 노래가 우렁차게 울려 퍼졌다.

직선들

이피카가 하누납을 향해 큰 소리로 외쳤다.

"고마운데, 사실 나 돈이 한 푼도 없어!"

"젠장!"

하누납은 나팔 불기를 멈추고, 이피카를 먼저 말 위로 밀어 올려 놓은 다음, 자신도 따라서 말에 올라탔다. 하누납은 '돌격대형' 명령을 생략하고 곧바로 '돌격' 명령을 내렸다. 그 전투를 통틀어 열 번째 돌격이었다.

하늘을 향해 꼿꼿하게 서 있는 깃발 달린 직선 하나와, 수평 방향으로 밋밋하게 뻗은 무모한 직선 하나가, 적진을 향해 빠른 속도로 질주해 들어갔다. 용병 무리 전체가 숨을 죽인 채로 그 광경을 가만히 내려다보고 있었다.

빠른 속도로 질주하던 그 두 개의 직선은 마주 오던 수천 개의 직선과 마주치는 순간 그만 흔적도 없이 조용히 사라져버리고 말았다. 힘차게 펄럭이던 왕가의 깃발 또한 마주 달려온 직선 사이에서 길을 잃고 사라졌다.

승리의 함성소리가 퍼져 나갔다.

예언자의 깃발은 더 이상 하늘을 향해 올라가지 않았다. 나팔소리도 더는 들려오지 않았다.

묘비

(전면)
4천 개의 직선이 한 방향으로 늘어선 날
두 명의 예언자가 나란히 잠들다

(후면)
예언자 기피아가 수도 없이 말하길,
너는 예언자가 될 아이구나

돌격

나팔소리가 들리지 않는 전장의 언덕 위에서 노랫소리 하나가 은은하게 퍼져 나갔다. 용병이라면 누구나 다 알고 있는 노래, '집결'의 노래가, 나팔소리가 아닌 사람의 목소리로 울려 퍼지고 있었다.
그 소리에 대장은 방패와 투구와 창을 챙겨 들고 다른 용병들과 마찬가지로 말에 올랐다. 그리고 노래를 따라 불렀다.

집결 지점은 따로 없어.
그런 걸 정해줄 사람은 아무도 없어.
그저 각자의 마음속 어딘가에.
거기에 서서 창을 들어.

기피아가 직접 가사를 붙인 노래가 입에서 입으로 번져 나갔다. 누구나 알고 있는 노래였지만, 가사가 너무 간지러워서 아무도 부를 생각을 하지 않았던 노래였다. 미친 예언자가 말년에 남긴 그 수많은 미친 짓 중에서도 어쩌면 제일 쓸모없는 짓거리가 바로 이게 아니었을까, 싶었던 노래가사였다.

그리고 곧 '전진'의 노래가 이어졌다. 그새 노랫소리가 한층 더 굵어진 것 같았다. 점점 더 많은 목소리들이 기피아의 노래 속으로 빨려 들어오고 있었다는 뜻이었다.

눈을 똑바로 뜨고, 창을 곧게 세우고,
방패로 몸을 가리느니 창끝으로 적을 지워버려.
눈을 똑바로 뜨고, 창을 곧게 세우고,
방패로 몸을 가리느니 창끝으로 적을 지워버려.

4천 개의 목소리가 서서히 언덕을 내려오고 있었다. 말 위에 놓인 4천 개의 직선이 승리에 도취된 새 왕의 군대를 삼면에서 천천히 포위해 들어가고 있었다. 그러나 정작 포위망 한가운데에 꼼짝없이 갇혀 버린 왕의 군대는 그 사실을 전혀 눈치채지 못한 채로 투구와 방패를 바닥에 내팽개치며 승리의 환호성을 질러대고 있었다.

어쩌면 왕은 그들을 둘러싼 용병 무리를 자신의 승전을 축하하기 위해 몰려든 환영인파로 착각한 것일지도 모른다. 그리고 그것은 꽤 기분 좋은 착각이었다. "창 앞으로!" 하는 함성소리와 함께 그 4천 개의 창이 일제히 자신을 겨누던 순간까지는.

그리고 곧 '돌격'의 노래가 이어졌다.

창이 몇 개나 모여야 악마의 문이 닫힐까.
무식해서 그만큼은 세지도 못할 걸.
그러니까 이제 그만 입 다물고,
돌격!

4천 개의 직선이 일제히 "돌격"을 외쳤다.

어마어마한 함성소리가 전장을 압도했다. 4천 개의 직선이, 예언
자를 바라보던 4천기의 용병기사들이, 갑작스런 공격에 미처 대열
을 갖추지도 못하고 우왕좌왕하고 있는 귀족기사들의 무리를 향해
전속력으로 질주해 가는 모습이 보였다. 그리고 이제 더 이상의 '전
선이탈'이나 '재집결'은 없었다. 오직 단 한 번의 돌격에 이은 무차별
난전뿐이었다.

해가 지고 나서도 계속된 그 한 번의 접전에서 용병 기사단 혹은
용병 도적떼들은, 네 번째 악마와 계약을 맺었던 열세 명의 목숨을
모두 거두어들였다. 그러자 네 번째 악마와 인간 사이에 맺어진 탐
욕과 배반과 죽음의 계약이 그 자리에서 모두 강제로 파기되었다.

레고의 별

허윤진 _문학평론가

　은경 씨. 저는 지금 먼 과거의 어느 대나무 숲에 와 있습니다. 한 사람이 태어나는 것을 막으러 가기 한 시간 전입니다. 훗날 우리가 아는 그 총통이 될 아이가 곧 옆도시에서 태어난대요. 그 아이의 이름이 명부名簿에 기록되지 않게, 저는 핏빛의 잉크로 그 아이의 이름을, 존재를 지워야 할 임무가 있습니다. 결전을 앞두고 혼란스러운 마음에 잠시 인적이 드문 곳에서 서성이고 있습니다.

　은경 씨는 길을 떠나는 제게 친구의 책을 한 권 선물해 주었죠. 오래된 소설을 읽는 맛은 특별하니, 잠시 할 일을 미루고 은경 씨 친구의 소설을 좀 읽어봐야겠어요. 지구에서 지구의 책을 읽는 기분은 특별할 것 같아서 기대가 돼요. 사실 저는 문학을 포함해서 온갖 금서를 불법적으로 읽어왔어요. 셰익스피어 해적판은 책이 닳도록 읽었네요.

마침 여기 대나무 숲은 고요하고 날씨도 맑습니다. 책을 읽기에 좋은 날이군요.

*

배명훈 씨의 『총통각하』를 지금 막 다 읽었어요. 지구 사람들이 '근대 문학'이라고 부르던 시기의 문학을 한동안 탐독했던 적이 있어요. 문학사를 보니까, 근대 문학 이전에는 이야기로 된 문학에서 인물들이 세계와 꽤나 밀접한 관계를 맺고 있었는데, 근대 문학 이후에는 인물들이 세계로부터 떨어져 나오더군요. 탯줄이 끊긴 아이처럼, 집과 고향을 잃은 고아처럼. 자신이 살고 있는 세계로부터 생각과 행동의 토대랄까, 그런 것을 더 이상 빌려 올 수 없게 되었던 것 같아요. 그렇다면 인물들은 자연스럽게 자신의 내부로 시선을 돌리게 되지 않았을까요? 자신이 뭔가를 느끼고 생각하고 판단하는 그 내부의 상태만이, 확신할 수 있는 '현실'이었을 테니까요.

배명훈 씨의 소설은 이런 면에서 독특하다고 생각해요. 인물들의 내면을 설명하느라 많은 페이지를 쓰고 있지는 않거든요. 그에게 중요할 법한 한 단어를 고른다면, 우선은 '세계'로 해두겠어요. 제가 아는 한, 해적판으로 이 우주를 떠돌고 있는 수많은 위대한 작품들 중에서는 개인과 세계 중 그 어느 한 축도 완전히 무시해버린 작품은 없었던 것 같다는 말을 덧붙이면서.

*

꽤 많은 사람들이 『총통각하』에 나오는 '총통'이 현실의 누군가를 가리킨다고 생각했을 것 같은데요. 옛날 신문 좀 한번 찾아봐야겠어요. 『총통각하』에 실려 있는 소설 중에서 '총통'이라는 단어가 나오지 않는 경우도 있고, 나오는 경우도 있는데, 예컨대 「새벽의 습격」에 나온 총통과 「위대한 수습」에 나온 총통이 같은 총통이라는 근거는 사실 없어요.

'총통'이라는 일반명사 속에서 특정한 대상의 그림자는 슬며시 지워져요. 그 대상은 소설가에게 영향을 주었을지는 모르겠지만, 소설가는 그 대상만을 위해서 소설을 쓰는 게 아니니까요. 우리가 현실을 고발하는 것이 목적이라면 프로파간다를 연상하게 하는 간결하고 자극적인 문구를 쓰지, 말을 낭비하면서 굳이 소설을 쓰고 읽지는 않겠죠. 『총통각하』의 풍자는 한 번 쓰고 버리는 일회용품 같은 웃음만을 위한 것은 아니라고 생각해요. 총통의 실체가 비어 있고, 총통이 비유일 수 있다는 점이 다행스러워요. 비유는 말과 대상 사이에 여백이 있어서, 우리는 언제든 그곳으로 다시 돌아가 새로운 의미를 만들어 낼 수 있거든요.

그러니 『총통각하』를 채우고 있는 '낙하산'의 비유를, '운하'의 비유를, '발자국'의 비유를, '투명인간'의 비유를, 설명하는 대신 선물할게요. 여백은 각자의 몫.

*

　"특수임무전담 장관실 특수임무집행국 특수능력테러방위담당 특수요원 K"(「발자국」). 지금 우리의 은밀한 모델이 되어버린 히틀러도 스탈린도, 체제를 통제하기 위해서 항상 '특수' 조직을 창설했죠. 특수 조직이 일반화 되면 그 조직을 통제하는 또 다른 특수 조직을 다시 만드는 식으로. 평범해진다는 것은 권력을 유지하는 일에는 치명적인 독이니까요. 악惡이 평범한 사람들의 얼굴로 오는데도 말이에요.(이건 제가 여전히 즐겨 읽는 옛날 유태인 철학자 한나 아렌트의 말들이에요.) 경계선을 긋고 누군가를 배제하는 손은 언제든 사람들의 목을 조르고.

*

　『총통각하』에서 「혁명이 끝났다고?」는 책의 무게중심을 잡아주는 중요한 추라고 생각해요. 남자주인공은 사회변혁을 향한 이상을 품었던 '빨갱이' 여자선배가 세월의 부침浮沈 속에서 어떻게 변했을까 궁금해 하죠. 그녀는 그 사이에 결혼을 했고, 오랜만의 해후에 못생긴 아이까지 떡하니 데리고 나왔어요. 그녀는 사상의 동지를 찾지 않고 애널리스트와 결혼을 했고, 더 이상 채식을 하지 않고 고기를 먹죠. 청년시절의 진지함은 이제 한낱 과거의 유산일 뿐이에요.

　변한 건 여자선배만이 아니에요. 사실 그녀가 변했다고 느끼는 남자주인공이야말로 변한 것이 아닌가요? 사랑에 빠진 남자에게 그저 신비롭고 경이로운 존재였던 여자는, 냉소적인 남자에게는 탐욕스러운 아줌마로 보입니다. 밥을 사기에 돈이 빠듯해서이기는 하지만, 남자는 첫사랑의 아이에게 그만 좀 먹으라고 소리를 지르고요. 이것은 모든 것을 '해먹는', '해치우는' 관료들을 향한 일갈일까요.

거시적인 차원에서 정치적으로 '탄압'을 받고 있는 나는 약자라는 이유 때문에 선하다고 가정될 수도 있어요. 하지만 미시적인 차원에서 개인과 개인의 관계로 보면 나는 지극히 세속적인 욕망을 가진, 그다지 선할 것 없는 인간이기도 해요. 그러니까 한 사람의 정체성 안에도 여러 가지의 층위가 있고, 그 층위에 따라서 내가 수행하는 역할의 의미와 윤리성은 다 다를 수 있죠.

초밥 컨베이어 벨트가 있는 해후의 식탁 역시, 정상회담 만찬 자리만큼이나 외교의 치열한 각축장일 수 있다니. 여기에서 과연 누가 더 '선한' 존재인가요? 낭만적으로 포장된 관계조차 결국에는 이기심과 이기심이 충돌하는 작은 전쟁터일지도 모르겠어요.

*

예언자가 되고 싶어 했던 사람을 알아요. 그는 뭔가를 늘 빨리 깨닫고 빨리 느끼는 사람이었는데, 자신의 지성에 혼자만 만족하고 있을 수가 없었나 봐요. 자신이 미리 보게 된 것을 다른 사람에게 전하지 않고서는 견딜 수 없는 기질을 가지고 있었다고 할까요. 그런데 예언자는 대개 자신의 앎이 곧 진리와 일치한다는 확신을 갖죠. 「초록연필」의 루까스 베르데는 이런 경우가 아니었을까?

「초록연필」은 두 개의 스토리 라인이 초록연필을 매개로 평행하게 진행되는 형국인데, 여기에서 초록연필lapiz verde을 만든 사람이 바로 루까스 베르데잖아요. 은경 씨와 양홍이라는 연구소 비정규직 직원이, 연구소에 선물로 들어온 명품 초록연필을 보면서 필기구들이 권력을 따라 흘러간다는 가설을 세우는 이야기가 또 다른 스토리라인을 이루고 있고요. 젊은 '지식인'들은 검은색 플러스 펜을 '방류'해서 플러스 펜 물고기들이 만드는 해류를 통해 가설을 확인하는 데까지만 나아가죠. 당신들 두 사람은 플러스 펜이 따라잡지 못한 초록연필의 세계는, 그 대양大洋은, 인간의 힘으로는 다 파악할 수 없는 신성불가침의 영역일 거라고 생각하고 실험을 중단하죠.

반면 초록연필을 만든 루까스 베르데는 스스로가 예언자라는 것을 알았고, 이 세상을 멸망시킬 악의 심판이 있다는 것을 알았고, 자신이 아는 것을 실천하기 위해 악을 봉인할 방법을 고안해 내죠. 1,000자루의 명품 연필을 만들어서 지우개와 나무 몸체 사이 부분에 작고 비싼 칩을 넣는 것. 그리고 인공위성 세 대와 핵폭탄을 임대했는데, 사실은 낡은 위성 한 대를 더 임대했죠. 어떤 특정 반경 안에, 그러니까 어떤 특정인의 권력장 안에 있는 초록연필의 개체 수가 845 이상이 되면 인공위성과 연필들이 교신하여 핵폭탄이 투하되는 건데요. 베르데의 "구세주" 초록연필들은 권력의 중심에 있는 악마를 분별해 내어 핵폭탄으로 완전히 없애버리는 데 성공했지만, 핵폭탄은 도시 전역에 있던 모든 초록연필과 모든 사람들마저 없애버렸죠. 사람들에겐, 루까스 베르데가 악마였어요.

예언자가 되려고 했던 사람을 알아요. 그런데 그 사람은 예언자가 되지 않고 소설가가 되었어요. 예언자가 되면, 어둠의 심부深部를 보게 되면, 빛과 어둠, 선과 악을 가려내는 그 눈 때문에 파멸하게 될지도 몰라요. 세계의 질서를 설명하고 재편하려는 '선한' 의지야말로, 인간의 자연스러운 상태를 파괴하는 치명적인 폭력이자 독이 되어버리는 거죠. 그래서 저는 예언자적인 전망을 가진 사람이나, 악을 과도하게 비판하는 사람을 가끔 두려워할 때가 있어요. 표백漂白된 세계의 아찔함. 한낱 인간이 스스로 메시아가 되려고 하는 순간이야말로 세계는 가장 위험한지도 모르겠어요. 악으로 오염된 세상을 정화하겠다는 생각이야말로 가장 악하다는 것을, 인종청소를 감행했던 20세기의 수많은 '지도자'들이 증명하지 않았나요?

예언자가 되고 싶었지만 소설가가 된 그 사람은, 신성불가침의 영역에서 실험을 그만 둔 젊고 합리적인 연구원의 자세로 살아가고 있는지도 몰라요. 결연한 사명의식에 도취되기보다는, 일상 속에서 사람들과 부대껴서 밥을 먹고 일을 하면서 인간 이성의 한계를 인정하는 자세 말이에요.

그가 출세가도에 오른 관료가 아니어서 저는 다행이라고 생각할 때가 많아요. 위로, 위로 올라가서 재미도 없고 명분도 없는 회의만 하고 있기에는 그의 유머감각이 아깝거든요. 자신의 말인지 빅브라더의 말인지 알 수 없는 지루한 말만 떠들어대고 있기에는 그의 문장들이 아깝고.

*

　은경 씨. 당신의 이름이 「내년」에 다시 등장했을 때, 이 책을 주면서 했던 말의 맥락을 이해할 수 있었어요.

　"사실 제 이름으로 되어 있는 역할은 남자였어요. 그런데 작가는 그 주인공이 찬드라무키와 사랑에 빠지면 곤란하다고 생각했기 때문에 저를 다시 불러냈죠."

　「내년」을 읽다 보면 은경 씨가 찬드라무키를 설명하는 부분에서 찬드라무키를 '여성'으로, '여자'로 인식하는 부분이 나와요. 순간 다른 인물이 등장하고 있는 건가 싶어 혼란스러워지죠. 어째서 작가는 「내년」에서 사랑의 서사를 피하려고 했던 걸까요? 은경 씨가 그랬잖아요. 찬드라무키는 아주 오래된 인도 소설 「데브다스 *Devdas*」에 나오는 삼각관계의 두 여주인공 중 한 사람의 이름이라고.

*

　예언이라는 것이 있다면, 그것은 사랑의 마음이라고 생각해요. 사랑해서, 죽음을 각오하는 마음. 사랑하는 사람과 함께 죽는 마음. 그렇다면 예언은 아무나 할 수 있는 게 맞죠. 그 누구든 사랑의 마음만 있으면 되니까. 은경 씨가 준 책의 마지막에 실려 있는 「Charge!」는 사랑이 있었던 사람들의 이야기라고 생각해요. 사실 「냉방노조 진압작전」도 그렇지만요.

　「Charge!」의 이피카와 하누납은 왕의 예언자였던 기피아가 죽기

356

전에, 예언자가 될 거라고 예언했던 아이들이에요. 왕에게 공물로 바쳐진 여자아이, 초원의 약해빠진 동물인 '이피카'를 이름으로 받은 여자아이. 그리고 평범한 농부의 아들인 하누납. 예언자가 되고 싶다는 생각도 없고 약해 빠지고 적당히 타락한 사람들. 「위대한 수습」에서 그냥 세속적인 동기로 관직을 산 한 철없는 사내처럼, 이피카와 하누납에게도 세계를 구원하겠다는 메시아적 열망 같은 것은 없어요. 그냥 눈에 안 띄게 살아가고 싶은데, 어째서 원혼이니 악마니 하는 것들이 눈에 보이는 것일까요. 왕위를 찬탈한 새 왕에 맞서서 이피카가 기사단을 지휘할 때, 그녀가 보는 것은 적진에 섞여 있는 악마들이에요. 「위대한 수습」의 이락이 수로에 띄워진 총통의 병거에서 거인 왕의 검은 혼을 보듯이.

본의 아니게 악과 싸우게 되는 이들은 이상주의자도 아니고, 스스로 선하다고 생각하지도 않아요. 특히 하누납이나 이락 같은 인물들은 적당히 죄도 저지르고 욕망을 따르기도 하죠. 그런데 그런 이들이 사람들이 죽어나가는 것을 그냥 보고 있기에는 뭔가 불편해서 투덜대며 손해를 감수하는 순간이야말로 사실은 기적인지도 몰라요. 돈 없이는 움직이지 않는 용병이라는 존재가 악을 향해 돌진하는 이피카의 무모한 모습에 이끌려 새 왕의 군대와 맞서게 되는 것처럼. 약한 동료 인간들이 맞고 다치고 죽어나가는 상황에 대한 순수한 분노는, 우리로 하여금 먹고 사는 문제를 뛰어넘어서 보이지 않는 가치에 투신하게 만들죠. 인간은 연약할지 모르겠지만 사랑은 연약하지 않더라고요. 광풍이 대양大洋의 한가운데를 뒤흔드는 듯한 분노로서의 사랑.

배명훈 씨는 악인을 묘사하는 대신 악과 인간을 묘사하는 쪽을 택했어요. 악의 그림자를 보는 인물들을 그리는 것은 판타지적인 설정이 아니라, 인간을 미워하지 않으면서 인간 현실의 모순을 설명하기 위한 가장 적절한 이론적 구도라고 생각해요. 그가 악과 악인을 분리해서 생각하기 때문에 「바이센테니얼 챈슬러」의 총통은 다스릴 사람들을 따라서 화성으로 이주하는, 줏대도 권위도 없는 인간일 수 있고, 「위대한 수습」의 총통은 껍데기만 남은 연약한 노인일 수 있는 것이겠죠.

보이지 않은 세계, 오지 않은 세계, 그러나 가능한 세계를 다룬다는 점에서 SF는 어떤 식으로든 신과 인간의 존재론을 탐구하게 되어 있어요. 배명훈 씨는 악인과의 투쟁이 아닌 악惡과의 투쟁을 다룸으로써 SF의 가장 아름다운 영역을 수호한 것은 아닐까. 펜대를 깃발처럼 들고. 펜대든 젓가락이든 연필이든, 그의 깃발이 꺾이면 그는 다른 깃발을 들고 돌격 명령을 스스로에게 또 내릴 것 같아요. 실리를 중시하는 마키아벨리주의자라고 하기엔, 그에게는 쓸데없는 고결함과 고집이 있네요.

*

예전에 은경 씨가 그랬죠. 역사를 들여다보고 이야기를 들여다보면 금세 사라질 것과 오래 남을 것을 구분할 수 있게 된다고. 저도 이제 조금은 사라질 것과 남을 것을 구별할 수 있는 능력이 생긴 것 같아요. 그렇다면, 이 책이 사라지지 않고 남았으면 좋겠어요. 왜냐하면 이 책은 마치 레고 블록 같아서, 어떤 조각들을 어떻게 맞추느냐에 따라서 완전히 다른 세계를 만들 수 있거든요. 여기 모인 소설들을 쓴 그에게도, 읽은 저에게도, 그리고 은경 씨에게도, 남아 있는 이야기가 너무 많잖아요.

우리가 사는 곳이 설령 이제껏 본 적 없는 최악의 디스토피아라 할지라도, 우리에게는 『1984』도 『멋진 신세계』도 표현해줄 수 없는 세계를 표현해주는 소설이 있으니까, 조금은 괜찮을 거예요. 독재자들에게 소설을 읽을 수 있는 감성이 있었다면, 우리는 몇 번의 디스토피아를 겪지 않아도 좋았을 텐데. 하긴 그랬다면 우린 훌륭한 소설 몇 권을 읽을 수 없었겠죠.

*

은경 씨. 저는 여전히 대나무 숲에 있습니다. 저는 총통이 태어날 그 도시로 가야만 해요. 가서, 그를 태어나지도 못하게 해야 합니다. 하지만 저는, 한 사람이 악惡을 행할까봐 그 사람의 존재를 소거하라는 명령을, 아무래도 따를 수가 없을 것 같아요. 소설 따위는 읽지 말았어야 했는데. 은경 씨가 준 소설이 제 정신을 오염시킨 것 같아요. 체제에 순응하는 인간으로 살 수 있었다면, 하나의 부품이 될 수 있었다면, 저는 좀 더 행복하지 않았을까요. 소설 같은 것은 없는 세계에서.

이곳에는 비바람이 매섭게 몰아치고 있어요. 날이 어두워지고 때는 이미 밤. 끝이 보이지 않는 대나무들이 비바람에 휘어지고 있군요. 가느다란 녀석들은 꺾이고 쓰러져요. 기병의 깃발처럼 꼿꼿하게 서 있을 수 없는 것이 인간에게 허락된 유일한 운명은 아닐까요. 제안의 확신이 작은 대竹처럼 꺾이는 소리가 납니다. 저는 그 총통이 설사 지상최대의 악인이 된다 할지라도, 그의 출생을 지켜보는 쪽을 택하려고 해요.

달이 걸린 산 속이 참 밝습니다. 밝은 밤은 내일도 계속될 것입니다.

나의 뮤즈 총통각하

5년이 조금 안 된 어느 겨울날이었다. 회사 구내식당에서 점심을 먹다가, 내 직장상사이자 스승이신 어느 분께서 이렇게 말씀하셨다.

"지금처럼 창문으로 햇빛이 강하게 비쳐서 밥을 못 먹을 정도로 눈이 부시면 저기를 뭔가로 가려야겠다는 생각이 들잖아. 그런데 아무 거적때기나 갖고 와서 그냥 저 창문만 막으면 된다고 생각하는 사람이 있고, 이왕 막는 거 좀 좋은 천을 잘라다가 커튼을 만들어 달아야겠다고 생각하는 사람이 있어. 박스로 막든 거적때기로 막든 아무튼 문제만 해결하면 그거나 이거나 똑같다는 게 실용이고, 그래도 이왕 문제를 해결하는 거면 되도록 아름다운 방식으로 해결하는 게 훨씬 좋다고 생각하는 게 문화잖아. 그 둘은 완전 다른 거야."

그렇게 '실용'이라는 이름을 내건 정부가 출범했다. 그리고 나는 그 기간에 직장을 그만두고 전업작가가 되었다. 그들이 햇빛을 가리기 위해 갖다 놓은 것들이 너무나 어처구니없고 기상천외한 것들이라 누군가 기록할 사람이 필요할 것 같아서였다.

그리고 그것은 일종의 창작지원사업이었다. 다른 정부들이 창작자들을 지원한답시고 이런저런 지원금이나 좀 대주고 마는 것과 달리, 이 정부는 창작에 필요한 구체적인 영감들을 거의 원석 그대로 제공했다. 그것도 임기 내내 끊이지 않고 지속적으로 공급해 주었다. 그 결과, 세상의 균열을 찾아내고 그 균열이 우리 삶을 구체적으로 어떻게 변화시키는지를 독자들에게 설득력 있게 보여주는, 듣기만 해도 현기증 나는 그 어마어마한 작가의 임무가, 이 정부 제위 기간에는 한결 수월해져 있었다. 한구석에 정교하게 감춰져 있어야 할 세상의 균열이 그냥 큰길 한가운데 떡하니 방치되어 있곤 했기 때문이다.

물론 곧 누군가가 나타나 그 거대하고 웃긴 균열을 보통 사람은 감히 상상도 할 수 없을 기상천외한 물건으로 덮어두곤 했지만, 미처 다 가려지지 않은 균열의 끝자락을 조금 들여다보는 것만으로도 터져 나오는 웃음을 참아내기가 어려웠다. 그래서 사람들은 웃음을 터뜨렸다. 나도 그들 중 하나였던 것 같다.

그러자 그 웃음을 틀어막기 위해 권력의 칼날이 춤을 추기 시작했다. 어색한 침묵이 만들어지고, 떼굴떼굴 눈알 굴러가는 소리가 꽉 막힌 광장을 가득 채웠다. 떼굴떼굴, 떼굴떼굴. 눈알들이 굴러가는 그 소리가 우스워 사람들이 또다시 웃음을 터뜨렸다. 이어지는 발길질, 또 잠깐의 침묵. 그러나 어김없이 터져 나오는 쿡쿡거리는 웃음소리. 때로는 눈물, 때로는 폭소, 어쩌면 누군가에게는 귀곡성으로 들렸을, 그 '지긋지긋한' 웃음소리.

그 웃음소리가 이 책을 만들었다.(물론 실제로는 이런저런 사람들이 만든 책이지만 그 이름들을 슬쩍 언급하는 것만으로도 누군가는 두려움을 느낄 상황이라 하니, 언급되어 마땅하나 언급되지 않은 분들은 너그러운 마음으로 이해해 주시기 바란다.) 그러니 이 모든 것이 다 그분의 등장으로부터 시작된 일이다. 이 책의 첫 단편 「바이센테니얼 챈슬러」를 쓰기 시작한 날이 5년 전 선거 바로 다음날인 2007년 12월 20일이라는 점을 생각하면 더더욱 그렇다. 그 뒤로 나는 내가 '총통 시리즈'라고 부르게 될 몇 편의 단편을 더 쓰게 되었는데, 그 글들을 모으고 몇 편을 새로 더 써서 다행히 그분의 임기 안에 책으로 엮어낼 수 있었다.

이런 사정을 잘 아시는 어느 분이 이 '작가의 말' 자리에 그분에 대한 헌사를 써 넣는 게 어떻겠냐고 권하셨다. 그러나 나는 그럴 수가 없었다. 그분의 등장을 신호로 시작된 일이라고는 하지만, 이 사회를 뒤덮은 난데없는 실용의 거적때기가 모두 그분 하나로부터 비롯된 것이라고는 생각하지 않기 때문이다. 자세한 이야기는 본문에 실린 글들에서 확인하시기 바라고, 아무튼 그분에게 이 책을 바치고 싶지는 않다. 혹시라도 이 책의 내용이 궁금하시다면 그냥 돈 주고 사서 보셨으면 좋겠다.

2012년 10월
소설가 배명훈

© 배명훈 2012

초판인쇄 2012년 10월 15일
초판발행 2012년 10월 25일

지은이 배명훈
펴낸이 김정순
기획 고래방 최지은
책임편집 이선희
디자인 김수진
마케팅 김보미 임정진 전선경

펴낸곳 (주)북하우스 퍼블리셔스
출판등록 1997년 9월 23일 (제406-2003-055호)
주소 서울특별시 마포구 서교동 395-4 선진빌딩 6층
전자우편 editor@bookhouse.co.kr
홈페이지 www.bookhouse.co.kr
전화 02-3144-3123
팩스 02-3144-3121

ISBN 978-89-5605-610-4(03810)